U0115568

花潘 著

十七岁少女失踪事件

目录

CONTENTS

第一章

0时：失联

十七岁少女失踪事件

01

江城市的早高峰从早上七点半开始。

私家车、公交车、大型企业的班车一辆接着一辆在主干道上龟速前行。乘客们眯眼睡觉的居多，也有吃早饭的，透明的塑料袋里装一杯插了细管子的豆浆，杯体软趴趴的，遇到紧急刹车的情况，不小心捏重了，豆浆就会溢出来，漏在塑料袋里。水一般的豆浆配两个平平无奇的大包子，上班族每日的第一顿饭就此解决。

清晨就肯动灶火的人家不多，于是，天河新村 6 栋 1601 室内传出的吱吱油响声听起来像幸福的小调。

夏清如在厨房内忙碌，推拉门紧闭着，油烟机未开，女儿还在酣睡，他怕噪声太大吵到女儿睡觉，只把厨房的窗户开了一道缝透气。

他穿的棕色围裙正合身，是女儿夏绻给他选的，围裙的前襟印着浅黄色甜甜圈面包，面包上方两条象征气味的波浪线很俏皮。

夏清如端着圆白瓷碗，用筷子搅动着，将碗内新鲜的蛋液打得飞起。搅散的蛋液随后被倒入热锅，锅底有已经煎熟的虾仁，他轻轻晃动锅子，在蛋液冒起大泡的一瞬将火关掉，借着锅内余热用硅胶铲子轻轻翻动食材。等到蛋液不再冒泡时，又把灶火点燃，继续颠炒。火候到了，最后往锅里倒入一小碟煮好的豌豆粒，一道色鲜味美的虾仁滑蛋就做好了。

从早上七点忙活到八点，一个小时之内，夏清如就做出了三道菜。除了滑蛋虾仁、清蒸银鳕鱼、蒜蓉西蓝花，他还另炒了一份黄金蛋炒饭。最难得的是，几道菜出锅后，灶台还是干净整洁的，抹布被洗好叠成长条状搭在池子边，白色大理石的台面没有一点油污。在江城师范大学任教的夏老师除了说得一口纯正的英式英语，在厨艺上也算熟手。

从橱柜里取出一大一小两个保温饭盒后，夏清如将做好的菜分成一多一少两份，多的那份装入大的不锈钢保温饭盒，那是给妻子还有岳母准备的午餐；少的那份装在小的五彩缤纷的保温饭盒里，那是留给女儿的早午餐。

这两天，岳母住院了，等着动大手术，妻子负责在医院陪护，夏清如则担负起后勤保障的要务。忙好一切，他换好外出的冬衣，临出门时敲了敲女儿的房门，一拧门把手，锁的，于是只能隔着门说：

“卷儿，饭给你做好了，汤在砂锅里，你吃饭的时候自己热一下。爸爸走啦？”

女儿放寒假了，妻子在的时候，她尚能保持住校时的作息，早起戴着耳机，嘴里叽里咕噜地背单词。自从岳母开始住院，女儿每天都睡到日上三竿。夏清如是个很宽容的人，改考卷时，手松得不得了，遇上 57、58 分的卷子，还会返回去检查，帮学生把要命的两三分给捡回来，女儿睡懒觉这件事在夏清如这里不值得计较，睡就睡吧，还能睡多久呢？高一的寒假是高中三年中最轻松的假期了。他敲门，叮嘱，只是担心女儿不吃饭，减肥，弄什么 16+8 减肥大法把身体弄坏了。

夏清如立在原地，竖着耳朵听了一会儿，房内无回应，他又拍了拍门，多喊了几遍女儿的小名。

终于，猫一样慵懒的哼唧声传出来，他细细分辨，女儿说的是，知道了，要睡觉，困。

夏清如露出慈爱的笑，不再问了。他擦干净无框眼镜的镜片，提上要送去医院的饭盒，走到玄关处换冬靴。戴格纹围巾时，他瞟到放在架子上的台历，今天是腊月二十四，南方小年，距离除夕夜很近了，想到岳母肯定不能在年前出院，这个年恐怕要在医院里过，夏清如不由得来了个深呼吸，让新鲜空气深深进入肺里，再裹上郁结在心头的烦闷被重重地吐出去。

临出门时，夏清如习惯性地看了看表，时间是上午八点二十三分，关于他平稳幸福的生活将在十个小时之后崩裂瓦解这件事，他还全无察觉，也无法预知。他轻轻带上门，像往常一样离家，内心深处在祈祷，一切顺利吧，有困难渡过去就好，来年又是新的一年。

02

大巴在摇晃。

省道 S24 过孙家拐路段，夜里常有超载的三拖三大货车偷着过，长达三公里的路面几乎被碾碎，白天客运大巴路过此地，司机和乘客都能找到旱地开船的感觉，车辆摇起来，有人惊呼，有人憨笑，也有人闭目假寐，不言不语。

汪荻坐在车后部，接近后车轮的位置，每一次颠簸，她都好像要从座位上飞出去，头顶忽高忽低的，她的手攥着胳膊肘，坐得拘谨而用力，眼睛紧闭着，看起来很不放松。走过最颠簸的一段路，车子稳下来，汪荻缓缓睁开眼睛，露出眼白微黄的眼眸。她向前挪动了两下，坐久了，只觉得大腿根全是湿气。

车窗外是望不到头的塑料大棚，白白地连成一片，汪荻觉得很热，鼻子喷火，她皱了皱眉头，抬高手臂，把一直对着她吹暖风的暖风口关上了。

汪荻是江城人，从江城到南都不过百余公里，走高速的话一个小时就能完成省际穿梭。可是客运的大巴不走高速，为了上下更多的旅客，赚得更多的车票钱，车子会从马市、当县穿过。沿途经过的村落很多，大巴随叫随停，对那些提着篮子赶集或者拎着礼盒走亲访友的村民来说，大巴简直比公交车还要便利，虽说上去一趟至少五块钱，但都 2012 年了，华东一带的村民也早都富起来，愿意让腿脚享五块钱福的人不在少数。

可是，大巴这样走，从客运站正经买全价票出发的乘客总是要窝火气的。起初，开口表达不满的人很客气，白领模样的人说下一趟车要误点了，央求司机师傅快点开，后来，就有满口打哈哈的社会人打趣司机师傅这趟赚得不少，再后来，就有人直接喊：不能这样停的吧？这算是违规吧？兔子急了还要咬人，不带这样欺负老实人的。

车头驾驶位上扶着方向盘的是个年过半百的老头，他很沉得住气，不论听到什么都笑而不语，车头的车门处坐着的跟车的妇女则抓起遥控器，选了个 2004 年的贺岁片《天下无贼》播放给乘客看，安抚他们逐渐躁动的心。

汪荻是不会抱怨的，她不仅不抱怨，还会帮着司机说话。如果她的心上有喇叭，那时播放着的是这句话："有什么可吵的……舍得就去坐四个座的小轿车，红旗轿车跑高速，又快又舒服，否则的话，吵了也是丢脸，要被人看不起的……"幸好，这些话只是心里话，一旦说出口，车上被围攻的对象就得换成她了。

汪荻今年四十二岁，虽然不年轻了，但并不难看，她的脸上有三处难以抹去的痕迹对外诉说着她是个对美有追求的女人，至少，曾经是。

她的眉毛是文的，眼线也是。时代在发展，潮流在变化，审美一旦落后，人就会显得土气，黑中带青的眉毛、眼线反倒让她看起来比实际年龄更老了几岁。还有她文在嘴上的唇线，只有深色口红才能盖得住，这种过分的修饰，让她看起来缺了一点真实感，像极了戏台上的表演者。

"烦死了……"

含在喉咙里的嘟囔声令耳尖的汪荻下意识地缩紧身体，她敏感地朝左边的座位看过去，年轻的女孩正在从双肩包里往外掏电脑。她真的很年轻，满脸都是胶原蛋白，她跷起二郎腿，把背包垫在腿上，然后又把电脑放在背包上，电脑开机后，她打开表格，噼里啪啦地打字。

意识到女孩抱怨的对象不是她，汪荻放松下来，她靠回座位，看向窗外，心里忍不住将女儿姜采采与女孩比较。

她是去南都出差吧？随身背着笔记本电脑，应该是个经理吧？这么年轻就这么能干，真是好有本事，女儿将来肯定能和她一样有出息，不，女儿一定会更厉害，更有出息。

她很想念女儿，去南都的这三年，见女儿的次数用一双手数得过来。今年原本也该和过去几年一样，等到除夕夜她再回来，可是，陈蕾的母亲住院了，今天就要动心脏搭桥手术，她答应了陈蕾来陪着她，一起照顾谭庆梅，索性便辞了工作，早些归家。

不过，她还是来晚了。

可乐闹肚子，她给可乐做的配餐不合格，临出门重新做了一份不带肉的，雇主才把余下的工资全数结算给了她。可乐是条狗，萨摩耶，浑身雪白，它吃生鲜超市里不打折的肉和肠，过得比她好。

她是下午不到两点出发的，一路磨蹭到四点，大巴才拐进站。故乡就是故乡，隔着车窗，汪荻好像都能嗅到熟悉的味道，那味道一会儿刺鼻，一会儿清新，两种味道都属于江棉厂，那是她和陈蕾一起长大的地方。

白色的大巴爬上小拱坡时正遇上要出站的另一辆大巴，这个车站是江城市内专跑南都一线的小站，大门不宽，偏又有人大咧咧地将私家车停在入口处，错车时险象环生。汪荻盯着私家车看，心想这个车主不是个横的，就是个愣的，反正是个不怕遭人骂的。

出站时，汪荻与车交错，想不到，司机竟落下车窗，叫她的名字，她吓了一跳，抱住紫红色的皮包四下里环顾了一圈，确认周遭的人们都在忙着自己的事，无人注意她和他。汪荻快速拉开车门坐了进去，关门的一刹那，她发令说，快走，快走！

开车的男人是她再熟悉不过的人，他浑身上下每根汗毛她都认识。他的脸被毁过，还好不是面对她的这右半边。他的左眼皮因为增生的疤痕牵拉着，盖住了三分之一的眼球。不过，不必担心这样会影响视力，因为他的左眼是只假眼。

“你发什么神经?! 我们不是才见过面吗？你这样要给我惹出事情来。”

“是去人民医院吧？我送你过去。”

“你怎么知道的？”

“我看你手机了。”

“你幼不幼稚呀……”

滚滚红尘，饮食男女。两天前，他们幽会过。该如何定义两人的关系，汪荻心里有数，爱人、情人、相好的，这种词她不愿意用，香艳的词，衰老的女人用起来浪荡、廉价，叫人看不起。她觉得他是自己的一个伴，到了未来，就是老伴。

未来，是十年、二十年之后的事，畅想未来，总让汪荻既愉悦又惆怅，她将视线抛向窗外，长久地陷入沉默。

人民医院的门楼在可视范围内出现了，目的地快到了。汪荻坐直，身体前倾，离开椅背，从涣散游离的状态中恢复过来。

离陈蕾越近，就离真实越近，熟人总让她心生戒备，不自在。

绿灯进入最后的五秒倒计时，一辆甲壳虫轿车挡住前路，那车磨蹭，犹豫，刹车灯亮起来又灭下去。捕获到前车想要放弃通过路口的意图，男人不断按动喇叭催促，他蛮横的态度令前车不得不提起速度，就在黄灯亮起的一瞬，男人将油门踩到底，驾车冲过路口，在低鸣的马达声里他变道超车，几乎在横着飘。汪荻看见了，驾驶甲壳虫的是个女孩，她满脸惊恐地减速，一下子落在了后头。

即使过了红绿灯，男人仍旧没有收油门，前车在减速，仿佛是倒退着朝他们逼近，汪荻大喊一声小心，男人踩刹车踩得太猛，双闪灯连着跳动三次，仿佛是在呼救。

还好，没有发生追尾事故。

汪荻吓得直冒冷汗，她靠回椅背，平复慌乱的心跳，好一会儿才意识到，刚刚男人踩刹车的时候，车子内部好像发出了“轰隆”一声响，似乎是撞上了什么东西……哦，不，想反了，应该是什么东西撞向了他们。

汪荻赶紧扭身朝后看，车后一辆白色的面包车距离他们相当远，车况看起来不错，从后车窗看出去，车子后备厢的线条也很流畅。

除非车毁人亡，否则，类似追尾这样的事故都是天大的麻烦。

汪荻的心跳得慌乱，她将愤怒的眼神扫向左侧，这个男人，真是越来越表里如一了。

“你慢点开，城里面车多，磕了碰了，自找麻烦。”

她在提醒他，出了交通事故，是会有人出警的，交警也是警察，男人应该是听懂了，脚下的油门明显松了许多。但他确实不是个好司机，老城区里到处都在拆建，路障多，红灯多，开开停停是常事，刚加速就减速的滋味让人不好受，隐隐约约地，汪荻好像又听到了撞击声，她忍不住问：“后备厢里装什么了？”

“死狗。”

汪荻差点没忍住干呕，她落下车窗，呼吸新鲜空气，身体往车窗凑，远离了开车的男人。

这大半年，汪荻住在富裕的别墅区内，她的伴则跟着她，偷四邻的狗，这些狗有的被偷去配种，有的被高价卖了，配不了也卖不掉的就立时杀了，卖去狗肉馆子。汪荻喜欢狗，尤其是她逗过的，做这种事的都不得好死，她和他都有份。

人民医院是江城的老牌三甲医院，坐落在市中心，医院出入口的闸机反应不够灵敏，缓慢的放行速度让等候入院的驾驶员们焦躁不安。

黑色棉服外面套一件绿色反光背心的保安就在禁鸣标志下站着，偶尔用手里的棍子朝禁鸣标志指一指。他会收起下巴用略带威慑力的眼神与离他最近的一两个驾驶员对视，但这几乎没什么用，一旦后面的车开始按喇叭，被卡在前面的车也会跟着按，或为泄愤，表达对医院的不满；或为提醒，提醒催促者，大家都是同一个锅里的豆子，不要彼此折磨。

“要不我先下车？走进去还快一点。”汪荻问。

男人点点头，同意了。

汪荻迅速解开安全带，她推开车门，一只脚已经踩到地上，又返回来问：“你的事情做完了？要留下来等我吗？”

“不，我马上就走。”

“那好的呀，你小心点。”

汪荻露出妩媚的笑。早在十年前，她这样笑，十个男人里有九个能醉倒。年轻时，她没有认识到美貌的价值，到现在，已是人老珠黄，却反而爱笑了。

医院人流量大，说不定会撞见熟人，汪荻收起笑容，争分夺秒地跳下车，猫腰低头迅速跑进医院。她站在上坡的花坛小径上，想和男人道个别，扭头去看时，发现男人没有在看她。

他那半张好脸上明亮的右眼盯着穿戴整齐的保安，眼神很警惕，汪荻突然心疼，原来他还是害怕呀，即便见到的只是带着警棍的普通保安，他也会紧张呀。

03

住院部一楼大厅内人头攒动，电梯间里密密匝匝地站了许多人。八部电梯，有的上升有的下落，它们分高层、低层，也分单楼层和双楼层，乘坐时务必看清楚。汪荻挤在人群里，跟着人潮涌动，生怕落后。

步入电梯后，她艰难地戳在门口摸着按键面板找楼层，有人冲她喊，先进来呀！堵着干吗？一会儿再按！

汪荻被喊得手抖，她唯唯诺诺却异常固执地按下了数字 6，直到看见数字发出红光，她才缩入紧邻电梯门的角落，将自己藏入人堆里。

自从有了大型医院，生命就有了中转站，这里有生的欢喜，也有死的悲哀，大多数人都是在这里走完一世的旅程。

但也有一些人不走寻常路，汪荻想起父亲，同时也想到自己。

父亲是自杀的，他的中转站在冰冷的湖底。汪荻将身体紧贴在电梯轿厢的不锈钢板上，感受着寒气透过几层衣服和皮肤往骨头里钻，同样是冷，但汪荻希望将来某一天，她能在医院这样的地方中转，那样的话，大概就是命运彻底放过她了吧。

电梯门一打开，汪荻就看到了夏清如。

他还是老样子，一点也没老，读书的人吃的是灵气，是不该老的。他还是很清瘦，白，眉毛又粗又平，双眼皮的褶子比年轻时窄了点，越发显得含蓄而有魅力。

只要不与夏清如目光对上，汪荻看他的眼神都是饱含情绪的，她的目光像天真多情的少女，可是眼珠子却已然昏昏。夏清如近视，鼻梁上架着眼镜，看资料仍旧喜欢低头凑很近看，他聚精会神地研究着手上的报告单，没有注意汪荻正盯着他看。

汪荻刚想叫他，夏清如就抬了头，正巧，两人视线撞上，他立刻松了紧皱的眉头，笑着说："你来啦，辛苦辛苦。"

"不辛苦，"汪荻将视线的焦点移到夏清如的身后，问，"我来晚了吧？是不是动完手术了？还顺利吧？"

"没有，手术推迟到明天了。"电梯来了，夏清如顾不上和汪荻寒暄，他说，"我去去就回，你先去病房坐坐，单人病房，右边一直朝里走，走到底左拐，第二间……"

夏清如的声音逐渐被淹没，汪荻还在"唉"个不停，她站在原地，失魂一样站了很久，才意犹未尽地朝单人病房走去。

透过病房门上嵌着的玻璃窗，汪荻看到了两个人影，那是靠坐在病床上的谭庆梅以及站在病床前的陈蕾。她心头没来由地紧张，立刻背身远去，重新回到电梯间。

她不是要走，而是要对着反光的电梯门好好整理下仪容。

她很在乎她们对她的看法。

汪荻的头发不长也不短，发尾烫了，披散在肩头，很有种女人的柔媚，但她担心谭庆梅会觉得她看起来轻佻，于是从口袋里摸出一个头绳，左手将头发松松一拢，右手的拇指、食指和中指配合着撑开头绳，快速将散发规整在脑后。

再看看，口红的颜色似乎也太艳了，于是，她掏出纸巾来抿了抿，这一抿反倒把暗色的唇线凸显出来，气势和气质一齐没了。愣了几秒后，她将千鸟格花纹的羽绒服前后扽扽，重新走到病房前。

汪荻先是礼貌地敲了敲门，听到回应后，满脸堆笑地推开门。迈入门内的一瞬间，她忽然想起死狗，收不住脚的同时，低下头深深地嗅了嗅自己，哦……没事，狗在外，她在内，没有臭味。

“阿姨……蕾蕾……”

汪荻笑得有点僵，空手而来，实在尴尬。

她并非没有准备，而是揣了十足的诚心。她的皮包里揣着两万块钱，这些年她在南都的收入八成打给了母亲和女儿，两成自己留用。两万块，除了雇主给她结算的工资，剩下的就是她从牙缝里抠出来的存款，是她的全部家当。

可是，她突然意识到情况不对，老人住院，又不是添丁进口的喜事，一见面就拿钱不合适，她砸出两个大红包，要被人骂憨头的。汪荻很后悔刚刚没在医院外面的小卖部里买一点水果、牛奶带上来，心里一时乱了，怪自己没有考虑周全。

不过，陈蕾和谭阿姨都不会在意的，是她迫不及待地想要表达赤诚而已。只可惜，她到底还是办不成事，这样的小事也办得乱七八糟。

见了她，陈蕾一如既往地亲切，像儿时那样将她紧紧搂住，汪荻的头埋在陈蕾的颈窝里，一边保持着笑，一边小心地打量倚靠在枕头上的谭庆梅。

谭庆梅穿着病号服，身材肥胖，脸上有迟暮的倦怠。这个富态的老年人有严重的冠心病，因冠状动脉粥样硬化导致心肌供血不足，这次住院，医生是要在她心脏中堵塞的血管里架一座桥，给血液新铺一条路，让它们可以顺利抵达缺血的地方，从而改善老人的生活质量，并延长她的寿命。

这些话都是陈蕾告诉汪荻的，心脏搭桥手术算大手术，做与不做，都有道理可说。陈蕾为此寻医问药，查阅文献，但促使她下定决心的还是父亲陈朝阳的离世，父亲因为冠心病去世，她无法接受悲剧重演，于是决意不再拖了。

“一看到你，我的心就定了。”陈蕾攥住汪荻的手。她和她都是 70 年代难得的独生子女，没有兄弟姐妹，她们都把对方当成亲人一样依恋。

“怎么了？”汪荻不知道出了什么问题，她小声问，“不是说下午第一台手术吗？”

“昨天下午通知我们改成明天上午第一台了，我也觉得早上做更好，主任说能给我们的照顾就给我们，”陈蕾压低声音说，“是老夏一个学生的父亲帮忙找的关系，那孩子够细心，见老夏总请假，就问了人自己找来医院主动帮忙了，你都想不到，现在的孩子比我们那时候机灵多了。”

“哦……那是……那是的……”汪荻附和着。

陈蕾高兴地拍汪荻的手，说：“谢谢你赶过来，我知道你很忙的。”

谈及工作，汪荻就犯怯，她用笑遮掩，却挡不住“老太后”让她回话。

“粥粥，你这几年忙什么呢，忙成这样？”

谭庆梅叫的是汪荻的乳名，这个奇怪的乳名源自江棉厂宿舍围墙上刷的标语：“一粥一饭，当思来处不易；半丝半缕，恒念物力维艰。”厂里搞宣传的大姐说两个小奶娃，大的叫粥粥，小的叫饭饭，一辈子要吃得饱、穿得暖。

明明是句戏言，汪荻的母亲廖芬芳却很认真地对待了，或许是她真的喜欢这个名字吧。不过，显然谭庆梅很不喜欢别人叫她的孩子“饭饭”，每每被人问及孩子的小名，谭庆梅总说，没小名，叫陈蕾、小蕾都行。

“没什么，就是销售嘛，我还能做什么……做销售就是这样的，头上有紧箍，松了完不成业绩。”

这套话，汪荻曾无数次地对镜模拟。用什么样的语气？略浮夸的那种比较对。用什么样的表情？随便吧，撒谎只要唇角不抖就行，不要说得太快，也不要说得太慢，怕的话就不要看对方的眼睛……

此时，汪荻不算圆满地完成了表演。她的视线飘向蓝白色床头柜，初到南都时，她也在医院做过陪护，她知道医院床头柜的下柜里有个凹槽，专门放热水瓶。她掩住心虚，两步走到床前，拉开床头柜的蓝色柜门，抓住大红色热水瓶的把手用力一提，然后长舒一口气，好得很，水壶不满，半空着。

她想去打水，想做事情，不想干站着。

动起来，人就不会觉得别扭。

但陈蕾把她拦下，让她在沙发上坐下，要跟她好好说说话。

04

陈蕾和丈夫夏清如虽然都在江城师范大学外国语学院任教，骨子里却对中华传统文化情有独钟。陈蕾穿中式的大衣，衣服上的纽扣是红色的盘扣，脑后的长发被一根红色的筷子状的发簪固定成圆润不松散的发髻，整个人散发出温润平和的气质。她的脸上无妆，却像是扑了粉，岁月在她身上有了逆行的意思。

看来朋友过得很好，很幸福。

仿佛被陈蕾的容光焕发感染，汪荻黯淡的眼珠子也有了一点光。她笑，自然极了，内心深处有久违的宁静和喜悦，不知道从什么时候开始，她对陈蕾一点嫉妒心都没有了。

陈蕾拉着她说说笑笑，汪荻细细观察她，发现她眼尾的皱纹还是深了的，于是下意识地抬手，用无名指的指腹在陈蕾的眼尾处扫了扫。这样的温柔，她甚至都没有再给过孩子，不过，都是一样的，陈蕾一家可以为采采托底，她愿意求神拜佛，为陈蕾一家的平安如意做任何事。

想起女儿，汪荻的心情又低落了，肢体也不再松弛，陈蕾的巴掌落在她的膝头，说有东西要交给她。

“不要，”汪荻习惯性地拒绝说，“不要不要，我什么都有，都不缺。”

陈蕾自顾自地朝病房侧面的储物柜走去，边走边说：“不是给你的，是给采采的，她还不肯收呢，是怕被你骂吧？你啊，哎，回头跟她说，以后我买给她的东西，她必须收下。”

陈蕾从柜里翻出一个淡绿色的帆布书包，背包上的银色吊牌晃晃悠悠的，她当着汪荻的面一把将吊牌摘掉，递过去说：“包里面还有一个手链，是老夏出国访学的时候买的，采采和卷儿一人一个。”

听到这样的话，汪荻推拒的动作更大了，但陈蕾压下她扬起摇摆的手臂，拉开书包的拉链，把蓝丝绒盒子拿出来，硬塞进汪荻的手里。

长条状的丝绒盒子手感柔润，即便不打开，汪荻也知道里面的首饰不便宜，这样的礼物，没理由收，她说采采粗枝大叶配不上精致东西，还是给卷儿戴。

陈蕾笑了，无奈地看向母亲求援，可是谭庆梅眯着眼睛养神，似乎是睡着了，没搭理她们。

“不值钱的！一个小玩意，老夏出国带回来的，给孩子留个纪念。”

陈蕾把盒子抽回来，打开，拿起一根带蓝色水晶吊坠的银质手链。

手链用螺纹工艺制成，编成了银柱状，像蛇一样柔软，待陈蕾把链子放入她的手心，汪荻感觉到这链子也跟蛇一样冰凉。

“一模一样的东西要两个干吗？拿着吧，小玩意，不贵的，卷儿还看不上，说她老爸土呢。”

说起女儿夏绻，陈蕾有点发愁。女儿的叛逆期应该是到了，整日横眉竖目地闹，她和丈夫工作都忙，习惯于用依从去弥补缺失的陪伴，溺爱的结果就是女儿越来越不懂事，和姜采采放在一起比，便是恶魔与天使。

汪荻没有再推辞，收了吧，她对自己说，原本也不是钱的事，便宜的书包、贵的首饰，对她来说都一样，都是怎么还都还不完的情。

趁着谭庆梅闭上眼睛休息，汪荻终于有机会把红包拿出来，两个红包里各装了一万块，拿出来是厚厚的两摞，她交给陈蕾，贴着陈蕾的耳朵低声说：“我本来想给阿姨买点保养品，又怕买错浪费了，动大手术正是用钱的时候，你拿着，别跟我推来推去的。”

“你趁早收起来，不然我要生气了。”

陈蕾拒绝的口吻十分坚决，不容商议，她知道这态度不够柔软，但“有理”两个字让她有底气这样做。

她并非看不起谁，但好友在择业上从来没有走对过路，这确实是有目共睹的事实。

陈蕾虽然不清楚汪荻在南都做销售做得如何，但从采采的生活状况上就能看出，好友如今的生活并不光鲜，显然，汪荻的孩子和母亲更需要这笔钱。她瞥见汪荻红了耳朵，自觉话说得太硬，于是半开玩笑地低语：“我真缺钱的话，一定不会跟你客气。”

“你拿着，这些年，我在外面打工，采采多亏了你们照应，我知道很麻烦你，心里过意不去，但是，蕾蕾，我……我没办法，孩子跟着我，不行……”

“哎呀，她哪有麻烦我？”说起姜采采，陈蕾立刻眉飞色舞，说，“你看到采采的期末成绩单没？她数学成绩真是好，就数学单科来看，她的水平和理科实验班那些孩子的不相上下。”

汪荻的眼睛随之闪出光，脸上再次有了松泛的笑意，但言语还是谦虚的，她说：“就一科好，其他科也就那样。”

“你说的是外行话，”陈蕾一边说话，一边拽过汪荻的皮包，把红包塞回去，说，“中考的时候，采采就是凭借数学成绩才能考进瀚文，只要保持下去，单凭数学这一门优势学科，她的高考成绩绝对能给你惊喜。这些钱，你好好存着，留给采采将来上大学去。”

果然，这笔钱送不出去，汪荻早有预感，她低下头，藏住半张赧然的脸，心里又说，没关系，记下来吧，等将来采采和夏绻都考上名牌大学，上了班，结了婚，生了小孩，这些情她再慢慢还。她可以给夏绻带孩子，照顾夏绻坐月子。月子里的婴儿都很磨人，到时候，她来照顾，不会叫陈蕾和夏绻受这种苦。

半晌，汪荻抬起头，问：“卷儿呢？快过年了，还补课？”

“跟我们闹脾气啦，”陈蕾冲汪荻苦笑，耸耸肩，说，“你都不知道这两个月她的成绩下滑多么严重！我说了她几句，她倒好，闹得比我还厉害。”

“第三名不好当，”汪荻宽慰道，“你们要求太严格了。”

“你说的是期中考试，那次是超常发挥，吃了老本吧，”陈蕾重重地叹气，说，“大学扩招了，才更要念名校，好学生里也要分出三六九等来，进了瀚文不算什么，几个实验班的孩子才是尖子中的尖子，一切都要向他们看齐。你都不知道，这次期末考试她直接给我掉到四百名后头去了，是，我是焦虑了些，但卷儿要是和采采一样步步走高，我也不会这么焦虑。”

“掉这么多？”

其实，汪荻对所谓的排名并没有概念，对她来说，进了瀚文，就是上了保险，但为了配合陈蕾，她还是用夸张的语气附和着。

“是呀，”陈蕾气闷地说，“一天到晚耳朵里塞副耳机，我真是后悔给她买了个iPhone 4[①]。房间里到处贴着明星海报，心思完全散了，期末考试前，还让我带她去看演唱会，后来考完试，成绩出来，不敢提了。哼，算她聪明。”

汪荻扑哧一笑，说：“怪谁？还不是像你，你小时候不也天天把《电影画报》当个宝？”

陈蕾也跟着笑了，她娇憨地拍打汪荻的肩膀，那一瞬间，她们好像都回到了童年。

“我叫她来，你看看她，哦，对，她来例假了，就上个月，唉，终于来了！再不来我都要带她去看医生了，采采是初一来的例假，是不是？还是初二？”

汪荻的表情僵住，头小幅度地点了点，女儿的隐私她一概不知道，廖芬芳也没告诉过她，她这个母亲当得太不合格。

电话无法接通，陈蕾很执着，又打了一个，换了另外一边的耳朵去听。

和陈蕾挤在一起，汪荻能清晰地听到电话里的提示语音——“您拨打的电话正在通话中，请稍后再拨……”

---

① 苹果公司2010年出的一款手机。

“你看，脾气多大，还不接我电话。”

“算了，别叫了，为了让我见一面还特意叫孩子跑一趟，没必要……”

这时，夏清如回来了，陈蕾放下手机，对他说：“你一会儿回家把妈的羽绒被拿来吧，医院的被子不行，妈盖着不舒服。”

“晚点吧，妈又睡着了？”夏清如朝谭庆梅看去，低声说，“加了一个检查，陪妈做完我就回去取被子。”

“我去吧。”汪荻站起来，她说，“你们忙你们的，拿个被子又不费事，我去就行。”

05

汪荻走了之后，陈蕾和夏清如把谭庆梅叫起来，推来轮椅，带老人去做了个术前的心脏彩超。

做完检查，回到病房，谭庆梅对陈蕾说：“粥粥变了，我怎么也不能把她跟从前那个天真无邪的小姑娘联系到一起。”

陈蕾和夏清如听了都笑，陈蕾摸着母亲的手臂，说：“我们都四十好几了，还天真无邪呢？”

“四十好几了，也是妈的小孩，”夏清如毫不犹豫地和岳母站在一个阵营，他看向陈蕾的眼神很温柔，说，“将来，卷儿五十好几了，在你眼里也还是小孩。”

“哦，对了，”陈蕾头疼地扶住前额，说，“你宝贝女儿又在发功呢，一直拒接我的电话，恐怕是把我拉黑了，看来要给这孩子立规矩，不然，难保将来不出大问题。”

“什么拒接电话，她肯定是睡午觉睡过头了，你还不知道她？睡着了，打雷都吵不醒，她昨天晚上回去学习得挺晚，你让她睡吧。”

说这些话时，夏清如背对谭庆梅，给妻子使眼色，陈蕾立刻反应过来，她不该在母亲面前说这些，惹得母亲担忧，她赶紧闭嘴，去给谭庆梅掖被子。越过夏清如时，陈蕾悄悄推了推丈夫的后腰，他们夫妻二人很默契，夏清如得到这个指令，以还轮椅为借口，出了病房。

"妈妈，多喜欢汪荻一点吧，她够可怜的了。两次在婚姻上栽跟头，一般人谁受得了？她总也不回来，你以为她在南都过得很潇洒？不是的，她是伤了心了，不愿意回到伤心地。"

"我什么时候不喜欢她了？"

女儿的话，显然是勾起了谭庆梅的抵触心理，她越是矢口否认，越是表明心事被女儿看透。

谭庆梅虽然是病人，但气色不算差，因为穿了条纹病号服，才瞧着是个病人，但今天是这样，明天就不是了，谭庆梅很清楚，明天是个大坎，手术台上的事，谁能说得准呢？医生也不敢打包票，否则的话就不会让家属签那些可怕的告知书了。

望着女儿，谭庆梅忽然意识到，有些话今日倘若不说，来日恐怕就没机会了。

汪荻是谭庆梅看着长大的，眼见着汪荻步步走低，谭庆梅虽然怨她蠢笨，但并非不同情，可是同情归同情，她之所以越来越不中意汪荻，是因为汪荻越来越像廖芬芳了。

谭庆梅不喜欢廖芬芳，从来没喜欢过，江棉厂里估计也没什么人喜欢廖芬芳。谭庆梅一直坚信群众的眼睛是雪亮的，人民群众是有智慧的，英雄所见是略同的。

但廖芬芳是汪瀚洋的遗孀，汪瀚洋对陈朝阳有救命之恩。当年两个人一同外出学习，学习班搞忆苦思甜的活动，重走长征路，冬天起雾，陈朝阳在林子里迷路，一脚踩空，摔到山涧里，是汪瀚洋连夜举着火把，不顾危险和低温，在腰上牵着绳子，脱了鞋，把刀插在石头缝里借力，一寸寸地找，才把陈朝阳救回来的。

他们情同兄弟，老汪死了，老陈照顾廖芬芳母女是义不容辞的责任。

俗话说，寡妇门前是非多，许多事陈朝阳不方便出面，都是谭庆梅去做。曾经，她很讨厌廖芬芳的臭脾气，觉得她刁蛮、孤傲、不讲理，可是后来她才发现，原来那些她所厌恶的品性竟是廖芬芳个性里的闪光点，因为，它们虽然不好，却是真实的。

如今，汪荻给谭庆梅的感觉就是不够真，她虽然老了，但还没有老糊涂，女儿对一个让人捉摸不透的人掏心掏肺，总让她担忧。

“错就错在当年廖芬芳让粥粥考省纺织学校的时候，我和你爸爸没有断了她的念想，粥粥要是和你一样上高中，考大学，怎么会弄成现在这个样子？她又不差的，哪怕考个大专呢？”

谭庆梅说话声音不大，语速很慢，口齿清晰，一个字一个字地说得毫不含混。

“那时候纺织业多红火呀，你父亲做厂长的时候江棉厂年销售额一个亿！谁能想到那么大一个国营厂都能倒闭？她想把女儿送到我们身边受我们保护，我和你爸爸当然理解，也愿意帮这个忙，可是，我们的目光都太短浅，想法也太天真，大家都是肉眼凡胎，谁能保护得了谁一辈子？人哪，好日子坏日子总归都是自己的日子，凡事还是得靠自己……你知道我在说什么吧？”

“嗯，知道啦。”

谭庆梅歪头一看，陈蕾一边给她揉臂膀，一边抿唇忍着笑，分明是把她的话当耳边风。她急了，将手臂一甩，说：“我告诉你，你爸爸要照顾他们母女，自然有他的道理，可我们谁都没绑架你，你不必背包袱！”

“哎呀，我背什么包袱呀，”陈蕾怕母亲动怒影响病情，像哄孩子一样去哄母亲，嗲声嗲气地说，“我心里有数的，采采多好呀，她哪会让我操心，比卷儿好到不知道哪里去了……”

这下谭庆梅是真的生气了，但感觉到心脏锐痛后，她又强迫自己平静下来，半晌，才慢慢地吐出一段话。她说：“你小时候和粥粥在一起的时间不比现在姜采采跟卷儿在一起玩的时间短，我请你回忆一下，我什么时候把她放在你前面了？没有吧？你们可不能犯糊涂啊，要永远把自己的孩子放在第一位，记住没有？”

母亲说的话，陈蕾觉得不对，首先，女儿在她心里必然永远是第一位的，无人可以代替，另外，她对朋友一家的照顾比起父亲的种种作为来，实在微不足道。说句不害臊的大实话，她连自己的女儿都疏于照料，谈何照顾朋友的女儿？

也就是这两年，父亲去世后，她调整了生活重心，才和孩子们接触得多了些。

但用“包袱”去形容她的付出，就太夸张了，她是没好意思告诉母亲，周末让采采来家里和卷儿一起吃饭，一起学习，她是有私心的。采采虽然底子不扎实，但学习态度极好，她比卷儿用功，比卷儿更努力，更珍惜学习的机会。古人求学还得找伴读呢，两个孩子在一起学习本就是两全其美，相得益彰的好事。

这些陈蕾只在肚子里琢磨，她深知“顺”是“孝”的重点，从不出言顶撞长辈。

突然，病房的门被大力拽开，夏清如步履很急，陈蕾从夏清如的脸上看到了慌张，于是愣住了。

夏清如在很短的时间里收拾好表情，从柜子里拿出公文包，说：“学校有点事，我要回去一趟。”

“哦……”陈蕾读懂了夏清如的眼神，轻声说，“那你去吧。”

夏清如出门后，陈蕾对母亲笑笑，然后若无其事地缓缓走到门口，一拉开门，她就看到，一向沉稳从容的丈夫竟然在奔跑。

关上房门，陈蕾走到床头柜旁，拿起正在充电的手机看，果然，夏清如给她发了条信息，说，女儿不在家，联系不上，他回去看看。

谭庆梅问：“怎么了？”

“没事，我给老夏发个消息，让他从二环走，马上晚高峰了，堵在市中心的话，时间都被浪费了。”

不想让母亲担心，陈蕾选择打个马虎眼，糊弄过去，不过，她眉目间的愁容还是增多了。

丈夫发的消息是什么意思？意思是说女儿失联了吗？

她毕竟是做老师的，虽然大学生与高中生是全然不同的两个“物种”，而且她也不带班，但多年经验攒下来，什么样的学生都教过了。

女儿的异样令陈蕾想到离家出走，因为期末成绩下滑的问题，她和女儿的冷战至今没有结束，女儿正是青春烂漫之时，是社会上那些恶狼猛虎垂涎的鲜肉，她任性，赌气跑了，万一遇到坏人可怎么办？

然后，她的职业敏感性又让她不可避免地想到了轻生……这个念头更让陈蕾惶恐不已，她终于理解了丈夫的慌张，八成他也和自己一样，将思维发散得太过了。

她还不知道，是汪荻打电话叫走了她的丈夫。汪荻用她的钥匙进了她的家，将空荡荡的屋子走遍，然后给夏清如打去电话，说家里没人，并询问要不要留下来给卷儿做顿晚饭。

轻生……怎么可能？昨天她们是吵了一架，但不至于……瞎想……不可能的事……

陈蕾这样宽慰自己。

第二章

-1800 小时：少女

十七岁少女失踪事件

01

瀚文中学是省内的老牌重点高中，口碑比江城师范大学附中的还要好。

这里集结着江城市乃至全省最优秀的那一拨老师和学生，分初中、高中校区前，学校整体坐落在翠竹山脚下，进校时，学生一律走的是种满了翠竹的上坡路，国画一般的风景和风景之下潜藏的寓意都让在门口接送孩子上下学的家长感觉心旷神怡。

为了给孩子留住这段风景，又或者因为某些不好言明的玄学迷信，瀚文中学高中部的家长甚至联名写信发去市长信箱，请求不要让他们的孩子迁入瀚文中学在政务新区的新校区。

进入新千年，江城市开始推动高质量教育体系建设，瀚文中学做出了校区分离的规划，在政府的一系列扶持政策下，2008 年，学校在城东政务新区拿到一块很大的地，然后马不停蹄地破土动工，扩建新校区。

新校区在 2010 年竣工，校园内虽然少有翠竹，少有上坡路，却有崭新的教学楼、绿茵茵的新草皮和红彤彤的塑胶跑道，图书馆配自习教室、观影厅，礼堂比翠竹山老校区的要大两倍。除此之外，新校区还有一类建筑是翠竹山校区完全没有的，在五味食堂和逸夫图书馆之前，四栋学生宿舍一字排开，两栋是女生宿舍楼，另外两栋是男生宿舍楼。

2011 级高一新生收到的录取通知书内夹着报到流程图，流程图的背面是瀚文中学校长给新生及新生家长的一封信。

信上说瀚文中学高中部将从 2011 级新生开始正式进入寄宿制全封闭式管理的新时代，这意味着，家长提交到市长信箱的联名倡议信得到了最终的回复。考虑到高考的实际情况，高二、高三的学子继续留在翠竹山老校区学习，2011 级新生进入新校区学习，全新的、进阶的管理模式也从 2011 级新生开始实行。

姜采采在读录取信时，夏绻兴奋地在沙发上翻跟头，兴奋地叫个不停。她在翠竹山校区待了三年，瀚文中学初中部重点高中的录取率接近 45%，直升成功对夏绻来说，是意料之中的事，她之所以会如此兴奋，是因为这项寄宿制全封闭管理的规定。相较于翠竹山校区的那片茂密竹林，她更想要独立，她为能够提前体验梦寐以求的大学生活而欣喜——虽然是打了折扣的。

姜采采坐在地板上平静地看着夏绻，她读的是她自己的录取信，她也考取了瀚文中学。

EMS 的红色硬壳包装被小心翼翼地撕开，只用一点点胶水就能让硬壳包装完全复原，循环利用。这封录取通知书得来不易，要知道，她和夏绻不一样，她就读的初中是江城市郊的二十三中，在那里，重点高中的录取率只有不到 5%。

姜采采是从嘈杂、无序的环境中厮杀出来的。

初一，她坐在教室中后方，思考听不懂的数学题时，她的同桌在偷偷地看漫画；

初二，她被班主任挑去教室第二排入座，成绩突飞猛进的她发现数学老师竟然会讲错题；

初三，她和其他三十九个学生一起成了学校的重点保护对象，入校两年后，她才终于感受到了学习氛围。

姜采采深知读书的重要性，不只是说说而已。除了读好书，她没有别的路可走，这话，虽然没有母亲耳提面命地叮咛，但早有人告诉过她。

初中三年，姜采采的苦读甚至到了“凿壁偷光”的地步。

母亲常年不归，她与外婆同住，廖芬芳有神经衰弱的毛病，勒令晚上九点以后家里不许开灯。不只这样，每个难眠的夜晚，廖芬芳都会从被窝爬出来满屋子找麻烦，其中就包括，敲姜采采那间小卧室紧闭的门，训斥姜采采不该躲在被子里开节能灯看书，廖芬芳说辐射还有磁场干扰都会让人神经衰弱，不得已，姜采采打起小区外常亮路灯的主意。

每天晚上八点五十一到，姜采采就将家里的一个矮板凳和另一个高板凳摞在一起，搬出楼，跑出小区，在马路边的路灯下布置好简易书桌看书学习。

城市边缘，人烟稀少，路过的人没有不看她的。

一次，有个本地做自媒体的甚至特意坐公交车过来拍她，拍了一张她紧握着笔，坐着矮板凳，趴在高板凳上苦读的照片。

照片上有雪花在飞舞，可是，那天虽然很冷，却并没有飘雪，飘扬的雪花只是自媒体人为这张照片加的滤镜。他渴望将她打造成新一代的“苏明娟”，只可惜他遇到的孩子自尊心太强，始终不肯抬起眼皮露出她漂亮的大眼睛。

不过，姜采采还是很喜欢那张照片的。

她去数码冲印店把照片打印了出来，不大，五寸而已。那照片长时间压在她的枕头下，每天睡前，她都会把照片摸出来，借着夜色，一遍一遍地看。

从艺术的角度去评价，照片拍摄的角度和用光堪称灾难，但姜采采却能透过照片中她低垂的眼皮看到别人看不到的眼眸，她深信，那一刻她的眼神一定很坚毅。

2011 年的盛夏，姜采采带着瀚文中学的录取通知书按响了天河新村 6 栋 1601 室的门铃，她不是来炫耀的，而是来表达感激的。这两年，陈蕾妈妈和夏爸爸帮了她很多，给她打印和卷儿的一样的复习资料，怕她营养不够，隔三岔五送来莫斯利安。她把这封录取通知书当作报答他们的礼物，想要让陈蕾妈妈和夏爸爸知道她拼命努力了。

见到她手上定制的 EMS 录取通知书包装，陈蕾妈妈和谭奶奶齐声发出了讶叹，但夏爸爸没有表现出过分的惊讶，他一直把大拇指端在胸前，冲她微笑。从陈蕾妈妈的肩头看过去，采采觉得夏爸爸的身体像山，眼睛像灯，神情像海，他像她想象中的完美父亲。

鼻腔酸得难受。

相信她有实力考入省属重点高中的人真是少，除了二十三中重点班的老师和同学，夏爸爸算一个，还有，她那个从未见过面的朋友何志伟也算一个。

“采采，你好厉害呀，以后，我们是同学了。”

夏绻从卧室跑出来，她身上那件印满小樱桃的红花边睡裙，姜采采也有一件一模一样的。加入讶叹的队伍，夏绻捏着嗓子，发出动漫女主角那样又夸张又甜的长调，然后嘟着嘴说：“爸爸、妈妈、外婆，你们有点偏心哟，昨天我收到这个红壳壳的时候，你们怎么没今天这么兴奋？”

“卷儿，外婆高兴得一夜都没睡好！”谭庆梅走到外孙女身前，双手捧起夏绻的脸，噘起嘴巴在她的脸颊上啵啵来了两下，那声音脆响，特别传情。

姜采采下意识地抬手用手背蹭了一把脸颊，她想，如果外婆这样亲她，她肯定会躲，但夏绻不躲，她非但不躲，反而还捧起谭奶奶的脸，有样学样地在谭奶奶的脸上也啵啵了两下。谭庆梅很受用，笑得腰后的赘肉都在颤动。

“采采，我开玩笑的啦，你能考上重点高中，我真是太高兴了！”

说话时，夏绻在笑，八颗牙齿露出来，姜采采点点头，轻声说知道，谢谢。

“你妈妈知道了吗？”夏绻问。

“打她电话没有接，我一会儿再给她发短信。”姜采采说。

陈蕾打开冰箱一包一包往外拿品相很好的提子、杧果、火龙果，最后又用双手捧出个秀气的蜜瓜。她扭头见采采神情落寞，立刻觉得心疼，她微笑着安慰，说：“一会儿我们再给她打一个，阿姨去给你们弄个果盘，我们吃点甜的高兴高兴。”

夏绻拽过姜采采的胳膊，推着她往卧室走，当大人们都被甩在身后，夏绻凑在姜采采的耳边说："喂，你作弊了吧？"

姜采采没有笑，也没有辩解，她像个情绪反馈能力受限的芭比玩偶，只会眨巴眼睛。

原来，你并不是真的高兴啊，你在笑，那是因为你有一双笑眼呀，高兴的标志不是八颗贝壳牙，而是弯月一样的眼睛。

姜采采看得分明，她眼前的夏绻，眼睛像冰箱里冻着的鱼，没有生机，是冰冷的。

02

姜采采出生在 1995 年的初夏，她的名字和夏绻的一样，也是爸爸取的。

据说，她的爸爸姜国胜会通篇背诵王勃的千古美文《滕王阁序》，当中有一句话是"雄州雾列，俊采星驰"，意思是天下的才俊如同繁星般闪耀。姜采采坚信，当一个父亲用这样的"采"字给女儿做名，一定爱她至深。

姜国胜到底能不能通篇背诵《滕王阁序》，姜采采已经无法验证了，爸爸在她很小的时候就离开了家，时至今日，姜采采对那个滨海大城里的家全无印象，它只存在于外婆的抱怨里，存在于继父的辱骂里。

据说，早年，爸爸和妈妈是在江城结的婚，然后他们一起去往远方开拓生意，爸爸离开以后，妈妈独自带着她在外坚持了好几年，一直等到她六岁多，快念小学了，才重回江城。

归来时，她们母女俩的行囊格外少，只一个大箱子就装完了所有。

虽然那个箱子够大，塞得进两个小孩，可毕竟是六七年的时光啊。

姜采采一直记得，旅途中，妈妈的表情很苦涩，直到走出火车站，看到了一个穿月白色长裙的长发女人和穿格纹衬衣、藏蓝色西裤的男人，妈妈才终于笑出来，笑了之后又是哭，可怕得很。矮小的她紧紧抓着裙子外层的泡泡纱，躲在妈妈身后，紧张地观察着陌生的环境和陌生的大人们。

之后，她和妈妈又搬过几次家，每一次，她们的行囊都是那个大箱子。姜采采对箱子好奇，趁家中无人，她把清空的箱子打开来，平铺在地上，然后躺进去，再把箱子合起来，蜷缩在黑暗里，那一刻，她觉得妈妈很像蜗牛，走得很慢、很累、很辛苦。

咖啡色的帆布箱很轻，衬里黑布很丝滑，姜采采在夹层里摸到一个奇形怪状的东西，她将箱子顶开，坐起来，把内侧的小拉链拉开，找到一张剪坏了的身份证。

蛛网一般的线条下有一张黑乎乎的不甚清晰的人脸，蓬松的中分头，窄短脸，平眉，大眼，鼻子只有鼻孔两个黑点，强烈的曝光隐去了鼻子上的细节，他的嘴唇薄成一条线。

是姜国胜的身份证。

身份证像是被鸟啄过，到处都是细碎的坑洞，剪刀从右下角斜着剪过去，如果干脆利落，那么爸爸的脸会被剪开，但动手的人显然是很快改了主意，突然转向的剪法，让爸爸的身份证拥有了一个非常尖锐的角。

那一年，姜采采念小学二年级，她会写字了，识字量虽然不大，但认得父亲的名字，也认得“住址”这两个字，原来父亲是广东人，但广东在哪儿？她不知道。

姜采采把地址抄写在笔记本上，心底有了一个念头，将来长大了，她想去那里找爸爸，给了自己一个有寓意的名字的爸爸，他应该只是不喜欢妈妈，不是不喜欢她，姜采采这样想。

地址被剪缺了一块，有两个数字不好分辨，看上去既像 6 又像 8，既像 3 又像 5。姜采采在存疑的数字上用红笔画了个圈，她不觉得这点困难会难倒她，试嘛，找嘛，63 号、85 号、65 号、83 号，能差多远？她觉得自己离生父很近了，离夏绻拥有的那种父爱很近了。

那时候，她是很天真的，心头充满幻想，竟会想到给姜国胜写信，信的内容很简单，是这样的：

“亲 ài 的爸爸：您好。我是采采，非常非常想 niàn 您的采采。您一定很忙吧？什么时 hòu 才能回家看看我呢？我今年八岁了，但是还是和小时 hòu 长得一样，走在大 jiē 上，您一定能认出我。爸爸，我 bān 回老家了，在江边上，我在师大附小二（2）班上学，语文、数学都能考一百分，您有空来学校 jiē 我吗？爸爸，您要好好的，我 děng 您来。ài 您的女儿姜采采。”

写信的纸是从田字簿上撕下来的，一页纸，两面都写满了，她努力把字写得工整漂亮，并且还在收尾的地方，用水彩笔画了一张笑脸。

地址到底是哪一个，她不敢问，于是就用猜的；没有零用钱买邮票和信封，就拿夏爸爸给她买的可乐去换。一模一样的信，她一共写了四封，投递出去，如石沉大海，杳无回音。

她当然是失望的，但没有绝望，灰暗的日子里，希望比氧气和水还要珍贵。

后来，妈妈再婚了，继父是个坏人，她不明白妈妈为什么会喜欢那样的坏人。姜采采很痛苦，她把胳膊上的淤青展示给夏绻看，说她的继父喝多了以后像失去理智的野兽，夏绻眉眼弯弯地用指头用力按压她乌青的皮肤，再问她疼不疼。她得不到妈妈的保护，因为妈妈也跟着一起挨打，甚至比她挨打还要多。

于是，她遏制不住地又一次想起了姜国胜，痛苦让她钻入梦幻王国，重复了孩子气的举动，她又试了一次，和上次一样写了四封信，但信的内容已经不再像第一次写的那样带着孩童的天真，而是字字泣血。她谈到缺失的父爱，谈到无能的母亲，谈到她们面临的困境，她哀求生父救助，像沙漠里迷路的可怜人奔向海市蜃楼。

她把信一一塞入邮筒，最后一封掉入时，竟然没有一点声音传出来，姜采采立刻哭了，她感觉邮筒像巨大的黑洞，把希望都吞没殆尽了。

然而，出乎意料地，一个星期后，回信竟然来了。

惠来县东龙古镇北新八巷 65 号的人给她回了信，回信的人自称“V”，说已经是第二次收到她的信，很抱歉，他不是她的父亲，对她的遭遇深表同情。可是，他还只是个学生，没有能力拯救她，他建议她母亲寻求警察或者居委会的帮助，除此之外，如果她需要找人倾诉，他愿意与她做对笔友。

就这样，姜采采和V认识了。回信的字迹很清秀，姜采采一直把V当成大姐姐，上了初中之后，她被同桌带去黑网吧，他们之间的联络途径随之转移到网络上。又过了一年，她过生日，V问她要什么礼物，她说想见面，视频之后才知道V是个男生，名叫何志伟，采采上初二时，他已经读大二了，她该叫他大哥哥。不过何志伟说这样叫有点肉麻，不如还是叫V的好。

他们在QQ上聊天。

姜采采说："叫习惯了可能就不肉麻了，我能叫你哥哥吗？我想叫你哥哥。"

过了很久，何志伟才回复说："也行吧，刚刚去给你邮寄英语字典了，这几天注意收一下。你的数学不错，但语文不太行，英语就更差了，你要学会合理分配时间，在能大幅度提高分数的科目上下一点功夫，会有好结果的。"

"谢谢哥哥。"姜采采回答。

"好好学习，记住，除了读书，你没有别的路可走。"何志伟叮嘱她。

她能考上瀚文中学，除了夏家人之外，V也出力不少，如果夏绻所谓的"作弊"指的是"外援"，那她还真的有。但她不与夏绻分享V的一切，夏绻拥有的那样多，她拥有的这样少，她掏出来的是心与肺，而夏绻掏出来的只是皮与毛，她们之间从不对等。即便如此，她也曾掏出不少，喂得夏绻上了瘾，到现在，夏绻已经需要伤害她，让她流血，才能感受到所谓友谊带来的快乐。

"喂！采采！等等我！"

夏绻从瀚文中学第一教学楼四楼的楼梯上俯冲下来，钩住姜采采的脖子，用力拖着姜采采走。

这动作让姜采采面孔煞白，夏绻对别人也是这样的，并不独独针对她。姜采采见过夏绻在操场上这样拖着人跑，被夏绻拖着的人笑得很快活，她们应该都是发自肺腑地快乐吧，可是，如果她们曾经被人这样拖着打，肯定不会再这样没心没肺地笑了。

03

西边的天空红彤彤的，学生们三三两两聚在一起，往食堂走。姜采采手里也抓着饭盒，但夏绻拖着她往食堂的反方向走，不锈钢饭勺在饭盒内摇晃，发出当啷啷的响声。

走到无人之处，夏绻凑到姜采采耳边对她说悄悄话，姜采采皱起眉，偏头确认道："你要我帮你作弊？"

高中阶段要经历十五次大考，这是一场漫长的比赛，每一场考试都是一个赛点，前十四场考试不做硬性淘汰，谁都有资格走到最后。不过，虽然闯关地图不会被关闭，但从第一场考试开始，所有人就都进入了排位赛，赛程不需过半，裁判们就能预测出绝大多数的第一梯队选手。

明天就会迎来第一场大考，高一上学期的期中考试，是十五场考试中最轻松的一场，相当于热身，不过，姜采采还是很重视这场考试，因为她想要刷新校排名，改变自己在老师心目中的形象。

姜采采入校的排名不够理想，在一千多名学生中，她排在第 566 位，夏绻的排名比她高了将近一百位。

瀚文中学高中部前两百名的学生基本是学校通过自主招生在全省范围内吸纳来的尖子生，那些学生拥有全校最好的教学资源，金牌教师队伍、单独开辟的自习教室、针对性开发的教学计划，这样的资源姜采采也渴望拥有。高二分班时，学校还会根据以往的考试成绩为理科实验班和文科实验班做一次人员增补，那是她最后的，也是唯一的机会。

"大惊小怪的干吗？"夏绻扎着高高的马尾辫，行走间，发尾在脖颈后甩动，带流苏的紫色发带缠在黑亮的头发里一起摇来摆去，她可真时髦呀，这么一打扮，连普通的蓝白色校服都变得亮眼了。夏绻微仰着下巴，眯起眼睛，睨了姜采采一眼，笑着说："你不是很有经验吗？"

姜采采的眉心动了一下，不等她开口，夏绻就嬉皮笑脸地扑在她后背上，大笑着说："哎呀，我开玩笑呢。采采，你帮帮我嘛，高中数学怎么这么难，这次期中考试我肯定要考砸，但是我妈答应我了，要是这次我的排名能进四百以内，她就给我买 iPhone 4！求求你了，我知道你数学最好了。”

姜采采想要挺直腰板，大声地告诉夏绻，她从来没有作过弊，但一张口，说出来的却是：“你敢带手机进考场？你是让我考完把答案发给你吗？”

夏绻把细长的眼睛睁开了一些，不屑的目光透出来，她哼哼着说：“哟，你看，我就说你有经验吧。”

没有人愿意被这样冒犯，姜采采不说话了，她转身要走，但夏绻拦住了她。

“我主要是想要后面应用题的答案，姜采采，我也没那么差，好吧？”

一个要作弊的人竟然还能如此骄傲，姜采采也是服气的，她叹了口气，说：“那没办法，我们又不是一个班的。”

夏绻再一次轻蔑地笑，说：“你脑子是不是秀逗[①]了？期中考试要分考场的，一人一个座位，你以为是单元测验呢。”

“什么意思？”

见姜采采一脸茫然，夏绻咯咯地笑了起来，她一把搂住姜采采的肩膀，亲密地把头靠在她的头上，说：“刚刚，我去给田老太打印考号表了，真是天助我也！我们在同一个考场，而且，你就坐在我的旁边。”

夏绻一边说话，手一边在空中划动，她说：“第 14 考场，最后一排，高一（8）班 48 号姜采采在这里，我，高一（9）班 4 号夏绻，在你右手边的角落里。”

姜采采的目光跟随夏绻的手移动，她的指甲好亮啊，是刷了一层指甲油吗？应该是天生的，学校查仪容仪表查得很严格，指甲油这样的东西，被发现的话，班级是要扣分的。

“怎么样，是不是很巧很厉害？”见姜采采不搭话，夏绻以为她不愿意，脸色立刻变了，不满地说：“真小气……那要不然这样，我给你抄英

---

① 网络用语，英文“short”的音译，指人大脑“短路”，一时反应不过来。

语，我们交换，总可以了吧？你说话呀，怎么越长大越像个木头人了？”

姜采采还是想大声告诉夏绻，她不会作弊！永远也不会作弊！但她只是点了点头，说：“嗯。”

“嗯？嗯……是什么意思？”夏绻歪着头，问，“我要做什么？”

姜采采很紧张，脑海中已经开始了对危机状况的预演，心不在焉地锁着眉头。夏绻的话，她没太听明白，她想，要作弊的是你，又不是我，你既然要作弊，那就拿出本事来抄，不然还能怎么样？

“你准备怎么把答案给我？我要怎么做？”夏绻张开手在姜采采眼前摆了摆，说，“你又傻了？”

“不是我往桌边放一放，然后你抄吗？”

以前在二十三中时，考试碰到难缠的同学要抄她的答案，姜采采都是这样做的。

“哼，我看你就是不愿意吧。”

夏绻的眼睛又冒出寒光来，姜采采心里一沉，迅速意识到，事情比她想象的更麻烦。

“把答案写在稿纸上，递给我。”夏绻不再兜圈子了，她给出了简洁有力的指令。

“那怎么可能?!”姜采采吓坏了，如果不是亲耳听到，她根本不会相信，从瀚文初中部直升入高中部的好学生作弊的方式竟然比他们二十三中那些不念书的混混更简单粗暴，她很想质问夏绻，如果被抓到怎么办？在这样的学校里被抓到作弊难道不是件严重的事吗？

可是，夏绻没给她说话的机会，夏绻跺脚抱怨道：“你不要再说不可能了好不好？采采，对你来说有什么不可能的？我爸妈天天在家教育我，看看采采，看看采采，一切皆有可能！而且，你也该回报我了吧，在课外补习班上课偷偷录音被机构发现的话，我也要倒大霉啊！我为你担风险的时候，可一句话都没有说过。你要是这么自私，那……那我以后也不帮你录音了，不，我们绝交算了！”

夏绻的胸口起伏得很厉害，好似气炸了，但脚却定在原地一动不动，姜采采没有看她，她盯着自己的脚尖。

不需要正眼看，用余光就足够了，她已经习惯了这种没什么威慑力的威胁。

很快，姜采采点点头，轻声承诺道：“知道了，我会想办法。”

“好姑娘！”夏绻在姜采采的面颊上亲了一口，湿湿的，随后，她从书包里掏出一沓做过的辅导卷和一枚小巧的红色 U 盘递过去，说，“这是上周末辅导班的试卷和录音，你听不明白就来问我哟，我不跟你一起吃晚饭了，我要减肥，晚自习结束以后，你再跟我说说具体的办法，等你。”

每个星期，姜采采都能从夏绻这里得到市里口碑最好的辅导机构的内部资料，这些资料价值不菲，不是光花钱就能得到的，能把孩子送入那所辅导机构金牌班的家庭在江城市非富即贵，夏绻家倒谈不上富贵，但她运气好，有个亲戚嫁给了那所辅导机构的老板的堂弟，所以才得到了一个珍贵的名额。

地球是圆的，世界却是尖的，姜采采已经不是第一次出现幻觉，每每精神紧绷，就感觉脚边万丈绝壁拔地而起，直入云霄。

此刻，夏绻正在高处呼唤她，她手里握着登山杖，杖尖牢牢地插在石缝深处，却连一根牢固的绳索也不愿与她共享，她丢来的是什么呀？一根柳枝而已，却好意思叫她不必怕，喊她再大胆些，再勇敢些……

04

2011 年 11 月 3 日，上午。

进考场前，姜采采只问了夏绻一个问题：真的不在乎被抓住的后果吗？夏绻回答她，为了 iPhone 4，为了哥哥们，她得豁出去！

“被抓住，最多就是被叫家长嘛，叫家长，我就求老夏，反正老夏舍不得骂我，谆谆教诲有什么可怕的？我无所谓，”见姜采采苦笑，夏绻又说，“你就更不用担心啦，我爸就是你爸，反正你妈也不可能回来挨老师教训的，我爸就一人承担吧……唉……可怜的老夏……世界上最好的老爸。”

我爸就是你爸……姜采采的心像被什么给击中了，盯着夏绻的眼神忽然变得有力，夏绻被震慑住了，她低声说：“你瞪我干吗？不许反悔。”

夏绻，你不配做他的女儿，姜采采这样想。

关于作弊，姜采采的经验并不多，她既不抄别人的，也没主动给别人抄过，从前在二十三中，她花了很长时间，才学会不在乎别人抄她的考卷。在瀚文中学的这两个多月，经历考试无数次，她没有发现班里有谁考试作弊。她底子薄，为了突破自己使出了全力，一个只顾埋头拉车的人，连抬头看路的时间都没有，哪有工夫观察其他人？

但今天她要帮夏绻作弊，并且只许成功不许失败，想来想去，她只有一个办法。

牺牲自己，成全夏绻。

开考了。

第二个考试日考的第一科就是数学，期中考试不分 AB 卷，微微谢顶的监考老师站在教室最前面，把一摞试卷夹在腋下，宣告考场纪律，结束后，他舔了舔食指，重复数出六张考卷交给每一列的第一个同学，让学生自己往后传。

夏绻和姜采采都是他们那一列的最后一个人，接到前排同学传递过来的试卷，姜采采下意识地看了夏绻一眼，她的心理素质真好，一点异样都没有，拿了试卷就开始前后浏览，写名字，写学号，写座位号，一副胜券在握的模样。

姜采采快速移开目光，没时间了，她要更快，比夏绻快，比所有人都快。

摊开试卷，姜采采先做了两道选择题，然后就开始做第一道应用题，把答题步骤写在草稿纸上。题目不难，比培训机构出的举一反三题容易多了，最后一题稍微有点难度，那是一道函数模型题，根据题干分析函数模型是否可用，再根据另一函数模型，确定最小正整数的值。

题目新颖，如果第一次见会容易犯糊涂，不过，培训机构的习题集里出现过一模一样的题，那题夏绻做不出来，姜采采给夏绻重新讲了两遍，她还是没做出来。

做完整张试卷后，姜采采抬头看了看黑板右侧白墙上挂着的时钟，考试时间才刚刚过半，这个答题速度把她自己吓了一跳。

她的试卷上应用题的部分还是空的，但草稿纸俨然成了答案纸，选择题、填空题、应用题，所有的答案都已清晰列明。

好了，要开始行动了。

姜采采开始翻卷子，每翻一次，她就把薄薄的草稿纸折小二分之一，新闻上说，一张纸最多只能折叠七次，姜采采翻试卷只翻了六次，她的草稿纸就足够捏在手心里了。

她盯着试卷上大片大片的空白，默默在心里倒数了十个数，然后她抬起头，看了看坐在教室最前面的监考老师。

原来，瀚文的监考老师也会打盹啊。

姜采采只瞟了一眼就垂下头，她的心脏怦怦地跳，耳边有一个声音在对她说：别磨蹭了，想好了就赶紧做，没有更好的办法了，除了牺牲你自己，想想夏爸爸吧，如果你们被抓了，夏爸爸该多伤心？他对你那么好，你要让他为你承受耻辱吗？

姜采采又抬起眼皮瞟了一眼监考老师，他又不打盹了，而且好像是要站起来了，巡场吗？

来不及了，真的不能再等了。

姜采采深吸一口气，然后将手里的中性笔猛地扎进喉咙深处，笔盖前端的五角星触及喉咙的那一刹那，她哇的一口，吐在了未完成的试卷上。

那一声呕吐声伴随着刺鼻的酸腐味道迅速在考场内掀起波澜，夏绻呆呆地看着她，不明白她这是唱的哪一出。不是说会把草稿纸丢过来吗？草稿纸在哪里，在那一摊散发着臭气的残渣里吗？

真恶心啊。

为了这场蓄意的呕吐，姜采采吃了非常多的早餐，她不想吐得太难看，于是只喝了粥，白粥，整整四碗，开考前食物还堵在嗓子眼，如今吐出来，粥还是白的，是半消化状、糜烂的，一堆堆黏在一起。

还是很丢脸啊，所有看过来的目光都在嫌弃她，包括夏绻。坐在她前面的彭超嫌弃她是有理的，因为她吐得太猛，汁水飞溅，也许落了几滴在他的后脖颈里，可是，夏绻凭什么嫌弃她？她可是为了夏绻才会受这场苦。

“同学，你怎么样？要不要紧？”

监考老师过来看了一眼，显然也被恶心到了，不过面上还是能控制住，他把教室后方的垃圾桶端过来，望着桌面发愁，看姜采采的眼神也很无奈。

当监考老师戴上橡胶手套，屏住呼吸，将试卷两头抓起，兜住所有的污秽，一齐丢入垃圾桶后，姜采采挤出了眼泪，假模假样地对着老师哭泣道：“我的试卷……”

“好了好了，”监考老师并不理会她，说，“试卷这样也没法用了呀，你身体怎么样？怎么会吐成这样？”

姜采采趁机又干呕了几下，教室里的嘈杂声就没停过，监考老师转过身环顾四周厉声道：“不要交头接耳！”然后他对姜采采说：“你去医务室看看吧，自己能走吗？”

“可是，考试怎么办？”姜采采哭得更凶了。

“同学，不要有这么重的负担，你是紧张的吗？”转眼间，监考老师已经用酒精湿巾把姜采采的考位清理干净了。

“老师，对不起，我去把垃圾丢了吧。”

“不用不用，你快去医务室。”

“太臭了……会影响同学们考试……”姜采采紧张地说。

“哦……”监考老师觉得她说得有理，同意了，把垃圾袋束好交给了姜采采，“你们班主任是？”

“陶老师，高一（8）班教英语的陶成老师。”

“行，那你先去，我马上联系你们班主任。”

站在监考老师身后，左手提着垃圾袋的姜采采一边说谢谢，一边将右手手心里紧握着的答案丢在了夏绻的桌面上。看见夏绻把答案压在卷子下面后，她扭身走出了教室。

哪有人吐在卷子上的，要吐也是吐在地上才对啊。

可是，她就是要吐在卷子上。

因为草稿纸也是试卷的一部分啊，她把自己的草稿纸给了夏绻，该怎么解释自己的草稿纸去了哪里呢？

姜采采走到楼道尽头的垃圾桶前，把黑色的垃圾袋丢了进去。

和夏绻交换草稿纸会加大风险，即便交换成功，万一老师查得特别严，草稿纸上的笔迹也是破绽。

只有让监考老师以为试卷和稿纸一起毁了才能解决这个问题，接下来，就看夏绻了，只要她小心点，不被抓到，她们就安全了。

05

成绩放榜是一个星期以后的事了，夏绻获得了胜利，冲进前二百名，排名 196 位，在高一（9）班排第三名。

夏绻在文科上的绝对实力并没让姜采采羡慕，榜单上，数学满分才是最扎眼的，但姜采采没有那种幕后无名者的委屈与不甘，她只是更加相信了何志伟说过的话，只要在提分空间大的科目上下足功夫，必然能有收获。尽管夏绻走的是歪门邪道，但道理是这个道理。

十五场征途的第一场结束了，姜采采也有了不错的进步，她的排名前进了两百位，数学考试是单独重考的，满分 150 分的卷子她得了 148 分，错的那道选择题是她故意做错的，她怕，怕自己闹这么一出又得了满分会太过惹眼，于是忍痛擦掉了一个正确答案。

在何志伟的提醒和帮助下，姜采采的英语和语文成绩已经赶上来了，得分率提高了10%。这次考试她相对薄弱的科目是历史、政治，不过，历史和政治真的有那么难吗？姜采采并不那样觉得，她只是没有在这两门课上下功夫而已。

看着看着，姜采采的眼睛一亮，她突然明白了自己的优势，她的英语、语文成绩和文科实验班同学的略有差异，但数学的优势足以弥补一切，如果她能用接下来的九个月时间把历史和政治啃下来，明年报考文科实验班是不是就有戏了？

瀚文中学贴吧里的学长都说，文实班和理实班补人，也就每个班前三名有机会，夏绻这张虚假的成绩单此时成了姜采采奋斗的目标，她的心底忽然一阵火热，激动得眼眶发酸。

就在这时，一个清脆又略带沙哑的男声在姜采采耳边响起，他说："你作弊，我看见了。"

姜采采吓得一哆嗦，她猛地一扭头，看见了说话的人的脸，那是她的同班同学，盛煊，学号42号，期中考试时，他就坐在自己左手边的那个考位。

他看见了……

姜采采顿时满脸通红。四周都是斗志满满的同学的脑袋，她不知道还有没有其他人听到盛煊的话，她声音颤抖着小声争辩，说："我没有。"

"帮别人作弊也是作弊，这叫共犯。"说话时，盛煊没有看姜采采，从他的声音里也听不出什么情绪，但他陈述的事实却让姜采采胆战心惊。

"你想怎么样？"姜采采问。

盛煊戴着一副眼镜，他个头不太高，很瘦，脸上几乎没有脂肪，薄薄一层面皮贴在头骨上，有点营养不良的样子。他们虽然是同班同学，但平时交往不多，半学期过去了，他们还没说过一次话。

姜采采有点急，事关她的命运，她朝盛煊走近一步，凑近他的耳畔，轻声说："你别去跟老师说，好不好？"

请求时，温热的气息钻入了男孩的身体，盛煊似乎是吓到了，一边捂住耳朵，一边说："我只是想说，让她考这么高的分数，你是不是故意的？这种成绩显然不正常，老师一定会关注到，说不定还会取消她的成绩，牵连到你。"

说完这些，盛煊深深地看了姜采采一眼，他离开时，还没有放下捂住左耳的手。

姜采采如被雷劈一样呆在原地，面孔煞白。

是故意的吗？她不敢把自己择得太干净，那一幕确实在她梦中出现过，夏绻手握金杯站在领奖台上享受着她的荣耀时刻，礼花和彩带漫天飞舞，一束光从天上落下，洒在她的发顶，突然，有人砸来了鸡蛋，鸡蛋啪啪地碎在她的身上、脸上，所有人都知道她的成绩是假的，她是个赝品，是个假货……

也许那一幕实在是太爽了，她竟然忘了去考虑老师，如果被盛煊说中了，怎么办？

姜采采几乎快哭了，她的耳孔内在鸣叫，隔绝了四周的一切声音，她在人潮中感觉到自身的孤独与渺小。

为什么要做坏事？做坏事就要承担责任呀！不承担可不可以呀？也不是她一个人的责任呀……

要去主动坦白吗？真的只要请家长就可以了吗？会被开除吧？掩盖？要怎么做呢？若要人不知，除非己莫为，她是个小屁孩啊，真以为自己有多聪明呢。

一整天，姜采采的心都没有放下来，下课时，她坐在教室里，不敢出去活动，她怕在楼道里遇见班主任或者那天监考的略有些谢顶的老师，她害怕有人喊她的名字，她怕被叫去谈话，怕东窗事发，除了怕和祈祷，她不知道还有什么事是她可以去做的，她甚至逃避去找夏绻，怕老师看到她们在一起，抓她们一个现行。

直到晚自习结束后夏绻来找她，她观察夏绻的表情，发现夏绻的眼睛是弯弯的，才放了心。

夏绻丢了一大包零食给她，说：“给你，奖励！刚刚去小卖部给你买的，有辣条、薯片，哦，还有一盒费列罗，怎么样，大气吧？你好久没吃费列罗了吧？我给你剥一颗。”

“不要！”紧绷的神经松弛下来之后，姜采采的愤怒在一点点聚集。

“没事，吃完了我再给你买，别这么省，OK？”夏绻自顾自地撕掉透明胶条，取出一颗金灿灿的巧克力蛋，一边剥包装纸一边说，“哎呀，我不吃你的，喏——张嘴——”

巧克力贴到姜采采的嘴唇上，夏绻才发现姜采采哭了，她不解，问：“怎么了？谁欺负你了？”

她根本不明白，根本不理解，根本不在乎，姜采采低着头，翻起一双红彤彤的饱含泪水的眼睛瞪夏绻，这一刻，她真的很恨她。

夏绻琢磨出原因来，微笑着问：“你不会还在担心那件事吧？”

你说呢！姜采采不说话，心里恨恨地喊着。

“行了行了，我跟你说实话吧，原本我只是跟你开个玩笑，却没想到你比我想象的霸道，弄得我都有点佩服你了。不过，现在看起来，你呀，还是你，没变，就是这么小家子气，”夏绻嘲笑她，从口袋里掏出一张纸巾丢给她，又说，“你真以为我是抄你的呢？我不过是跟你对了个答案，姜采采，考满分的可是我。”

骗子。

姜采采垂下眼皮，心里看不起夏绻，眼泪吧嗒滴落的瞬间，她听到夏绻又说：“不过啊，你以后不许学文哟，去学理，别来和我竞争，不然绝交！听见没？走了，别哭了，哭得一点气质都没有……”

姜采采压抑着心头的愤怒，泪水吧嗒吧嗒地掉落，她死死地盯着夏绻离去的背影，用力抠着指甲。

手在发抖，好难受，快控制不住了，真想拧掉她的脑袋啊……

第三章

4 小时：探问

十七岁少女失踪事件

01

长江中下游地区的冬天很难熬，度过它要靠一身正气，黄昏的街头到处是缩头缩脑顶风前行的上班族，只有年轻的极爱美的女孩子能够忍得住不穿秋裤，或露着脚脖子，或穿着厚的假透肉袜子搭配一双笨笨的卡其色雪地短靴，鼻头冻得像小丑。

街道两旁的香樟树上已经牵好了灯带，路灯上的道旗广告也是与过年气氛相衬的大红色，广告画面以一辆小车为核心，用金色的遒劲有力的大字写着广告语：走创新路，造中国车。与广告画上的小车同品牌的出租车正在路上疾驰，透过车窗，汪荻只觉得画面上的一辆辆小车好像也跟着跑了起来。那是江城现下最耀眼的明星企业，国产汽车品牌，不仅在江城，在省内它也是排得上号的龙头企业。

龙头、标杆、大明星……

这些词，汪荻都熟。曾几何时，她所供职的江城市国营棉纺织印染厂也有如此烜赫的名声，不过，江棉厂已经倒闭，企业宣布破产以后，遗留下来的问题相当多，几千号人的住房问题尤为严重。

百号人有百张口，千号人就有上千种心思，问题解决起来真是要多愁人就有多愁人。这些人当中，有的人撒泼打滚，是为了争取到更多利益，为改善一家人的居住条件豁出去了；也有的人披挂上阵，是为了保留住自身已得的，生怕竹篮打水一场空。

汪荻不知道家中的具体情况，她猜母亲一定不会出头，自从父亲离世，母亲就成了隐形人，她只知道母亲从江棉厂最好的干部楼迁出后，最终搬进了市政府统一建设的安置小区檀韵花园。新屋在一层，安置小区的建筑密度高，总层高二十六层的房子住在一层，阳光成了奢侈品，这两年的冬天汪荻回家过年，就没有在屋子里见过阳光，从早到晚，屋内都得点灯，新房一点阳气都没有，总是阴森森的。

去年开始，原江棉厂终于开始拆了，据说那一块要改成大型商业区，填了污水河之后还要建高档住宅区，规划已经做到了与江棉厂一桥之隔的城乡接合部，汪荻记得电话里听廖芬芳提过一嘴，说奶奶家的老房子也要拆，小巷里的墙上用红漆刷了大大的叉，邻里都已搬空。

城市要长大，和人一样，老废的细胞都要甩出去。从天河新村离开，出租车又驶回市人民医院，但出租车没有加入排队入医院的车队，而是从旁边的车道一溜烟地跑了。

夏绻不见了，她的姜采采也不见了，这让汪荻想起了她和陈蕾的小时候。从小到大，尤其是十岁以前，她们总是手拉着手穿过江棉厂不远处的铁拱桥，撒丫子到处玩，天黑了也不愿意回去，大人们就举着手电筒到处找她们，老远地，就能听到“粥粥”“蕾蕾”的殷切又焦急的呼唤。小孩子可真是不懂事，大人急成那样她们还在躲呢，其实啊，总是她拉着陈蕾躲，那时候，她调皮，什么都敢做。

是了，一定是姜采采调皮，带坏了夏绻，拖着夏绻不知道野到哪里去了，汪荻就是这样劝在家里到处张望的夏清如的。夏清如转过身，充满希冀的眼神望过来，问：“是吗？”

“肯定！当然！”汪荻把皮包夹在身侧，用力点头，说，“我找采采去，找到采采就一定能找到卷儿，你们别急，别急啊，等我电话。”

跑出天河新村，汪荻等不及坐公交车，檀韵花园地处偏远，公交车穿城而过耗时太久，她打了车走，那样要快很多。没想到，出租车还是在市内兜了许久，当车子驶入九华大道时，汪荻下意识地嘀咕了一句：“怎么开到这里来了？不走环城路？”

出租车师傅扭头看了她一眼，汪荻一瞧，开车的人有张红面皮，就知道他脾气不大好，果然，那师傅大嗓门地回应说："走环城路我也要开过去啊！我开的是车，又不是飞机！还能从天上过啊?!"

汪荻不吱声，一双眼睛紧盯着九华大道旁那些光秃秃的枝丫，她并没有怀疑出租车师傅的意思，只是触景生情，下意识地嘀咕了一句，出租车师傅见她不应声，更横了，继续嚷嚷道："我开车开了半辈子，从来不绕路！怀疑我绕路？侮辱人！"

"好了，别说了，对不起啦，走吧。"

想不起来从何时开始，人心变得如此浮躁，汪荻自己也很浮躁，但她压抑着，不敢表露出来。她的头歪向车窗，眼睛向上翻着看窗外，那些光秃的枝丫是银杏树的枝丫，每年的十一月，黄澄澄的银杏叶在此连成片，夺目的灿金色飘在大街上，浮在蓝天里，银杏树下满是驻足停留、仰头观望的江城人，那一刻，他们会有一个共同的感觉：这座城市在盛放。

出租车师傅再一扭头，见汪荻眼泛泪光，以为自己把她骂哭了，这才安静了。

倚着车窗，汪荻在回忆她的人生中为数不多的幸福时刻，就在这条银杏大道上，就在这片光秃秃的丑陋枝丫旁。

1994 年，汪荻 24 岁，柔弱美丽，姜国胜苦追她，他开一辆车头方方的捷达载着她在江城四处招摇。也是这样的冬天，银杏叶凋落得一片不剩，汪荻告诉姜国胜这个广东佬，银杏叶黄时最美，是他没福气看见。

姜国胜像变戏法一样，从漂亮的包装袋里掏出一条明黄色的真丝丝巾，在她矜持又期待的注视下，他落下车窗，把明黄色的丝巾叠了两叠，他的身体几乎从主驾驶位全部探过来，压住她，他把叠好的丝巾搭在窗沿上，然后又把车窗升了回去，隔着半透明的明黄色丝巾往外看，世界都变得多情。姜国胜笑着说："你看看，喜不喜欢？有你在我身边，我还要什么别的福气？"

于是，她让他吻了她，挡不住的爱的感觉，满脑袋空白，她真是好喜欢他，喜欢到失语、失智，喜欢到再也不嫉妒陈蕾拥有了夏清如。

“到了到了！”出租车司机停下了车，歪头瞟了一眼，见乘客还在揉眼睛，不耐烦地说，“零头不要了，唉！”

那一声长长的叹息像遭了多大晦气一样，汪荻从钱包里数出三张平整的十块钱递了过去。

02

仿佛没有缓冲，天在一瞬间就黑了，安置小区里家家户户的灯亮起来，生活的气息一点点聚集。檀韵花园里住着太多老熟人，看着她长大的父亲和母亲的老同事，还有与她一同长大的江棉厂的没有混得开的子弟们。汪荻和母亲一样，渴望在这里做个隐形人，她一路埋头冲刺，奔到小区最西边角落的那栋楼才缓下来。

她家里的灯也亮了，冷白色的光线少了点温馨感，隔着厨房玻璃，汪荻看见了正在做饭的母亲廖芬芳。

廖芬芳穿了一件枣红色的棉袄，腰带勒得蛮紧，她不似谭庆梅那样人过中年就开始发胖，她始终都很苗条，但不值钱的冬装臃肿又蓬松，被腰带这么一束，远远看着像串只有两粒的糖葫芦。

厨房玻璃上凝结的水雾让一切变得朦胧，两个燃气灶都用上了，看来，今天的菜式会很丰富，有汤水，也有快炒。

廖芬芳右手拿着锅铲时不时地在炒锅中搅动，身躯小幅度地轻晃，过了一会儿，又隔着抹布揭开砂锅的盖子，白色的蒸汽腾地冒出来，汪荻以为母亲会躲一下，但廖芬芳纹丝不动，她不免担忧母亲会不会被烫到，连忙往前快走了两步。廖芬芳把砂锅盖子盖回去，隔着玻璃，汪荻听到母亲在哼唱小调，这一幕，让她心底涌过一阵暖流，原来，知道她要回来，母亲竟然会这样高兴。

汪荻掏出钥匙打开家门，对着母亲的背影喊了一声妈，廖芬芳扭过头，双眼极亮，她丢下锅铲，转身的同时，双手在胸前击打出脆响，给了汪荻一声兴奋的“咿呀”作为回应，这般投入的欢颜，是襁褓中的婴孩、蹒跚学步的幼童才能拥有的。

汪荻感动得说不出话，因为她糟糕的看男人的眼光，母亲冷待她许多年，如今，一切好似终于过去了。汪荻被母亲的热情注视弄得害臊，她移开视线，转身在其他亮着灯的房间里搜寻女儿姜采采的身影。

女儿不在家，电话联系不上的原因也找到了，原来，女儿出门时没有带手机，小卧室里，仅有九十厘米宽的单人床上，黑乎乎的，半只手掌大小的手机躺在格纹枕头旁。

女儿的手机上有八个未接电话，有一半是她打的，还有一半来自同一个陌生号码，拨打的时间比她早得多。汪荻看着号码发愣，目的性这么强，和她一样非要联系上采采不可，一看就不是骚扰电话，那是同学吗？男同学？汪荻皱起眉头，满脸不悦。

“妈，采采呢？”汪荻攥着女儿的手机，走回客厅问。

廖芬芳正在布菜，仿佛没有听到一样，嘴里哼着小调，把碗碟、瓷勺弄得叮当作响。

“来来，坐下，吃饭啦。今天做的都是你们爱吃的菜。”廖芬芳笑着说，“快来呀，傻孩子，傻愣着干吗？”

母亲的状态似乎是兴奋得过头了，汪荻察觉出了些许不对劲，她困惑地放缓脚步慢慢走到圆餐桌前，低头一看，青椒炒臭干子、炸酱三丁、蚂蚁上树、荷包蛋鲫鱼汤，三道炒菜围着一道鱼汤摆放得像花朵一样。三副碗筷也摆放得整整齐齐，小瓷碟托着小白碗，每只碗里都有一只描蓝边的白勺子，筷子搭在小瓷碟上。

汪荻感觉有些喘不上气，自从父亲去世，家里再没有这样讲究地摆过盘，而且，她从来不吃臭干子，那是父亲最喜欢的吃食。

余光里，廖芬芳在靠近，汪荻抬起头，见到母亲端着一壶烫好的米酒坐过来，她的心彻底凉了，整张后背上的汗毛竖起来。

所有的这一切，都是为父亲准备的，一切都是父亲去世前的标准。

汪荻喉咙发硬，母亲站着，微微躬身把米酒从白瓷酒壶倒入小巧的酒盅。汪荻觉得母亲的视线是有焦点的，表情甚至称得上妩媚，可是，母亲看向的地方除了空气，什么也没有。

“妈，我不吃饭……”汪荻努力维持镇定，她颤抖着声音问，“你别弄了，你给谁弄？”

廖芬芳对着空气柔情地笑，然后提起筷子夹起一块细长的黑色的油炸过的鼓鼓的臭干子，放在主位的空碗里，说：“你不吃，你爸吃。”

汪荻吓坏了，大半年不见，母亲竟然已经糊涂到这种程度。

父亲是因为不堪丑闻的压力自杀的，从那以后，母亲在江棉厂内颜面扫地。许多年来，父亲一直是家中的禁忌，轻易不可提及，但汪荻知道，母亲常会在深夜痛哭，把脸埋进被子里不甘地发泄愤恨。

恨与爱是成正比的感情，有多恨就有多爱，母亲不是第一次犯糊涂，但以前通常是在半梦半醒间，像今天这种情况实属罕见。但或许，是由来已久了，只是因为她不常回家，所以拖到今天才发现，汪荻感到既恐惧又自责。

“妈……采采呢？”

廖芬芳还是不回答，看着汪荻的眼神倒好像很困惑，汪荻不得不用力拍了下桌子，大喊了一声：“妈！采采呢?!”

有力的拍打震得碗碟脆响，廖芬芳一阵颤抖，筷子夹着的一块小肉丁滚落在地上，留下一道两三厘米长的酱汁痕迹，好像有什么魂灵正在从廖芬芳的躯壳里离开，令她目光昏昏，身体失控地震颤。

汪荻是真害怕了，她怕母亲一头栽倒，正要站起来去扶住她，廖芬芳突然恢复过来，她注视着汪荻，眉头皱起来，不满地说：“你怎么回来了？干什么！跟我拍桌子！我对不起你啦?!”

原来，母亲并不知道她要回来，她竟会以为这一桌子的佳肴是母亲特意为迎接她而准备的。

真相永远这样残酷。

汪荻别过脸，用左手的手背轻轻压了下眼角，等她再转过头看回来，廖芬芳正在吞药，小药片一粒粒地聚拢在掌心，瞧着有十多片，母亲一口就吞了，连水都没喝一口。

“妈，你吃什么药呢？”汪荻赶紧去给母亲倒水，她对家里的情况不熟，厨房里只有开水，倒出来太烫没法喝，她一边打开水龙头冲玻璃杯给水降温，一边着急地说：“药不能乱吃，什么药要一下子吃那么多？你拿给我看看。”

“不要你管，你把自己管好就行了。”

廖芬芳钻入厨房，在汪荻面前把那盘青椒炒臭干子倒进了垃圾桶，然后把碟子摔在洗碗池里。

汪荻忍不住叹气，她知道母亲心里在恨什么，可是不知道该怎么做才能让母亲放下，玻璃杯里的水能入口了，但母亲好像也不需要了。

汪荻小心翼翼地把水杯递过去，廖芬芳没接，她斜着眼睛，闷声闷气地说：“采采不在家吃晚饭，她在肯德基，放假以后她整天都不着家。”

03

肯德基？那里的油炸食品最不健康，而且贵得离谱，女儿为什么要去那种地方待上一整天？她不会是在打工吧？简直是胡闹，是自己给的钱不够花吗？这么点大的孩子，怎么能打工呢？多影响学习……

汪荻紧皱眉头，她的心思被廖芬芳猜出来，廖芬芳说：“可不是我不给她吃饭，她说，肯德基里面有空调，暖和，灯又亮，在那里学习比在家舒服。哼，粥粥啊，你心里要有数呀，采采也是个吃不了苦的，冷就不能学习啦？嫌家里冷，说没外头舒服，唉……想舒服就不要学习了，不是我说泄气的话，你呀，跟我一样，没那个好命。”

母亲的话让汪荻把眉头皱得更紧，她心里很不舒服，母亲话里有话，是在讥讽她没用。汪荻知道自己没用，但她介意母亲拿女儿和自己比。

不同于母亲的苛刻，汪荻心疼女儿吃苦了，都怪她没本事，不能给女儿提供好的生活条件。可是，肯德基在哪里？檀韵花园这么偏僻的地方哪里有肯德基？汪荻把放在椅子上的背包重新背上身，想要出去找找看。廖芬芳叫住她，问："你又怎么了？"

母亲的话像一把飞镖般扎中她，汪荻停住脚步。上一次她不打招呼就跑回廖芬芳身边是四年前了，也许，她是有机会离开那个魔鬼的，只要母亲肯帮一点忙，但母亲不愿庇护她，并说她是活该，母亲说有人愿意接纳她这个带着拖油瓶的女人，她就该心里头有数，能忍则忍。

母亲估计是怕了她，怀疑她又遇到了不小的麻烦，又想逃回家里躲着了，汪荻苦笑，心想，她一直在逃啊，但早已经不把家当成避难所了，家是她心头唯一想要守护的地方，她会为此拼尽全力的。

"谭阿姨病了，我回来看看。"

"她病了？"廖芬芳夹菜的动作停了，她放下碗，很认真地问，"快死了？"

"妈……"

"喊什么喊，我跟她一样都没几天活头了，有什么好忌讳的，"廖芬芳见汪荻拉长了声音，抢话说，"什么病？在哪家医院？"

"心脏病，在人民医院，"汪荻问，"你要去看看？"

廖芬芳抿紧嘴唇不回答。她用筷子在空空的碗底戳了戳，想了好久，说："你呀，你就跟你爸一样不自量力，那时候江棉厂效益稍微下去一点，就挨不住，胆敢自己出去闯，你能闯出什么来？让你熬两年，你不听，要被姜国胜那个王八蛋骗。陈朝阳把你安排到街道，你就该老老实实的，吃亏吃一次还不够，你骨子里就跟你爸一样不安分，偏要往那下九流里面钻，正经人哪有上舞厅的？真贱！"

又来了，每回和母亲独处，她反反复复念叨的就是这些话。马后炮大都是真理，汪荻也希望自己能有时光机，能够回到过去，一样样地把过去那些愚蠢的、错误的、可怕的选择都修改掉。

可是，时间无法倒退，她回不到过去，可悲的是，她也不再有未来，好在，她还有采采这个希望，只要女儿能够不受她的影响，拥有美好的前途和未来，她这一生就算有价值。

“我去找采采，”汪荻不接母亲的话茬，问，“肯德基在哪里？对了，卷儿跟她在一块吧？”

“不知道。”廖芬芳生硬地回答。见汪荻要走，她又不舍地站起来挽留，问：“你不吃一点？”

汪荻有点犹豫，但还是拒绝了，说：“不了，老夏找不到卷儿，急坏了，我去看看她们俩是不是在一块。”

“哦，”廖芬芳犹犹豫豫地迈着步子，往门口走，等汪荻出了大门，她才说，“对了，明天我回乡里给你爷爷奶奶扫墓，你去不去？”

“妈，你忘了？谭阿姨病了……”

“知道了！”廖芬芳叹了口气说，“也不知道养的是谁家的……你在门口坐 41 路车，往锦绣湖方向坐三个站，那里开了个新的商场，肯德基在那边。要是晚了，你想回来，再坐 41 路的夜班车 101 路，最后一班车是十一点发车。”

汪荻沉默地点头，廖芬芳则把“我在家等你”这句话吞进肚子里，一扇门将她们母女两个隔开，屋子里又恢复了宁静。

廖芬芳驻足在门口发呆，半晌，她听到一个男人的声音，“芬芳”，那声音空洞洞的，仿佛是从天而降。廖芬芳原地转了个圈，没看到人，紧接着声音又出现了一遍，她仰起脖子看向天花板，还是找不到声音的来源。声音一遍遍响起，她就那么原地站着，疯疯癫癫地三百六十度转着。

汪荻坐上 41 路公交车，竖起耳朵听广播里报站，右手手指藏在左手掌心里数数，到了星光广场站，她下了车。星光广场很热闹，人群熙攘，人流量不比市中心小，汪荻已经记不起这地方原本的模样。

肯德基的红招牌很醒目，汪荻一眼就看见了，她朝门店走去时，紧紧夹着背包，包里有两个沉甸甸的红包，今天，她是有钱的。

要是采采想吃，就买给她吃吧，汪荻的脸上浮现温柔的笑意，哪有孩子不喜欢吃炸鸡、喝奶茶呢？她服务过的许多人家，小孩子每个月都要吃全家桶，一会儿就给采采也来一个那样的桶，让她吃个过瘾，不然在店里待一天，闻着香喷喷的味道也馋啊，即便不馋，店员肯定也要给女儿白眼看吧，汪荻越想步子越急，一副要为女儿冲锋陷阵的架势。

肯德基在星光广场大型商场的一层，大片的落地窗将内里的繁荣尽显，顾客们大快朵颐的样子吸引着路人鱼贯而入，饭点到了，越来越多的年轻人登上白色的台阶拥入门店。汪荻混在人群中，突然停下了脚步，她先是一愣，继而脸上的表情就严肃起来。

女儿确实不是一个人，但与女儿并肩相伴的却不是夏绻。

姜采采就坐在窗口，穿了件驼色的牛角扣大衣，大衣是她们去年给陈蕾一家拜年时收到的礼物，款式好看，质量也好，羊毛含量不低，又轻又暖，人靠衣装马靠鞍，这件大衣把姜采采衬得仿佛变了一个人。

这样的好衣服汪荻本不想收，但陈蕾给予她的馈赠，她从来也拒绝不了。大衣最后还是收下了，但汪荻以大衣色浅，脏了难处理，羊毛洗了会缩水为由，让廖芬芳把大衣收了起来，不让姜采采穿，她怕姜采采在穿衣打扮上花心思，耽误了学习。

可实际情况让汪荻大跌眼镜，女儿不仅把大衣穿上了身，还在肯德基里和男孩子约会。

白色的桌面上两个磨砂水杯紧贴在一起放着，那是开学时瀚文中学配发的新生礼包里的，看样子那男生是女儿的同学。他们面前虽然摊放着书和笔记本、笔袋，但两人没在老老实实地学习，他们一同翻阅巨大的画册，亲密地交谈，脑袋都要撞在一起！

04

血液冲上头顶，汪荻顿时火冒三丈，一家三代，像被诅咒了一样改不了多情的本质。女儿才刚上高一，好不容易考进省重点高中，正是学习的紧要关头，却跑到这儿来跟男同学约会。这孩子也太不自重了，这时候早恋，还要不要高考？还要不要前途？女儿要是走错了路，她还苟活什么？

想到这些，汪荻就恨不得冲进去把女儿给揪出来。但她没有那样做，而是一猫腰缩入立柱后藏住她自己。

时不时地，汪荻探出脑袋去观察，她的位置距离男孩更近一些，男孩很瘦，皮肤是那种没有血气的白，脑袋格外大，女儿和他并肩坐着，头颅被完全遮住，只能看到她的肩背，女儿的肩背有时会突然抖一阵子，大概是男孩在说笑话，把女儿逗乐了吧。

狗屁笑话。

汪荻无声地抱怨，目光像箭一样。女儿的侧脸露出来了一条边，她赶紧低下头，躲好。这时她注意到自己手心里还握着女儿的手机，她想，执着地给女儿打电话的人恐怕就是这个男同学了。

唉，女儿这是什么眼光啊！一屋子优秀的男孩，女儿偏偏挑了个最难看的！那个人……坐在女儿身后，穿灰色高领毛衣、戴眼镜的男孩子多好看啊，像夏清如年轻的时候，文质彬彬，一表人才的。

不过，重点中学的男孩，坏应该坏不到哪里去，难看是难看了点，但要是成绩好的话……汪荻被自己冒出的念头惊呆，她忍不住抬手在脑门上拍了一巴掌，惭愧啊，一把年纪了，看见男人女人，男孩女孩，她盘算的还是些俗事情。

这一刻，汪荻觉得自己还不如走掉，以她的情智，实在不配教育孩子。

不过，要是夏清如打来电话，问她这边的情况，她得给夏清如一个答复，因为那话是她说的，“找到采采就一定能找到卷儿”。

撞破女儿和男同学约会，总归是不妙的，陈蕾说十六七岁的年纪正是逆反的时候，她又不会讲道理，歪理、正理都讲不好，就这样贸然出现的话，恐怕会激起女儿的逆反心理。

再探头的时候，汪荻正好瞧见女儿侧脸的笑颜，她不常笑的，笑起来可真可爱，鼻梁皱皱的，汪荻的心软下来，女儿这么惹眼，有人喜欢也很正常，她喜欢女儿像只柔软的小猫。

怎么办呢？要不然给那个男孩回个电话，假装自己在找女儿？然后让男孩转告女儿速速回家。等稍晚一点，她再来给女儿讲些人生道理。到时候就拿陈蕾举例，告诉女儿，恋爱不着急谈，等上了大学，能遇到更好的，只要女儿能像陈蕾那样，做个优秀的人，就不愁找不到优秀的对象。

她决定就这样做，不过，事情不像她预想的那样发展，那个号码并不属于女儿身边的男同学。仅一声“喂”，汪荻就分辨出了男人的声音，她一愣，下意识地把电话挂断了。

接电话的竟然是他。

怎么回事，怎么是一个连她都不知道的新号码？他存的什么心，要故意避着她？

汪荻激动起来，想起他那半张布满淤斑的脸和不会动的假眼球，气得呼吸混乱。她愤愤地想，男人果然都不是东西，丑成那样也不是东西，他怎么可以私下里给女儿打这么多个电话？他们之间能有什么话可说？这不就是骚扰吗?!

正在气头上，他竟然又主动把电话回拨了过来。

汪荻用力按下接听键，大喊：“是我！”

“哦……”电话那头的人显然是听出了她的声音，并且察觉到了她腔调里的怒气，于是拉长了声音，回，“你……”

“你什么你！”汪荻暴躁地吼叫，“我警告你，不要骚扰我女儿，不然，我……我跟你拼命！”

她的歇斯底里吸引了周围人的目光，一个女孩缩入男友的怀中，用可怜疯子的眼神打量着她。

汪荻还不知道，她的声音已经惊扰到了门店内的食客，隔着一道玻璃，仿佛得到了保护，店内吃汉堡薯条的食客肆无忌惮地打量她、讨论她。姜采采也看到了母亲，她倏地站起来，从立柱与玻璃墙的缝隙中窥探母亲的侧影，然后，她发现母亲手里握着的手机是她的。

“你听我说，别吼嘛……”

一边耳畔是男人在解释，另一边耳畔则突然炸响了一声：“妈……”汪荻身躯一抖，下意识想要掩盖她使用女儿手机的事实，她迅速将电话挂断，尴尬又慌张地把手机藏在身后。

“妈，你能把手机还给我吗？”姜采采朝汪荻伸出手，轻声地问。她的手上戴着一双墨绿色的羊毛手套，也是去年过年时陈蕾送她的礼物。

汪荻讪讪地交出手机，她和母亲关系不好，母亲说她不懂得怎么做女儿，她虽然从来没有反驳过，但心里想的是，母亲也不懂得怎么做母亲。她羡慕陈蕾和夏绻那样亲密无间的母女情，她观察别人，但从不请教，然后把别人或许只是无意的表达，深深地记在心里。

陈蕾说过一句很美的话，她说，父母要尊重孩子，孩子是独立的个体，拥有自由，即便是父母，也不可以爱之名限制孩子感受世界灿烂与晦暗的每一面。

女儿平静的目光毫无温度，汪荻明白她正在侵犯女儿的隐私。

按照陈蕾的说法，她不该这样做。可是，不该管吗？给孩子自由，孩子就犯错。

“大周末的你不在家学习，上这儿来……干吗呢？里面那个是谁？还有，你怎么把这件衣服掏出来了？我跟你说了，不许穿！”汪荻越说越觉得自己有道理，声音慢慢大起来，底气也越来越足，时不时地，她偷瞟缩在店里的男生，说，“姜采采，你给我好好学习！别犯浑！”

“我就是在这里学习。”

“我刚刚都看见了，你学什么学……不学好！”汪荻打断姜采采的话，又瞥了一眼店里的男同学，然后给出明确指令说，“以后不许和男同学出来吃饭！听见没有？你别以为这次考得好就能放纵了，你才高一，后面的学习负担重得很！”

姜采采很想看看母亲给谁打了电话，但又不想在母亲面前显得在意。她倒沉得住气，没有青春期的少男少女被家长侵犯了隐私之后的恼羞成怒，仿佛没事人一样，她把手机塞回口袋里，轻描淡写地说：“这里比家里暖和，还是二十四小时餐厅，待到几点都不会关灯，我来这里就是学习的。”

“我回头给你买个电热油汀！放假了，你老老实实在家待着，在这种地方，吵吵嚷嚷的怎么学习?!”

“算了，你不知道，”姜采采垂下脑袋，是那种受尽了委屈，连提都不愿意再提的样子，她说，“你回头问外婆吧。”

汪荻已经见识了母亲精神恍惚的样子，她大概能猜到女儿言语里的深意，一时无言以对，愧疚心一起来，她也就顾不上责骂女儿了，于是她抓紧问道：“卷儿呢，没跟你在一块？”

姜采采紧抿着嘴唇，下巴微微仰起的动作拉伸了脖子，这动作令她看起来过分优雅，她看着母亲，以微乎其微的幅度摇了摇头。

05

好像是被母亲给传染了，汪荻只觉得自己也得了“幻视”这样的病，女儿明明都长得比自己还要高了，自己却看着她突然间缩下去一大截，脑袋、四肢、面孔上的五官都等比例缩小，一下子回到了八九岁的模样。

那一年，三十三岁的汪荻真正结了婚。除了廖芬芳，在汪荻的熟人圈子里，无人知晓“真正”这个词的含义。

1994 年底，姜国胜在江城给了已经怀孕的汪荻一场盛大的婚礼，漫长的车队从江棉厂大门口一直排到了铁拱桥上。起首的婚车是皇冠，然后是清一色的桑塔纳，为了迎接尊贵的新娘，车上拉满了红绸和彩带。姜国胜把穿着最时兴婚纱的汪荻从家属楼背出来，送入皇冠小轿车，车队要将新娘子送到江城市最高级的酒店去，酒席也在那里办。

那些多年来看汪家人笑话的男男女女围过来凑热闹。把场面活做漂亮，是姜国胜的拿手好戏，几条好烟、几罐进口巧克力就把吉利话、奉承话从凑热闹的男女老少嘴里套出来了。那是汪荻一生中最为风光的时刻，也是廖芬芳扬眉吐气的一刻，她们都以为笼罩着汪家许多年的阴霾在那一刻统统散去了。

可是风光的是婚礼，而不是婚姻，姜国胜无法同她建立真正的婚姻关系，因为他早有家庭并且尚未离婚。她是在怀上采采后才弄明白了自身处境的，但她不能声称无辜，那样未免太无耻了一些，事实是，她选择了盛大的婚礼，将名誉、道德统统抛在脑后。

她该承认，对那时的她而言，有一个男人爱她的美貌，甘愿为她违背道德，带给她的满足与快乐，不亚于毒品。

于是，她的精神吸了毒，从此，万劫不复。

真正与汪荻有了法定婚姻关系的人是赵树，他娶走她时只花了三十块钱，结婚证工本费九块钱，证件照十六块钱，在民政局门口的小卖部买了两听可口可乐花了五块钱。没有婚礼，没有婚宴，只有两个红彤彤的小本，汪荻那时对新的、受法律保护的婚姻生活怀有憧憬，一切都好似和过去不一样了，她以为自己会拥有一个全新的开始。

只可惜，她又一次所托非人，陷入了无法脱身的沼泽。

采采是个聪明的孩子，眼睛比她亮，采采从来没有喜欢过赵树，一声爸爸都没有叫过他。那时候，汪荻很不高兴，她责怪女儿性格不好，不讨喜。

她曾质问女儿，说："你为什么不叫爸爸？你这么冷冰冰的，太伤人心了！"

"我不喜欢他，妈妈，我为什么不能和卷儿一样，有一个好爸爸？"

"胡说什么！卷儿有卷儿的爸爸，你有你的爸爸！赵树就是你爸爸，你明天就给我开口叫人！听见没有?!"

"我不要！"姜采采眼睛里噙着泪花，抖着嘴唇说，"谁对我好我知道，那个人是坏人，他根本不喜欢我，他也不喜欢你！他喝了酒还要打人，他打你，你为什么还要让我喊他？我不干！”

女儿不听她的话，汪荻急了，她高高扬起巴掌，狠心地落下，拍在姜采采的屁股上，红着一张脸，说：“你再不听话，我就把你赶出去，你连妈也没了！”

那时，她怀孕八个月了，胎儿很健硕，还未出世就彻底改变了她的身体。黑色素沉积在她的后腰、肚脐和大腿根，妊娠纹从腹股沟的位置向上长，仿佛一丛一丛的紫藤，紫藤伸出枝蔓，攀上后腰、侧乳还有上臂。她不是初孕，却是第一次经历这些变化。腹中的孩子比采采霸道，她从一开始就觉得那不是一件小棉袄，那是她渴望的生命力旺盛的小战士。

一切都很稳妥，等时间到了，她就会如愿。

自十岁起失去父亲，到三十三岁结婚，她的生活里充斥着阴霾与怨怼，艳阳高照只是偶然，转瞬间，又是乌云滚滚。

藤蔓是无法独自美丽的，没有一身傲骨，只会被狂风骤雨打败，细软的枝条在泥地上翻爬，它要有所依傍。

如果没有运气拥有一个好丈夫，那么拥有一个男孩，一个能为她、母亲还有女儿撑起一片天的真正的男子汉，也不失为一种希望。

只要有所希望就够了，她并不奢望更多。

只可惜，她低估了赵树的凶狠，到底没能如愿。

那个孩子没能活下来，死在孕八月，是个男孩。

她恨自己的无能，只会用愚蠢的讨好换得片刻安宁，她对不起自己的孩子，无论是眼前这个，还是天上那个。

忆起这些，汪荻转变了态度，她对女儿笑，努力展示母亲的慈爱，但一道高墙竖在女儿的眼睛里，她看不到女儿在情绪上有所回应。

“你出来玩，怎么没约着卷儿一起？卷儿找不到了，你夏叔叔急坏了。”

“不是玩，是学习。”

姜采采始终和汪荻保持社交距离，她的右手放在口袋里，努力掩饰着想要检查手机的焦急心情。

这时，女儿的男同学背着书包走出来了，那男孩和汪荻对视了一眼，上下两片嘴唇碰了碰，好像是在和汪荻打招呼，但一点声音也没发出来。

小家子气的男孩最没出息，他的鼻子这么小，嘴更小，面相没一点福气，汪荻心里不喜欢，女儿不是一般的鲜花，可不是谁都能嗅的。

“画册我先拿回去了。”他说。

“盛煊，”姜采采叫住他，说，“明天去书店吧？”

“几点？”

“早上，一开门就去。”

那男孩点点头，晃了晃手里的云顶书店的白色纸袋，说了再见后，转过身离开。

“他是你同学？”汪荻忍不住问，“你们俩一个班？”

“嗯。”

“不要跟男同学走太近！”

“嗯，知道了。我们只是约着一起学习，妈，你别乱想了，”姜采采说，“要是没事，我就进去看书了，好不容易占了个位子。”

“你等会儿。”汪荻叫住姜采采。女儿对待她的态度太冷漠了，可是，好像也无从申辩，这是她自己的选择，是她该承受的，即便惹女儿心烦，她还是得念叨。轻咳一声掩饰尴尬，她模棱两可地说：“要是有人骚扰你，你得告诉我。”

“哦。你没事就去看看外婆吧，别管我了。”

“外婆身体很不好？常常不对劲？”

“嗯，她最近常去医院，也不知道钱够不够买药。”

提到钱，汪荻把手伸进了背包里，凭着手感，她从某个红包里拽出一些票子，不知道具体有多少，总归能有一二十张吧，她把钱在掌心一卷，两步走到女儿身边，把钱塞入女儿的手心，说：“吃点有营养的，油炸食品要少吃，女孩子吃油炸食品会长痘痘，脑子反应也会变慢……偶尔吃一次也没事，去买吧。”

她挣的钱从来都是打给廖芬芳的，很少把钱直接交给女儿，像今天这样大手笔的时候更是从未有过。

“外婆的身体，我会想办法照顾的，你不用管了，好好学习。”汪荻顿了顿，斟酌着语言又说，“妈那时候出院就告诉你了，以后妈的家只是妈的家，跟你没关系，我再不会叫你喊谁爸爸，谁找你，你都不要理睬……你怎么还和……”

“妈……”

汪荻百般斟酌的问话被打断了，但她还来不及尴尬，就听到姜采采说，夏绻去南都了。

06

“你骗我？”

“不是。”

“还说不是！你刚刚还说不知道！”

“我是说她没和我在一起。”

女儿是在强词夺理，汪荻气得抬起手，但巴掌悬在半空，又松松垮垮地落下，最终化成了一指禅朝女儿的额头戳过去。

“你赶紧跟我去天河新村，真是不省心，你夏叔叔都要急疯了！谭奶奶还要动手术，我看你们是打算闹出人命来！”

姜采采回到店内收拾书包，她的白色A5笔记本下，压着张肯德基的广告纸，纸上用黑色的美工笔写了一句话：

“大喊大叫的妒忌总是笨拙的，保持沉默的妒忌才是可怕的。”

盛煊的字潇洒大气，像流云一样舒展，姜采采喜欢盛煊的字，但母亲正站在橱窗前审视她，她不方便留下那张广告纸，只能弃下，背上书包。她抬起头，视线正好与汪荻的对上，汪荻焦急地敲玻璃，催促她快一点。

“我去个厕所。”

姜采采说了句唇语。洗手间里，人虽然不多，但还是要排队，她跟在队伍末尾，查看手机，她看到了那通让母亲失态的电话。母亲是在气什么呢？母亲会怎样想象他们两人的关系呢？她轻蔑地笑笑，笑母亲什么都不知道，永远活得想当然。

把手机放回口袋，姜采采扭头向后看，母亲已经不在门口了。轮到她进小隔间，她将插销一锁，撩起大衣，从裤子口袋里掏出另外一部手机，新的，智能款，整个手机没有键盘，满满的全是屏幕，有电话正打进来，手机是静音状态，没有响铃。

来电人——爸爸。

姜采采没有接，她握住手机盯着看，直到电话被来电人主动挂断——未接电话多了一个，手机电量也好像更低了。

有人在关紧的厕所门上轻扣了几下叫她快点，她扬声说，稍等，然后卸下书包，拿出深蓝色的装卷子的作业袋，轻轻拉开拉锁，把智能手机关机后丢了进去。重新背好书包后，姜采采伸出戴着墨绿色羊毛手套的毛茸茸的食指，按动抽水马桶的冲水键，一汪清水搅动漩涡，流入污秽的深处，她看着漩涡里最后一个气泡消失后，才打开门，垂着眼皮走了出去。

姜采采知道这一刻会发生。

不是梦。

是预见。

那天，夏绻跑来檀韵花园找她，在天河新村文静贤淑的少女一到檀韵花园就变了模样，她横躺在外公亲手打出来的皮沙发里，穿着绿尾鞋的脚踩在沙发扶手上，发狠地说：“我就是要去南都！谁都挡不住我去见哥哥们！除非我死了！……不对，我死了，魂也要去见哥哥们！”

姜采采轻轻拨下夏绻的脚，坐在夏绻用脚踩过的沙发扶手上，她轻轻挪动，用被穿成了九分裤的牛仔长裤悄然将鞋印擦去，然后说：“去南都的车费，小汽车往返也就一百块，你去呗。”

“采采，你真得出去见见世面，等你见过大场面，就不会再说这么蠢的话了。这次算你走运，我准备带你一起去。”

“我不去。”

“你说什么？你在拒绝我？”

“一定要去南都吗？谭奶奶不是要动手术了吗？”

夏绻夸张地起了个调，像校合唱团练声时一样浑厚有力。

“姜采采，你少给我套枷锁，我又不是医生，外婆动手术我又帮不上忙，干着急叫添乱。我今天来就是通知你，多带点钱，算我借你的，过完年，我加倍还你，你知道的，我说话算话。”

“我没钱。”

“你可真行，我爸常给你塞钱啊，都花了？”

夏绻从沙发上跳下来，径直走入姜采采的房间，她细长的眼睛像探测仪，把被书桌占去了一半空间的小屋扫遍。姜采采感觉夏绻就要看到她藏电子阅读器的旧鞋盒了，连忙跟过去说：“你让我再想想。”

不知从哪一天开始，夏绻不能再俯视姜采采了，她很不习惯抬起眼皮看人，也不喜欢，因为那样的话，她的眼白会露出来，而且，会显得眼睛更小。

“别装了，我知道你在网恋，让你男朋友帮帮我呗。”

姜采采不接话茬，她拽过一套刚做到一半的数学卷子，问：“你作业做了多少了？”

“做贼心虚，装什么呀，你男朋友那么多，我可什么都知道，你要是不帮我，我就不帮你保密！”

“只是朋友……”

“朋友？”夏绻窃笑着，“是啊，谁都能做你的朋友，保安也行，将来说不定要饭的也行。”

赤裸裸的羞辱让姜采采冷下脸，她缄默，用力写字，笔尖和纸张摩擦出沙沙的声响。

“我们一起去嘛，好不好？”

夏绻弯着眼睛蹲下来，依偎在姜采采身侧，她总是这样，做不好的事，就要拉着姜采采一起做。

“采采是好姑娘，最好的，长得这么漂亮，成绩还这么好，将来一定有出息。我妈总把这话挂在嘴上，你看，我多可怜，活在你的影子里。别不理我嘛，我说错了好不好？我们采采将来肯定会嫁个白马王子，有钱的老爷，你跟你妈不一样，你比你妈有脑子，不会走错路，哈哈，我外婆说的。采采，求求你了，别让我一个人去，好不好嘛？”

夜色渐浓，姜采采的眼睛盯着玻璃大窗外母亲的背影，脚步缓慢，走出肯德基的大门，她深深吸了一口气，鼻腔和肺都是凉飕飕的。还不到七点，韩国男团的国内首秀还有一会儿才开演，她没看过演唱会，不知道流程是怎样的，她猜，这个时候，表演嘉宾就算没有就位，观众大概也早已入场了吧。

汪荻拦下一辆出租车在店外等待，像押解一样，她拿过女儿的书包背在自己背上，另一只手按着女儿，把她塞进车后座。

经过人民医院时，姜采采问：“妈，你是不知道谭奶奶的手术推迟了吗？没人告诉你？”

“哼，你们是故意的，是吧？故意趁家里人忙，顾不上你们，就惹是生非，是吧？”

出租车师傅爱凑热闹，时不时通过中央后视镜打量这对母女，他用过来人的语气说，女儿大了，不好管。汪荻赔着笑脸说，可不是嘛。

“你不生气吗？”

姜采采突然插话，打断了汪荻和司机之间不咸不淡的寒暄。

“我当然生气！”汪荻瞥了一眼女儿，朦胧地意识到，她好像话里有话。

“我是说，他们明知道你还在工作，要请假才能赶过来，却不告知你手术延期，你不生气？”

汪荻被问得愣住，心头冒出怨气，但她想藏住不快的情绪，扯着嘴角往耳根的方向动了动。

“计较这些干什么？又不重要。”

“是啊，不重要。”

女儿肯定的态度，加重了汪荻心头的不快，她扭头看向窗外，想要避开这个令人不爽的话题。

但女儿显然不愿意放过她，开口又是一记重锤。

“民法上说了，失踪人口四年都没有下落的，可以宣告死亡，我研究过，妈，你研究过吗？”

汪荻的身体霎时僵住，虽然是坐着的，但她的小腿还是朝后蹬了一下，那是下意识的逃跑动作。

“你到底有没有花心思在学习上？都学什么了？”汪荻的脸色变白了，口齿也不灵了，“你……什么课，要……研究那些……一天到晚，你在想什么呢……”

“我的爸爸、妈妈和我的前途……常常想的，”姜采采顿了顿，轻声说，“以前，我还想过要把他找到……”

汪荻心惊肉跳，条件反射地猛地扯了女儿一把，她使了很大的力气，把女儿的大衣都给扯歪了，幸好大衣上的牛角扣是有弹性的，才没有扯坏。

呼吸已经完全乱了，汪荻压低声音说：“你不要搞事情，你……你要把他找回来干吗？你缺爸爸了？啊？神经病！”

姜采采动作轻柔地把衣服整理好，她垂着眼皮，可是，视线似乎是能穿透眼皮的。突然，一抬眼，她望向车内的中央后视镜，吃瓜看热闹的司机来不及收回打量的目光，被她紧紧盯了一眼，司机露出羞赧的模样，讪讪地笑了一下。

母女二人，分别选了一扇窗看出去，不再说话了。

红灯很长啊，半天等不来倒计时，汪荻的情绪好不容易舒缓下去，女儿又说话了。

“我不缺爸爸呀，不管我认不认，他都是我的爸爸，法律上的。”

汪荻没有回头，她的脸仍然冲着车窗。

“我只是不像卷儿那么幸运，有一个好爸爸。”

“你今天怎么回事？”汪荻快要受不了了。

“我很好奇，为什么你和陈蕾阿姨从小一块长大，却活成了完全不同的两个样子？你好奇吗？思考过吗？”

女儿的探问让汪荻陷入呆滞，世界好像在这一刻安静了，女儿在笑，唇角微微上扬，司机在驾车，嘴唇在翻动，但她什么也听不到，窗外的树在向后退，她的思绪也在向后退，车子钻入隧道，她也钻入了回忆里。

第四章

往事篇章 1：姐妹

01

1980 年 7 月 6 日，陈蕾收到了一份珍贵的十周岁生日礼物，礼物是当年第三期的《电影画报》，封面女郎是青年演员李秀明，她在电影《春苗》中演女主角。赤脚医生春苗风靡一时，江城市国营棉纺织印染厂内的电影院去年还重映过这部片子，影院人满为患，陈蕾和汪荻站在木头板凳上踮脚将电影看完。

"你得把它藏起来，放在枕头底下，或者衣柜里，千万别被大人看见。"

陈蕾埋头在《电影画报》里，她小心翼翼地翻阅，爱惜至极。汪荻在一旁边踢毽子边叮嘱她，一个分神，汪荻踢歪了一脚。

彩色的鸡毛毽子歪着飞出去然后疾速下落，阳光刺眯了汪荻的眼睛，但她不认输，她奋力伸出左腿，绷直脚背，伸展双臂平衡身体，尽力挽救快要落地的毽子。感觉到包裹在红棉布里面的皮项圈的弹性，汪荻咧嘴甜笑，她知道救起来了，果然，下落的鸡毛毽子借了她足尖的力像箭一样蹿入空中。

"哇！粥粥，你好厉害呀！刚刚的动作像跳芭蕾舞！"陈蕾由衷地赞叹。

她的生日礼物是汪荻送的，《电影画报》是汪荻的父亲汪瀚洋的宝贝，她父亲收藏这套杂志，从不外借于人，但陈蕾喜欢电影明星，汪荻冒着挨揍的风险也要把《画报》从家里“偷”出来。她叮嘱陈蕾记得把《画报》藏好，他们两家交好，父亲之间的关系和她们小姐妹一样亲，稍不留神就会露馅。

“可是该怎么拿回家呀？”穿着无袖白棉裙的陈蕾发了愁，她掀起裙子把《画报》贴在肚子上再用手压住，走起路来怪怪的。

汪荻笑得咯咯响，她冲去掐陈蕾的腰，两个人一闹，《画报》就从裙子里掉出去。汪荻拾起地上的书，在手里一窝，反手藏在身后，侧过身体边走边说：“你就这样进门，趁大人不注意，赶紧跑回房间就好啦。”

陈蕾盯着汪荻的手，急急忙忙绕到汪荻背后，说：“哎呀，你小心点！别把我的《画报》弄坏啦。”

汪荻灵巧一躲，脱口说道：“这是我的《画报》。”

陈蕾愣住了，想了想，憨憨一笑说：“哦，对。”

汪荻开朗活泼，陈蕾温柔亲善，她们的性格互补，从来不吵架。

汪荻的头发比陈蕾的长，养护得很好，一点也没有分叉，太阳一照，头发闪出耀眼的光泽。一到夏天，汪荻的长头发就会被她妈妈绾成一个圆鼓鼓的发髻顶在头顶，还有和衣服颜色相搭配的发带装饰发髻，看起来精致又利落。

陈蕾就不一样了，陈蕾的妈妈只会扎马尾辫，孩子的运动量大，早上扎好的马尾辫，一过中午，就会满头都是碎头发，远远瞧着像只可爱的小刺猬。

她们手牵着手在厂院里走，遇见好事的阿婆调侃她们是“公主与丫鬟”，她们只会咯咯笑，嘻嘻哈哈地挤成连体人。

陈蕾和汪荻两家曾住在同一栋筒子楼里，是筒子楼里同一层的斜对门的邻居。

一场震惊世界的大地震让秦岭淮河以北的很多筒子楼出现了瘆人的裂缝，成了危楼，打那时起砖混结构的房子开始不受待见。

江棉厂紧跟体系里老大哥的步伐，制订计划，要按需按功逐步改善职工的住房条件。两年后，最先盖起来的是一栋干部楼，陈蕾和汪荻一起搬了家，她们搬进了厂子里人人艳羡的具备独立厨卫、客厅和卧室的单元房。陈蕾家住在二层，汪荻家住在四层，五层的新式单元楼，第四层是绝对的黄金位置，那代表着汪荻的父亲汪瀚洋在江棉厂内拥有绝对光明的前途。

掩护陈蕾回家后，汪荻蹦蹦跳跳地继续往楼上走，回了家，一推门，她就听到父母在斗嘴。

汪瀚洋发现他视若珍宝的《电影画报》丢了一册，正在责备廖芬芳收拾屋子的时候乱动了他的东西。

廖芬芳被汪瀚洋说得糊涂了，她知晓丈夫的脾气，一贯很注意，轻易不动丈夫的书册画稿，可前两天太阳透亮，她做大扫除，把家里里外外洗刷了一遍，被子和书都搬到楼下好好晒了一通，一个人弄不了，她还叫来了好些同事帮忙，现在丈夫说丢了《画报》，她没底气，怀疑确实是自己给弄丢了。

汪荻小心翼翼地把门打开，又关上，看见妈妈背对着自己跪在地上，匍匐着检查紫葡萄皮颜色的沙发底下是不是藏了书。汪荻紧张地吞口水，看向天花板，一副掩耳盗铃的模样。

沙发底下又空又干净，连层灰都没有，廖芬芳直起上身，好像想起了什么，她看向前方说："瀚洋，我怎么记得上个星期你把一批老《画报》打包运到妈那边去了？"

廖芬芳的身前并没有人，她像是对着空气在说话，并且得不到回应，汪荻歪着脑袋看妈妈，觉得她很好笑。

廖芬芳站起来，揉了揉发痛的膝盖，她越想越觉得没错，一个星期前，汪瀚洋把墙角的一堆《画报》抱走了，她大扫除的时候根本没看到《画报》。

确定如此，廖芬芳的神色立刻松弛了，她又柔声对着空气说："哎，瀚洋，我明天去妈那边帮你找。"

"别去。"

汪瀚洋终于从房间里出来了，他十几岁就进了江棉厂，聪明好学，有天赋，是厂子自己培养出来的印染专家。他在审美上极度敏感，很注意形象，大热天的，别家的男人都在家打赤膊，他的穿戴仍旧一丝不苟，短袖白衬衣下摆掖在卡其色的平角西装短裤里，精致又得体。

汪瀚洋在家不怎么说话，他是个低音炮，一开口就能与人心发生共振。他手里抓着一本《写生色彩学》，封面上穿着蓝裙子的外国贵妇人撑一把绿色的阳伞，行走在花丛小径上。汪瀚洋握着书脊，看着廖芬芳说："别去，你去再把我的东西给弄乱了。"

话一说完，汪瀚洋就又进了房间。被丈夫这般冷淡地对待，廖芬芳觉得了无生趣，她落寞地站了好一会儿，一扭身才发现女儿汪荻不知什么时候回来了。她一愣，然后夸张地喊着："粥粥，你怎么又把自己弄得乱七八糟的！"

汪荻见廖芬芳要跑过来抓她，先一步跑进了厕所，拧开水龙头，把一双白皙的手放到水流下冲洗，背后传来声音提醒她"打香皂"，她听话地抓起鹅黄色的香皂搓了搓。汪荻的后脑勺上好像长了眼睛，察觉到廖芬芳已经走开后，汪荻扭头偷看了一眼，随后缩起脖子，开心地笑。

《电影画报》的事就算过去了吧，竟然这么容易就过去呀，汪荻越想越得意，她觉得爸爸和妈妈都跟糊涂鬼似的。吃完午饭，汪荻又溜出去找陈蕾玩，她拉着陈蕾一路跑到篮球架下面，扯过陈蕾的耳朵，把家里发生的事情告诉好朋友。

陈蕾从口袋里掏出两个硬币，大的五分钱，小的一分钱，她嘻嘻笑着说去小卖部买冰棍。汪荻对陈蕾说："原来我爸把旧《画报》都藏在奶奶家，蕾蕾，过两天我带你上我奶奶家去，你去翻翻还有哪些喜欢的，随便拿，一本两本的，我爸肯定发现不了，他可糊涂呢，笨死了。"

02

炎炎夏日，知了烦躁地叫着，篮球场上空空如也，职工宿舍里大部分人都在午睡。陈蕾和汪荻没有回家，她们一人拿着一根糖盐冰棍，爬上树荫下的石头雕塑，骑在弧形的凹槽上，眼巴巴地望着厂院的大门。

冰棍嘬完后，又过去了很久，陈朝阳才终于出现，他骑着凤凰牌自行车，车头的篓子里放着一个崭新的书包，后头的座椅上绑着个粉色的盒子，盒子里面是女儿陈蕾十周岁生日的蛋糕。书包是送给女儿的生日礼物，书包里面也有乾坤，有新本子、新钢笔，还有女儿一直都想要的汪荻画画时用的水粉颜料，不是颜料包，而是上海美术颜料厂生产的马利牌颜料管，附带调色盘的那种。

女孩子们兴高采烈地从石头雕塑上跳下，雀跃地朝他跑来，陈朝阳捏住刹车停下，和蔼地看着她们。女儿的个头已经快到他的下巴了，完全是个大姑娘了，但陈朝阳还是把女儿当成襁褓中的婴儿一样疼爱，他控制不了，就是怎么爱女儿都爱不够。

陈朝阳挨个抱起俩孩子放在车前的大杠上，再小心翼翼地跨坐好，他脚下一蹬，自行车就晃晃悠悠地摇起来。俩孩子因为害怕咿咿呀呀地叫，陈朝阳说一声“不能乱动”，又用力蹬了两圈，车子就稳了，顺着苗圃路而下，笔直地去往干部楼。

别人家的孩子过生日一碗面条加个鸡蛋就对付了，陈朝阳的女儿陈蕾每次过生日都很隆重，看到五颜六色的奶油裱花蛋糕，汪荻的眼睛都直了，似乎也只有这种时候，陈蕾和汪荻之间的羡慕关系才会掉转。

汪荻的家在厂子里出了名地时髦，她的父亲是个紧跟时代潮流的人，什么新鲜买什么，放暑假之前，汪荻就和班上的同学说，黑白电视机算什么，她爸爸说上海已经有了彩色电视机生产线，等过阵子他们家会第一个换上彩色电视机。

厂办子弟小学的孩子都围着汪荻转，汪荻有一切同龄人渴望的好东西，香味橡皮擦、红蓝黑三色的圆珠笔、十八色的水粉颜料……可是她很难有这么漂亮的生日蛋糕。上个月她的生日“差点”被汪瀚洋和廖芬芳忘记，或许两人就是忘记了，因为直到汪荻等得耐不住而哭泣，廖芬芳才给她下了一碗面条吃，并在第二天给她补了个蛋糕。

不在生日这天出现的蛋糕，不算是生日蛋糕，汪荻一双乌黑的眼睛饱含渴望，她盯着闭眼许愿的陈蕾看，然后在陈蕾鼓起腮帮子吹蜡烛的时候，她也深吸一口气用力吹了出去。

陈蕾的生日让汪荻很享受，汪荻玩得很开心，她拆开水粉颜料管，在调色盘里挤一点柠檬黄色，又挤一点紫罗兰色，用小号的排笔蘸一点点清水，将两种颜色搅和在一起。

“柠檬黄色和紫罗兰色调在一起是熟褐色，”汪荻放下排笔，又开始往调色盘里挤新的颜料，继续说，“柠檬黄和湖蓝调在一起就是草绿，都是我爸爸教我的。”

调色盘里颜色的变化对陈蕾来说并不陌生，以前她虽然没有水粉颜料，但汪荻会与她分享，把自己的拿给她玩，陈蕾每次都会把调色盘上所有的空格都弄上颜色，因为不懂调色原理，她总是把缤纷亮眼的颜色调成统一的泥巴一样的棕色。

现在，陈蕾看自己的水粉颜料被汪荻使用，心里突然涌出一种从未有过的感觉，憋得慌，很毛躁。

她好像不想汪荻用她的颜料。

可是她怎么可以这么小气呢？汪荻对她多大方呀，她把汪荻的白颜料全部挤光了，汪荻都没有说不行。因此，在惭愧与舍不得之间纠结，陈蕾的脸一阵红一阵白，像病了一样。

廖芬芳来接女儿时，谭庆梅说就让汪荻在家住一夜，和陈蕾一起睡，廖芬芳含笑拒绝，她把汪荻叫出来。谭庆梅对着廖芬芳欲言又止，廖芬芳看出来她是有话要说，于是叫汪荻先回家，自己留了下来。

等汪荻跑上楼，廖芬芳问谭庆梅有什么话和自己说。

谭庆梅压低声音，说：“明天老丁家姑娘就去高考了，不管她考得上考不上，都叫大洋别再去给人家补课了。”

谭庆梅在厂党支部工作，廖芬芳满怀期望地留下来，还以为是提汪瀚洋做副厂长的决议敲定了，欲言又止是要给她透个风，可谭庆梅的话把她给听蒙了。

廖芬芳茫然地问：“……老丁家姑娘？”

“染整车间的老丁呀，大洋的师傅，他家小姑娘丁岚岚今年要高考，老丁今天来找我了，说如果女儿考不上大学，想让女儿进厂子，他跟我说……”谭庆梅顿了顿，似乎是斟酌了下语言，才又说，“说你们家老汪太有煽动性了，激励得他姑娘非美院不去，他说他们家没资格做艺术家的梦，孩子不懂事，再这么胡闹下去要出事，索性，还是让她上班好一些。”

廖芬芳听傻了，她根本不知道丈夫在给谁家女儿补习功课，自从恢复高考，丈夫就好像某根神经搭错了，说的话做的事都叫她看不懂。他们确实是在沟通上出现了一些问题，但绝对不会发生动摇婚姻根基的污糟事，廖芬芳坚信这一点。

于是，她气鼓鼓地回道：“神经病！这个老丁糊涂了吧？他不让我家汪瀚洋去给他姑娘补课，汪瀚洋能去吗？孩子考学有目标不是好事吗？谭庆梅，你想想他在这个时候胡说是什么意思，是不是要整老汪？是不是故意的？”

谭庆梅一下子就明白了，她的好意提醒大概是被廖芬芳误解成了有人要给汪瀚洋的升职使绊子，她赶紧解释说其实老丁也没说什么，是她想多了，也多嘴了。说完这几句话，谭庆梅觉得廖芬芳看自己的眼神好不嫌弃，她后悔不已，心里堵得难受。

深夜，等女儿睡着后，谭庆梅才和陈朝阳说了这个小插曲。陈朝阳听完后直摇头，叹息着说：“大洋哪是去给人家小姑娘补习，他是让人家小姑娘给他补习。”

“他补习？他补什么？”

“今天刘厂长把我叫去了，说大洋没心思工作了，一门心思想要参加高考，说是要考美院。”

“啊，还有这样的事？”谭庆梅一脸错愕，说，“开什么国际玩笑，厂子里怎么可能放他走？”

“可不是嘛……”陈朝阳深深叹了口气，他和汪瀚洋交情深厚，了解汪瀚洋是个开弓没有回头箭的主，一想到好兄弟要来真的，他就替汪瀚洋发愁，发愁他的工作该怎么办，家庭该怎么办，梦想又该怎么办。

谭庆梅拉下台灯的开关，和陈朝阳一起躺在黑暗中想心事。

厂子里最近正是人事变动的关键时期，提汪瀚洋做副厂长的事几乎要板上钉钉了，他这么一闹，不管是真是假，他在领导心中的形象算是毁了，谁还敢让这样一号“危险”人物进领导班子？出了事，不被人笑掉大牙才怪。

可是，副厂长还是要提的呀，如果汪瀚洋被弃用了，谁还会有机会呢？谭庆梅的睫毛微微颤动，她轻轻睁开眼，悄悄地瞟了一眼枕边人。

03

廖芬芳的工作也在江棉厂里，她在厂办幼儿园做老师，平日里都是和五六岁的孩子打交道。谭庆梅觉得廖芬芳三十大几的人了，也跟个孩子一样，活得又天真又不讲道理。整整一个星期，谭庆梅与廖芬芳每一次相遇时，廖芬芳都是一张臭脸，看起来是与她结了仇。

对此，谭庆梅已经习惯了，廖芬芳也不是第一次这样，应该说，她一贯如此，从来没变过。

十几年前，她们都还没结婚，各自被未婚夫携着在镜湖游泳，年轻人聚在一起喜欢玩闹，不知是谁提出来比赛，从湖心亭往岸上游，谁最后一个到，谁请客去四季春吃小笼汤包。

没人把比赛当真，至少谭庆梅没有，她觉得即使自己是最后一个到的，请客吃饭的人也会是陈朝阳，大家不过是为解馋找个理由罢了。可是，最后一个上岸的是廖芬芳，她从水里一钻出来就急了，一双冷眼瞪着嘻嘻哈哈的汪瀚洋，不顾和谭庆梅、陈朝阳是初次相识，她扭头就走，那神态和身姿，与现在在楼道里的她一模一样。

不过，这一次，谭庆梅很难平静地面对廖芬芳，因为她已经开始劝说丈夫去争取副厂长的提拔资格了。虽然从道理上讲，谁都能去争取这个机会，不必因为跟汪瀚洋是朋友就放弃，但谭庆梅还是会有心理负担，她觉得廖芬芳一定不会理解。

汪荻穿着漂漂亮亮的小裙子，背着蓝布做的水桶状的小布包，跟在廖芬芳身后下楼，她的蓝布包上装饰着用粗毛线缝出来的小红花和绿叶子。她看到谭庆梅就咧嘴笑，甜得人心都要化开，谭庆梅欢喜地用双手捧住汪荻的脸，把她的小脸揉得变形。

"粥粥，阿姨家里有放凉的绿豆汤，要不要去喝一碗？"

"要去！我要去！"

廖芬芳一把拽住要跑的女儿，板着脸不说话，光在手上暗暗使力气，弄得汪荻龇牙咧嘴说疼。谭庆梅觉得廖芬芳过分了，她忍不住上前拉扯，让廖芬芳把手松开，结果不知道抓到什么地方，弄疼了廖芬芳，她反射性地扬起手叫了一声。

这时，谭庆梅从廖芬芳长袖衬衫袖口的缝隙里看见她的小臂内侧有两指乌青，青得很厉害，像是被人给拧了。谭庆梅困惑地打量廖芬芳，发现她很奇怪，这么热的天，她穿个长袖，把胳膊挡得严严实实，像是在遮掩什么。谭庆梅眉头一锁，正色问："你胳膊怎么了？"

廖芬芳把手背在身后，呼吸不再平稳。谭庆梅见她这样，心中冒出个念头，家里关上门，汪瀚洋不会还打她吧？如果真是这样，那汪瀚洋真是太不像话了。她上前一步，说："有什么事你告诉我，别怕！"

可是，廖芬芳什么也没说，她拨开挡住楼梯的谭庆梅，撇下女儿，逃开了。谭庆梅望着廖芬芳仓皇的背影，无言叹息，她想，这么多年过去了，廖芬芳怎么就一点长进也没有？遇到事除了逃就什么也不会了。做姑娘的时候自己逃就逃了，现在当妈了，孩子也能说扔就扔吗？

谭庆梅看了看手表，她还有事要去办，马上就要迟到了，她把茫然的汪荻带去了家中，陈蕾正在做作业，见到汪荻别提多高兴了。

谭庆梅说："你们两个就在家里玩，不要乱跑，妈妈中午可能要晚点回，饿了你们就喝绿豆汤，等我回来带包子给你们吃。”

“好！”陈蕾脆生生地答应。

“乖乖待在家，好好写作业，我回来要检查啊！”谭庆梅再一次严正声明，然后和两个孩子说了再见。

陈蕾和汪荻贴在窗前目送谭庆梅远去，大人一走，孩子们就将承诺抛在脑后，作业本被陈蕾丢在一边，她和汪荻一起看了会儿书，又下了会儿棋，又都觉得没劲。

“要不我们玩过家家吧？”陈蕾说。

陈蕾把汪荻带进房间，打开衣柜开始翻找。前段时间，陈蕾在找地方藏《画报》时，发现了很漂亮的红绸被面，那被面是谭庆梅的陪嫁品，被谭庆梅小心翼翼地收藏了许多年，陈蕾现在想要把被面翻出来玩过家家，因为她觉得被面上绣的龙凤呈祥图案很好看，适合披在身上装大小姐。

汪荻不知道陈蕾在干什么，她觉得无聊，自顾自地在陈蕾家里东翻翻西翻翻，翻到陈蕾收在床底下的旧书，她碰巧抓到一本包了白皮的册子，好奇地翻开，竟然就是她送给陈蕾的《电影画报》。汪荻玩心起来，有了好主意，她叫来陈蕾，说：“我们出去吧，我带你去我奶奶家看《电影画报》去！”

“可是妈妈说让我们在家里玩。”陈蕾有点犹豫，她是个乖女孩，调皮捣蛋的事也是跟在汪荻身后干。

汪荻打定了主意，拉起陈蕾，说：“走吧，我奶奶家又不远，我们跑步去跑步回，赶在你妈妈回家前回来。”

“那好吧。”陈蕾同意了。

汪荻的爷爷已经去世，现在奶奶一个人独居，老房子在红塔边上，从江棉厂宿舍出去，左转上桥，下了桥走田埂小路，跑十几分钟就到了。

铺着大青砖的小巷两侧是高高的白墙，白墙后的屋子，有的铺着黑瓦，有的铺着石棉瓦。汪荻的奶奶坐在门口剥豆子，深蓝色的绵绸衫下露出的手臂已经长出了老人斑。奶奶听力不好，听不见孙女呼唤的声音，直到汪荻跑到跟前来做鬼脸，奶奶才惊喜地站起来。

奶奶要去给汪荻和陈蕾买冰汽水，汪荻一点也不客气，她推着奶奶走，然后又跑回院子里和陈蕾说："家里没别人啦，我们快行动！"

奶奶家有个小院，小院里有三间平房，中间是正厅，正厅后面是佛龛。奶奶年纪虽然大，但把家收拾得干干净净的，汪荻领着陈蕾转了一圈，一本书也没看见。

正觉得奇怪的时候，汪荻推开了后门，后院里不知何时多了一间铁皮小屋，占据了后院三分之二空间的小屋连个窗户都没有，不知道是干什么用的。

铁皮小屋的门锁着，只能推开一条不足五厘米的缝隙，汪荻把半张脸挤在缝隙里看。

"好黑啊，什么也没有呀。"陈蕾也凑过去看。

"好像有什么东西盖着白布。"

汪荻觉得她看到了，她用力推了推门，门锁很牢固，陈蕾说算了，还是快回家去，汪荻不依，她四下里看看，看见后院的一个坛子里种着金橘树，她灵机一动，想起爸爸喜欢把家里的备用钥匙塞在花盆里。她冲金橘树走过去，翻翻掉落的叶子，没有发现钥匙。她又叫陈蕾帮她给花盆挪挪位置，两个小丫头一起用力，使劲一抬，花盆一歪一晃，果然，盆底的钥匙露出来。

汪荻得意地喊："我是天才！"

"你真厉害呀。"陈蕾也很兴奋。

汪荻骄傲地跑去试着开锁，钥匙流畅地插入锁孔，"咔嗒"一声门锁就开了。

孩子们跳着尖叫，她们紧张又好奇地推开门，室外的亮光透进来，屋子里热得像蒸笼，但地上堆着的高高的盖着白布的东西像奶油蛋糕一样吸引人，勾着孩子们前去探索。

汪荻抓起白布，哗啦一下扯开，白布下的画框露出来，原来不是《画报》，是画呀。

女孩们都很失望，可是，下一秒，她们像约好了似的齐齐耸起肩膀，她们被画面上的内容惊呆，一口气憋在胸口半天吐不出来。

在并不明亮的光线里，画中少女美妙的胴体展现在两个小姑娘眼前，少女歪头站着，蓬松的头发散在一侧，她的眼睛明亮，嘴唇红润，身上一丝不挂，曲线凹凸有致，汪荻和陈蕾的眼睛同时扫过少女毛茸茸的三角区，然后她们对视一眼，捂着脸尖笑着跑了出去。

04

在铁皮屋里看见的那幅裸女油画给陈蕾留下了极其深刻的印象，印象深刻到什么程度呢？十四年后，当陈蕾坐在布置一新的婚房内，等待着把自己的全部交付给爱人夏清如时，脑中想起的正是那个像大自然一样动人的作品。

她相信自己是被那幅画改变了，油画的质感记录下少女身上的每一个毛孔，陈蕾觉得那是她见过的最极致的美。她好像就是从那时候开始关注起自己的身体，她会面对镜子摆出和少女一样的姿势，欣赏自己白生生的脚板、年糕一样的身体，好奇自己什么时候才会真正长大。

那幅画让陈蕾在审美上开窍，她学会了给自己盘漂亮的发髻，学会了像淑女一样行走，她还学会了写小诗，写日记，认真感受生活的美，记录生活里的美。那个浑身散发柔光的少女把美传递给她，让她变得越来越漂亮。

不过，汪荻就没她那么幸运了。

铁皮屋里的那些油画带给汪荻的改变是巨大的、震撼的、彻底的，汪荻绝不会想到，那个在铁皮屋里闷得汗落如雨的下午，会是她命运的第一个分岔口，她好像一不小心打开了地狱之门，把整个家庭拖入了黑暗的、无法逃离的深渊。

陈蕾记得汪荻父亲的死讯传来时，新学年已经开始了。

放学后她和汪荻在干部楼楼下跳房子，远远地，一堆人乌泱泱地朝她们移动，陈蕾好奇地停下蹦跳，看过去，只见廖芬芳被两个高大彪悍的妇女架着手臂，她好像丧失了行动能力，双脚的脚跟悬空，脚尖拖在地上，像女鬼一样飘着。她的脸看起来也像女鬼，卷曲的发丝被眼泪贴在脸上，眼下青黑，脸色煞白，只有涂了口红的嘴唇是鲜红色的。

"粥粥，你妈妈怎么了？"陈蕾紧张地攥住汪荻的手，害怕地问，"她是不是死了？"

一向喜欢管汪荻叫公主，管陈蕾叫丫鬟的田阿婆拉过傻掉的汪荻，急匆匆地命令说："别玩了，快回家，你爸没了，你妈妈就剩下你了，回家去！陪你妈去，听话！"

田阿婆拉扯人的力气很大，连带着把陈蕾的胳膊都晃悠起来，松手的刹那，陈蕾感觉到汪荻用力捏了她一下，她从汪荻慌乱的眼神里看到了汪荻的害怕。

那群人前脚走进楼，谭庆梅后脚就赶到了，陈蕾见到妈妈，哇的一声哭出来，她把汪荻没有爸爸了的消息告诉妈妈，她哭着追问谭庆梅，人为什么会突然就没有爸爸了？谭庆梅说不出话，她紧紧地搂着女儿，抬起头看到四楼的窗户里亮起了灯。

很快，汪瀚洋的死因就在厂子里传开了，因为过分香艳离奇，这段流言甚至传出了厂外，成了江城许多户人家茶余饭后的谈资。

汪瀚洋是自杀的，死在镜湖里，头一天夜里跳进去，第二天早上被人发现。许多不知前因后果的人对此事的评价都是晦气，镜湖是江城最有历史感的一道风景，这回算是被死尸给玷污了。听到流言蜚语后，那些人又改了口气，纷纷叫骂死者造孽，他们说汪瀚洋死一千回都不够，但他不该给整个江城添堵，他求死应该直接跳进粪坑里，他不配死在镜湖里，死在粪坑里才对。

在那些流言蜚语中，汪瀚洋被描绘成了色中恶魔，玷污了手指加脚趾都数不过来的女人。人们说他道貌岸然，精神变态，利用职权欺压老实人，可天网恢恢，疏而不漏，压迫就会招来反抗，总有勇士愿意站出来揭露他的真面目。

正所谓空穴不来风，传言虽然离奇，但也不是不见一点真。

汪瀚洋确实是被举报的，有人针对他在男女关系上的问题进行了匿名举报，厂里本来是压着偷偷调查，可染整车间的老丁特别敏感，从前来谈话的人的嘴里听出了话锋不对，回家以后把女儿的房间搜了个底朝天。

这一搜差点把他的命搜没了，老丁撬开一个上锁的盒子，从里面搜出一沓黑白照片，拍的全是裸体画，画上的人分明就是他的小女儿丁岚岚。老丁又惊又臊，险些晕死，冲动之下，他提着菜刀闯入汪瀚洋的办公室，嚷嚷着要杀了汪瀚洋。被人拦住以后老丁喊自己瞎了眼把女儿交给他教，他吵着说要去报警，说要让汪瀚洋这个流氓被枪毙。

那天下午汪瀚洋就没上班了，廖芬芳在幼儿园得到消息也没上班了，他们两人在家发生了什么没人知道，但那天晚上整个干部楼都听到了二单元四层 401 室摔摔打打的声音。

再然后，汪瀚洋就没了，大家都说他是畏罪自杀的。

事情发展的节奏快到让人应接不暇。彼时，丁岚岚已经在美院上学，等她知道时，汪瀚洋早已下葬。从老丁住的那栋筒子楼里传出闲话，说丁岚岚不仅不羞愧，反而为汪瀚洋痛哭了一场，而且千里迢迢打电话回来斥责父亲糊涂，她说父亲永远不会懂得什么是艺术，把老丁气得住进了医院。

后来，丁岚岚放假回到江城，被家里人赶走以后，她跑了一趟医院，又从医院回到江棉厂。

她冲进党委办公室，在陶书记面前承认自己就是那些油画的模特，她质问书记知不知道什么是模特，她说他们所有人都是凶手，用狭隘、落后和满脑子的封建意识杀死了一个意识先锋。

陶书记哪里见过这阵势，丁岚岚比他女儿还小七八岁，被一个晚辈指着鼻子骂，陶书记当时就火得拍了桌子，大骂她品德败坏，自以为是，上了大学就敢目中无人。丁岚岚毫不退缩，她冷笑着，把一张单子拍在党委书记面前，扬起声音说：“看看清楚，我还是处女！我和汪老师从未越雷池半步，我不允许你们侮辱汪老师，破坏我和汪老师之间神圣而纯洁的关系！”

后来，丁岚岚也去厂办幼儿园找了廖芬芳。也许她是不想看到廖芬芳被流言蜚语困扰，乃至痛苦终生，所以想要出面解释吧，但她的想法实在是太过理想化了，与廖芬芳的见面成了一场混战，幼儿园里的几个女老师一起行动都拖不住廖芬芳，廖芬芳像疯了一样抽打丁岚岚，把丁岚岚的裙子都给撕破了，然后廖芬芳一口气没上来，晕了过去。

从医院醒来以后，廖芬芳就开始不对劲，给她什么她吃什么，饭也吃，药也吃，粗布也吃，草纸也吃，后来连针头也往嘴里塞，吓得厂办医院的医生催促前来照料的谭庆梅赶紧安排她转院。

好在两针镇静剂打进去以后，廖芬芳睡了一夜又清醒了，才免了去精神病医院治疗的苦楚，不过，厂办幼儿园的工作没能保住，最终由陈朝阳出面给廖芬芳换了一份工作。不再面对孩子以后，廖芬芳整日坐在办公室里，低着头，厂里那台铅字打字机上密密麻麻的铅字块成了她最亲密的伙伴。

所有这些事，陈蕾和汪荻都不是亲历者，她们在很长一段时间里都很糊涂，不清楚究竟发生了什么。

尤其是陈蕾，汪伯伯的死让她难受了一个星期，跟随父母进灵堂吊唁时，她也哭得非常凶。可是哭完之后也就没什么了，于她而言，生活好像没什么变化，她依旧每天和汪荻一起去上学，学校的同学、老师，爸爸妈妈的同事还是和以前一样喜欢她。同样的情况，也在汪荻身上发生着，汪荻哭的时间并没有比陈蕾更长，她还是会笑，还是会跑会跳。

等汪荻剪掉及腰长发的时候，她们也快小学毕业了，陈蕾和妈妈谭庆梅说粥粥还是最时髦的女孩，她换了个《城南旧事》里英子的发型，可爱极了。谭庆梅问陈蕾要不要也去剪一个一模一样的发型，陈蕾摇摇头说不要，她的脑海里浮现的还是散着长发的油画少女，长发多美，她才不要为了赶时髦剪了她好不容易养得不再毛糙的头发呢。

05

其实，汪荻剪掉长发并不是在追逐潮流，她的发型也不是《城南旧事》里英子的发型。虽然看着很像，但就好像不在生日那天吃的蛋糕不能说是生日蛋糕一样，汪荻觉得不在理发店里剪的发型就与潮流无关。

她的发型是廖芬芳一剪刀下去的结果，在闷钝的“咔嚓”声里，汪荻的眼泪汩汩往外冒，她哭得比失去父亲那天还要伤心。

剪掉女儿的头发，廖芬芳也不好受。丈夫因丑闻故去，她们母女的生活质量直线下降，要不是有陈朝阳夫妇帮助，她们连住的地方也要失去。今时不同往昔，她们母女二人的吃穿用度都不再能维持以往的水准，廖芬芳捏在手里的那一把头发已经失去了曾经的光彩，接下来只会越来越差，越来越没样子。对廖芬芳来说，剪掉女儿的头发，是藏起她们一日不如一日的生活，不给别人嘲笑她们母女的机会。

汪荻哭够了，她睁开通红的眼睛，看着镜子里熟悉又陌生的自己。镜子里除了有她，还有她的母亲。廖芬芳站在她身后，动作僵硬地一手抓着剪下来的辫子，一手提着剪刀，目光直愣，好像是害怕孩子会发疯一样惶恐。

汪荻先是摸了摸空荡荡的脖子，然后从齐耳短发里搓出一根头发扯下来，她走回房间，把那根最多二十厘米长的头发放进旧铅笔盒。她这个举动并不是发疯，留下这一根旧发，是为了等到新头发足够长时，再来一剪刀，把旧头发全部剪下，一毫米都不要留下。汪荻想要一头新发，不分叉，不枯黄，和以前一样柔顺水亮的全新的头发。

和母亲只知逃避的心态不同，汪荻的心里还有希望。整个初中阶段，汪荻的头发短短长长，她一次次地剪去旧发，再蓄养新发，一次次地失望，再重燃希望。

初中毕业会演，陈蕾和汪荻共跳一支新疆舞，一样的装扮，不一样的小辫子。

陈蕾的新疆小辫是用她的真头发一根根编出来的，汪荻的新疆小辫子是用毛线编好后缝在帽子上的。表演结束后，她们脱下装扮，一起回家，路上遇见田阿婆，田阿婆已经老糊涂了，她拄着龙头拐杖看着陈蕾笑嘻嘻地说："大公主好漂亮，心疼人呃。"

陈蕾说："阿婆，您认错人啦。"

田阿婆耳背听不见，看着陈蕾就知道笑，看到汪荻才把笑容收起来，她举起龙头拐杖，对汪荻戳戳指指，又说："骚达子，还不回家去！作怪，丑死了。"

汪荻避开田阿婆，不说话，加快步伐走远，陈蕾跟上来说："阿婆糊涂了，她有八十岁了吗？"

"是啊，她快死了吧。"汪荻跟着说。

这话陈蕾听得不舒服，她觉得汪荻过分了，于是不搭腔，汪荻扭头看她，又说："对不起，我气过头了。"

陈蕾立刻就原谅了汪荻，她抿抿唇，摇摇头，上前挽住汪荻的胳膊说："粥粥，以后我们不能在一块上学了，我一定会想你的。"

对这对好姐妹来说，九年义务教育已经完成，她们站在了命运的新的分岔口。

陈蕾考上了高中，未来三年，她将仍在江城求学。陈蕾对英语感兴趣，陈朝阳鼓励女儿好好学习，将来报考外国语学院，毕业后考外交部或者做个翻译，谭庆梅和陈朝阳想得不一样，更希望女儿考江城师大，将来留在自己身边。

汪荻的选择和陈蕾不同，她考上了中专，这个夏天过去后，汪荻就要离开江城，前往省会的纺织学校上学。准确地说，这个规划是廖芬芳做的，就像陈蕾的规划是她父母做的一样。汪荻对自己的未来并没有十分清晰的想法，如果说有什么是她想要的，她只想要离开江棉厂，离开妈妈，离开家。

"我们可以通信，一个星期一封。"汪荻对陈蕾说，"蕾蕾，无论我在哪里，都不会忘记你的，你是我一辈子的好朋友。"

"嗯！"陈蕾重重地点头，说，"我就是想着你要是跟我一起念高中就好了，将来我们一起考大学，一起离开江城，去看更大的世界。”

汪荻扑哧一声笑了，说：“你可不要生气，我已经要去看更大的世界了，比你先一步去看。”

汪荻很久没有露出得意的模样了，自从父亲去世，她的话就变少了，母亲限制她抛头露面，她在厂子弟堆里出现的概率极低，到了寒暑假，廖芬芳还会把她锁在屋子里，汪荻被迫藏起个性里张扬活泼的一面，只在信任的人面前展露她的真实内在。

“谁先谁后有什么要紧？”陈蕾说，“我只是不希望我们俩分开那么久，粥粥，你想啊，四年后，等你回来了，搞不好我就不在江城了。虽然妈妈希望我考江师大，可是我还是想离开家去读大学，毕业以后再回来，这样的话，算一算，我们前前后后总得有七年难见面呢。”

汪荻停下脚步，不屑地说：“也许我不回来了呢？”

“你当然会回来呀，不然的话你考省会的纺织学校干吗，还不是为了将来能在江棉厂工作？为这件事，你妈妈来我家里和我爸爸聊了很长时间呢。其实我爸爸更希望你和我一样参加高考，他说你爸爸……”陈蕾话音骤停，悄悄观察了下汪荻的神色，发现没有异常才又接着说，“他……也想考大学。我爸爸劝你妈妈，凡事要往长远里看，还说如果是担心生活费，他愿意资助你，不过，你妈妈很坚决，我猜她肯定是舍不得你吧，就像我妈妈舍不得我一样。其实在江棉厂也不错，我爸爸和妈妈会好好照顾你的。”

汪荻的父亲去世后没两个月，陈朝阳就被正式提升为副厂长了，五年来，陈朝阳的工作做得很好，马上就要升厂长了。陈蕾不是在说大话，要不是陈蕾的父母帮助协调，受了刺激、意志消沉的廖芬芳在厂里的工作一定保不住。

不过，那时候的汪荻不觉得自己还需要依赖陈家的庇护，她是凭自己的努力考上省属四年制中专的，廖芬芳因此激动得落泪，握着她的手说她是好样的，汪荻久违地有了荣耀的感觉，真正拥有了希望。汪荻告诉陈蕾自己会好好学习，争取被分配进省内最大的国营纺织厂，她甚至对陈蕾说："你要真有本事，就考去省外国语大学，我们一起在省城留下来。"

06

如果曾说出口的壮语豪言，在该实现的时候都能实现，那么人可能就不会老了。

年轻人总是在理想破碎时，用"年少轻狂"定义曾经，因为服输了，那一刻，他们便不再年轻。

第一次高考落榜后，陈蕾决定复读，她还是想去北京，想考外国语学院。陈朝阳鼓励女儿继续为梦想努力，谭庆梅也没有阻拦，因为陈蕾第一次高考的成绩太差，是绝无可能考上江师大的。

那个暑假，汪荻没有回江城，陈蕾写信给汪荻，告诉她自己的复读决定，并且说未来一年不会再给汪荻写信了，她不能浪费哪怕一秒钟的时间，必须心无杂念，百分百地投入到高考中。

一个星期后，汪荻的回信寄来，陈蕾打开来看，汪荻说支持她的决定，但如果陈蕾报考江师大，她会更高兴，因为她也认清了现实，优秀的人太多，自己只是无比平凡的那一个，明年她会回江城，进江棉厂就是她能走的最好的路。汪荻告诉陈蕾，她要接受这个命运最好的安排。

收到这封回信，陈蕾立刻又回了一封信给汪荻，她解释说高考会失败是因为太紧张，凡事第一次总会紧张，再来一次，就不会了，她觉得自己没问题，一定能考去首都，考取外国语大学。

收到回信后，汪荻用钢笔在信纸背面写上"祝你好运，期待重逢"，然后将信纸原样叠好，放入信封内，不再回复，否则的话，陈蕾会完全忘记自己说过什么，一封信接着一封信地往复着。

她们有整整九个月没有通信，其间汪荻从学校传达室取了江棉厂的接收函，也没有写信告诉陈蕾自己回去的准确时间。

当中华大地响彻《亚洲雄风》这首歌曲时，汪荻结束了学业，正式进入江棉厂上班，而后不多时，陈蕾收到了江城师范大学的录取通知书，她的成绩还是差了点，从江师大最热门的英语系被调剂到了俄语系。

对这个结果，谭庆梅和陈朝阳没有一点遗憾，他们对陈蕾复读后的成绩非常满意，陈蕾却对汪荻说："我并非不可以考出去，太遗憾了，真想去北京。"

汪荻打趣陈蕾，说："你去北京还不就是为了看亚运会？亚运会才开多久，大学要上多久？算了吧，江师大挺好的，我们能在一起。"

第一次高考前，陈蕾给北京亚组委集资部捐了九十八元钱，那笔巨款是她从小存到大的。原本，陈蕾打算等到上大学以后用那些钱买原版书和港台歌星的磁带，但从报纸上看到亚运会组委会的捐款倡议后，她毫不犹豫地就把钱都捐掉了。陈蕾不仅自己捐钱，还写信给汪荻，号召汪荻也一起捐钱，她在信上写"砸锅卖铁也要让朋友在家里做好客"，汪荻给陈蕾回信，说学校也在组织捐款，她会响应号召。

可是，那时候，她哪有钱呀？也不是穷得一毛没有，可是真要拿五毛一块出来捐，她又怕丢面子，索性就装作什么都不知道，躲过去了。

陈蕾眉目上扬，揽住汪荻的胳膊说："是的呀，我也是想到你，想到爸爸妈妈，才决定留在江城的。是不是该给我些奖励？"

上班第一个月的工资发下来，汪荻一下子买下了四枚亚运会胸针，两枚是一模一样的白底圆形胸针，上面印着北京亚运会的会徽，蜿蜒的绿色长城排成抽象的字母A，字母之上是一轮光芒四射的红日。另外两枚胸针也是一模一样的，都是举着金牌的亚运会吉祥物熊猫盼盼，这款胸针是紧俏货，很难弄到手，要不是厂子里有能人正在对她献殷勤，汪荻弄不到这么多。

汪荻把胸针从包里掏出来，四枚胸针，两两一对，她把自己的那对握在右手掌心，把送给陈蕾的那一对递出去，还没来得及开口说话，陈蕾就惊喜地说：“我也给你弄了一套！我们两个真是想到一块去了！”

陈蕾送给汪荻一整套熊猫盼盼纪念章，真正的一整套，装在精美的盒子里。红色的丝绒底托住六枚金灿灿的圆币，可爱的熊猫盼盼姿态各异，有打羽毛球的，有划皮划艇的，有打拳击的，有游泳的，还有做体操的，个个憨态可掬。中间那一枚比其余五枚大一圈，上面有熊猫盼盼举着金牌的浮雕，形态和汪荻送给陈蕾的胸针是一样的。

她们交换礼物，陈蕾把熊猫盼盼胸针的别针打开，别在胸前。她送给汪荻的那套纪念章是收藏款，不是别在身上的，汪荻挨个拿起来看，陈蕾告诉她，这套纪念章是在南都工作的叔叔送给她爸爸的，叔叔送了很多亚运会纪念品，每样都只有一套，她选来选去，还是觉得这套最好。

那一瞬间汪荻的眼眶滚烫，她回忆两人的友谊，她们睡过一个摇床，吃过同一碗饭，从小到大都是一模一样的“胳膊肘往外拐”，总想把最好的东西都给对方。小时候，她是赠予的一方，陈蕾是被赠予的一方；现在，她们的身份互换，陈蕾成了赠予的那一方，她成了被赠予的一方。

珍贵的友谊，不是谁都能够拥有，汪荻觉得自己应该开心才对，可是，事实上，她并没有很高兴。汪荻觉得自己的心就像被什么攥住了，说不出地难受，好像有一个人在一言不发地猛地抽她耳光，她觉得脑袋发蒙，心里全是不甘和愤懑。

汪荻不知道自己为什么会有这样的情绪，她也不知道这样的情绪是针对谁的，她唯一能肯定的是，她的阴暗情绪不是针对陈蕾的。不过，后来发生了一件事，差点动摇了她的肯定。

帮汪荻弄到亚运会胸针的厂子弟喜欢她，那人长得大头大脑，却又小鼻子小眼，汪荻看他没有眼缘。不过，二十岁正是渴望被爱的年纪，人家请她吃饭看电影，她虽然不去，但用油纸包好的排了长队买回来的名气响亮的小吃送到她面前，她也并不拒绝。

汪荻觉得自己不同意去饭店和电影院，也不单独和人约会，态度就是拒绝，可别人显然不这样想。那人比汪荻大四五岁，已经到了着急定关系的年纪，他觉得汪荻吃了他送的东西，四舍五入就约等于是他们家的人了。于是，再次给汪荻送好吃的时，那人就勇敢地握住了汪荻的手。

于是，误会升级了，打翻的开口栗子滚了满地，厂里的保卫员把人带走时一边走路，一边用脚踢栗子，大头小伙一路喊冤，说这都什么年代了，年轻人自己的事还得单位来管？再说他什么也没干，就拉了个手，被他们这么一押，真成臭流氓了。

厂里的人有不少看热闹的，汪荻不在其中，她躲进了厕所，后悔自己刚刚叫得太大声，反应太过激。

就在这时，外面传来老大姐们的讨论声，她们说：

“祸害别人家姑娘，自己家姑娘也得被别人祸害，几千年的老话得听呀。”

“你这张嘴就是毒，少讲两句吧。”

“得了吧，又不是只有我一个人这么想。”

“大家都这么想，但就你讲出来，你以为你聪明呀？别忘了，老的死了，关系还在，人家小姑娘还有叔叔、阿姨照顾，陈厂长可不是离职了，人家是荣升，你好歹看看陈厂长的面子，收敛点。”

“那是，陈厂长是得照顾她一辈子。哎，刘大姐，你说陈厂长当初举报她爸，能算大义灭亲吧？”

“哎哟，你这张嘴……”

“我又把你们心里想的话说出来了是吧……”

07

保卫处很快就把小伙子放了，时代变了，摸摸小手的事不至于上纲上线，廖芬芳得到消息后，赶到保卫处，办公室里只剩下臊眉耷眼的汪荻。

保卫处的老金见廖芬芳一脸怒气，主动说：“都是误会，人家小伙子给你家姑娘买了几次好吃的，见她没拒绝，以为自己有戏，就冲动了，但也没干什么太出格的事，我们已经教育过他了，你放心，不会有下次。”

廖芬芳是跑着赶来的，进了办公室还止不住喘，听了这话，她好像是被什么给堵住了喉咙，整个人憋住了，憋得满脸通红。汪荻见了害怕，她刚朝母亲走近两步，想要帮廖芬芳顺顺气，廖芬芳就抬手一个大耳刮子扇在她脸上，一声脆响，把整个保卫处都给抽安静了。

老金赶紧上来劝，但这种丢面子的事，常常是越劝越糟，越劝打得越凶。廖芬芳的手抖得抬不起来，就把脚抬起来踹在女儿大腿上，伸出食指指着汪荻歇斯底里地骂她嘴馋，不要脸，没自尊。汪荻又惊又怕又臊，她被打蒙了，不知道动弹，还是老金推了她一把，让她快跑，汪荻才跑走了。

跑出办公楼，汪荻的脑子清醒了，巨大的委屈在她的胸腔里爆开，令她觉得自己孤独无依。她跑出厂子，想去江师大找陈蕾，刚刚上了铁桥的人行道，就想起十年前，正是她自己领着陈蕾去了奶奶家。很多年之后，她才明白过来，原来从奶奶家后院的铁皮屋里发现的那些画就是父亲要流氓的罪证。

汪瀚洋死后一个星期，传言就冒出来了。起初，匿名举报人的“候选者”有ABCD四个选项，随着陈朝阳被提升为副厂长，所有人都觉得答案浮出了水面，不过，也因为陈朝阳在厂子里蒸蒸日上，传言逐渐淡下去，成了许多人心照不宣的谜底。

那时候汪荻太小了，什么都不知道，第一次听到有人说父亲是被陈叔叔害死的时候，她已经从江棉厂子弟小学毕业了。

升入初中，周围的同学陌生了许多，江城第三中学内既有厂子弟，也有小商小贩和附近农民的孩子。除了江棉厂的子弟外，造船厂和发动机厂也有不少适龄的孩子在三中读书。人多了，环境就复杂了，半大不小的孩子有着浓烈的好奇心和求知欲。

一天，放学路上，有造船厂的子弟把她和陈蕾围起来，其中一个高壮的指着陈蕾对汪荻说：“你脑子是不是有问题？她爸把你爸害死，你还跟她做朋友？”

她和陈蕾目瞪口呆。回家路上，汪荻没哭，陈蕾哭得上气不接下气。回到干部楼，先路过的是陈蕾家，陈蕾一进门就和谭庆梅说了放学路上的遭遇，哭声让陈蕾的说话声断断续续。汪荻始终没哭，她蒙了，回家以后一见到廖芬芳，就问："我爸爸是被陈叔叔害死的吗？"

廖芬芳吃了一惊，她放下手里的炖蛋，一脸惶恐地走到汪荻面前，还没说话，家门就被谭庆梅敲响了。

母亲和谭庆梅压着声音，小声地交谈。谭庆梅说陈蕾被吓到了，廖芬芳则说小孩子不懂事，不搭理他们就没事了。谭庆梅不认可，她很严肃地说这种想法就不对，她说当初刚有传言的时候，自己就要求严肃处理，可是陈朝阳信奉身正不怕影子斜，说什么清者自清，可结果怎么样？他们一家不说话，弄得好像是默认了一样。

汪荻站在客厅的阴影处，她能看到谭庆梅的表情，但看不见母亲的，廖芬芳背对着她。她听到母亲难得地说了声对不起，也看到了谭庆梅脸上闪过的一丝怜悯。汪荻记得，那时候谭庆梅说："你跟我说什么对不起，你怎么变成这样了？也太软弱可欺了。死者为大，你怎么能容忍别人这么诋毁老汪？你我都清楚，老汪那件事组织上是怎么定性的，说到底，他和那个丁岚岚……算了算了，你别难过了，我来找你不是来表达不满的，我就是气人心险恶，你懂吧？好了好了，我走了，你好好跟粥粥说，别吓坏了孩子。"

临走时，谭庆梅对汪荻微笑了一下，眼神里满是包容。廖芬芳把门关上，等了好一会儿才转过身。汪荻觉得母亲像跑了几公里一样疲累，步子轻飘飘的，她叫住了母亲。

"妈……"

"吃饭吧。"

廖芬芳缓缓走去厨房，拿了碗筷，她们母女二人的家这几年来全无变化，电视机还是黑白的，如今没人再去看，被一块蓝布盖上了。

汪荻不再是小孩子了，她追问母亲："我爸不是坏人对不对？"

廖芬芳垂目不说话，往碗里夹菜，汪荻固执地继续问："到底是谁害了我爸爸？到底是不是陈叔叔？”

廖芬芳“啪”地拍下筷子，扬起声音喊：“你爸自己不干人事，他怪谁?！谁害他？他是自己害自己！”

汪荻很自责，奶奶家后院的铁皮屋里藏了油画的事，她回家后第一时间告诉了妈妈，是她不懂事，害得爸爸妈妈吵架。她想，如果自己懂事一点，爸爸妈妈不吵架的话，爸爸是不是就不会死了？她越想越难受，眼泪一颗颗地往饭碗里滴。

廖芬芳也哭了，她哽咽着说：“外头那些人都是瞎说的，你怎么能跟着起哄呢？匿名举报就是不知道是谁举报的，那些人是看你陈叔叔掌权了，心里嫉妒他，故意抹黑他，晓得吧？粥粥，你长大了，要懂事，陈叔叔和谭阿姨对你多好，是不是？将来你还要指望他们照顾，好好的，别得罪人。”

第二天上学，陈蕾照例在楼下等汪荻，两人一见面，陈蕾就对汪荻说：“昨天我们碰到的都不是好孩子，是校霸，是小混混，你相信我。”

汪荻点点头，回答说相信，从那之后，她和陈蕾之间再没有交流过有关汪瀚洋如何亡故的话题，甚至，再遇到前来戏弄她们的高年级同学，汪荻呵斥的声音比陈蕾的还要大。

时光逐渐抹平一切，流言蜚语也有嚼到没了滋味的一天，熬下去，那些奇怪的人、奇怪的声音终有消失的一天。

可是，真的能彻底忘了吗？

不知他人如何，于汪荻而言，比起大声宣泄，默默念及给她留下了更刻骨的记忆。

此刻，挨了要面子的母亲的巴掌，被委屈的情绪包裹得严严实实，走上铁桥的汪荻又想到了过去。

她很想问陈蕾一个问题，一个她忍了七年没有问出的问题，她想问：“铁皮屋里藏油画的事，你告诉你爸爸妈妈了吗？”

汪荻擦干眼泪，挤上公交车，车子驶出站，她想要问明白。

08

陈蕾总说丈夫夏清如和好友汪荻是在 1991 年的夏天，他们一队人结伴去苏城旅游的时候认识的。举行婚礼时，夏清如给汪荻敬酒，说感谢汪荻在那次旅行中对他的帮助，要不是有汪荻从中撮合，以他的个性恐怕很难翻过男追女的大山头，追到陈蕾。他向汪荻承诺会一辈子珍视陈蕾，爱护陈蕾。

过分的幸福让人羞涩，陈蕾假意责怪汪荻竟然那么早就成了夏清如的内应，她对汪荻娇嗔着："你怎么就那么相信他呀？那是你们第一次见面，你就不怕他是个坏人？"

汪荻喝下了他们递上来的喜酒，笑着说："你记性太差，我早就认识他了。坏丫头，你是天底下最幸运的人，好好的，幸福下去，祝你们永浴爱河，早生贵子。"

1990 年 10 月 12 日，汪荻第一次遇见夏清如，就是在那天，在她去找陈蕾问压在心头多年的疑问的那天。

她在江师大门口的石碑前等陈蕾，夏清如走在陈蕾身边，陪着陈蕾走出江师大的校园，他看起来是那样儒雅、清秀，浑身上下散发着书卷气，一见到他，汪荻就忘记了自己为何而来，被母亲扇了巴掌的涨痛感撞上一见钟情的羞怯，她的脸像烧到了三十八度半一样红。

夏清如只是朝她点了个头，就告别走了，汪荻没有给他留下印象，陈蕾也忘了自己和汪荻介绍过夏清如，当时的她和夏清如还不熟悉，相较于身边的异性，汪荻脸上不正常的潮红和隐隐约约的五指印更加吸引陈蕾的注意力。

当时，是汪荻主动问了陈蕾一句，那人是谁？陈蕾说他是英语系的夏清如，算是师兄吧，今年读大四，快毕业了，成绩优秀，据说会留校，搞不好将来能做教授。

那天汪荻感觉非常冷，透心凉的那种，她深切地认识到如今的她是长在泥土里的一根草，只能欣赏云卷云舒，却怎么也触碰不到，她问陈蕾：

“你们在谈恋爱吗？”

“你胡说什么呢？”陈蕾摸她的额头，关心地问，“你是不是病了？”

汪荻盯着她看，她的眼神一如既往地清澈，视线不闪不避，浓浓的都是对她的关心。

“你今天没班吗？找我有事？”陈蕾是在宿舍楼下接到电话后跑出来的，路上遇见师兄夏清如便一路同行，那时候她还没那么自信，虽然总在老师办公室里遇见师兄，却丝毫没有意识到夏清如看她的眼神很炽热。

要问吗？答案真的重要吗？回不去了，永远回不去了，不是吗？汪荻犹豫着，面对陈蕾，她才意识到心底真正的恐惧。她对所谓的答案产生了厌恶，担心一个不合时宜的提问，会剥夺她本就少得可怜的东西。她已经失去了父爱，如果再失去友谊，她不知道还剩下什么是她能够把握住的。

汪荻对陈蕾释然一笑说：“今天真倒霉，被我妈打了一顿。别问我为什么，特别没劲的事。你知道布兰卡歌舞厅吗？我听人说江城现在最好玩的地方就是布兰卡歌舞厅。大学生，你敢陪我去吗？我请客。”

“这有什么不敢的？我有好些同学也想去呢。不用你请客，你知道什么叫 AA 吗？就是各人付各人的，谁也不吃谁的，”陈蕾冲她眨眨眼，娇俏地说，“你等着，我叫人去，今天我们 AA，去布兰卡跳舞听歌！”

陈蕾叫来的同学有男有女，加上汪荻，总共九个人，当中没有夏清如。到场的男孩子们一律穿着浅色的牛仔裤和大色块的毛衣，这种打扮汪荻看着既熟悉又陌生，虽然江棉厂里有些子弟也这样穿，但没一个人拥有眼前这些朝气蓬勃的大学生的气质与魅力。

他们交谈，开口雪莱，闭口狄更斯，脱口而出的英文带着磁性，他们对歌舞厅里当红歌手唱的歌如数家珍，他们不但知道披头士，还会唱披头士的歌。

汪荻好羡慕他们，但羡慕归羡慕，她并没有因为自己是中专毕业就自惭形秽，相反，她的国有企业重点待培养干部的身份让她觉得骄傲。尤其是到了付钱的时候，那帮意气风发的大学生开始挨个凑钱的样子，汪荻一点也没觉得有趣，她窃笑，凑钱的行为多尴尬呀。难得地，汪荻感觉到了公平，她想，这帮在天际飘摇的大学生，到了付钱的时候，才会跌落人间吃一嘴尘灰。

汪荻从省纺织学校毕业前，江棉厂正在走上坡路，效益最好时，年产值突破了 1.5 亿，算得上江城最好的那一拨单位，陈朝阳也因为出色的工作能力，同当时的党委书记一起被调离江棉厂，进入政府部门工作。

人人都以为辉煌可以继续，适龄的厂子弟仍然一拨一拨地进厂子里。

然而，仅仅过了两三年，整个纺织行业的大势就变了，“国营老大哥”竟然干不过“私营小作坊”，当江棉厂陷入滞销的迷局，厂子里人人自危时，汪荻也开始后悔当初去考了中专，她想，要是母亲听了陈叔叔的建议，也让她念高中就好了。

每一次，汪荻和陈蕾的朋友们在布兰卡聚会，她都忍不住将自己与那些大学生比较，琢磨他们之间的差距到底在哪里。然后，她就开始自怨自艾，要是她也能念高中就好了，要是去参加高考就好了……

她不会考不上江师大的，她和他们比，并没有过分的差异，她只是命运不济，缺了一双高瞻远瞩的眼睛，那双眼睛她和母亲都没有。论资质，人与人之间差得不多，可是论眼界和思维方式，却有天差地别。

因为这样一群人，汪荻爱上了布兰卡，即便陈蕾没空，她也会一个人去，找个位置坐下，喝一杯鸡尾酒，找找在云端的感觉。

这种情况起初并不多，因为陈蕾总是能抽出时间来陪汪荻，但随着夏清如越来越深地进入陈蕾的生活，当陈蕾开始热恋，汪荻独处的时间就越来越多了。

尽管对夏清如怀有非同寻常的情愫，但汪荻从未放松对自身行为的规范，她不贪恋和夏清如交流，宁愿走远一点在一个安全的距离里欣赏他。如果一定要和夏清如谈些什么，她的话题基本不离开陈蕾，她乐于把陈蕾的一切拿出来分享，因为每到那时候，浮现在夏清如脸上的那份深情和宠爱，也会让她得到精神上的满足。汪荻明白，有些人，就是够不着的，叫一声朋友，已经是命运的恩赐了。

汪荻从不敢奢望自己也能遇到像夏清如一样的男人，她以为那样的人只能在大学校园里遇见。可是，在布兰卡独自喝酒时，汪荻遇见了一个看起来很像夏清如的人，他叫姜国胜，他举手投足间的从容与自信让汪荻再一次有了怦然心动的感觉。

在陈蕾与夏清如准备结婚的日子里，汪荻也开始恋爱了。姜国胜是个见多识广的生意人，他的见多识广和夏清如的博学多才显然不同，但对汪荻的吸引力都是致命的，而且由于姜国胜是主动示爱，汪荻在极短的时间内就沦陷了。

被爱的感觉蒙蔽了她的眼睛，她被姜国胜藏在离江城七百公里的海边未婚生女，姜国胜说孩子得叫姜采采。而陈蕾和夏清如的女儿夏绻也在差不多的时间出生，绻字是夏清如取的，取夫妻间恩爱不渝、缱绻情深的意思。

姜采采出生得更早，是姐姐，夏绻晚一周出生，是妹妹，命运之手仍把两个家庭的命运紧密编织在一起，两个新出生的孩子和她们的母亲一样，姐姐仍是姐姐，妹妹还是妹妹。

第五章

6 小时：报警

01

天河新村是江城市最早的一批高档商业楼盘，开盘之初顶过“楼王”的称号。它紧邻镜湖，出门不远就是核心商区，地理位置可谓优越，湖景公园的天然屏障给了居住在其中的业主们一种繁华触手可及，又不被车马喧嚣扰了清静的尊荣感。

不过，市政改造工程暂时改变了一切，天河新村邻近湖景公园的南出入口被关闭了，小区内的所有车辆只能从北门出入，早晚交通高峰时格外拥堵。尤其是雨天，着急进出的私家车你不让我，我不让你，鱼骨般的车流从地下停车场一路堵到大马路上。

业主委员会和物业沟通了好几次，但事关市政建设，物业能做的有限，每次都满口应下，承诺说尽，增派人手维持秩序，但好不了一两天，又是拥堵照旧，业主们怨声载道，以致后来发生了物业公司员工私家车冲动追尾业主私家车的恶性事件。矛盾由此达到了顶峰，事件以物业公司辞退一名物业经理，并承诺物业公司员工的车辆不入小区而告终。

整整三个月，单入口通行的拥挤让人叫苦不迭，但业主和物业之间倒是达成了某种平衡，不再对立了。

有一回下雨，连一贯好脾气的夏清如都忍不住发表看法，和陈蕾说：“绝大多数成年人只是看起来成年了，实际上还是个小孩，不知道怎么解决问题，只知道发脾气，辞退个物业经理有什么用呢，还不是堵成这样？

好好的砸了人家饭碗，也不知道他找到工作没有。”

陈蕾说：“不知道。确实挺可怜。”

“不过啊，一个人做事出纰漏，如果叫人看出来，那暗处看不到的，可远不止露馅的一点半点。”

“咦，你这话说得我都不知道怎么接了，到底是对他有意见还是没意见？”

“我就是想知道，怎么才能不再堵下去。”

“我不知道，你有什么好办法？”

“忍吧，忍一时风平浪静，退一步海阔天空。”

“什么呀，你就是专业和稀泥。”

一声打趣后，两人都笑了。

不久后，南出入口重新放开，原本封闭的四车道畅通了一半，这预示着湖景花园的改造进入尾声，好日子就在眼前了，所有人的心情都变好了，大家都觉得，为了未来二三十年的静好岁月，就该忍过这一时，天河新村总归是块好地方。

汪荻在天河新村的入口处登记访客信息，这是今天的第二次，一个小时前，她来取羽绒被时，就在门岗处做了访客登记。她在登记簿上写下姓名、电话和拜访地的具体楼牌号，不过，那簿子上她亲笔写的名字龙飞凤舞，像一团纠缠的草，无法辨认，另外，她留的电话号码也是现编的。

姜采采站在母亲身后，目光越过格栅铁门往小区的翠绿深处瞟。

小时候，夏绻的外公总叫她来家里吃饭，后来，陈爷爷去世了，她被再婚的妈妈抛下，和整日阴郁的外婆生活在一起，夏爸爸见她可怜，偶尔接上她去家里吃顿好的。

姜采采还记得谭奶奶给她和夏绻读安徒生童话，夏绻每次都说卖火柴的小女孩是个笨蛋，隆冬飘雪，划两根火柴能取什么暖？她笑，然后在心里羡慕小女孩能在冻得受不了的时候，摸出三根火柴，她相信，火焰勾起的是女孩的记忆，而不是幻想。

湖景公园修好了，天河新村就会变得更好了吗？

不会的，她知道。

“刚才那本呢？”汪荻拿着笔，笔尖悬在空白、崭新的访客登记簿上方的十五厘米处，没有落下。

“啊？”保安微微探头，瞟了一眼，说，“一样的，一样的。”

“我填那本吧，字丑，打头写，真是不好意思……”

汪荻执笔的指头更用力了，她想，恐怕不会有访客像自己一样神经，非要计较登记簿为何换了新的，但是，见鬼了，她怎么也想不起编过的电话号码，害怕填的不一样，会给自己带来不必要的麻烦。

“哎哟，你这个人，太讲究了吧？那本收走嘞，你写就是喽，又不是要拿去展览，你写，我看看你写得多抽象。”

保安语带调侃，脸上笑嘻嘻的，他一边推动新的访客登记簿，一边探出身体去看，一见到姜采采，就立刻转了态度，他主动打开门禁，对着姜采采大声说：“回来啦？赶紧回家去，你家里人正找你呢。”

“伯伯好。”

女儿的声音很甜，目光落落大方，汪荻看得出了神。

保安大伯笑得热情，他边笑边对姜采采说：“快过年了，家里来亲戚了？”

汪荻听明白了，保安是把女儿错认成卷儿了。

认错人，本来是件正常事，但汪荻却觉得不舒服。女儿不置可否地主动挽起她的胳膊，甜笑着跟保安摆手道别，好像很享受被认错。

登上小区内的造景拱桥，姜采采丢开她的胳膊，一个人走起来。

身侧消失的温暖和降临时一样突兀且勾人怀念，心头生出的惆怅冲淡了汪荻想要教训女儿的欲望。大半年没见，女儿又长高了，比卷儿漂亮得多，汪荻想，算了，正常的，女儿羡慕卷儿，多年以前，她也是以同样的心情面对陈蕾的。女儿的处境和她很像，但又比她更可怜，她至少在童年时幸福过。

“书包给我吧，怪沉的。”姜采采说。

"没事，我来。"

女儿的书包确实很沉，压得左边肩头痛，汪荻想要换换肩膀放松一下，倒手时，女儿灵巧又坚决地拨开她的手，把书包夺了过去。

姜采采背好书包，又说："这种小事我自己来就行，不需要帮忙。"

汪荻无言以对，她能为女儿分担的也只有书包这么一点点分量，相较于注定沉重的人生，她能做的微不足道，没能给女儿一个健康、完整的家庭，终归是她的错。

腊月二十四，晚上六点三十五分，物业接到业主的求助电话后，安排经理郜小利去往业主家处理问题。

郜经理三十出头，两个月前从别的物业公司跳槽而来，严格算起来，他的实习期还未结束，是小区物业公司的新人。他擅长与人打交道，与夏清如碰面后，主动给夏清如递上香烟，夏清如不抽烟，推掉了，他就也没有抽，小郜并没有烟瘾，香烟只是他社交时的工具罢了。

知晓业主家"丢了"女儿，郜经理把寒暄之类的话都免了，丢出几个问题，确认事情的严重程度。

很快，他了解到，业主夫妻二人都是高级知识分子，在江师大外国语学院任教，其独生女在省级示范高中瀚文中学念高一。一个星期前刚刚放了寒假，今天早上，夏老师八点半左右离开家，出门时，女儿还在睡懒觉。最近，家里有老人住院，他疏于照顾女儿，早上他离开家以后，就没再联系过女儿，直到下午四点多快五点的样子，他的太太找不到女儿，才发现女儿失联了。

02

听到这些，郜小利面色松泛不少，原来是失联，不是失踪。业主提出诉求，说想要通过小区内布设的监控确定一下女儿是何时出门的，中间有没有再回来过。业主谈吐有礼，犹如和煦春风，但部经理却不敢有丝毫懈怠，多年从事与人打交道的工作，再粗的心脏都被磨出了八百个心眼子，他自然而然地帮夏清如把没有说出口的话，补充了出来。

类似，家里是否有过陌生人到访？我女儿是一个人出门的吗？会不会有陌生人带走了我女儿？你们物业的安防工作做得到位吗？

他一边竖起耳朵听夏清如说话，一边滴溜溜地转着眼珠子，快速整理思维，组织语言，再慢条斯理地说："夏老师，我已经跟安保那边打过招呼了，您稍等一下，这个点他们刚下班，等拿到钥匙，我们就一起去看监控，好吧？"

话虽然这样说，但其实部小利从办公室离开前已经交代手下的员工展开排查了。面对业主，不能打无准备的仗，工作十年，他不会把自己弄到非常被动的境地。

见夏清如愁眉不展，部小利反客为主地跑去餐厅，从热水壶里倒了一杯热水递给夏清如，说："夏老师，您喝点水，润润喉咙，别着急，别上火。还不到七点嘛，孩子八成是在图书馆之类的地方学习，把手机寄存了，才没有及时接听电话，说不定过一会儿，没等我拿到钥匙，咱们孩子就回来了。"

夏清如接过水杯，抿了一口，抬起手腕，看了眼时间。

他记得很清楚，早上八点多时和女儿打了招呼，现在是晚上六点多，不见女儿才十个小时，好像确实不该这么紧张。女儿有时在辅导机构上课，周末一上就是一天，早上送去，晚上才去接，中间，他并不给女儿打电话，算算时间，也不短。

不过，情况不一样，女儿上补习班，虽然不联系，但至少知道她在哪里，现在，夏清如打不通女儿的电话，"对不起，您拨打的电话正在通话中，请稍后再拨"，甜美的提示音刺耳得很，让人心慌。

最近家里不太平，岳母身体不好，妻子本来就焦虑，期末考试排名一出来，女儿下滑的成绩犹如火上浇油，刺激得妻子大发雷霆。妻子把女儿成绩下滑的原因归咎在手机上，昨天晚上在医院里，她说要把女儿的手机没收了。

夏清如觉得陈蕾是在转移情绪压力，话说得没道理。女儿喜欢的智能机本来就不往学校带，在家玩手机的时间也有限，但他和陈蕾有过约定，即便在教育理念上有分歧，也不在女儿面前互相拆台。于是，尽管知道女儿盯着他是在等他站出来说话，夏清如还是选择和妻子站在一起，他拿同在病房的姜采采举例，说，手机嘛，只要能与家人保持通信就够了，像采采用的手机就很好。

细想想，今天早上女儿睡懒觉，不肯开门与他告别，恐怕不只是困，也是在与他赌气吧。

“对了，夏老师，咱家孩子有没有比较要好的同学？还有，家里的亲戚朋友，这些人，你有没有联系过？”

“已经和学校老师、培训机构的辅导员联系了，家长群里也问了，还没收到有用的回复。”

“哦，说不定一会儿就有人回复了。夏老师，我很能理解您，毕竟是个女孩子，矜贵，不过，我也说一句，高中生了，烦人管，不能管得太死了，不然容易叛逆，女孩子一叛逆就麻烦了，任谁说话都不听，那才是真愁人。”

说话间，部经理时不时看看手机，他在等下属的回复，从而确认没有意外情况发生。担心下属不会办事，他发消息过去催促，他让下属迅速去南北门岗亭转一圈，查查保安的岗，再催一催楼面管家们，确定各个楼顶没有待人。

部小利一边发消息，一边说：“说不定是手机丢了呢？您女儿用的什么，电话手表还是手机？”

“手表在家里，应该是带手机出去了。”

“好手机？”

“iPhone。”

“哦！学生也用这么好的手机，那太容易被偷了。”

夏清如不自然地扯动嘴角，苦笑着说："去学校的时候不带的，就是放假在家里玩，我和她妈妈也后悔呢，不该给她赶这个时髦。"

郜经理笑得很亲切，心里却在碎碎念着，烧包，活该。

诺基亚要倒闭了，卖肾买"苹果"的新闻一条条冒出来，上周郜经理去喝老同事的喜酒，席面上不少人都换了新手机，他没好意思把口袋里的老古董掏出来。

门铃在此时响起，丁零零的声音清脆而充满希望。

"回来了吧？"郜经理神色一松，一种马上要下班的喜悦走上眉梢。

夏清如放下水杯，激动地推开挡路的郜小利，朝大门跑过去。

他觉得八成是女儿，女儿常忘了带钥匙，妻子甚至戏谑过，要在门口放盆花，用来藏门钥匙，以免公主回家吃闭门羹。

夏清如跑动的步伐凌乱，和在医院时一样，顺拐，看起来好像随时会被自己绊倒，他连透过猫眼打量来人的时间都不愿耽误，哗啦一下把门拉开。

可惜，门外站着的是汪荻和姜采采。

捕捉到夏清如的失落，郜经理把准备好的场面话吞回腹中，他一脸郁闷地转过身看向窗外的夜幕。

今日郜经理的儿子过百日，家里估计已经摆上宴席准备庆祝了，于公于私，他都希望能够大事化小，小事化了。缺席儿子的百日宴不算什么，他更害怕倒霉事摊到头上，砸了饭碗。

老婆怀孕之后就没上班了，儿子又还小得跟猫似的，他本是个无欲无求、安逸至上的人，做了父亲后才被家庭的重担捆绑，为了每月能多一点收入，他从做熟了的团队跳槽过来，没想到刚进入状态没多久，对人员关系还没熟透，就被烫手山芋砸中了脑袋。

和他一起跳槽过来的下属倒是很忠诚，知道他心里不乐意，想替他来，但被他拒绝了。郜小利对下属说，一人挣钱养三张嘴，能吃饱就谢天谢地了，怎么还能挑食呢？

仿佛川剧变脸似的，转身之间，郜经理已调整好了状态，他挂上职业的微笑，对着来人点点头，定睛一瞧，女人身边的女孩让人眼前一亮，长得真标致，他笑得也就没那么累了。

03

这个三室两厅的房子按美式风格装修，石膏线条将大块白墙切割成大小不一的方块，客厅内的家具是樱桃木色的，宝蓝色的老虎椅成了空间里的一处亮点，自然而然地将访客的视线吸引过去，落到老虎椅背后的照片墙上。

墙上挂着数张拍摄于不同年代的全家福，还有女主人精致的个人写真，当中最大的一张照片大概有二十寸，照片里有五个人，年味浓厚的照片里，男女老少统统穿着红色调的中式唐服，夏绻的头上盘了两个发髻，发髻用红色丝带装饰，一左一右像顶着两盏红灯笼，她被爸爸妈妈、外公外婆环绕，笑得眉眼弯弯。

这张拍摄于2007年春节前的照片还有另外一个版本，被收藏在檀韵花园内，在那个版本的照片里，出镜者多了一人。夏绻和老人的位置不变，陈蕾和夏清如则挪了位置，站到了父母和孩子后头，多出来的那一人，是被陈蕾和夏清如夹在中间的姜采采，她虽然穿了一件红色的棉服，却没有做妆发，瞪着一双大眼睛，没有笑。

每一次面对这张高高悬挂的五人全家福，姜采采都会觉得心灵被刺伤一回，她想母亲一定不记得，拍摄照片时，她也在。当时，陈蕾阿姨叫她们上前一起来合个影，但母亲觉得不好意思，只把她推了出去，于是，她以一个外人的姿态出现在别人的全家福当中，成了最古怪的那一个。

“这是，家里亲戚？”郜经理向汪荻点点头，自我介绍说，“你们好，我是物业的，敝姓郜，叫我小利就行。”

不是亲戚，是朋友，但夏清如没有纠正。汪荻走的时候留下了一句话，找到采采就一定能找到卷儿，可是采采来了，他的卷儿却没能跟着一同出现。夏清如推动下滑的眼镜，焦急地问：“采采，今天见到卷儿了吗？你知道卷儿去哪里了吗？”

知道。

但即便我说了，你们也找不到她。

少女看着儒雅温和的中年男人默默作答。

众目睽睽之下，汪荻迫不及待地开始了她的表演，她举高巴掌，重重地拍在女儿的后背上，叫起来。

“说话！你看看你惹的祸！卷儿要去南都的事，你怎么不早讲?!不懂事，急死大人了，知不知道?!”

汪荻不是作假的，她用最大的力气抽打女儿，只不过因为冬天衣服穿得多，拍打的声音听起来闷闷的。

“别打，别打，”夏清如拉住汪荻，他盯着姜采采的眼睛问，“卷儿去了哪里？南都？”

姜采采满脸通红，眼泪汪汪，母亲那些难以躲避的巴掌让她羞臊，她垂下眼皮，把冰冷的视线投在地板上，地砖好亮啊，母亲晃动的影子像困兽在挣扎。

妈妈，你真可怜。

丢失了自尊的人，总在拼尽全力地犯错。

这么活着有什么意思呢？

姜采采用了几秒收敛情绪，抬起眼皮，说：“卷儿喜欢的那个男团，今天在南都表演，她想去，还想让我找我妈帮忙……”

“你说什么？”

女儿的话让汪荻瞠目结舌，挥出去的巴掌停在半空。后半段话，女儿一路都未曾吐露，现在倒是在夏清如面前把她牵扯进来，打了她一个措手不及。

“老夏，我不知道，真的什么也不知道……”

汪荻面露尴尬，望着夏清如不知该如何解释，想了半天，只能把巴掌又扬起来。姜采采闭上眼睛，身板还是挺直的，她的肢体语言仿佛是，打吧，给你打……

夏清如又拦了一把，这时，他的脸色已经很不好看了，汪荻是有这个坏毛病的，总喜欢搞“人前教子”那一套，关键是，教又教不出道理来，他多次说过她，只是没有用。

原来，是南都啊……

夏清如似乎是想起了什么，身子一激灵，快步走到女儿房间门口，眯起眼睛打量墙壁上张贴的帅哥扎堆的大海报。他想起来了，下午在医院缴费时，滑走了一条娱乐新闻推送——韩国旋风今夜停留南都。当时他就觉得新闻图片看着很眼熟，直到这一刻他才把图片和女儿房间里的海报对上号。

女孩有了下落，物业部经理长舒一口气，下意识地说：“那就没事了。”

没想到，夏清如对这句“没事了”十分敏感，他急了，对着部经理扬声喊道：“怎么没事?! 天都黑了，我找不到她人哪！”

部经理被夏清如凶得一愣，业主家的孩子既然是离开小区之后失联的，不是在小区内被人掳走的，也没有躲在楼顶寻死觅活，那他们物业就可以与业主厘清责任了，本着多一事不如少一事的原则，他大可以找借口马上走掉。

来业主家之前，部经理心里打鼓，担心一旦查到小区安防方面存在疏漏，将来他这样的“实习期未过人员”就得顶上这颗雷。

来到业主家，见到言谈举止不接地气的夏清如，部经理越发谨慎小心，应对起他全是技巧，没动一点真心。但此时夏清如突然迸出的火气，倒让他看到一个男人的真性情，这位新晋父亲被撑了，非但不生气，反倒觉得和业主之间的距离缩短了。

“老夏，别着急，”汪荻试着开解夏清如，说，“孩子贪玩，这不是放假了嘛，应该没大事。”

母亲的话，姜采采听进耳朵，心里冷笑。

什么才叫大事？妈妈，你真的分得清吗？

“我的意思也是一样的，没大事，但是，夏老师讲得对，不管怎么样，得找到孩子，对吧？咱们别急，我来想想啊……”郜小利沉吟了一会儿，一边想一边说，“我也算追过星吧，十几岁的时候追齐达内，天天在家颠足球，楼下的邻居没少来投诉。放学跟同学在一起，能踢十分钟纸团子都是好的，想想也蛮有意思的……”

想起青春年少的时光，郜小利满脸笑意，多好的日子啊，那时候的烦恼在现在看来多数都很可笑。十七八岁的时候，最快乐的事莫过于与志同道合的伙伴玩乐，男生踢足球、打篮球，班级里的女孩子则一团团聚在一起对着《泰坦尼克号》男主角的明信片尖叫……

郜小利捉住了乍现的灵光，眼睛滴溜溜转动，视线定在姜采采的身上，和颜悦色地问：“小姑娘，你怎么没跟着去？”

“她不追星的。”汪荻忙不迭地替姜采采辩白，十分警惕地把女儿掩在自己身后，脸上没了刚才凶恶的模样。

“啊，没事，”郜经理笑笑，又说，“我的意思是，肯定有其他朋友跟她一起去吧？追星哪有一个人追的，多没意思啊，你知不知道谁跟她在一块？知道的话，就帮忙打个电话，好朋友之间打掩护也要有度，是吧？你说出来，我们不告诉她是你说的，不就好了嘛。”

孩子的母亲就在身边，并且护犊子，郜经理的语气绝对称不上威胁。

夏清如觉得郜小利的话有道理，他又看回姜采采，眼神充满期待，问她：“采采，你知道吗？”

知道什么，朋友吗？如果我说夏绻没有朋友，您一定会觉得您的女儿很可怜吧？可是，夏爸爸，不必为她难过，因为夏绻需要的不是朋友，她要的是玩具，有我，对她来说就足够了。

姜采采摇摇头，说：“本来她是让我跟她一起去的，但是昨天晚上……卷儿挨骂以后很不高兴，出了医院就跟我说，不去了，我还以为，她想着谭奶奶的病情，决定不去了呢。”

04

夏绻的卧室延续着简洁的美式风格，但因为床品用的是粉色的凯蒂猫主题的，整间屋子显现出一种俏皮的童趣。细看之下，除了巨幅海报，屋子里还有很多细节展现着女孩对偶像的狂热崇拜。

同样的 CD 一买就是数十张，床铺上放着一排 Q 版明星抱枕，书架上放满时尚杂志，十几二十本都是同期的一模一样的版本，书桌上放着一台乳白色的笔记本电脑，面板上用黄色和粉色的水钻一粒粒装饰出闪亮的皇冠和爱心。

没办法从姜采采的口中挖出更多的信息，郃小利打起了这台电脑的主意。

“夏老师，这台电脑是您女儿的吧？能不能打开看看？我们登上她的 QQ，查查聊天记录？说不定能查到点什么。”

“她的 QQ……我不知道密码。”

“破解呀，这个时候就不要顾及隐私了，要不我帮你试试？”

家中的笔记本电脑有两台，一台被妻子带去了医院，另一台就是女儿这台，是女儿平常学习用的。这个家庭讲究民主，他和妻子从不轻易越界，触碰女儿的隐私，因此，这台电脑，他和妻子连开机键都没按过，是专属于女儿一个人的。

犹豫了一会儿，夏清如问：“你会？”

郃经理眨巴两下眼睛，说：“试试呗。”

“行，那你来吧。”

郃经理坐上夏绻粉红色的学习椅，椅子有重力自锁轮，拖动的时候很顺滑，但人只要坐上去，就不会乱跑，他打开笔记本电脑的顶盖，按下开机键，等待的过程中，他摩拳擦掌，看起来胸有成竹。

阻碍来得比郃小利想象的早，第一个待破解的密码是锁屏登录密码，郃小利让夏清如告知家人的生日，全部试遍，却始终无法开机。

郃小利和夏清如身后，汪荻在轻手轻脚地走动，她一会儿翻翻被子，一会儿摸摸书橱，又打开床头柜的抽屉，转过身见女儿在看她，汪荻走回女儿身边，解释说，她找找有没有留便笺，她是这样急于出力，仿佛丢了的孩子是采采。看到夏绻的电脑屏幕再一次提示密码错误，汪荻发出由衷的惋叹。

姜采采一言不发地站着。

看不到屏幕上这张精致秀气的人脸吗？这是夏绻的心头至爱，她为之疯狂的偶像。

密码当然会是偶像的生日喽，连这都想不到吗？

880624，要不要试试看？

不过，不用再试了，这电脑里没有有价值的东西。

姜采采屏住呼吸，她的心语一段段冒出来，必须要咬紧牙关，才能避免脱口而出。

夏绻，你那些奇奇怪怪的小说、漫画和视频都在移动硬盘里吧？韩综好看吗？你写的王道文[1]真够烂的。

你让我帮你把电脑收拾得那么干净，是一直在幻想这一刻吗？当有人试图了解你的隐私，你给他们呈现完全失真的东西，呵，真好笑，你们这一家人。

几经挫败的部经理开始挠头了，振动的手机，是他能够拿来“挽尊”的好借口。

下属小周发来消息，除了汇报南北两个大门的访客记录没有异常，楼面管家排查也无异常之外，小周还发来了一张照片，照片是拍的监控大屏。

时间定格在下午一点十三分，夏绻穿了件羊羔绒外套，戴着墨绿色的毛线帽子和围巾，背暗红色的双肩休闲书包，耳朵上戴了一副白色毛绒耳罩，照片清晰地显示出她的脸孔，骄傲的一张窄脸，她继承了陈蕾的单眼皮，眼角微微上扬，眼型又细又长。

---

① 粉丝以喜欢的明星为对象所撰写的一种同人文类型。

即便郜小利的手机屏幕不大，像素也不高，出于父亲的直觉，夏清如还是一眼瞟到了照片，他捉住郜小利要收回的手，盯着女儿的照片认认真真地研究起来。

郜小利的脸沉下来，困惑中带着不满。

平时不声不响，做事磨磨蹭蹭的下属，怎么突然把活干得如此利索了？

天河新村业主虽然不多，但大几百户还是有的，干上个一两年，把业主的家底摸透，这事他能做到，可是与他一同跳槽过来的下属和他一样，干了还不足三个月，竟然这么快就把业主家的女孩找到了？

系统里虽然有业主登记的信息，但信息并不翔实，照片更是没有的。从经验上讲，郜小利本以为失联女孩的年龄要更小一些，干了许多年物业，业主找上门寻求帮助的基本都是为了找孩子和老人，他也是进了业主家的门才知道失联的是个十七岁的花季少女。

郜经理越想越坐不住，心里愤愤地骂起来，周重山那小子啊，到底还是不老实，这不是明摆着老早就盯上业主家的闺女了吗？搞什么，难道还想当上门女婿不成？软饭硬吃，真是够瘪三的。他瞥了一眼夏清如，观察他的状态，但夏清如显然没有他想得多。

“小郜啊，这张照片能拍张更清楚的吗？”

“我来联系一下。”郜经理顺势从夏清如手里抽回了自己的手，走到一边打电话。

恰在此时，入户门又有了动静，有人将钥匙插入锁孔，拧动。

推开门的陈蕾被家中的众多访客惊呆，尤其是见到穿着西装制服的陌生人，她忘了换鞋，踩着细跟短靴直接走进来，紧张地问：“怎么了？”

“你怎么回来了？”夏清如问，“谁在看着妈呢？”

“小姨去了，”陈蕾脸上没了血色，丈夫没有再传来后续消息，她心里急，好不容易等到有亲戚来探访能够抽身，就赶紧打车回来了，她哑着嗓子问丈夫，“是不是女儿出事了？”

“没有，”夏清如指了指令妻子警惕的陌生人，说，“这是物业的小郜，刚刚他帮忙查到监控了，女儿是中午一点多出去的。”

郜小利对着电话交代了几句，然后走过来，对着陈蕾笑，一边点头哈腰，一边翻开自己的工牌给陈蕾看，蓝色的工牌上写着：物业二部经理，郜小利。

“还没找到？”

陈蕾拧着眉头，相当不满。

汪荻见状，立刻又在女儿身上拍了一巴掌，夏清如伸手拦了一把，然后对困惑的陈蕾解释说：“采采说，卷儿……大概……恐怕……是在南都……”

“南都？”

“演唱会……”

“荒唐！妈明天就要动手术了，她跑出去追星！胡闹！”

陈蕾没能抑制住脾气，突然飙起的高音折损了她身上温婉的气质，她抱住胳膊，转身走远了几步，站在客厅正中央，望见照片墙的那一霎，她来了情绪，鼻酸眼热，又气又难受。不愿让陌生人看笑话，她走去阳台，深呼吸，调整状态。

自从父亲陈朝阳去世，她的小世界的平衡就被打破了，她一直记得父亲临终前的交代，该把日子过得更精致，更惹人艳羡才对，怎么弄成笑话了？什么样的人家才会让物业看笑话？她心里气极了。

汪荻走过去安慰她，陈蕾忍不住抱怨。

“她一直都挺好的，最近也不知道怎么了，住校，我们也管不到她，真不知道她一天到晚都跟谁混在一起，混成现在这个浑样子。”

“小孩子到这个时候了，总是要闹一闹的。”

“哼，闹？这个字就不该在她身上出现。”

“你对她也太严苛了。”

“是，我就是严格的，我对自己也一样。”

汪荻的表情讪讪的，站在陈蕾身边，她能明显地感觉到两个人的差距，那么近，却又那么远。

顾虑到母亲要动大手术，陈蕾决定忍下来，忍过一时，再下铁腕，决不能再拖了。考上重点高中，在高考大军中占据较好的赛道，对女儿漫长的人生而言，仅仅是迈上了一节小小的台阶，迈上去是为了能走更好的路，可不是为了登高跌重的。

整理好情绪后，陈蕾回身对夏清如说："你去把她接回来，等妈动完手术，我再跟她算账。"

"还没联系上她……"

丈夫的支支吾吾让陈蕾傻眼，她困惑地问："什么意思呀？"

"电话还是打不通，也不知道是不是没信号……"

"行了，别说了，报警吧。"

05

这女人……

听了陈蕾的话，邰小利差点没忍住翻白眼，内心开启吐槽模式。

就这点破事也要报警？我陪你们玩还不够？调用一堆警力，找一个举着荧光棒，怪叫怪跳的女孩？干吗呢？自己找找得了。但他的吐槽没有用，女孩的母亲已经把手机掏出来了。

"等等，小蕾，你别急，我觉得直接去南都就行了，地点我知道，在奥体中心。"夏清如说，"去南都的事，卷儿跟我们提了不少次，之所以这几天又不提了，是知道说了也是白说，你肯定不同意，所以，她干脆就不提了，给我们来了个先斩后奏。"

邰小利暗暗吐出一口气，心里给这家的爷们点了个赞，这个赞，既为男主人脑筋清楚而点，又为自己终于能下班了而点。业主家的孩子是宝贝，他的孩子也是宝贝，一旦报警，今天铁定是要加班了，为这么个讨人嫌的丫头缺席儿子的百日宴，部小利觉得不值。

夏清如很确定能找到女儿。

“现在出发，算上城区内的通行时间，九点前肯定能到。你记得吧，上次我们带卷儿去看跨年演唱会，几万人的体育中心没一点信号，去了地铁站才有信号的。我想好了，就在地铁站附近等她，先给她发个短信，她不至于一直不接电话。”

“你不要什么都往好处想，万一她就是犯浑，看完表演还想再跟她那些网友混上一夜，就是不理我们呢？你又不是不知道，活动一散场，整个广场乌泱泱的全是人，地铁站那么多出入口，你知道她进几号口？你怎么找她？我看还是报警吧，警察肯帮忙最好。”

“要不然，还是试着登录孩子的 QQ 吧，”部小利也在给建议，他说，“只要确定孩子在南都，就让孩子网友带个话，先把孩子劝住，您二位再去接，不就好了？”

争论时，汪荻和姜采采是沉默的。

当陈蕾说出“报警”两个字后，汪荻就离开了人群。客厅里的单人沙发，她记得陈蕾说过很贵的。贵，怎么还不舒服？沙发靠背又直又深，一点弧度也没有，坐上去，身后无依无靠。

紧张让汪荻无所适从，她血液控制不住地涌上头，脸一定红了，被人看见得多怪啊……她想逃跑，满脑子都是：警察要是来了，该怎么办……

“妈，你怎么了，不舒服吗？”

女儿竟然在这个时候关心她。余光里，汪荻察觉到众人的关注，她强作镇定地揉捏小腿，说：“没事，我就坐坐，走路走得脚疼。”

被女儿关心，多好的事，可汪荻却心慌意乱，一抬眼皮，更是吓了一跳，女儿正直勾勾地盯着她。

视线撞击的一霎，汪荻觉得自己被审视了。女儿的目光像热能射线，将她穿透，她蔽体的衣服随之被烧成灰烬，整个人像秃鸡一样丑陋且醒目。

女儿为什么这样看着她？女儿知道什么了，又在想什么？

汪荻慌乱地移开视线。三年多以前，她有过被警察上门盘问的经历，那一次交锋，用尽了汪荻毕生的好运与勇气，她绝不能再与警察面对面了，一个声音在身体里呐喊，一声高过一声。

逃，快逃！

可是，逃跑的理由呢？人不是会急中生智吗？她却连借口都找不出来……

“妈，天黑了。”

女儿软软的声音又响起来，汪荻心里一紧，看向姜采采的眼神充满胆怯，她已经怕了，因为不知道女儿想要说什么。

“你不是说要去给谭奶奶送被子吗？去晚了，可以吗？”

汪荻愣住，好一会儿才意识到，女儿是在替她解围，紧绷的神经一下子松了，她感觉周身充满暖意，看向女儿的眼神充满感恩。

“哦！对……”

陈蕾先汪荻一步给出反应，医院里还有身体状况欠佳的母亲，母亲的身体就像纤细又紧绷的蚕丝，一点压力都受不得，可女儿却偏偏在这个时候给她出难题，要不是有外人在，陈蕾大概会忍不住喷脏话。

此时她忍住了，看向汪荻说：“我妈那边，你帮我打个马虎眼，别让她担心。”

“我知道，你放心，我就说卷儿和朋友一块去南都了，你和老夏一起去南都接她，估计要挺晚才能回来，让她不要等你们，行吧？”

陈蕾把鼓鼓囊囊但并不沉重的被子递给汪荻，动作有些迟缓，略微斟酌后，她说：“我回头跟小姨说吧，我妈只要不问，你就不提。”

汪荻已经失去了分辨出陈蕾对她不放心的能力，她只求尽快逃脱，迈出房门，又突然想起来，女儿还没吃晚饭，也不知道女儿饿不饿。回头望时，她发现采采没有送她，连目送也没有。女儿依偎在陈蕾身边，很乖巧，门框将两人套住，仿佛画框，这温馨的图景深深刺激了汪荻，许多年未曾泛滥的妒意汩汩涌出。

好多年了，她已经不知道有多少年未曾与女儿如此亲昵了。可是，不该嫉妒，她所求的不就是这样吗？将来，到了她不能再照顾女儿的时候，陈蕾能把给卷儿的爱分一半给采采，就足够了。

陈蕾家楼下停了一辆车，白色的车身上描绘着蓝色线条，天色暗了，车窗内闪动的红光格外显眼，吓了汪荻一跳。

她的躯体在逃命，精神也是，因为太过紧绷，汪荻把做过车身美容的私家车看成了警车，意识到看错之后，她控制不住脚步，似乎有什么鬼东西推着她绕着车走了一圈，然后，在后窗那儿将她定住。

这只是一辆空车，车上装了监控，一盏小小的信号灯在频繁闪烁。

但在汪荻的感觉里，那车的后排座椅上坐满了人，她也在，戴着手铐，脑袋低垂，臀下不是皮座椅，而是涂了黑漆的船板，她坐在一个男人身边，男人穿咖啡色的松垮的运动衫，潮湿的头发一绺一绺地趴在脑门上，看不清脸孔，白而微黄的啤酒泡沫顺着他的湿发往面皮上走，像肥腻的蛆虫在蠕动。

她惊恐至极，闭了眼，拔腿疯逃。

挡得住视线，却挡不住人影在脑海中呈现，她看见了，男人的脑袋不可思议地扭转着，后脑勺上一个血窟窿，黑色的血块从血窟窿里一团一团地坠落。

好怕，脚都软了。

夜色还不够深，黑中泛着微微的蓝，她又听到幽灵的质问：你好狠的心啊，不是说喝药给我偿命吗，你怎么说话不算话呀？你害死我一个还不够，还想害死多少人？你等着，阎王爷就要来收你了……

每到这个时候，痛苦总是很真切。

有人审判，就有人行刑。

刀刃斜着压上皮肤，划一道两寸的口，然后刀被弃掉，换成手，手从伤口破入，穿透胸大肌，摸到她的心脏，锐利的指甲钩破大动脉，血液灌入腹腔。

无法忍耐的战栗与寒冷让汪荻松手丢下手提的包裹，她弯腰，下蹲，深呼吸的同时，喉咙滚出待宰羔羊凄切的呜咽。

多少个生不如死的日夜，烙在骨髓里的伤痛，永远不会消失，人的记忆太玄妙，有虚有实，真真假假，让人清醒，又让人糊涂。

平静了一年半载，她终究又怕了。

谁都想好好活着，活着多好，她还有希望。

希望女儿考上好大学，希望女儿嫁得良人，希望自己能寿终正寝，希望有人会一直爱她。

可是，她是个罪人，行使了没被赋予的权利，命运怎么能放过她呢？奢望是永远不会与希望对等的。

06

人民医院的单人病房内气氛不错，谭庆菊已从陈蕾处得到了消息，汪荻敲门进入病房时，老姐妹俩正在乐呵呵地聊有关夏绻的趣事。

汪荻谨守诺言，不参与和夏绻有关的谈话，她也怕自己嘴笨，弄巧成拙。

她们姐妹聊天时，汪荻就在一边忙碌，先是把被子拿出来，替谭庆梅铺好，又用热水烫砂糖橘，干干净净地弄在小碟子里，端过去给她们吃。她们每说一声谢谢，都让她的情绪高涨一分。

“粥粥，你妈还好吧？”谭庆梅问她，“我跟她好久没见了。”

“挺好的。我妈想来医院的，又怕打扰您，不敢来，我跟她说了，等您出院回家后，再去您家里好好聊。”

欲盖弥彰。

但谭庆梅轻轻点头，她没有戳破汪荻的谎话，给彼此留了面子。

谭庆菊插话问汪荻，直销生意还做不做了？

汪荻唇角一抽，随口胡扯说在做，做得还行。她做直销员时，陈蕾让小姨照顾过她的生意，不过，实际情况是，她早就不做直销员了，她有一张人生后悔清单，做直销员这件事至今位列前三名。

“你早点回去吧，”谭庆梅说，“去陪陪你妈妈和女儿，留一个人在这里照顾我就行了。”

谭庆菊也开始催她走，汪荻听话地起身，推门出去时，没说道别的话。

她没走，只是下到一楼，在小超市里挑挑拣拣买了个两块钱的老面包，再上楼，在过道里随便找了把椅子坐下。

单人病房的沙发刚好能睡一个家属，没道理因为她，再花钱另开一张陪护床，她在哪儿都能对付一晚上。

她在夜里会时不时地去谭庆梅的病房前听听看看，如果有需要她伸手帮忙的，她就进去，不需要就算了，明天早上再去楼下给小姨买点吃的，等陈蕾和夏清如来了之后，把老人送进手术室，她就可以离开。

也许要离开相当长的一段时间，她这次回来，总感觉不太平，所有事情都怪怪的。

面包里放糖精了，怎么医院里也卖这样的面包？她漠然地把面包撕成几坨，塞进嘴里，大口大口地咀嚼，急促的吞咽让她直愣愣的大眼珠子散发出清澈的愚蠢。

余光里，有个抱着不锈钢饭盒的人总在看她，汪荻朝斜对面看过去，那人对她笑笑，说：“你食欲太好了，很少有人在医院这种鬼地方也吃得这么香。”

汪荻尴尬地笑笑，右手把空了的塑料包装揉成团，左手跷起兰花指，轻轻地把面包屑从嘴角擦去。

高悬的电子钟散发红光，时间已是晚上九点多，卷儿该有消息了吧？应该问一下，可一想到陈蕾说要报警，汪荻又把手机塞回包里。

何至于报警呢？

撇开自身问题，汪荻也认为陈蕾小题大做，反应过激，如果她也像陈蕾一样，对女儿不在身边如此敏感，那日子是一天也过不下去。

可是，回想刚刚女儿依偎在陈蕾身边的模样，汪荻又觉得是自己太过粗钝，与别人一比，她对女儿的爱就成了刚刚啃食的面包，看着大，实际难以下咽。

入夜的医院没了白日的喧嚣，人少了，交谈声也变得低缓。一片青白之下，她开始回忆女儿小的时候，想得忍不住发笑，随后又忧愁起来，她还不知道女儿吃饭了没，回家了没，睡了没，几次想要给女儿打电话，终究还是选择放弃。

她只求过个太平的夜。龟缩在方寸之地，割断与外界的一切联系，对她来说，最安全。

困意袭来，汪荻坐着睡去。

昏黄的灯光，甜腥的气味，扭曲的空间，粼粼的波光……

这些抽象的元素构成了汪荻的噩梦，她早已习惯了各种各样的噩梦，唯独困惑人为什么在梦里还能闻到气味，而且，纵然醒来，气味也一时半会儿散不去。

梦里的小船在风暴中翻覆，黑浪扑打在脸上，把她惊醒。

汪荻摸着冰冷的铁板凳扶手，僵硬地站起来，消毒水的气味分子在鼻纤毛上附着，溶解于黏膜之上，嗅球开始发挥作用，当刺鼻的消毒水气味取代梦中生成的甜腥味，她的心跳缓下来。

医院走廊的椅子上到处都是坐着或者蜷缩着休息的家属，汪荻蹑手蹑脚地走动，单人病房门上的方窗拉上了白色的纱帘，小姨还在睡，睡得不安稳，好像是快醒了，谭庆梅也是。

电子钟的时间跳到了四点三十二分，天快亮了，再过一个小时，就去楼下给小姨买份早餐，一碗馄饨，一个鸡蛋，还有一块米发糕，应该够小姨吃了。谭庆梅从昨天晚上八点就开始禁食，手术在即，她不能吃东西。

卷儿一会儿应该会来医院吧？要不要给陈蕾一家买点吃的？他们都爱吃小笼包，可是医院附近好像没哪家的小笼包像样。

汪荻一边走一边琢磨着。

基因会传递，命运也会传递吗？

夏绻怎么和她妈那么像？陈蕾小时候追电影明星也是很疯狂的。

不过，两人还是有不一样的地方。

陈蕾小时候文静，只知道跟在她屁股后头闹，没想到生出个女儿，却是个霸道的，风水轮流转，现在，换她的采采做了夏绻的跟班。

夏绻的芭蕾舞是从小练的，气质练出来，眼角眉梢都带着孤傲，不过，她行事没有陈蕾小时候大方，小心思多，事事都要压人一头，不如意就要生气。

女儿没少被夏绻欺负，汪荻看见过很多次，但从不干涉。她觉得，小姑娘嘛，都这样，喜欢弄小心思，女儿受点委屈没什么，陈蕾和夏清如总是很公正，夏绻宁可撕掉也不愿意借给女儿看的绘本，他们转头就买了新的送过来。

昨天晚上听谭庆菊和谭庆梅聊天，汪荻才知道心脏搭桥手术是很大的手术，谭庆梅的情况是要开胸的，她还要置换心脏瓣膜和人工血管，手术时间至少要八个小时。动完手术，她就会被送入重症监护室观察，情况稳定了才能转入普通病房。

天气很冷，医院外的小吃摊点喷着白色的蒸汽，汪荻缩手缩脚地站着，她没刷牙，没食欲，一会儿把早餐送去病房，就去洗手间漱漱口，单人病房的洗手间总归要干净些。女儿昨天说她早晨也要来医院，等把谭庆梅送入手术室，她想和女儿一起吃顿早饭。

汪荻提着热气腾腾的早餐进来时，谭庆菊刚收拾好沙发上的被子，正拢着头发盘发髻，她用嘴咬开一根钢丝发卡，笑着问："你来得这么早？好坐车吧？"

"我没走，在走廊里休息的，昨天夜里过来看了几次，看你们都睡得好，我就放心了。"

谭庆菊听了很诧异，说："你怎么这么傻呀！你进来呀，我们给你开张陪护床，没多少钱的事，你何必吃那个苦呀？"

"没有，外面挺暖和的，板凳也舒服，我喜欢睡硬床。"

汪荻看向谭庆梅的眼神里闪烁着讨好的炽烈的光，她想让谭庆梅知道自己在努力对她们好，她是个知恩图报的人。

“你这个人，”谭庆菊叹了口气，边摇头边对谭庆梅说，“她真的傻傻的。”

谭庆梅微笑着说谢谢，汪荻高兴得都感觉不到饿了，跟着一起笑。

07

陈蕾和夏清如是在七点半左右赶到的，晚了点，护士早已通知谭庆梅做好手术准备，她频繁出入病房，问家属到没到问了好几次。

“你们好沉得住气。”

开了门，汪荻的手还把在门上，她拉着门，等待活泼的夏绻跳进来，可是，陈蕾和夏清如的身后空无一人。

夏绻没来，她表情一动，长了个心眼，没多嘴问。

陈蕾说：“送卷儿去学校，弄晚了点。”

汪荻注意到陈蕾化了妆，她皮肤白，黑眼圈一旦冒出来就很显眼，化了妆之后能稍微遮一点。

“快过年了，还上学？”谭庆菊觉得奇怪，忍不住问。

“没有，就是去拿资料，好像是从湖北那边弄了密卷，”陈蕾垂着眼皮，摆弄皮包，声音很低，忽然又把声音扬起来说，“采采不是也去了？是吧，汪荻？”

“啊，对……是……”

汪荻默契地替陈蕾打掩护，她很吃惊，昨夜，卷儿竟然没有回家？陈蕾这样说，女儿肯定也不会来了，她得和陈蕾配合好，顺顺利利地把谭庆梅送进手术室再说后话。

但汪荻不善于说谎，她甚至不如陈蕾表现得自然，只是点头，只是笑，她发现，夏清如也是一样的，无话，面无表情地盯着窗户。

她主动叫他，替他解围，说："老夏，护士早上好像说还有什么要准备，我没记住，你去问问？"

夏清如的眼睛昏昏的，一下子苍老了许多，出门时，他用目光向汪荻致谢，汪荻的视线粘在夏清如后背，心里想，帮人逃跑，她还真是一把好手。

"手术延期吧，不做了。"谭庆梅坐在床上，闷声闷气地说。

"咦，为什么？不是都延了一天了？"谭庆菊困惑地说，"怎么又要改？"

"见不到卷儿，我不进手术室。"谭庆梅抬起眼皮，深深盯着陈蕾，说，"出什么事了？你别瞒着我。"

"没事……"陈蕾想要用笑容掩饰，但眼睛却因为湿润亮起来。

"到底怎么了?!"

谭庆梅一着急，整个病房的人的心都揪起来。

陈蕾再没有想哭的情绪了，她一口咬定，什么事也没有，是母亲想多了。

但是，如果谭庆梅好糊弄，或者有心装糊涂，就不会挑明了问。

眼见着谭庆梅的表情痛苦起来，手扶上胸口，汪荻急忙站出来救场，说："对不起啊，阿姨，都是采采不好！她把卷儿叫去南都玩了，阿姨，都是采采不懂事，你别气。"

谭庆梅拧着眉毛，眼睛紧紧盯着汪荻，凶得好像要吃人。汪荻只等着挨骂，可是，谭庆梅竟然一翻白眼，歪倒了。

抢救，急查心电图，一团混乱后，谭庆梅被送入手术室。

汪荻大汗淋漓，六神无主地站着，夏清如从背后拍她，给她递了块手帕。

"老夏……我真的……我就是想开解下老太太……"

"没事，不干你的事。"夏清如宽慰汪荻，说，"我早说不能瞒，要出事，小蕾非要瞒着妈。"

卷儿一夜未归，是真的失踪了。

警察大概是在汪荻离开半小时后到的，来的是沿河路派出所的民警，女的，姓田，她先是在家里转了转，了解情况后，又让陈蕾和夏清如跟她一起回了派出所登记。

昨天夜里，陈蕾和夏清如发动家里能发动的所有人找夏绻，消息仅对医院这边封锁着，因为他们很清楚，谭庆梅的心脏太过脆弱，而卷儿又是她的心头肉，如果谭庆梅知道卷儿出事，恐怕当夜就得急得要动手术。

“怎么会这样？还联系不上？”汪荻讶异地张大口。

“嗯，还没。”

“她不是去了南都吗？”

“不知道，可能不在，一言难尽，我现在脑子也乱了。”

夏清如似乎是受到了极大的打击，整个人精气神全没了，下巴的胡子扎出了头。汪荻心里咯噔一下，夏绻从小到大被宠得没边，过马路都是由谭庆梅牵着，一路牵到十四岁，要不是老人住院，她不会有机会一个人待着，这样的孩子，不过是离开家半天，就出事了？那这个社会，这座城市，也太不安全了。

想到这里，汪荻禁不住脸红，她是最没资格质疑社会安全的人，她一个该下地狱的人，不也没去蹲大牢，还不是活得像个好人？羞臊的念头里，汪荻心中涌起强烈的去见女儿姜采采的冲动。

“你要不先回去吧，这一夜辛苦你了。”夏清如说。

“不行，我怎么能走呢？”汪荻拒绝了。

陈蕾在手术室门口站着，满脸泪痕，谭庆菊搂着她。

汪荻没有勇气上前，她总觉得事情弄成这样，是她说错话的缘故，这么一想，她又揣度起夏清如让她走的意图，是不是担忧她留下来再刺激了陈蕾？

“那……要不然我先走？”汪荻犹犹豫豫地问。

“你先回去吧。”

“这个手术要做多久？”

“不知道……原来说的是至少八小时，现在，我也不知道。”

“那做完手术，你及时告诉我，好吧？我可以来帮忙的，你们要找小孩，医院这边交给我跟小姨。”

“行，我回头给你打电话。”

汪荻走了之后，夏清如开始联系亲戚朋友，挨个通知了突发情况后，他去牵妻子，宽慰她别着急，坐下等。

“小汪呢？”谭庆菊问，“走了？”

“嗯。”夏清如说，“我叫她先回去了，回头等妈这边情况稳定了，我再叫她回来。”

“我们又没怪她，她怎么走了？连声招呼也不打？”谭庆菊说，“乱成一团，顾不上嘛。”

“我跟她说了，没事。”夏清如说。

陈蕾沉默着，神色黯然，女儿下落不明，母亲在手术室内受苦，她觉得一贯眷顾她的命运此时伸出两只看不见的手往不同的方向拉扯她，就快要将她撕碎了。

沉默良久后，她从恍惚里回神，起身说：“小姨，这里先交给你，有事你给我打电话。清如，走，我们快走，找女儿去。”

陈蕾想到了，掌握母亲命运的不是医术高超的心外科大拿，而是女儿夏绻。母亲虽然身处险境，但有医生照顾，术前谈话，她和夏清如一起听了，对手术风险、利弊都很清楚，她相信母亲会有好运，能挺过这一关。但如果母亲动完手术，女儿还没有找到，那即便手术成功，母亲也不一定能顺利从 ICU 转出来。

“你们不要太着急，清如，你把小蕾照顾好。”谭庆菊交代着。

陈蕾和夏清如脚步匆匆地离开，驾车出医院时，夏清如踩着刹车，开得很慢，陈蕾让他快点开，夏清如说：“我看看汪荻走没走，没走的话，我捎她一段。”

陈蕾沉着脸，偏头看向窗外，他们都说不怪汪荻，她也可以不怪，只要母亲平安无事就可以。

汪荻已经走了，打车走的，她对司机说去檀韵花园，司机发车了，走了五分钟后，汪荻又改口说，去美食街，南口。

她去美食街南口第三个档口给女儿买了份她最爱的铁板炒面，还配了份赤豆糊，装在大号纸杯里，滚烫。如此，汪荻才满意地又叫了一辆车，朝家赶去。

檀韵花园是江棉厂宿舍拆迁后的安置小区，小区环境和天河新村有天壤之别，虽然交房还没到三年，许多楼房的外立面已经斑驳到要改造的程度了。

家里的装修很简单，屋内所有的门，除了厨房门改造了，余下的还是沿用了白坯房的原装木门，木门薄，颜色是淡黄色的，门上没有门锁，只有插销，一旦从里面插住，外头就打不开了。家具不多，收拾得干净利落，母亲极喜欢用布盖东西，餐桌、小柜子、冰箱、餐边柜，但凡能盖的地方都会用一块蓝色的布盖上。

家里静悄悄的。

前两年，汪荻都是等到大年三十当天才回家，再冷清的家，被外面年节的喜气一焐，也会有些温度，不至于像现在这样冰冷刺骨。

没人吗？

昨天母亲好像是提过，要去扫墓，母亲还说，女儿放假后都不在家，会不会是她来晚了，孩子已经出门去了？

汪荻不甘心地朝前多走了两步，女儿的房门是虚掩的，她轻轻推开，女儿正坐在书桌前。这张书桌曾是父亲的办公桌，很大，放在小小的房间里，视觉上要大过床。

姜采采背影挺拔，她塞着耳机，没有意识到身后有人。汪荻觉得女儿八成是在听英语，她不太想打扰女儿，但铁板炒面热的最好吃，凉了滋味就不对了。

正犹豫着，她看到了女儿手里攥着的东西，是一部手机，正面没有一个数字按键的大屏幕智能手机。

屏幕忽然一闪，“夏清如”出现在手机屏幕上。

08

第一次听《时间终结四重奏》时，姜采采说不好喜不喜欢，它新鲜、晦涩，像落入凡人之手的无字天书，弄不懂，但忍不住想要去懂。

和夏绻不一样，盛煊分享音乐给她时，会把整副耳机都奉上，并且不会追着她问，怎么样？怎么样？

夏绻，你会懂吗？真正的友谊是平等的。

在天河新村学习的周末，夏绻总要分给她半副耳机，或许用“塞”更合适，她没有权利摘下来。

她和夏绻无法在音乐上产生共鸣，听节奏感强烈的音乐和听不懂的说唱，对姜采采来说不是享受，但夏绻强迫她听，然后追问她，怎么样？怎么样？

一开始，她还很傻，会认真地问夏绻：“你听得懂他们在唱什么吗？我能看看歌词吗？”

后来姜采采才明白，卷儿并不需要自己的想法，卷儿需要的只是自己的认同、服从，像只哈巴狗一样汪汪地赞美她喜欢的音乐是怎样地好。

音乐和天文学是同一枚硬币的两面，天文学研究外部世界，音乐则探究深藏于人内心的隐秘。这是古希腊的谚语，何志伟告诉她的。

倒数第二次在网上与何志伟闲聊，姜采采留言说：“我有一个朋友，她从小练习芭蕾，有一张清冷高贵的面孔，不熟悉她的人都以为她是文艺女神，可实际上，她非常空洞，并且张牙舞爪，就像她喜欢的音乐那样，聒噪而且直白。”

何志伟回复她说：“两个问题，第一，既然是朋友，就不该这么苛刻，要有容人之心，如果并非志同道合，又难以忍耐，那就不要做朋友；第二，我觉得音乐应该是平等的，没有高低贵贱之分，每个人都有权利选择自己喜欢的而不被批判，不论是音乐还是其他，是不是？”

是与不是的答案，姜采采没有告诉何志伟，但她心里有。

盛煊说的才是对的，这世上的一切都分三六九等，不只是音乐。

所以她开始学着听古典乐，她反反复复地听《时间终结四重奏》，直到某一刻，突然从曲子的第三乐章《鸟儿的深渊》里体会到了所谓的音乐的通感。

单簧管的声音是黎明前的天空，她要从这声音里飞出去。

人影浮现在转黑的手机屏幕上。

不只有她，还有她不常出现的母亲。

发现母亲的半个头出现在身后，姜采采受惊不小，霍地站起来，看出母亲想要抢夺手机的意图，她迅速把手机藏向身后，汪荻则扑过去，和女儿纠缠在一起。

没有语言，只有喘息的声音，她们暗暗使劲，倔强而固执。

争抢的过程中，汪荻的指甲不小心划破女儿手上的冻疮，姜采采发出吃痛的闷哼声。汪荻先撒开手，紧接着被指尖上混合着黄浊物的血水吓得叫出来。

1995 年出生的城市里的女孩子，到了冬天还会长得满手都是冻疮的不多见，汪荻心怀愧疚。

在这座冬季没有暖气，气温却时常在零下的湿冷的江边水城，她的采采不可能像卷儿一样，穿着轻薄的练功服在家里练习芭蕾舞基本功，陈蕾家有地暖，有中央空调，而檀韵花园里，取暖设备只有老式热水袋。

汪荻不是没有挣钱，她在南都是有工作的，而且收入并不低。过去，她在街道上班时兼职做直销，为的就是一个人挣两个人的钱，过去反复折腾都没有做到的事，这两年她放下身段去做保姆倒是很容易就做到了。

不过，为了体面，她撒谎了，江城所有的亲朋好友都以为她在南都做销售，是个跑商超的销售主管。

每个月，她给自己仅留很少的钱用，大部分收入都打给母亲。母亲节省，什么都能忍耐，而且母亲也有道理，她们一家只有三个女人，没人依靠，一分一厘都不能挥霍。

好吧，就算是她疏忽了，没有早一步关注到女儿的需求——也许女儿的手机太落伍，早就不好用了，是她不够细心——可是，即便如此，女儿也不该偷东西！

“真没出息……”汪荻痛苦地闭上眼睛，恨自己多过恨女儿，她说，“眼皮子就这么浅，你现在偷东西，以后什么坏事不敢干，啊？”

姜采采眼波一漾，母亲的话在她的脑子里走了一遍，她不说话，淡淡地笑，把手机放在了桌面上。

女儿无所谓的态度把汪荻因为愧疚而压下去的怒火又给挑了起来，她两步走到桌前，抓起手机，翻看手机的背面，然后整个人僵住了。

手机的背面怎么不是被咬了一口的苹果呢？陈蕾说给卷儿买了 iPhone 4，她知道苹果手机，家里的先生和太太都用那个，她不甘心地按亮屏幕，看到锁屏画面后脸皮烧起来。

看走眼了，不是夏清如，是个看起来和夏清如相像的男演员，她看着眼熟，但叫不出名字，他们都很儒雅，都戴着无框眼镜，但这照片分明是某个电视剧或者电影的海报。

她还想要进一步打开手机细查，女儿把手机夺了回去。

“你也怀疑我是贼？”姜采采不屑地问。

被父母看扁的小孩，越长大越提不起自尊，讥讽、挖苦、不认可的言语像寒风吹落枝头梅，令高贵跌落，腐烂成泥。汪荻很后悔，她总在做令自己后悔的事。

女儿从书桌下的柜子里取出个陈旧的茶叶罐子，她把茶叶罐子的顶盖抠开，拿出碘伏、棉签，以及一支只剩下半管的蛇油冻疮膏。

茶叶罐子是父亲的，父亲曾抱着她，指着茶叶罐上的“茶”字，告诉她，那是隶书。父亲爱饮茶，还常偷偷喂她喝，若不是家庭突生巨变，她想自己一定会养成高雅的习惯，在凛冬之中，点一炉香，沏一壶茶，摸着铜手炉，品一口清香。

父亲留下的东西大都被母亲扔光了，如果没记错，除了这个茶叶罐子，应该还有一把刀，父亲的登山刀。

姜采采熟练地挤干净手上冻疮里的脓水，看得汪荻龇牙咧嘴。肯定很疼，然而女儿连眉头都不皱，她取了根棉签，蘸了碘伏擦拭伤口，然后往手上挤了一坨蛇油膏，摊薄，一块紫一块红的皮肤如同浸了猪油，根根粗壮的指头，像雇主家每周吃一次的昂贵的带泥土的胡萝卜。

难受。

那样美丽的脸和如此难看的手。

她稀里糊涂地给了一个人生命，却没办法保护她。

第六章

往事篇章 2：跌落

01

离开江城时，汪荻就已经有采采了，女儿在她肚子里乖得不得了，没让她吐过一次。她曾经发誓若无锦衣，绝不还乡。头两年，姜国胜事业起飞，对她很好，除了结婚证，什么都能给她，她安居在海边大城，偶尔带上丰厚的伴手礼回江城，亲朋好友见了她都很高兴。

那样的日子像梦一样，将她催眠，她变得迟钝，迟钝得忘记是梦就总有醒来的一天。

“干什么呀，宝宝，你拉我去哪里呀？”

汪荻被女儿牵着裙角，从卫生间里拽了出去，她正在洗衣服，手上还沾着肥皂泡。采采快三岁了，长得又胖又好看，人人都说她像外国动画片里的小公主。汪荻倒有些愁，因为清明时，她带着女儿回了一趟江城，给父亲扫完墓，又和陈蕾一家聚了一次，陈蕾的女儿长得精瘦，手脚都长长的，看起来很干巴，但廖芬芳却说小女孩丑一点好，丑一点的，将来才能变天鹅，言下之意，就是她的女儿姜采采终究比不上陈蕾的女儿夏绻。

汪荻听了当然不高兴，除了不高兴，还有些担心，担心女儿会一路胖下去，长成港星肥姐那一款。她和陈蕾说回去就控制女儿的饮食，不给女儿吃肉了，陈朝阳听到后说她胡闹，汪荻对陈蕾吐舌头，不敢顶嘴，陈朝阳一把抱起姜采采，捏着她肉嘟嘟的下巴说：“她们都不懂，我们长的是小奶膘，小奶膘长不长久，过两年就没了，我们哪里胖了？我们可爱得很，爷爷喜欢得很。”

陈蕾也说：“孩子能吃是好事，我们求还求不来，学舞蹈就好了呀。”

“三岁就学舞蹈？”汪荻问。

“两岁就可以去练形体了，”陈蕾说，“卷儿每天在芭蕾教室泡一个小时。”

因为陈蕾的一句话，姜采采有了粉色的练功服和练功鞋，但采采最喜欢的还是身上这条泡泡纱的小裙子，大红色的紧身衣裹在胖乎乎的身体上，腰上有一圈亮片，然后是层层叠叠的九层红色网纱。还有三个月就要过三周岁生日的姜采采卖力地把汪荻拖入卧室，卧室内，姜国胜正在仓促地收拾行囊。

汪荻见状，赶紧把手上的泡沫在围裙上擦干，她想要帮忙，并问姜国胜：“又要出差？去哪里？要拿长袖衣服吗？”

“不用，来，帮我把柜子移一下。”

姜国胜指的是放在墙角的大衣柜，深褐色的柜子离天花板只有不到一指的空间，汪荻一直以为这个衣柜是不能挪动的。姜国胜拼命把胳膊塞进狭窄的缝隙，脸也藏进缝隙里，塞不进去的那半张脸冲汪荻挤弄着。

汪荻把穿着芭蕾舞表演服的女儿推出去，她怕柜子倒了伤到女儿。因为柜体被姜国胜推成了斜线，挤压了汪荻那一侧的柜边空间，缝隙狭窄到连根指头都塞不进去，她一脸为难，姜国胜从来不对她发火，最多只挖苦讥讽，半开玩笑地戏弄，是爱人之间用来调情的那一种，但这一次，姜国胜急了，对她吼道：“快点！拉呀！蠢得跟猪一样！”

汪荻吓了一跳，羞得满脸涨红，但她顾不上嗔怪，推开柜门，她紧紧捏住薄薄的门板，屏息用力帮助姜国胜把柜子拉动了。也仅需要拉动那么一点点，姜国胜的右手就能摸到底，他一鼓作气，加把劲把柜子拉出斜角。一时间，各种声音混在一起，姜国胜号子一般的呐喊声，汪荻因为来不及抽手，手指被夹伤之后的哀号声，以及柜门后的东西掉落的啪嗒声。

汪荻左手的食指和中指指甲各劈开一道三四毫米长的裂纹，指尖传来被压伤之后的木木的钝痛，等淤血出来，就该疼得睡不着觉了。

姜国胜的注意力不在她身上，自然没有怜悯，他跪在地上，伸长臂膀去捡掉落的东西，汪荻红着眼圈，委屈地看着爱人。今天是有些奇怪，姜国胜是十分注重形象的人，他常让自己想起去世的父亲，无论何时，哪怕在家里，他也收拾得整齐妥帖，从来不会弄得油头黑脸，乱七八糟的。

但此时姜国胜的衬衣领子是歪的，头发也是乱的，手上更是像扒了煤堆一样黑乎乎的。汪荻好奇姜国胜在掏什么宝贝，很快姜国胜就拽出来一个棕色皮包，那东西看来很称他的心，一拿出来，姜国胜就笑了。

姜国胜把皮包拉开，里头竟然是花花绿绿的钞票，不光有人民币，还有很多外币。汪荻不认得是哪个国家的钱，只是看大小不一的钞票上印的人脸男男女女各不相似，连人种都不一样，才猜是好几个国家的货币。

“怎么有这么多外国钱啊？”生意上的事情汪荻不懂，她只知道姜国胜本事大，生意做得大，朋友遍天下。

姜国胜把那些钱倒在床上，抓起一把在手里卷成个卷，然后塞进他出门谈生意时常带的小皮箱。见汪荻困惑又兴奋地望着他，姜国胜的动作滞住，然后把抓在手里的一沓人民币塞给汪荻，说：“你不是喜欢商场里头的一个皮包吗？去买吧。”

汪荻把钱整理齐，问：“你又去哪里？要去多久？今年你不在家的时间比在家的时间都要长了，我才不要你的钱，我要你人在我身边。”说完话，她还真的把姜国胜给她的钱平平整整地放进了他的皮箱里。

姜国胜愣了一下，他弯腰把皮箱锁起来，动作不再急促，他慢慢地仰起头，冲汪荻笑一笑，说：“对不起啊。”

这声道歉换得汪荻温柔地撒娇，她嘟着嘴，眼神妩媚地说：“你答应我的事什么时候弄好呀，采采转眼就要上学了，她户口还没落定呢。”

她在催婚，催受法律保护的真正的婚姻，她那场声势浩大的婚礼只是民间意义上的完婚，没有领证，法律上她还不是姜国胜的妻子，尽管她已经为他生下了孩子。

姜国胜曾允诺最多三年时间，肯定把婚离了，如果按照他把这句话说出口的时间算，三年之约早就到期了，可是姜国胜还是没能离婚。他说家族宗亲不同意，那女人是父母挑的，人很老实，也没什么错处，这么些年，他天天在外游荡，家里年迈的父母都是那女人在照顾，父母受了她的好，自然是要护着她。难啊，是真难，不是他不想。

汪荻急了，说她也能照顾他父母，姜国胜又说，可是那女人还跟他有个儿子，孙子是老人家的命。汪荻哭着说姜国胜欺负人，姜国胜抱住她摇晃，亲吻，哄她说："我又不爱她，我只爱你呀，我天天在你身边还不够吗？你就再等等，或者再给我生个儿子，咱们带一儿一女回去祭祖，我老豆什么不依你？"

那话说了快一年了，汪荻没有再怀上孩子，但是姜国胜却好像松口了，他提着行李和汪荻告别，说："你等我回来，等我回来，我们就去把事情办了。"

汪荻高兴地跳起来，吻姜国胜的面颊，姜国胜叫来姜采采，在女儿和他的女人脸上各亲了一口。

然后，他头也不回地走远。汪荻目送姜国胜，手里牵着花朵一样的女儿，一个星期后，她才明白过来，那天，不是告别，而是永别。

02

事情已经如此，再纠结也是枉然。

姜国胜跑了，汪荻和他的爱巢里还有一间房放满姜国胜经营多年的商品，六七十台摇摆机封在纸盒子里，家里一毛钱都没有了，姜国胜留给她的只有这一屋子号称价值二十万的货。

90 年代末，经济高速发展二十年，只要走出去，遍地都是黄金。汪荻过了几年衣食无忧的生活，以为自己的日子会和时代一样越来越好，姜国胜对她很慷慨，什么都肯送给她，金项链、金戒指、玉镯子、玉坠子，还有这些号称“治百病、延年益寿”的“高科技保健理疗仪”。

三千块钱一台的高科技产品，汪荻没见过，销售得最旺的时候，姜国胜独独给她留了两台，一台让她自用，一台让她寄回去给母亲。箱子还没拆开，就有人上门求着匀一台走，姜国胜拿腔作势，汪荻则慷慨地表示匀一台就匀一台，姜国胜当着陌生人的面，搂着她说：

“兄弟，你老母是老母，我老母也是老母，对不对？你老婆是老婆，我老婆也是老婆，是不是？你为什么不能和别人一样订货会的时候就把定金交了呢？好了，好了，你别解释了，我知道你是不放心，在一边观望，看别人都赚了钱，又急了。”

“胜哥，你帮帮忙啦。”

“这台机器我可以匀给你，但可不是要赚你钱，兄弟，我是真的想帮你一把，希望你记住，我们经营这份事业不是为我们自己，为的是家人，为的是朋友，要是没这份心，什么事都做不成。回去好好想想吧，只有帮助别人成功，才能让自己更成功，你啊，不信我！不信我，活该穷啦……”

那人有没有相信姜国胜，有没有付钱预订十台以上的货，有没有拉来六个老乡或者亲戚一起做这门生意，有没有更进一步、再进一步走上人生巅峰，汪荻不知道，她只知道那个高科技保健仪确实是好东西，累了，倦了，把脚往机器上一搭，摇摇摆摆的好不舒服。

如果她能够一直把那个有白色底座、绿色把手、灰色波浪状按摩托的塑料盒子当宝就好了，生活来源没有了，“摇摇爽爽、平安健康”的梦也就破灭了。汪荻望着一屋子的货发愁，东西到了她手里，别说三千块钱她卖不出去，就是三百块，三十块，她也卖不出去，收废品的老头子倒是愿意收，但价格降到二十五块钱一个还嫌贵，只愿意收玻璃汽水瓶的时候顺带拿三台走。

姜国胜走后的第一个星期日，报纸上登出一篇名为《摇摆机的骗局》的整版调查报道。报道说，摇摆机根本不能治百病，因为帮助活动腿脚，最多算是能促进血液循环，而且，该摇摆机在本市的销售模式有五级三阶的多层次传销之嫌，传销违法，国家正在严厉打击非法传销，相关销售链条已被切断，提醒广大市民切勿上当受骗……

要买菜，要买米，还要买肉，家里等着揭锅，在姜国胜手里三千块钱一台的机器到了她手里，二十五块钱一个也得卖，只要卖得出去。

想开后，汪荻从厨房拿了一把剪刀，剪开大的包装纸箱，从大纸箱里抱出三台摇摆机放在门口，和女儿喝完的空的玻璃可乐瓶堆在一起。这是女儿的最后一箱可乐了，不会再有了，卖掉三台摇摆机和这些玻璃瓶，省一省，她和女儿这个月吃饭的钱应该是够了。接下来就得找工作了，她还有几身漂亮衣服，打扮打扮去商场应聘个销售员应该差不多。

嘭嘭嘭，有人敲门。

汪荻一边说来了，一边迅速打开门，她以为来的是收废品的熊老头，没想到一开门却是姜国胜的朋友徐有才。

“嫂子，在家呢？”徐有才提着一盒大白兔奶糖，还有一箱旺仔牛奶饮料，笑嘻嘻地挤进门，顺手又将门合上，然后鬼鬼祟祟地四处打量，问，“胜哥还没回来？不是藏在家里吧？”

“没有，他真不在家。”汪荻警惕地站在门边，她悄悄把门开一条缝，小心地说，“我真没骗你们。”

汪荻对姜国胜的生意了解不多，最主要的原因不是姜国胜不告诉她，而是她自己懒，能力也不够。在江城时，姜国胜带着她混过生意场，每次去饭局，他都会把她打扮得漂漂亮亮，汪荻享受在发廊里做头发时理发师给予的细致的服务，却担不起饭局上觥筹交错的重担。父亲去世后，她就成了卑微的隐形人，小时候那个天不怕地不怕的女孩子早就消失了，后来的她面对大场面，只会笑，是个没见过世面的木头美人。

当姜国胜把生意做到了闽南，汪荻也借着怀孕养胎的契机，彻底离开了姜国胜的生意盘。

她跟了姜国胜快四年，一心相夫教子，除非有必要，她的活动范围就只是现在住着的这个小区周围三公里内，对一个家庭主妇来说，这已经足够了。

她很少过问姜国胜做生意的事，但姜国胜偶尔喝醉了，会借着醉意，把平时不吐露的话发泄出来，比如谁谁谁是王八羔子，谁谁谁最两面三刀，谁谁谁真的值得交往，谁谁谁绝对不要得罪……而眼前这个徐有才，姜国胜也给出过评价，他说，徐有才“蛋散[①]”，最是胆小怕事，不成器。

徐有才把带来的伴手礼放在桌上，说：“给孩子带点吃的。”

“谢谢啊。”汪荻没挪动脚步，尴尬地说，“孩子还在睡觉，她就喜欢吃糖。”

猝不及防地，徐有才扑过来，拉住她的手，猥琐地问她要不要也睡一会儿，汪荻哪会料到姜国胜口中胆小怕事的人竟然如此胆大包天，她板着脸警告，躲避，呵斥，可是还是挡不住徐有才的咸猪手。女儿醒了，抓着娃娃走出来，傻愣愣地旁观，可徐有才还不停手，手钻到她的衣服里，用力抓她的肉皮。

徐有才一边把她往卧室推，一边说：“胜哥不在，往后我来照顾你，别怕，我会对你好的。”

就在汪荻要绝望的时候，收废品的熊老头来了，他举着扁担把徐有才打开，徐有才愣住，看向大开的门，他意识到不能得逞，气极了，骂的话越来越难听，什么二奶、妓女之类的话全出来了，最后把收废品的熊老头也一起骂进去。

熊老头受不了侮辱，扁担立刻挥起来，吓得徐有才皮带都来不及系好就提着裤子跑出去。

汪荻哭得可怜，熊老头最不知道怎么安慰哭泣的女人，看到小女孩在一边发呆，就叫她过去安慰她妈妈。

抱着女儿，汪荻哭得更凶了，她之所以会如此难过，不完全是因为被冒犯，更重要的是，直到今天她才知道，原来她的遮羞布早就丢了，她所以为的琴瑟和鸣的美满，在姜国胜朋友的眼中只是逾墙钻穴的苟且，他们什么都知道，只有她像个傻子一样。

---

① 蛋散在粤语中指胆小怕事、没出息的小人物。

03

熊老头是个好人，不能让好人吃亏，汪荻哭够了，抹抹眼泪站起来，对着正点着玻璃瓶子算账的熊老头说："你就把瓶子收了吧……"

她的意思是摇摆机不给他了。

熊老头个头矮，短裤下露出的小腿又糙又结实，他的头发快掉光了，脸上都是岁月的褶皱，他问："这几台机器不卖了？"

汪荻羞赧地垂目说："这东西都是骗人的，报纸上说了，你可能没看到吧。"

熊老头笑了，说："我看了，不瞒你讲，这东西我看别人用过，抖啊抖的，瞧着挺舒服。卖三千块一台是黑了心了，东西哪有坏的，坏的都是人心嘛。"

说到这里，熊老头脸色变了变，很有些不好意思，这机器别人买得花三千块，到他这里直接给砍去两个零还不止，来之前他心里很得意，毕竟是占了大便宜，可是现在看看眼前的女人和孩子凄楚的模样，他觉得便宜好像占得太大了。

熊老头想了想，从钱包里多数出五十块钱来，给凑了个整数，把钱塞给汪荻时，他说："就这么多了，你要肯，我就买了，少是少了点，多了我也给不起。"

汪荻推拒，她得感谢熊老头，要不是他见义勇为，刚刚的事情还不知道会发展到什么程度，她大方地说："你喜欢就拿走吧，我不收你钱，你把瓶子钱给我就行。"

熊老头坚持把钱放下，他被姜采采湿漉漉的大眼睛打动，从口袋里掏出一颗粉紫色的弹球，招手让孩子过来拿。他想摸摸孩子，又担心手脏被嫌弃，伸出的手顿在半空，脸上堆满疼惜的笑意。

既然这样，汪荻就没再推拒，心里记下了熊老头这个人。她送熊老头出门时，熊老头忽然又问："多嘴问一句，你们这是也被骗了？你把东西这么给我，家里人能同意吗？我怕麻烦，要是太麻烦，那就算了。"

汪荻愣住，姜国胜还会回来吗？回来以后看到她这么败家，会说她吗？她心头酸涩，又想哭了，也许，这样的疑问将会陪伴她还很漫长的余生吧。她难过地说：“你放心吧，不会有人找你麻烦的。”

熊老头眼珠子转转，回想刚刚听到的那些辱骂的脏话，他大概明白了眼前女人的处境，这个天天接触破烂，靠破烂发财的人竟然露出了嫌弃东西太破烂的表情，挑起扁担，头也不回地走了。

那一屋子的摇摆机慢慢被汪荻处理掉了。租的房子到期时，最后几台摇摆机卖出了三位数的高价，因为新闻的时效性有限，摇摆机骗局的风头过去了，那些手上仍压着货的人开始出来叫屈，说辞和熊老头的差不多。他们都说东西本身是好的，坏就坏在有坏人在中间搞鬼，私自搞多层次销售，拉人头，好好的一锅粥被几粒老鼠屎给毁了。

汪荻选择相信那些人的话，大胆地把摇摆机卖出了三位数。在夜市广场上，她卖出的最后一台摇摆机也是她卖出的价格最高的一台，她开价三百，最后以二百六十元成交。收完钱准备撤摊时，不知从哪里冒出一伙人，不由分说地把她揍了一顿。

汪荻基本没有挨过揍，母亲的巴掌带给她的痛少，耻辱多，她还未真正尝过挨揍的滋味，原来拳头打在眼眶上，眼球会变烫，好像嫩肉滚入煮麻辣烫的锅，瞬间被烫熟了一样，鼻血也不是只往外流，也有一部分会淌入口中，和口水混在一起，来不及吐，就被人一巴掌扇得喷出去。

她摔在夜市里，人们围观她，再也没有熊老头出现。她被打得鼻青脸肿，跪地求饶，在她为自己把三十块的机器卖到接近三百而沾沾自喜时，市场上的摇摆机已经开始恢复四位数的售价，她不知道自己破坏了规矩，更不知道，破坏规矩的人不会被同情。

一个促狭的男人趁她歪倒在地上往前爬时，故意一脚踢向她的私处，他嚷，再敢来卖货，就把她的衣服扒光。四周淫笑声起，然后慢慢散去，汪荻觉得眼前的世界变得抽象，霓虹灯模糊成色块，她看不清字了。

一个人影箭一样冲她扑过来，她以为又要挨打，惊恐地大叫，背身把头埋进膝间。然后，她整个人被抱住，那身体软软的，小小的，使劲往她怀里挤，耳边响起女儿胆怯的呼唤声，妈妈，妈妈。汪荻抬起头，模模糊糊地看见女儿巴掌大的脸。

十分钟前，当一个肥胖的女人从精巧的小皮包里数出二百六十块钱递给她时，汪荻看了一眼在不远处玩耍的女儿，女儿的三岁生日没有过好，只吃了一碗面和一个荷包蛋，她想买个奶油蛋糕补偿女儿，虽然不在生日这天吃的蛋糕不是生日蛋糕，但她希望女儿知道她没有忘记，她希望女儿明白，她很爱她。

女儿连哭都不敢大声哭，憋得身躯颤抖，眼泪润湿了整张脸，汪荻蹭到女儿的眼泪，一股悲怆感油然而生。她从未觉得自己造了孽，从未想过在和姜国胜的不法关系里有另一个女人会忍受怎样的痛苦，从未想过身为母亲要对孩子负怎样的责任……

这一刻，她的脑中浮现很多张脸，体面的父亲、委屈的母亲、友善的朋友、慈祥的长辈……他们无一不在怒视她，眼神像刀一样剐在她的心上。

她终于知道自己错了，大错特错。

不久，汪荻离开了那座海滨城市，女儿采采问她："妈妈，我们要去看外婆吗？"

汪荻摇摇头说不是，她找到了新工作，闽南地区的服装厂很多，只要她愿意去偏远一点的地方，就不会吃不上饭。

坐上大巴，汪荻把女儿抱起来放在腿上，亲了她一口，说："我们换个更好的地方生活，好不好？以后把外婆接来一起住，好不好？"

"那我们不等爸爸了吗？"姜采采问。

"不用等爸爸，等爸爸忙完了，他会来找我们的。"汪荻说。

她看向窗外，脸色平静，眉骨上的乌青已全然褪去。走吧，走了就好，去一个没人见过她的窘迫的地方，一切就能重新开始。只要她不说，就不会有人知道她犯过错，也不会有人因为她犯的错而看轻她。

也许，这是遗传吧，汪荻嗤笑自己，有一个借自杀逃避的父亲，她还能有什么出息？

04

跨入新千年，江棉厂再次传出要倒闭的消息，而且这一次传得比以往任何时候都要真。

汪荻和母亲打电话，母亲的情绪很低落，她说，四十年，江棉厂从无到有，从辉煌到崩落，也就四十年，她说她这段时间睡不好，总觉得不可能。

汪荻听了，把自己原本想说的话吞了回去。

她是早就和江棉厂没关系了，五年前，她用一张假的结婚证换得了母亲的同意，成了江棉厂中为数不多的主动砸了饭碗的人。那场风光的婚礼让所有人都相信，她命好，遇到了良缘，要搬去海边的大别墅，睡白玉床去了。

至于廖芬芳，她倒是想和江棉厂共进退，但厂里的那台铅字打字机早就该被淘汰了，和女儿差不多大的小姑娘捣鼓上了打字机，她跟着学了一阵子，还没等适应，又要开始替换成电脑。

廖芬芳是跟不上时代了，她也该被淘汰了。

但现任厂领导看在前厂长陈朝阳的面子上总得保住她，她在机关单位里蹭椅子，从一个办公室调到另一个办公室，人人见了她这张熟悉的阴郁的脸，表情都很复杂，廖芬芳觉得难受，浑身不适。去年谭庆梅因为身体问题办理内退，她也去问内退的条件，厂领导把她给捎上了，从那以后，她就不必再上班了。

母亲在情感上无法接受江棉厂走入末路，汪荻的心却很硬，她没有跟着唏嘘，打这个电话，是因为她想回去了，回去后总不能没地方住吧，于是她急切地问："那住的地方怎么办？房子怎么办？"

"房子？"廖芬芳在电话那头说，"房子不是都买下来了吗？"

"哦，买下来了……"

对，母亲现在住的房子早在姜采采刚出生时就按照江棉厂的要求以优惠价买下来了。当时，廖芬芳来看望她，第一次看到了大海，她在海边转了一圈，拍了许多照片，回家时带了很多海鲜干货还有“女婿”上供的购房款，真是好不得意。

汪荻感觉这几年是母亲最轻松快意的几年，一想到自己要亲手摧毁母亲的美梦，她就觉得张不开口。

姜国胜离开两年多，汪荻没有回过江城，她在县城边上的镇子里的制衣厂工作，女儿和附近农村的小孩一起上幼儿园，身上的奶膘掉光了，如果回江城，看着恐怕会比陈蕾的女儿更干巴，而且还晒黑了，绝对会被卷儿比下去。

她不是没想过去找姜国胜，但找不到，确实找不到，她倒是有姜国胜不要了的身份证，身份证上有姜国胜的出生地，那是他的家乡，也是寻找姜国胜唯一的希望。

可是，她怎么去呀？她以什么身份去找呢？那里是他正儿八经的家，父母健在，妻贤子聪的，她去了不就是滑天下之大稽吗？

当地有一个朋友见她可怜，同情她，托人给她带话，让她别找了，姜国胜走的时候身边有别的女人，不值得。说出这个秘密的朋友是出于好心，但那人肯定意识不到这话是多么残酷，他把汪荻心底唯一的希望给打碎了。

没有人爱她了，曾经有，但终究不再有了。

这个事实让汪荻病了，她发了一个星期的烧，两条腿肿得和象腿一样，去医院一查，竟然是急性肾炎。医生开单子让她住院，吓唬她说这不是小事，闹不好要丢小命，她没钱，也不想活了，可是女儿在她眼前讨好医生，女儿不知道从哪里弄来一个纸杯，里头装着开水，小心翼翼地端给医生喝，眼巴巴地盯着医生，请求医生治好妈妈的病。

她吞下向内流的泪水，站起来拉着女儿走，不能死啊，她得活下去，她不能像父亲一样任性，女儿还这么小，父亲不要她这个女儿了，她尝过的辛苦，不能叫自己的女儿再尝。

汪荻回家把姜国胜过去送她的金饰和玉器都拿出去，拖着病体，坐车去县城的金铺换钱，结果让她大跌眼镜。

两条水波纹的金项链都是不值钱的 14K 金，掂起来沉重的龙纹镯子竟然还是沙金的，根本没有金店肯收，她一度怀疑自己是遭遇了骗子，直到跑到第三家店才接受了现实。

玉器就更离谱了，那个老艳绿色的镯子是汪荻最喜欢的首饰，她深信那是很值钱的翡翠，但戴着厚酒瓶底眼镜的老人告诉她，这叫马来玉，叫玉不是玉，价格比翡翠差了十万八千里。

最后还是她无名指上的金戒指换来了就医的钱，汪荻只觉得讽刺。病好以后，她把家里所有和姜国胜有关的东西都烧了，就剩下一张姜国胜的身份证，本来也是要剪烂一起烧掉的，但剪到一半又后悔了。汪荻扔了剪刀，握住锋利的身份证哭泣，手心都被戳破了，流出殷红的血。

她觉得自己快要被撕裂了，姜国胜给她的爱是真实的，对她的残酷也是真实的，她只不过是想和好朋友陈蕾一样，被一个有趣温柔的灵魂爱着，为什么别人轻而易举就能拥有幸福，她碰到的就只有水深火热的折磨？她想不明白，还执着地不肯放过。

“你提醒我了，房子买了，地皮还是厂里的，厂子要是倒闭了，地会不会被收走？地都被收走了，那房子有什么用？”

电话那头母亲的疑问拉回了汪荻的思绪，她回应说：“肯定有办法处理的，只要有房产证，就不怕了。”

廖芬芳无言，只有长长的叹息，母亲好像和自己一样，习惯了对命运中难以控制的一切逆来顺受。

“你还好吧？”

“妈，我想回家了。”

“哦……你回来呗。”

“我是说，我想回去了，不走了，行吗？”

“你怎么了？”

“我失业了……”

汪荻握着电话机听筒的手心湿滑，她屏住呼吸等待母亲的回答。

她真的失业了，不是瞎编的，虽然，她原本想说的，与工作无干。

母亲不肯相信创造过亿元销售额的江棉厂会倒闭，汪荻也不肯相信前天还在全员加班的企业，昨天说停工就停工，今天说兼并就兼并。

那些在一起工作了两年的同事比她淡定，有人告诉她，这很正常，像他们这种小企业，能活五年的都屈指可数。做企业不是做慈善，有人肯接烂摊子，肯帮老板把薪水结到月底，已经是大善人了，经济自由，流转自由，就是这样的。大家彼此安慰着，向前看，向钱看，不要想不开，抓紧时间，赶紧找下家。

05

电话那头传来廖芬芳的轻笑声，带着一点点不自然，她说："我还当怎么了，就知道你干不成事，把姜国胜伺候好，比什么都重要，你早就不该瞎折腾。"

汪荻咬着上嘴唇，继续屏住呼吸，她已经习惯了母亲反复伤害她，或是不经意的，或是故意的，她不发作，不叫嚷，因为她听出了母亲言语里的试探。她们太像，想要真正欺骗对方很难，只是她们不相互揭穿而已。

夜里失眠时，汪荻放弃和失眠做斗争，她起床，走到窗边凝视无尽的夜，听微弱的虫鸣声，有时候也有聒噪的蛙声，四周的灯火基本都灭了，还亮着的灯也都是暖黄色的。

所有的声音和画面里，她最喜欢女儿的呼噜声和睡颜。

那时候她会露出最温柔、最有吸引力、最天真的微笑，就那么笑着看上好一会儿，再把鞋子踢掉，躺在女儿身边。她蜷缩起来，尽力把自己折叠成和女儿舒展的身体一样的大小，然后闭上眼睛，想象自己回到了和女儿一般的年纪，回忆自己有过的很幸福的时刻。她确定，如果这个世界上有人比她更明白虚幻的幸福，那只能是她的母亲。

这两年，汪荻没有回江城，理由千奇百怪，从合情合理到荒诞离奇，已经编到了尽头。

有一次，她决心去面对，打算把女儿带回江城，面对面和母亲说清楚，甚至连车票都买好了，但最终还是退了票。

她告诉母亲，车票被采采弄丢了，她们人都已经到车站了，却上不去车，那时，母亲也只是发出漫长的仿佛松了一口气的叹息声。

汪荻当即明白，母亲不是猜不到她遇到了难处，母亲是太害怕听到噩耗了。

每一次，当她结束一通充满虚伪的电话，脑海中都会想象一个画面，母亲跪在佛龛前为她祈愿，请求佛祖保佑她渡过难关。母亲宁愿在虚幻中耗散虔诚，也不愿意面对她的真实。

汪荻不知道是什么让母亲愿意试探，但她迅速意识到这是难得的机会，不可错过，她鼓足勇气，再开口的音量出奇地大，她喊："妈，其实，我已经……"

咔嗒，嘟……嘟……嘟……

汪荻愣住了，母亲永远领先她一步，没等她搬出新的谎言，电话就被掐断了，荒唐得像把花岗岩当东坡肉，一口咬下去，却咯噔一下，磕掉一颗牙。

她笑了，一边笑一边摇头，眼底湿湿的。收她电话费的老板娘不知道她笑什么，但也跟着笑，汪荻看到她掉了半颗门牙，活像春晚上的小品演员，更是笑得弯下了腰。

不用加班了，她已经没有工作了，不必装模作样地待到最后一刻。汪荻踩着布满碎石子的县道前往一所名叫阳光雨露的幼儿园去接女儿。这里说是幼儿园，但其实更像托儿所，一间间的开了窗的房间挤满孩子，孩子们自己玩自己的，老师没两个，管也管不过来。

她本来是撑不住了，萌生退意，想要回家了，但母亲的态度又让她重新考量，要不要再坚持坚持？回家就有好日子过了吗？恐怕也不会，说不定还会更郁闷，不仅身体上辛苦，精神上也会有压力。她在夜里做的都是荣归故里的美梦，要这样灰溜溜地接受现实吗？

同事说的也没错，经济自由，只要想找工作，就不怕找不到工作，只是单纯地活下去，并没有多么难。她已经靠自己养了女儿两年多，姜国胜给她买的衣服不像那些玉器、金饰一样没什么价值，那些衣服确实都是好衣服，款式和质量都很好，珍惜点，再穿五年也穿得。只是女儿长得快，衣服都要穿新的，不过，她在制衣厂工作，不缺废布料，学一点基本的剪裁，也就解决了这些问题。她还学会了做鞋呢，给女儿做的小靴子很洋气。

靠自己也是可以的，不是吗？虽然穷了点，但活下去并不难，不是吗？

这天天气好，不冷不热，空气清新，路边都是成熟的庄稼和果树，落日和朝阳一样鲜润，汪荻被大自然打动，也受到了鼓舞。路过另一家制衣厂时，她顿住脚步，努力背下墙上用白漆刷出来的招工电话，然后才继续向前走。

独属于孩子的活泼的咿呀声从阳光雨露幼儿园里传到马路上，汪荻走入院内，正在剥豆子的老师冲她笑。她们都很熟了，老师为人不错，遇上汪荻上晚班的时候，她会把姜采采带回自己家住。汪荻为此付出的并不多，几身工厂里交付不了的残次品，衬衣、裤子或者冬装，她拿回家连夜改一改，调一调，再送去给老师，就能让女儿获得比其他人更好的照料。

“采采妈妈，你今天好早啊。”

“唉，今天早一些。”

“今天午睡，采采又尿裤子了。”

“啊……不好意思，给你们添麻烦了。”

汪荻在院子里的晾衣绳上看见了女儿的裤子，粉色格子的裤子，那布料是用来给风衣做底衬的，全棉的，做成裤子，穿着很舒服，女儿的内裤老师也一起洗了，她很感激。

关于姜采采尿床的事，说起来是件怪事，女儿一岁多一点戒掉尿布，就不尿床了，想不到小时候就解决的问题，长大后还会再次成为问题。女儿第一次来阳光雨露就尿床，并且因为胆怯不敢声张，她用体温把湿裤子焐到了半干。汪荻发现后就在女儿的书包里常备裤子，裤子有时候用得上，有时候用不上，她已经很久没有检查过备用裤子在不在书包里了，因为老师总是能贴心地帮她把一切都处理好。

“没事呀，小孩子嘛，难免的。”

“难为你们费心。”

汪荻客气地点点头，钻入幼儿园内，去右首第一间房找女儿。

女儿正在和同学们玩乐，趴在小矮桌上，笑嘻嘻的，头上的辫子应该是睡醒了以后老师给扎上的，没汪荻扎的精致。

她呼唤女儿，朝女儿招手，采采，来，跟妈妈回家。女儿从小矮桌后站起来，推开同学，朝她跑过来。

这时汪荻才发现，女儿只有上半身穿着长袖 T 恤，整个下半身都是光着的。

06

姜采采瘦了以后，腿也变直了，夏天孩子怕热，穿短裙多，屁股往下两寸，晒黑的腿和白花花的屁股挨在一起像是拼接的。

“咦！你怎么……”

汪荻吃惊地抱起女儿，话说了一半，她用小臂挡住女儿裸露的身体，心里冒出一股怨气。

她歪着脑袋去看女儿鼓起的屁股上沾着的黑灰，眉头皱得很紧。这两年，她光滑的皮肤上多了不少纹路，眉心的川字纹即便不做表情也能看得见了。

老师从她背后走过来，手里拿着姜采采的已经晒干的裤子，裤子上还能闻得到阳光的味道，老师客气地说：“正好晒干了，快穿上吧。”

女儿天真烂漫，不懂男女有别，汪荻的脸已经红了。老师不解她突生的异样，还以为她不舒服，放下衣服，去给她倒水，搪瓷缸子装了热水，热腾腾地送到她手上，面对如此客气的脸，她怎能说出什么过分的话呢？

汪荻只能吞吞吐吐地说：“我给孩子带衣服了，应该在书包里吧，书包里一直有裤子的，一直都有的……”

老师这时才反应过来，她“哎呀”一声，笑得更开怀了，抬手拍在姜采采纤细的小腿上，说：“不冷对不对？采采是不是不冷啊？肉肉热乎乎的，不冷呀。”

汪荻无言地叹息，目及之处，光屁股的男孩女孩至少还有三个，孩子们大咧咧地露着隐私部位，不顾卫生，也不讲文雅。她很自责，自责她让女儿在这样的环境里成长，还沾沾自喜。

真想不到，时光倒退二十年，回到那个贫困的年代，她也没有见过这样的。江棉厂的幼儿园可是每天早上都给孩子们检查手指甲，该驱虫的时候会给孩子们吃宝塔糖的呀。

汪荻正郁闷着，窗口闪过一个人影，她一看，是个成年男人，心里一慌，下意识地转过身体，把女儿藏了起来。

还好，那个男人不是这一带出了名的二傻子，那只是个正常的，普普通通的路过的男人。

那个正常的男人透过打开的窗户，往一个女孩的屁股上丢了一粒花生，孩子尖叫，他就哈哈笑，把手里剩下的花生抛在空中再用嘴接住嚼了，若无其事地走掉。

汪荻看得瞠目结舌，却无可发作。

他们做错什么了吗？伤害谁了吗？是坏心眼吗？

没有，他们都很好，没有虐待女儿，也没有因为女儿有一个全然不存在的父亲而轻视她们，她该感激这些人的善良，可女儿紧紧地圈住她的脖子，讨好地亲吻她的脸，让汪荻觉得很难过。

她觉得对不起女儿，因为她是如此浅薄与无知，只知道把县道上站着的智力低下、时不时展露高涨欲望的二傻子当成威胁，却没想过，环境是如何将人潜移默化地改变，当女儿光屁股在地上爬的时候，好朋友陈蕾的女儿正在整面墙镶嵌镜子的舞蹈教室里绷脚练习基本功。

她终于忍耐不住了。

窝在偏僻的乡野，靠微薄的工资糊口，就快忘记城市的模样了，为了女儿，她得回去。

思前想后，汪荻决定向陈蕾求助，和姜国胜感情关系里的复杂，汪荻始终是自己消化的，没有和陈蕾倾诉过。她陷在甜蜜的爱情里，常常拉着陈蕾分享自己的爱情感悟时，并不知道她的身份那样不堪，等知道后，孩子都怀上了，她只能把秘密埋在心底。

现在，汪荻感谢那时候的自己一次次忍住倾诉的冲动，因为那时候忍住了，现在她才能继续维持体面。

汪荻告诉陈蕾，她和姜国胜离婚了，孩子归了她，她打算一个人把孩子养大。陈蕾很贴心，除了问她需要什么帮助，并不多问她的隐私。编造谎言的感受并不好，仿佛有一只天眼在头顶监视她，记录下她的恶劣，陈蕾言语中的心疼与关爱让她愈发觉得内疚。

回江城的卧铺车票是陈蕾帮她们买的，回程的路途长，陈蕾说采采太小了，坐硬座恐怕不行。

她并没有多少行李，稍微值钱点的东西在这两年里换的换，卖的卖，都被消耗完了，她还有一床厚毛毯，算好东西，但千里迢迢背回去倒显得落魄，她就把毛毯送给姜采采幼儿园里的老师了。闽南的冬天短，衣服大都不厚，仅一个大行李箱就装下了一切。

汪荻给女儿做了一身新衣服，是从厂子里打样用的日本杂志里选出来的款式，穿上再梳一个高高的发髻，很有种大城市归来的高级感。

绿皮火车缓慢地行进了一天一夜，她终于把女儿带回了家。陈蕾和夏清如带着他们的女儿夏绻来给她们接站，隔着人山人海，他们遥遥相望，汪荻想要忍住眼泪，却根本没办法控制。夏清如站在一边，任由她和陈蕾执手无语凝噎，等她们哭够了，他才朝汪荻伸出手，说："欢迎回家。"

“谢谢。”

夏清如的手大而温暖，她勉强拉扯出笑意，陈蕾也笑着说她们俩好傻，有什么可哭的。汪荻看得出来陈蕾过得极幸福，眉目舒展，气质温柔如和煦春风。陈蕾牵过个头高高的夏绻，让孩子们重新认识。

将近三年，她没有回江城，孩子们也从幼儿长成了儿童，正是建立人生最初可追忆的图景的年纪。多年练习芭蕾，让夏绻体态优雅，她学着父亲的样子，也对姜采采伸出手，说：“你好，我是夏绻，我的名字有点难写，你可以叫我卷儿，大家都这么叫我。”

相较于夏绻的落落大方，汪荻的女儿姜采采有点拿不出手，怯生生的，只知道躲在汪荻的身后。

衣服穿得再漂亮，脸长得再美丽，一行事，就露了破绽，到底只是个乡野里长大的丫头，没见过世面。

陈蕾和夏清如把汪荻和姜采采送回了江棉厂，廖芬芳也已经通过谭庆梅知道女儿离婚的事了。谭庆梅是从女儿陈蕾那儿了解到的，然后，谭庆梅带着陈朝阳的指令，回到江棉厂的单元楼告诉廖芬芳：“老陈说了，让粥粥回来，回来以后工作上的问题，等有机会帮她解决。”

廖芬芳脸色难看，但点了头。女儿出现在眼前，她依旧摆着一张臭脸。

等陈蕾和夏清如走后，廖芬芳给姜采采拿了一根棒棒糖，然后把汪荻叫进卧室，说：“离婚证拿出来我看看。”

汪荻垂下眼皮，谁她都能骗，唯有母亲她骗不了。女儿姜采采要落户，需要廖芬芳的同意，她只能把心一横，跪下来，不停地说对不起，然后哀求。

“你告诉陈蕾了？”

“没有。”

汪荻的回答让廖芬芳狠狠地跺了几次脚，然后自己甩了自己两个大耳刮子。

落户的事情很顺利，一个户口本装着三个女人，廖芬芳几乎没有为难汪荻，她只有一个条件：守住秘密，别跟任何人说，越是亲近的人越不能提。她们已经被看扁许多年，再也丢不起脸。

07

没过多久，陈蕾给汪荻打去电话，告诉她新棉街道面向社会招聘街道办事员，问她去不去。陈蕾这么说，汪荻肯定要去试一试。街道的社聘人员录用流程不像公务员那么复杂，连考试都不需要，简单面试之后，汪荻就被录取了。

后来，陈蕾又说江棉厂学区不行，帮着牵线搭桥，给姜采采弄来一个跨区借读的名额，让姜采采和夏绻一样念了江城最好的小学，江师大附小。

汪荻领着姜采采去天河新村登门致谢，她提着排了长队买来的江城最有名的红皮烤鸭、香卤猪蹄还有素三斋菜，一进门，却发现夏清如已经做好一桌子菜在等她了。说是她来道谢，实际上倒好像是给别人添了麻烦。

街道的工作与人打交道多，汪荻花了很长一段时间去适应，她不是个八面玲珑的人，个性温暾有余，机警不足，处理起邻里矛盾来总是被别人牵着跑。领导说过她很多次，但说了也是白说，汪荻总觉得要不是因为有陈叔叔的面子在，她这种聘用制员工早就被开了。

好在她会电脑，懂基本的办公软件操作，一个看起来养尊处优的大姐见她脾气不错，就把她要去做了助手。汪荻听到那位大姐跟别人说她做事的态度是好的，没活的时候还要找活干，且没有任何怨言，是个实在人。

大姐姓吴，叫吴敏，比汪荻大十岁，60 年代生人，丈夫是一家新材料公司的总经理，儿子是个高考复读生，去年高考失利后，现在正在省内一所有名的高考工厂复读。儿子不在身边，丈夫工作繁忙，吴敏满脸落寞地和汪荻说想儿子，汪荻全无思量，发自肺腑地说：“吴姐，你把工作交给我，请个假去看看孩子。”

“算了算了，不去打扰他了，他去年的成绩差一点到本科线，今年怎么也得考上，不然就得出国了，我不想他走，美国有什么好的，美国又没红皮鸭子，又没雪里蕻。”

“也是，”汪荻附和道，“这一次肯定没问题，肯定是要金榜题名的。”

“嗯，那就谢你吉言啦，到时候，我要好好摆几十桌请你们。”

“反正有什么我能帮上忙的，吴姐，你尽管告诉我。”汪荻说得诚挚，见吴敏笑出了双下巴，她才重新把头埋进一堆表格里。

没过几天，吴敏让汪荻不要加班，晚上跟她去个地方，汪荻困惑，但点头服从。

吴敏开一辆红色的马自达，用一款名叫 Today（今天）的大奖香水做汽车香水，车内弥漫着一种舒心的味道。上了车，汪荻才问：“吴姐，我们去哪里呀？”

“我带你去我店里玩玩。”

“店？吴姐，你还有店呀……”汪荻的眼神既惊诧，又佩服。

“日化店，开了十几年了，在长街上。小汪，你是江城人吧？长街上最大的日化店女人花就是我开的，去过吧？”吴敏摇头晃脑，语气很得意，她又瞟了一眼汪荻，说，“江城稍微讲究一点的女人都去过我的店。”

哦，是那家。汪荻想起了长街内一家白色门头，金色立柱的老店，她还真去过，她点点头，表示真想不到。

“不是我吹，江城百分之八十的日化品都是从我这里走的货，我不爱操心，那店主要是我妹妹在管，我妹比我会做生意，当初，店算是我开起来的，做是她做起来的，算是我投资成功了吧，每年她给我分红。现在经济好呀，长街上那些个体户哪个没有几套房子？你还别看不起他们做的是小生意，生意越不起眼，钱来得越快。你看我老公是个总经理吧，顶什么用呀？名气响而已，不比我挣得多，还一天到晚忙得像条狗。”

汪荻扯动嘴角笑了笑，好一会儿，她才反应过来，应该奉承两句，话题都要换了，她才说：“你们这叫珠联璧合，强强联合，吴姐，你太谦虚了。”

“哎，问你个事，别嫌我八卦，”吴敏的眼睛又在汪荻身上扫了扫，问，“你离婚多久了？不打算再找了？”

“孩子还小……”汪荻料到她要问这个，答得也快。

“我把你当朋友，有话我就直说了。小汪，女人还是要有个家庭，特别是上了岁数的女人，有了孩子的女人，更应该给孩子一个家才对。”

吴敏说话的声音脆脆的，很爽朗，她是个有钱有爱的女人，唯一的烦恼就是担心儿子不能留在国内念个好一点的大学。

这话题让汪荻尴尬，她不知该如何回应，只能浅浅地笑一笑，然后在心里揣测吴姐是不是准备给她介绍对象。她已经很久没有接触过男人了，工作之外的、介入生活的那种是一个也没有。夜里孤独时，寂寞也让她煎熬，找个伴侣，她也想的。

不过吴敏显然没有这个意思，她只是在跟汪荻闲聊，在工作中她算是汪荻的上级，生活上自然也可以扮演她的大姐，对待汪荻，吴敏不会像对待街道办主任那样注意语言的分寸。

“哎，你回头见了我妹，别听她瞎扯。我妹也跟你一样，离了，她脑子有病，你别理她，她一天到晚就知道赚钱，做出一副女强人的模样来撑场面。唉，要我说，家庭是面子，钱是里子，光要里子不要面子，那成什么了？人出门在外都要穿衣服吧？总不能裸奔嘛，对不对？”

汪荻更尴尬了，按这个说法，她是要里子没里子，要面子没面子，真该跳车才对。她很无奈，难过之余还得接住吴敏的话，她喃喃地说：“身材好，裸奔也有人欣赏，穿了衣服的人还没那么多人看呢。”

她这句话接得离经叛道，逗得吴敏惊声尖笑，哎哟哎哟叫个不停，一会儿说逗死了，一会儿说汪荻竟然还有这样一面，汪荻跟着哼唧了两声，没再开口。

长街分外街和内巷，外街是江城最古老的小商品批发市场，小门面一户挤着一户，内巷则是纵横交错的各个院落，密密匝匝地住着在这个城市土生土长的一拨人。内巷道路逼仄，只有熟悉这一带的人才敢把四个轮子的车往里开，否则的话，开进来的车得倒着才能开出去。

吴敏把她的马自达停在内巷，停在一辆罕见的粉色跑车旁边。汪荻对车的品牌不熟，但那车的造型确实是跑车，在她的印象里，跑车都很昂贵。吴敏说那车是她妹妹吴静在某公司做经销商做到皇冠级别的奖励，她笑着说："我妹很厉害的，你可别被她洗脑了。"

要是那次她听话就好了，没有被洗脑就好了，倘若不做发财梦，她就不会成为赵树的猎物。母亲说得一点没错，她和父亲一样，骨子里就是不安分的，陈叔叔好不容易帮她拦下命里那张将要倒下的多米诺骨牌，又被她自己推倒了，她真是活该，连救都救不回来。

第七章

24小时：有鬼

01

有些职业天然要比其他职业更多地接触人间隐秘，比如，警察、律师、医生、记者……细数起来不算少，物业职员也在其中。

早上八点半，天河新村物业中心里职员陆陆续续到齐。早会还没开，领导也没到，大家纷纷按照各自的习惯，做着每天的办公准备，有烧水泡茶的，有冲咖啡的，还有人在吃早餐，上了年纪的老员工把窗户打开，让空气流动起来。

正式办公前的固定仪式是吹吹牛，谈谈天，以入职八九年的老桑端起保温茶杯，吹动茶水为信号，有人抬高语调起了头。

“哎，你们说，6 栋那家丢了女儿的，能找到不？”

“能吧，你们说，小周跟她到底怎么回事？”

“小周看起来蛮老实的。”

“那你厉害，我是看不出来，他来快三个月了吧，我还没怎么跟他讲过话。”

“你这就不必了吧，这么着急撇清关系？”

“我说的是实话呀！”

“好了好了，风口浪尖上的事情不要讨论，同事之间要团结。”

老桑咂了一口橙黄的茶汤，刚好接上话。他是办公室里年纪最大的职员，一肚子故事，平时工作时浑水摸鱼，就爱跟人吹个牛。

“你们年轻人还是经历得少，再干几年物业，这种事有什么可大惊小怪的？一号公馆杀人案，知道吗？物业管家联合二奶谋害老板，结果被反杀，听说过吗？哎哟，那场面，血喷到天花板上、墙上，就跟国画大师搞创作似的。2000 年，你们还小吧，估计都没毕业，回去问问家里的爸爸妈妈吧。”

“老桑，你的意思是……小周害人啦？”

“我哪有那个意思！你看看，谣言就是这么传起来的！”

“我们现在在讨论 6 栋业主家闺女的事，你说杀人，谁听了不乱想啊？”

老桑端起茶又喝了一口，慢悠悠地说：“大惊小怪的，报失踪的事，哪年不遇到一两件？阿猫阿狗，小宝，老人，有什么好惊讶的？我跟你们说，任何东西丢了要人找，二十四小时以内基本上都能找回来，超过二十四小时还找不回来的，呵呵……”

女孩从天河新村离开就要超过二十四小时了，办公室内配合地响起倒抽气的声音，紧接着又是各种叹息。

“那也不一定，我以前就碰到过一个丢孩子的。在城南的幸福家园，有一个小男孩丢了，丢了快两天了，家里带孩子的主力军是爷爷和奶奶，老两口一个急得直吞硝酸甘油，一个卡在阳台上的防盗窗上寻死觅活，差点给我吓死，你们猜怎么着，小孩哪儿去了？”说话的是个微胖的头发蓬松的妇女。

“死楼顶水箱里了？”老桑接话说。

“呸呸呸！你有点口德行不行?! 我这儿说孩子呢！”女人八卦却心软，受不了别人对孩子刻薄，继续说，“孩子就在内街对面的小区里住得好好的，找到他时，他还在啃猪蹄子呢！幸福家园你们知道有多大，下面有多少个盘，把我们搞得脱了几层皮。哎哟，什么人都有，收了别人家孩子在家玩一整夜跟没事人一样的人竟然也有。当时，我们带着警察还有丢小孩的业主去那家接人，好家伙，吵得掀桌子，差点就打起来。”

“这得好好查查，说不定就是拐小孩的，见事情闹大了，怕藏不住，才抱孩子出来邀功的。”

“不好讲，反正警察没把人铐走。天下之大无奇不有，想不通啊。”

“小娃娃是有可能，十七岁的大姑娘了，腿长在自己身上，那不叫丢，是跑，真跑了，找不到，想跑，拦不住，我看悬。”老桑说，“想不通就不要想，想那么多干什么呢？我们就是干物业的，能有什么大本事，别把自己看得太高了。我们就是出气筒、受气包，千辛万苦赚个好评，讨口饭吃而已。”

“老桑，你这话说得也太冷漠了吧。”微胖女人哼了一声，满脸不高兴，心里看不起老桑这种职业混子，骂他是根在地沟油里滚了万遍的老油条。

老桑放下茶杯，说：“我冷漠？你真热心，替人家小郜、小周去处理事情啊，你是老员工，又优秀，小区里的业主你都认识，这个烫手山芋，你怎么不想着和新人一起接呢？你倒好，遇到事情，颠儿了，现在好了，人家小周停职反省，我看啊，干不长喽。”

这话一出，办公室里顿时安静了，大家不约而同地看向了两个空工位，一个属于物业经理郜小利，还有一个属于物业高级专员周重山。

昨天半夜发生了一件大事，周重山去派出所自首了。

具体细节还没人讲得明白，也不知道周重山是只“偷”了6栋业主家女儿的手机，还是“偷”了人家的心，还是两个都“偷”了，反正，他去自首了。他的领导正在为他做的事擦屁股，一会儿被物业老总安排去医院给业主住院的家人送瓜果花篮，一会儿被安排去派出所配合调查，忙得是脚不沾地。

微胖的女人哼哼着，并不认输，她说：“我算什么老人？再老也比不上你老，我怎么敢在你跟前卖弄？”

“对对，你不老，”老桑调侃道，“你是二进宫。”

这话就听得人很不舒服了，微胖女人一拍桌子站起来，立刻就有四五个人同时过来劝和。老桑虽然上了年纪，逃跑的动作倒算敏捷，被人拦住，微胖女人只能眼睁睁地看着老桑夹着皮包从工位和门框的缝隙里像条泥鳅一样溜出去。

“好啊，你们几个，我算是知道你们跟谁一伙的了。”

“梅姐，你消消气。”

“我以前就看不上他！混到现在还是个楼面管家，得意什么?!心理变态，故意搞我是吧?!我梅红霞可不是软柿子！”

正嚷嚷着，6栋报警丢了女儿的业主推门进来了，梅红霞认得陈蕾，赶紧收住嗓门，轻轻柔柔地跟她打了个招呼。陈蕾说找周重山的领导，办公室里的人纷纷说领导们都不在，周重山也不在，陈蕾怅然若失地站着，看起来很可怜。

老桑说得对，没人愿意碰这个烫手山芋，但也不敢得罪陈蕾，最后还是梅红霞站了出来，不为别的，同为女人，同为母亲，见陈蕾面容憔悴，她于心不忍，她把陈蕾带去贵宾室，准备拿出本事，好好开导下这个丢了魂魄的女人。

“大姐，怎么称呼？”陈蕾问。

“我叫梅红霞。”

梅红霞声音爽朗，她问陈蕾饮茶的喜好，热情地张罗泡茶，陈蕾摆手说不用，一夜未眠，让她的眼窝凹成了月牙。

“您在这边工作几年了？”陈蕾强打精神，尽量让自己看起来不像个游魂。

“天河新村还没向业主交房我就在了，中途回家照顾病人，离开了一段时间，去年下半年又回来的。来，你喝水，”梅红霞表情悲悯，同情心都放在了脸上，她拉着陈蕾的手，说，“妹妹，我比你大几岁，说话直，你不要介意。我是想劝你一句，要把找孩子当持久战，千万要保重身体。我跟他们都不一样，他们就知道打哈哈，就会说没事，哪里没事？孩子不回家，就是天大的事！我讲的对吧？你们一家人都这么好，我也希望你们一家平平安安，所以，你更要保重身体，你要是倒下了，那孩子就真没指望了。”

这话算是说在了陈蕾的心坎上，女儿的失踪，沿河路派出所已经立案，警察让她回去等消息，她等不了，夏绻从天河新村离开快二十四小时了，找不到人，听不见音信，她已经快疯了。

02

昨夜的经历是一波三折，惊心动魄。

2012 年 1 月 17 日晚上七点四十五分，夏清如和陈蕾进了沿河路派出所报失踪，流程比他们想象的复杂，要登记资料、采血，还要接受盘问。陈蕾知道丈夫不是很愿意配合，他一直在看表，嘴里嘟囔着，早知道就开车来了，再不走就来不及了。

女警田佳文在征得他们的同意后，拿走了夏绻的电脑，在天河新村折腾半天没有打开的电脑，进了派出所，不过十五分钟就被打开了。

没有再费更多气力，女儿的 QQ 设置了开机自动登录，伴随着“卷耳兔”的上线，一堆留言冒出来，嘀嘀嘀地响个不停。

大量的群聊信息在热火朝天地讨论正在进行的演唱会，看到群里的聊天记录时，陈蕾就已经察觉到不对劲了，女儿没有参与群聊，这显然不符合女儿的性格。她和丈夫紧紧盯着屏幕，把没用的对话框一个个关掉，屏幕上，最后留下的是女儿与网友“乐颂”的聊天记录。

星期二 10:08

卷耳兔：刚看你说说了，你们这么早就到了？我刚起床，好兴奋呀，哈哈哈哈哈。

乐颂：你不是说不来了吗？

卷耳兔：不来还不能看你们图文直播吗？

乐颂：美女，你就别矜持了，我知道江城到南都就一个多小时，你来吧，票还给你留着，带你认识几个大腿。

卷耳兔：大腿？腿毛吧。哎呀，我紧张。

乐颂：你好恶心呀……快来吧，说好喽，等你。

星期二 12:50

乐颂：美女在吗？

乐颂：你好歹回个信啊。

星期二 16:11

乐颂：入场了。倒计时，五分钟……

星期二 16:31

乐颂：你的票给别人了，有缘下次再见吧。

对话框里的内容让原本确定女儿去向的夏清如迷惑了，他看向陈蕾，下意识地问："女儿……是没去还是去了但没到？"

"我怎么知道……"陈蕾也没了主意。

半个小时前，陈蕾还能像个负责任的高中生母亲那样，将全部的注意力放在女儿的学习成绩上，她所有的思考、行动都在围绕一个目标进行——让女儿的高考成绩冲入全省前一千名。在她看来，这个目标确实不低，但也绝非高不可攀，只要女儿肯配合，肯努力，一切都是有希望的，她要女儿一飞冲天，一鸣惊人。

而现在，陈蕾已经忘记了高考、学习、排名，她只要能见到女儿就好。陈蕾把女儿的电脑拽过来，在弹出来的各个对话框里敲下文字。

"我是卷耳兔的妈妈，有人见过我女儿吗？如果有人见过她，麻烦及时跟我联系，我的电话号码是 17683236650，重要，紧急，如有线索，必有重谢。"

在群聊中，陈蕾发出去的消息迅速被一张张现场图片刷掉，一闪而过，无人理睬。陈蕾把消息发给之前和女儿有交流的乐颂，乐颂的头像是一只维尼熊，看起来蛮可爱的，她等待有一个善良的女孩给她确定的回答，夏绻究竟在不在南都奥体中心内？

联系上乐颂，是当晚九点以后的事了，到了那时候，陈蕾和夏清如才知道，乐颂是一家注册会员数过十万的粉丝网站的站长，网站的域名翻译过来叫：两点下午茶。而他们的女儿是这家网站灌水区的版主。

夏清如坐在一边，默默看着，过了好一会儿，他问警察："请问今天下午到现在有没有什么交通事故报告？市内的或者高速公路上的……江城市内没有的话，南都呢？南都那边你们能不能帮忙核实一下？"

车祸……

陈蕾听得明白，她的心突突狂跳，丈夫的意思是女儿是因为遇到了意外事故，所以没能如愿抵达南都。

接待他们的女警田佳文说："该核实的我们都会去核实，你们回去等消息吧，回去以后，可以发动亲戚朋友先找起来，电话保持开机，我们这边有进展或者再有需要确认的信息，会及时联系你们。"

夏清如和陈蕾茫然失措地从派出所走出去，出警归来的警车交替闪烁着红蓝光，那红蓝光在他们麻木的脸孔上来回切换，好像命运亮起了警示灯，宣告着他们波澜不惊的生活即将迎来滔天剧变。

"女儿离家出走，是因为我吗？我做妈妈，竟做得这么差?!"

"想想女儿可能的下落吧，现在还不到反省的时候。"

丈夫的话让陈蕾愣住了，蓝色的光照过来，她的脸成了"紫茄子"。

陈蕾觉得，女儿用"不告而别"宣告了她做母亲的失败，她已经很难过了，一贯体贴的丈夫此刻非但不安慰，语气里竟然还有责怪的意味。

怎么会这样？陈蕾感觉当头挨了重重一棒，脑袋完全蒙了。

"你在怪我？"陈蕾委屈地瞪着眼睛，泪水在打转。

"我哪有这个意思？"

夏清如的注意力不在妻子身上，他在想昨天晚上女儿回房间睡觉的时候有没有异样，他好像看见了女儿不高兴的脸孔，回避的眼神和嘟起来的嘴巴，但不确定是想象还是现实。

丈夫还不肯出言安慰，陈蕾几乎就要恼羞成怒，委屈催着她回忆起自己的不容易。

怀女儿时，她正在写有关俄语语言与文化研究领域的文章，敲下初稿的最后一个句号时，羊水也破了，于是从学校赶去医院生孩子，顺产，只在医院住了四天就出院了。出院后第二天，她就开始改论文，过分的焦虑和操心让她很快没了足够的奶水哺育女儿。

她承认自己花在女儿身上的时间没丈夫多，可是她有她的难处，女性的难处，男人根本不懂，平衡事业和家庭，哪有那么容易？她已经尽力做到最好了。

女儿几乎是母亲带大的，母亲带得很好啊，女儿很活泼呀，从小到大，女儿从来没有疏远过她，也从来没有因为她工作繁忙而抱怨过什么，每次过生日，女儿还会嗲嗲地搂着她的脖子说：

“妈妈，我好爱好爱你呀，谢谢你把我带到这个世界上，我真是太幸福了，有全世界最棒的妈妈。哎呀，我怎么这么会投胎呀，上辈子一定是个宇宙无敌大善人哪！”

想起女儿古灵精怪的模样，陈蕾悲从中来，眼泪飙出来，说：“女儿要是出事了，我……我……”

夏清如被身后突然传来的哭腔吓了一跳，他顿住脚步，扭身去看，妻子的脸皱巴巴的。这个问题，确实是个问题啊，要是女儿出事了，该怎么办？不知道，肯定天都要塌了吧。

妻子哭得那么伤心，夏清如也被触动了，他终于张开双臂，把妻子抱住了。

03

湖景公园的扩建工程进入尾声，原本封路的路障已经被拆除，从沿河路派出所出来，钻进新修的还未正式通行的巷子，十分钟就能走到天河新村南门。

沉默地走了半程，陈蕾和夏清如从低落的情绪里缓过来。

陈蕾先开口，说：“卷儿的电话打不通，我觉得八成是她的手机丢了，不然的话，QQ，她总要聊一下的。”

“我也这么觉得。”

“查车祸信息跟交警大队打个电话就行了吧？那应该很快，警察没打来电话，至少是没坏消息，对不对？”

“嗯……”

陈蕾说的没错，夏清如的脸色却更难看了，他另有想法，可怕程度不比车祸低，那些事，必须要把女儿抛到脑后，才敢想。

少女失去踪迹，原因不外那几个，跟家人闹别扭离家出走可能是当中后果最不严重的，除此之外，还有早恋私奔、被人拐卖，甚至是遇害。

女儿的身份证没有购买高铁票的记录，如果是去南都的话，大概率会坐小轿车，两站广场那边停着很多专门往返南都一线的私家车，五十块钱买一个座，买四个座不用等客，即上即走。

夏清如想到不久前看到的头条新闻，空姐打车遇害案，美丽的姑娘下班打车赶回市内住所，结果遭遇变态司机，司机侵害她，并把她的尸体抛在高速公路绿化带里……

“乐颂说了一句话，‘票给你留着’，记得吧？昨天晚上我说的话，女儿应该还是听进去了，采采不是说，卷儿不打算过去了吗？清如，你说，卷儿会不会是看到别人给她留了票，就又决定去了呢？”

“嗯……”夏清如将回应的声音拉得很长，他仍在思考，半晌才说，“我怎么记得，她说的是，‘票还给你留着’？”

“嗯？”陈蕾皱着眉，问，“有区别吗？”

“还给你留着，意思应该是，之前就给卷儿留着票，而且卷儿是知道的。”

“这样啊……那……那个乐颂不会是个票贩子吧？骗子?!”说到这里，陈蕾停下脚步，惊恐地说，“哎呀！清如，她不会是搞传销的吧？”

“跟那个应该没什么关系吧，你查查看，女儿的银行卡上还有多少钱？”

“银行卡？哦……我查查看。”

夏绻从初中开始就自行管理压岁钱，每一年缴完学费后，剩下的钱，夏清如和妻子并不收回，都给她存在一张卡里，等女儿上了高中，那张卡就直接交到了女儿手上，当时，卡里有将近一万块的余额。

陈蕾查了网银后发现女儿银行卡里的余额基本清零了，上个月，卡里划走了一笔大额钱款，是打到一个姓“宋”的人的私人账户里去的。

“多少钱呀？”夏清如凑过去看，嘴里念叨着，“六千……六千块？买什么了？又买了个手机？”

“她买手机干什么？上个月我又没管过她玩手机，”陈蕾想了想，又说，“你是说她早就把手机弄丢了，怕我们说她，就自己又新买了一个？”

“不知道啊。六千……不少啊，一次性花这么多钱……买了门票？”

“哪有门票要这么多钱的？”

“可能买了不止一张？帮朋友一起买了？”

陈蕾看了夏清如一眼，皱着眉问：“你不会是想说她谈恋爱了吧？”

“孩子长大了，陈蕾，她不是眼睛里只有爸爸妈妈的小宝宝了，她可以自由自在地想去哪儿去哪儿，这一天迟早会来，不习惯的只有我跟你。”夏清如叹了口气，说，“明天一早，我去趟她班主任家里，再聊聊看，培训机构也要去……除了采采，女儿的其他同学和朋友，我们都不熟，也不知道那些人都是什么样的。”

“你的意思是，今天晚上她真的不会回家了吗？她背的那个包扁扁的，看起来没装什么东西呀……”陈蕾说话的声音微微发抖。

“你也注意到了？她背的那个书包好像没装什么东西，我们出门太急了，应该在家里找找的，看看少了什么，她那个样子，不像是出去学习，确实像出去玩一会儿的样子……”

不知不觉，他们已经走到了小区南门附近，湖景公园附近的门面正在做外立面改造，可能是为了做中式飞檐的装饰，搭建的脚手架占了四分之一条马路。

夏清如拉着陈蕾小心地从脚手架下面钻过去，一抬头，正巧看见立柱上的监控探头。

“你看这儿有个探头。”

陈蕾顺着夏清如的视线看出去，拳头粗的钢筋管子绷着网纱布，正好将监控设备全部挡住。

“挡成这样，能拍到什么呀？”

陈蕾皱着眉头，仰头来来回回地看，在天河新村住了这么多年，她还从来没注意过这里有一个监控。她把视线甩向马路对面天河新村的南门，不自觉地想，怎么偏偏就这个摄像头被挡了呢？都没人注意到吗？什么样的人会去关心马路上的监控摄像头呢？

“小蕾，你手机响了。”

陈蕾的手机铃声是张国荣演唱的《倩女幽魂》，电音合成的长笛音效将古典和流行融合得很好，这是陈蕾最喜欢的一首歌，平时有人打电话来，只要不是太紧急，她都喜欢多听一会儿，至少等“人生路，美梦似路长，路里风霜，风霜扑面干”这句唱完再把电话接起来。

在丈夫的提醒下，陈蕾慌忙地从皮包里摸出手机，是陌生的号码，她迅速接听，掐断了铃声。

电话是女儿的网友乐颂打来的，她说自己是两点下午茶网站的站长，刚刚才看到陈蕾给她的留言。

听到喧闹的乐曲和热烈的欢呼声，陈蕾气不打一处来，她大声训斥乐颂不负责任。起初，乐颂还算客气，要么不作声，要么轻声说句不好意思，后来，可能是被责怪得产生了顾虑，就开始反驳了。

“阿姨，我们理解你的心情，但是不同意你的说法，我们和卷卷只是网友，平时只是在网上聊聊我们都感兴趣的话题而已，我们连她的面都没见过，何谈责任？跟你说实话吧，我连她是男是女都不确定，她今天没有出现，我还以为她是怕‘见光死’，故意躲着不见我们。”

“你怎么能这么说话?! 我告诉你，我女儿如果出事了，我要追究你们网站的责任！”

“阿姨，出了这样的事情，我对您深表同情。卷卷平时在站子里挺积极的，我们对她也不错，这次的演唱会，站子里一共只有五张福利票，我们给她留了一张，确定她不来才给的别人，这还不够意思？阿姨，我们对她没责任，朋友之间都没责任，网友之间还有责任？您可别开玩笑了。”

04

这通电话接得陈蕾血压飙升，她拔高嗓门说女儿还是未成年人，网站组织未成年人参与追星，她会去找法律部门核实是否违法，如果违法，一定会追究她们的责任的。话没说完，对面就把电话给挂了，陈蕾被气得发抖。

“跟你说不要支持女儿追星！你不阻止，看看，她都跟什么人混在一起！”陈蕾把怒气发泄在了丈夫的身上。

“你别挂电话呀！”夏清如急了。

“不是我挂的，对面挂的！”

“你发什么脾气？应该问问具体情况呀。福利票是什么意思，不要钱？还有这样的好事？会场都是什么情况？她没见过卷儿，你把卷儿的照片发给她，问一问见过没有……唉！你赶紧，把电话打回去！”

福利票听起来像是不要钱的，可是免费的东西，都有它无法被估量的价值，如果是他，免费给他的，他不会要。

但女儿还是个未成年人，会思考那么多吗？夏清如觉得免费的票和朋友应该是对女儿有吸引力的，她却放弃了，这听起来很不合理。对方说，害怕见光死？不可能，那是她们没见过他的女儿，卷儿跳芭蕾舞多年，别提多有气质了，怎么可能会害怕见光死。

“要不，我还是去一趟南都吧，试着找找看。”

“不找了，爱回不回。”陈蕾心里气极了，面上反而带了笑，她说，“物以类聚，人以群分，她是我的女儿吗？她像我的女儿吗？”

“话说得过分了，冷静点。”

“你把她交到我手上的时候，她就一身都是毛病，我雕琢她，她抗拒，她竟然不想变好？我是不理解她的……自甘堕落……什么样的人才会自甘堕落？”

夏清如看着陈蕾，心里有很多话想说，妻子曾是在云端生活的人，在云端生活久了，容易有“洁癖”。岳父离世后，妻子的“下凡”之路不太顺，一路跌跌撞撞，姿态难看，他却不能提，妻子是个开不起玩笑的人，她对一切都太过认真。

但这一次情况不一样，不是空中落下了尘埃，而是一股飓风将他们都吹进了泥潭，他不知道他们能不能爬上岸，即使能，姿态也不可能优美。

“你别瞪我，有话就说，我是不能谈话的人吗？”

“先回家吧，找卷儿要紧，其他的，往后再说。”

天河新村的家里已经站了不少人了，都是得到消息后赶过来询问的亲戚。姜采采也在其中，她是主动留下等卷儿的，说是怕卷儿回家，家里没人。

一家人正商量着下一步该怎么做，物业部经理来了，这一次，他的表情明显比傍晚时严肃多了，他说，警察已经把监控都调走了，领导安排他全权负责这件事。郜小利身边还跟着另一个物业员工，他很年轻，也很稚嫩，远没有郜小利八面玲珑，局促地站着，瞧着呆头呆脑的。郜小利介绍说这是他的下属，叫周重山，如果联系不到他，找小周也行，随后，他说不多打扰，有事尽管找他，他随叫随到。

陈蕾的表姐在广告公司做了两百份寻人启事，用铜版纸彩打的，寻人启事上夏绻的照片是去年在饭店吃年夜饭的时候拍的，她穿驼色大衣，手里拿了一朵用心里美萝卜雕的小花，笑得眼睛都没了。

“我着急，就拿我手机里卷儿的照片做了单页，你看看内容没错吧？”陈蕾的表姐问。

寻人启事的内容是这样的：

“夏绻，女，17 岁，身高 1 米 64，体重 43 公斤，于 2012 年 1 月 17 日下午 1 时离家未归。离家时，身穿浅色羊羔绒外套，戴着墨绿色的毛线帽和围巾，背着暗红色的双肩休闲书包，因电话失联，至今未联系上，家中亲人十分着急，盼望知情者提供相关信息，不胜感激。如有线索，请联系 17683236650，陈女士，必有重谢。”

“对的。”陈蕾说。

“陈妈妈，我找到了这个。”

姜采采摊开手掌，一枚小小的电话卡躺在她右手手心里，她的左手抓了个薄荷绿渐变的半透明糖果罐，罐子里面装满了零碎物件，有新衣服配赠的纽扣、徽章、彩色的回形针等等。

“我把罐子打开就看到了这个，躺在最上面，感觉不像是废卡，我试过了，是卷儿的电话卡。”

陈蕾和夏清如面面相觑，他们没想到，联系不上女儿，是因为她取下了电话卡。

夏清如的学生也来了，说能试着帮忙查找夏绻的手机位置，亲戚朋友把小伙子团团围住，等结果。

结果让人震惊，定位显示夏绻的手机还在小区里。

“这个定位准不准？ 12 栋？”夏清如激动地问。

“会有点误差，但还是挺准的。”

“卷儿在同学家里？”陈蕾的表姐问。

“12 栋好像没有我们认识的人，”陈蕾看向夏清如，说，“物业办公室在 12 栋吧？去找物业的楼长帮忙在 12 栋业主群里问问，或许是有同学搬过来了？”

一时间，众人的眼睛里都有了光，那是希望点燃的。

一群人乌泱泱跑出去，一小时后，又乌泱泱地回来。物业帮忙把消息发出去了，他们也一层楼一层楼地找了，挨家挨户地问，时间很晚了，有些门叫不开，不知道住户是搬走了，还是睡着了。

又有人说：“定位是不是不准？说不定手机还在家里，因为有误差，所以定在 12 栋了？”

因为这句话，疲劳的人群又活跃起来，三下五除二就把家里翻得乱七八糟。

寻找未果，不知道是谁先掏了口袋，紧接着，屋子里的人就跟中了邪一样，纷纷开始掏口袋，边掏边说，真是奇怪了，不在我身上吧……是啊，也不在我身上吧……

眼前的一幕让陈蕾觉得荒诞离奇，她正想说大家不要这样，胳膊就被表姐拽了一把，她扭头去看，表姐的目光落在角落里，姜采采站在那儿。

“会不会是她拿了？”表姐在陈蕾耳边低语，“把卡取出来，把手机收起来了？”

这话的意思是……偷。

陈蕾眉头一皱，背过身，对表姐直摆手。

“我也没别的意思，现在还不就是想确定卷儿的下落嘛。手机这种东西，身外之物，没什么要紧的，小姑娘喜欢也正常。她喜欢送给她就是了。”

“你别说。”

陈蕾对表姐摇了摇头，可是，当她再转过身时，却发现所有人都盯住了姜采采。

一屋子成年人，全部盯着一个小女生看，这是要干什么?!

姜采采学着大人的模样，也开始掏口袋，但她没有装模作样的语言，只是沉默地掏着。

陈蕾被姜采采的举动弄得喉头发紧，她想，他们这群人真是魔鬼，竟然逼着一个小姑娘在这里自证清白。

周遭是那样安静，只剩下呼吸声还有突然从夏绻房间传出的尖锐的家具移动的声音，那是不甘心的夏清如对女儿的房间进行地毯式搜索弄出的动静。

采采掏完口袋里的东西，低声说：“一会儿要出门发寻人启事吧？用我的书包装传单吧。”

陈蕾想叫住她，但采采极快地转身走入女儿的卧室。夏绻的床是带收纳功能的箱体床，床垫抬起来了，夏清如正打算往里迈步，他敏锐地察觉姜采采的神色有异，停住动作，问怎么了。

姜采采微笑着摇头，把放在书桌上的书包拿到客厅，当着那些大人的面，把书包里的东西都倒了出来。陈蕾送给她的新书包被汪荻叠成长长的方块塞进了她的旧书包，她把书、资料袋、笔袋都装进新书包，然后提起旧书包，看着陈蕾说：“就用这个装吧。”

陈蕾脸红了，她透过姜采采看到了自己的女儿，卷儿绝不可能受得了这样的委屈，也绝对做不到这么周全，她的女儿只会像个孩子一样哭闹，怎么哄都哄不好。

这一瞬间，陈蕾心头的愧疚被不悦取代，她突然很讨厌这个过分机灵的女孩。

没有孩子能做到这样，一个孩子不该像采采这样。

一声惊叫搅动了室内尴尬得几乎凝固的空气。

夏清如的学生突然叫起来，大喊，手机“跑”了。

“在动！你们看！”眉清目秀的男孩子把手机里的地图展示给从房间冲出来的夏清如看，他说，“我刚刚一刷新，就发现它跑上街了！现在就在步行街！”

真是见了鬼！

难道女儿是在恶作剧吗？跟他们捉迷藏？陈蕾的脑子迷糊了，她仿佛看见了步行街上热闹的场面，那里有网吧，有量贩 K 歌连锁店，还有女儿最喜欢的电玩城。于是，一行人驱车追踪女儿的手机，跟着它移动，在步行街绕了一圈，又回到了天河新村，最后停在了沿河路派出所院墙外。

05

沿河路派出所的院墙外停了一辆车，车身描绘着蓝色的线条，车载监控有节律地闪烁着红光。

物业经理郃小利坐在车里，车窗落下，夹着烟的手伸出窗外，烟，他没吸，烟灰积了长长一截。

陈蕾和夏清如以为郃小利是在加班，结果，郃小利下车拦住他们，给夫妻俩深深鞠了一躬。

邰小利连声道歉，说自己管理下属不力，实在抱歉，刚刚本来是去他们家赔礼道歉的，结果敲半天门没人应，他左思右想，这事不能耽误，就带着下属来自首了。请两位一定要理解，小伙子人不坏，就是有点贪小便宜。

“自首？”陈蕾和夏清如心里一惊，异口同声地说，“怎么回事?!你把话说清楚！”

“您二位别着急，跟人没关系，就是手机而已。”

之前陈蕾和夏清如跟派出所民警走了之后，邰小利也离开了，他回到办公室，一见到周重山就屈起食指，用指关节在下属的脑门上敲了两下。

“监控照片是怎么回事啊？老实交代，你盯着人家闺女多长时间了？我让你排查异常，你倒好，直接把女孩的照片发给我。十几个小时的监控录像啊，你是神眼啊，有这个本事，你干什么物业？去当警察好了。”

周重山一听，脸色立刻变了，好一会儿才嘿嘿笑着，说：“服了，老大还是老大，明察秋毫，火眼金睛。”

这个下属，除了爱吹捧人，基本上没什么坏毛病，脑子不是很活络，但对他很忠诚。

当时周重山听说邰小利要离职，掏了一个月工资请他吃大餐，在饭桌上，周重山表忠心，请求跟着老大一块走。对邰小利来说，这是求之不得的事，在新的工作环境里，有个贴心熟悉的旧下属，再好不过，任何事，只要不出格，邰小利还是愿意护着他。

陈蕾和夏清如去了警察局，邰小利去和领导汇报情况，领导表现得很谨慎，让他打个加班申请，态度积极一点，把业主家的事当自己家的事来跟进。

上级嘴皮子一碰，就要加班一夜，邰小利体恤下属，带着周重山去步行街夜市吃夜宵，一路上他跟周重山聊天，但周重山表现得心事重重，话格外少，问一句答一句，话题一点都打不开，他原先不这样，于是，邰小利多了个心眼，多问了一句。

“你怎么失魂落魄的，操心6栋业主家闺女的事呢？”

话问完，部小利随便那么一瞅，周重山竟然满头大汗了，他惊得猛踩一脚刹车，把车停下来。

这时，周重山哆哆嗦嗦地从口袋里掏出一部苹果手机，说：“老大，我跟她真没关系，我们就是买家和卖家的关系，就是……像闲转转，你懂吧？”

“闲你个头！接着说！”

“我就是跟她买了这部手机，私对私，不让中间商赚差价，能便宜点，”周重山眼神躲闪了一下，支支吾吾地说，“咱们小区有钱人多，机子淘汰快，我看贴吧里之前就有人发帖说交易成功的，这玩意，二手的也得好几千块钱呢，我想着，知道卖家住哪儿，回头万一出了问题，也方便找过去处理……”

部小利整个人都僵了，恨不得把周重山从车上踹下去，想了想又不行，这是他的下属，出了事，他得扛，没办法，只能又把车往回开，准备去陈蕾家道歉，请求原谅。

结果扑了个空。

站在6栋楼下，看着车里坐着的窝窝囊囊的周重山，部小利不敢大意，年轻人血气方刚，这小子说什么买家和卖家的关系，谁知道是不是真的？这要是出了事，他可扛不住。

没和周重山商量，部小利径直把车开到了派出所，然后开了门，跟周重山说，没别的路，就这一条路，去跟警察解释清楚，工作有没有无所谓，千万别去牢里踩缝纫机。

听部小利说女儿把手机卖给了周重山，陈蕾当场发飙，她说：“我女儿一个高中生，跟你们物业员工能有什么交集?!今天之前，我见都没见过你们，说谎话也没你们这么说的吧?!”

“对啊！就是啊！”夏清如附和着，看部小利的眼神，像一把能刺人的剑。

可是，周重山完好无损地从派出所走出来了，警察竟然没有把周重山关起来，陈蕾和夏清如他们一大家子齐声表达抗议，但抗议无效，警察说，没有证据证明周重山有问题。

深更半夜的，半辈子没投诉过人的陈蕾去物业值班室把周重山和郜小利一起投诉了。

物业老总赶来协调，周重山一把鼻涕一把眼泪地拿出他能拿出的所有证据：一个星期前在“天河新村”贴吧里发的二手机求购帖，夏绻昨天在帖子下面跟帖表示要卖手机的记录，还有两张电梯监控的照片，一张照片是上午十点十分，周重山空手进入6栋电梯的照片，另一张照片是五分钟以后他在电梯里拿着手机的照片。其余时间他都待在工位上，屁股没挪过位置，直到被郜小利差遣去排查小区人员进出情况。

从理智上说，好像确实没什么异常，陈蕾甚至能猜到女儿卖手机的原因，女儿做事挺绝的，她说没收手机，女儿就抢先把手机卖掉。

但情感上，陈蕾拒绝接受这一切，她拍桌子大吵。郜小利从中劝和，周重山躲在郜小利身后，说：“……手机，是我花了三千五买的，取现金的ATM机小票我给警察了，手机我也给警察了，钱……要不，我就不要了……”

“你还要什么手机！要什么钱！”郜小利扭头一顿臭骂，白眼翻得眼睛都痛了。

“那她有没有说要钱去做什么呀？”夏清如追问。

“我没问，我问这个干吗，倒霉死了……”

周重山一脸郁闷。想来，这大概也是一件让他无比后悔的事，物业老总说了，要停他的职，也不知道老大能不能保住他。

疲累至极。

陈蕾和夏清如共同承受着煎熬，像没头苍蝇一样重新投入夜色，在大街小巷派发寻人启事，那一声声“没见过”“不记得”“不知道”像子弹一样将他们射穿，一夜之间，灵魂千疮百孔。

从医院出来之后，陈蕾和夏清如讨论该怎么办。

“一部手机说卖掉就卖掉，怎么会有这么巧的事？昨天晚上我太不冷静了，应该再好好问问的。”

“这样，我先送你回去，你去物业再跟人聊聊，我约了女儿的班主任，要过去一趟。”

“行。”

下车前，陈蕾突然问夏清如：“家里的钱你没拿出去做别的事吧？”

陈蕾对钱不敏感，家庭的钱是由夏清如打理的。

夏清如困惑地望着妻子。

“昨天，警察问我们家的人际关系情况、经济情况，家里的钱我又不管的，你没拿出去乱投资吧？没跟人有经济纠纷吧？”

“你怀疑是我在外面惹了事？我？”夏清如满脸自嘲的神情，他叹了口气，说，“怎么可能呢？我们家的理财方案是稳健型的。当初，赵树让我投钱给他，我理都没理。”

这话说完，两个人都沉默了，他们各自沉思。

夏清如问：“你最近没惹到学生吧？没跟人发生冲突吧？”

“嗯？”陈蕾回过神，困惑地看着丈夫。

“没什么，警察不是还问我们有没有跟人有过节吗？你这个人，向来对什么都要求高，我是想，你会不会……”夏清如说着说着停下来，无奈地苦笑了一下，摆摆手又说，“算了，没什么，你去吧，我走了。”

车子扬长而去，陈蕾呆呆地站着，太阳已经升起来了，她却打了个寒战。

被质疑，代表形象不稳，代表她还不够完美。

她厌恶被质疑。

马路上的信号灯在余光里吧嗒一闪，她看过去，心里咯噔一下。

红灯，亮了。

06

坐在物业中心贵宾接待室里，手里捧着梅红霞递给她的一杯热茶，陈蕾觉得喉咙开始痛了，她有咽炎的老毛病，每一次发作起来，都得输液一周才能痊愈。这场病来得急，冰冷的空气从鼻腔吸进肺里，再喷出来，温度高得人中部位都被熏热了。

“陈老师，你们一家人都特别好，特别善良，特别有素质，你女儿小名叫卷儿吧？我记得她，她跟你长得一模一样，跟你妈妈也很像。”

陈蕾望着梅红霞丰满的脸颊，问：“您跟我妈妈是之前就认识？”

“我是最早一批到这边物业的，现在老了，不行了，年轻的时候，我管的楼，每家每户的座机号我都能背下来。”梅红霞的声音很有感染力，尽管没有笑，但声音的节奏像叮咚泉水一样让人觉得很舒服，她轻声问，“你是想了解小周的工作情况吧？”

“嗯，他来这里工作多久了？为人怎么样？平时有没有人投诉过他？”

“没多久，还没转正呢，他是部经理带过来的。我讲话不偏袒谁，也不想讨好你，我就是说实话，说我自己看到的。依我看，那个小伙子还算实在，有点懒，没什么出息，但坏心思应该是没有的。”

“哪能那么容易看出来呀，人心叵测。”

“我干物业好多年了，一直跟人打交道，看人啊，其实也不难，不听他讲什么，看他干什么，只要不干坏事就行了，要人心里没有小九九，里里外外都跟圣人一样，哎哟，那也太苛刻了。”

“周重山平时在物业都做什么呢？会经常跟业主打交道吗？”

“跟业主打交道多的是楼面管家，小周不是楼面管家，他是跟着部经理的，算是部经理的助理，是搞流程管理的，上班就是对着电脑，除非是集体活动需要，不然他一般从早坐到晚，”说到这儿，梅红霞的鼻翼微微抽动，嘀咕着，“什么流程管理，搞得人听不懂，还不就是管我们。”

瞥见陈蕾身体放松下来，软软的一条手臂搭在沙发扶手上，梅红霞又说：“你想啊，他要是真有什么问题，还敢自首？他随便找个什么机会，把手机带着，往你们家一塞，神不知鬼不觉的，谁会晓得呀？”

陈蕾点点头，是啊，或许只是巧合而已，是她想多了。

梅红霞心里得意，她一辈子凭嘴皮子吃饭，这次，显然又把火苗掐灭了，公事办完了，其他的事就可以拉出来谈一谈。

梅红霞喝了一大口水，水有些烫，她皱着鼻子吞了下去。放下杯子，她的表情有了变化，小心地打量了陈蕾一眼，她轻声说：“陈老师，我说句话，你别介意啊。”

“你说。”

“你们家会不会跟谁有过节呀？”

“过节？”

又是这个词，这个词，今天她是第二次听到了。

过节这个词的潜台词是负面的，是和伤害、蓄意、阴谋捆绑在一起的。

梅红霞本是坐在侧面的单人沙发椅上，前倾身体和陈蕾交流，话说到这里，她站起来，坐到了陈蕾身边，倚着她低声说：“你父亲原来是江棉厂的领导吧？”

“哦……对……您原来也是江棉厂的？”

“我不是，我堂姐是，她是在江棉厂下岗的。”

陈蕾眉心一动，梅红霞接下来的话，她已经猜得八九不离十了。

“说起来，是好多年前了，小卷儿还没上学吧，你晓得的，天河新村是江城最早的商品房，也是最好的，我堂姐没见识过，来找我玩，我带她在小区里逛，看看花园啊，造景啊，有人家里装修，我也带她去看。那天，我们就在鱼池那边碰到你妈妈了，你妈妈带着小卷儿在喂鱼玩，我堂姐认得你妈妈，她们还打招呼了……我听她讲过的，她说你爸爸以前在厂里的时候，老有人讲他坏话。领导嘛，都这样，让人又爱又怕的……”

察觉到陈蕾脸色变了，梅红霞及时刹车，话锋一转，又说：“你爸爸人真的蛮好的，退休干部，一点架子都没有，对我们也是客客气气的，字写得好，身体好的时候，每年过年还给我们物业写对联呢，我们都很尊重他。”

是那件事。

匿名信。

不，匿名信三个字太温和，传言里，明明是另外三个字，杀人犯。

父亲去世两年了呀，流言蜚语竟然还不肯放过他。陈蕾望着梅红霞一本正经的脸，费了很大力气藏起心中的轻蔑，她最讨厌梅红霞这种人，深恶痛绝，八竿子打不着的长舌妇，听了几句流言蜚语，就以为是开了天眼。

陈蕾把水杯放下，冷冷地说了一句：“那些都是谣言。”

“陈老师，你还是太年轻了，越是谣言，你才越要重视，要是真的，反而无所谓了……我的意思是，现在社会压力大，人就跟疯子一样，不是疯子胜似疯子，你们人好，但架不住现在坏人多啊。”

陈蕾听懂了，这位大姐的意思是，女儿失踪是有人蓄意报复。

扯淡。

陈蕾失去了耐心，也受不了梅红霞以推心置腹的模样胡说八道，她站起来，问：“他还回来上班吗？”

“停职反省，具体要看领导安排了。”

梅红霞瞧出了陈蕾的不高兴，她倒不怕，只是感觉吃力不讨好，有点郁闷。她这个人将热情撒出去，便希望能有热切的回应，至少，该听个响，等不到，就好像生吃大葱没蘸酱那么不对味。

“你要找他的话，我把他的电话号码给你。”

“我有他的电话号码。”

物业办公室的文化墙上，周重山的照片还没撤下来，他长了一张宽脸，五官都很大，工装照拍得蛮精神的，照片肯定是修过，脸上的赘肉被抹平了，人就显得精致。不过，照片修得再好，一旦露了真容，效用就大打折扣，陈蕾还是对他昨夜紧张局促的样子印象更深刻，认定他本人没照片上看起来机灵。

上午十点，物业员工们都忙起来，两个空工位愈发显眼。陈蕾注意到其中一个工位上放了个水晶摆台，摆台上是一张胖嘟嘟的孩子的脸，直觉告诉陈蕾，对面的另一个空工位是周重山的。

她下意识地走过去看，办公位上只有台式电脑和文件篮，乍一看挺整洁，但经不起细瞧，键盘的缝隙里有食物的碎屑，用过的中性笔没有盖回盖子。

紧接着，陈蕾的视线被一把放在桌底的可移动文件篮里的格纹雨伞吸引，准确地说，吸引她的不是伞，而是伞柄上的绳子。

伞柄上原装的绳子一般是黑色的尼龙绳，而这一把伞的伞柄上拴的绳子是后配的，荧光黄混合荧光绿的夺目颜色和深色的雨伞一点也不搭。

陈蕾心里一动，她抓起伞问："这是周重山的雨伞？"

"对，"梅红霞说，"这是小周的工位。"

陈蕾呆住了。

脑海中清晰地呈现一个画面。

书桌、窗、果盘、考试卷，编绳的少女……

这种荧光黄混荧光绿的绳子，姜采采在她眼前编过。

07

人民医院外的小卖部是颇有年代感的一小间红砖房子，小卖部不足十平方米，货品塞得满满当当，从地上一直垒到天花板。水果用纸箱子装着，摆放在门口，数量不多，品相也一般，老板坐在门口的玻璃柜台后头，像是被货物给淹没了，一台小小的彩色电视机在播放午间新闻。汪荻抓起红色的电话座机，按下一串她能倒背如流的号码。

老板的耳朵似乎很好使，电视机的声音只开了一点点，汪荻觉得她轻轻说一句"喂"的音量就能将电视机里主持人字正腔圆的声音盖过去。

这老头，根本就不是要看电视，而是用假装看电视的姿态掩盖偷听的恶趣味。

谭庆梅的手术做完了，用时还不到计划的手术时长的一半。医生说，过程险象环生，原本的手术方案无法实施，先转进 ICU，看看情况，情况如果好，两周之后再进行第二次手术。

谭庆菊不停地打电话，挨个通知亲朋好友家姐的病情，时不时地，她会和家人们讨论夏绻失踪的情况，汪荻听到谭庆菊提警察提了好几次，大概是昨晚发现异样，抓了什么人，但又给放了。汪荻做贼心虚，只记住了警察抓人，一时间如坐针毡，她找机会溜了出来，给她的伴打电话。

电话接通了，听到她的声音，对面先是一愣，然后问她是不是出事了，为什么用座机打电话。

汪荻半转身，避开看电视的老人，她为这种下意识的、做贼心虚的行为而难堪。

“晚上能来人民医院一趟吗？我在急诊楼那边等你，车子能直接开上平台，十点整，好吧？”

“出事了？”

“见面说。”

“嗯。”

放下听筒，看电视的老头视线分毫不动，仍盯着电视，却冲汪荻伸出一根食指，汪荻从皮夹子里摸出枚硬币，按在了玻璃台面上。

出了小卖部，汪荻一眼看到马路对面的老百姓大药房，她穿过马路，进去给女儿买了支新的冻疮膏。药师问破皮没有，她点头，于是，又加了一支红霉素软膏，药师还推荐了硝苯地平缓释片，说要一起吃，内调外养才有效，汪荻锁着眉头看了半天药物说明，然后放下了。

不是舍不得，那一盒药只要十几块钱而已。可药物说明上只说是治心绞痛和高血压的药，没说能治冻疮，内调外养这样的话术，汪荻以前常常挂在嘴上，不懂瞎说，现在，她反感。

走出药房，往东二十米就是公交站台，站台处人不多，咖啡色的长椅是空的，没人坐，她走过去，坐下，想心事。

大半年没见，女儿变了不少，以前，采采很乖的，不管受了什么委屈，红红脸、笑一笑，就都过去了，现在，她身上似乎长出刺来了。

在檀韵花园的时候，她一直等到女儿给手上的冻疮上完药之后，才反应过来，女儿说了一个“也”字，她困惑地问：“谁怀疑你是贼了？”

女儿用平静得近乎旁观者的语气把昨晚在天河新村受的委屈描述给她听，她气得发抖，但嘴上还是说：“他们没那个意思，你想多了。”

“你确定吗？”女儿问她。

“你不是说，卷儿爸爸在房间里拆家具嘛！他都没出来，看都没看到，怎么怀疑你啊?!”

“或许，这是唯一的安慰了吧，可是，万一，他是故意躲着呢？”

“不会的……”

“你确定？”

“你体谅一下他们，卷儿找不到，他们心里急，不是针对你。”

“妈，你是真善良。”

这年头，善良和无用成了同义词，女儿轻飘飘的语气听起来就像是在责怪她。汪荻无言以对，她感觉到女儿荆棘一样刺人的态度，可是，她能怎么样呢？总不能因为这点事就去陈家理论吧。

好在，女儿放过了她。

姜采采问：“谭奶奶怎么样？”

“夏绻这么搞，是要老人的命呢。对了，你不是说她去南都了吗？我听他们的意思，卷儿怎么不在南都？”

“是他们不信她在南都，还是她确实不在南都？”

汪荻听得脑袋晕晕的，眨巴着眼睛说：“反正就是找不到啦，你说话怎么夹枪带棒的，不会有事瞒着我吧？”

“你知道她期末考试考砸了吗？”

“知道，说是掉到四百名以后了。”

“你知道她为什么掉这么多吗？她期中考试的时候抄了我的卷子。”

汪荻愣了愣，说："抄的数学吧？……那这次她没抄到？"

"妈，作弊这样的事，不论我们谁主动，一旦被逮到，就是记大过，如果背了处分，我就再没有机会进实验班了。也许现在已经没机会了，班主任是有一票否决权的。"

"还有这样的事？是她抄你的，又不是你抄她的！学校也太不讲理了！"汪荻很认真地说，然后又说，"话说回来，你机灵点呀，不要被逮到呀，她抄你的，你就装不知道。"

姜采采微笑着，看母亲的眼神充满同情，她真的不知道如何评价母亲，她这样无知无畏，让人连责备都不忍心。

"夏绻真是被惯得不成样子了，作弊这件事要是被陈蕾知道，陈蕾肯定要气死过去。谭庆梅把她当心头肉，她也是够不孝顺的，你别跟她学。"

"你什么时候走？"

"不急。"

"医院里的情况及时告诉我。"

"你要干吗？"

"也许有需要我帮忙的时候呢。"

"你不要管，念书去，对了，先吃，吃饱了再学习。"

汪荻把特意从美食街买回来的炒面和赤豆糊递给女儿，姜采采看了一眼，领了她的情，拿去厨房，分了两份出来，叫她一起吃。

汪荻心里很感动，但摆摆手说，又不多，你全部吃了，吃光了，妈才高兴。

她转身去收拾屋子，家中虽然落魄，却很干净整洁，她想起昨天看到母亲吃药吃得吓人，就问："外婆现在吃什么药？你知道吗？"

"维生素C。"

"啊？"

姜采采放下筷子，跑回房间，从书桌抽屉里拿了两瓶药出来。

白色的没有包装的药瓶，上面用圆珠笔写了字，一瓶上面写了"安眠药"，一瓶上面写了"舒必利"。

舒必利是什么汪荻不知道，安眠药三个字她看得懂。

“要死了，你怎么吃安眠药？”

“不是我吃，是外婆的药，她现在一不舒服就吃药，我怕她吃出问题，就把她的药换了，换成了维生素C。”

汪荻眉头紧锁，内心愧疚，赡养母亲是她的责任和义务，但母亲的状况，她却从女儿口中才能略知一二。她悄悄地把两瓶药揣进口袋里，安眠药这样的东西给女儿保管，她不放心。

舒必利是治疗精神分裂症的药物，女儿告诉她的时候，她的心狠狠揪了一下。

“多久了？”汪荻问。

“你是问吃药，还是问得病？”

“我……对不起啊……”

“为什么？”

“嗯？”

“谁对，谁错，不知道；什么对，什么错，也不知道。妈妈，你道什么歉？给谁道歉？你觉得自己什么都是错的，但为什么会这样？你能不能也思考一下？难道就没有人应该给你道歉吗？”

“唉，没谁对不起我，我……懒嘛，又笨，不会念书，没本事，你好就行了，只要你好，我就高兴。”

“呵，这不公平。”

“不说了，你快去吃饭，凉了不好吃。”

“我想你看见，你会看见的，一个公平的世界。”

有人在公交站台上发广告，有传单塞到汪荻的手里，附近的化妆品店三天大促进入倒计时，大学生模样的兼职工对她说，进店凭传单，可以免费领一份试用装。

女儿的话还响在耳边，女儿总让她想，总让她思考，总让她“看见”，弄得她好像个睁眼瞎。

有什么好思考的，很简单嘛，她这一辈子，尽遇到不靠谱的男人。

风把广告纸吹得凌乱，等发传单的人走远，汪荻就把传单揉成一团，丢进了垃圾桶里。

有的传单只是骗骗钱，有的传单却能要人的命，如果当初她也这样做，就不会遇见赵树了。

第八章

往事篇章3：猎物

01

2003年的初春，从闽南地区回到长江中下游地区，安稳太平的日子过了不过半年，汪荻又开始了新一轮的折腾，或许就像母亲说的一样，她是不自量力的。

街道吴大姐的叮嘱对汪荻来说无用，她彻彻底底地被吴敏的妹妹吴静洗了脑，做起了新时代新女性的自强梦。汪荻并不是生来自卑的人，她的自卑感是后天养成的，后天养成的自卑总是与自怜相伴，自怜又容易生出不甘，继而变得慕强，跟在吴敏身后，走进女人花精品日化连锁店，她就记起来，这个叫吴静的女人，她认识。

大概是八九年前了，还未与姜国胜相识时，她和陈蕾逛过这家店，那时候她们还都只会在素脸上抹口红。

杂志上的模特，港片、台剧里的漂亮女人妆容精致，眉目传情，令人向往。陈蕾喜欢林青霞，她喜欢周慧敏，为了向偶像靠拢，她们在店里耗掉了大半日的时光。店员很热情，东西堆了满桌子任她们选，可东西越多她们越是选不出来，拣了这件，又贪恋那一件，哪个都舍不得丢，迟迟做不了决定，把店员的心都弄凉了。

吴静就是在那时候出现的。一个女人剪着露出耳朵的短发，刘海吹得高高的，纤细苗条的身上穿着一套深紫罗兰色的套装，脚上蹬着三寸高的黑色漆皮尖头高跟鞋，她腿上的袜子既不是黑色的，也不是肉色的，而是一种半透明的深咖啡色，将笔直的腿修饰得几近完美。

店员告诉她们，那是老板，老板走的是东京丽人风格，衣服都要出国买。

她直勾勾地盯着吴静，灵魂都要出窍了。美丽并不难得，难得的是夺目，夺目是综合素养，是在炼丹炉里反复炼化的产物，见功夫。

吴静出马，让她们买什么她们就买了什么，汪荻不知道陈蕾是怎么想的，她想的是，用上了这些东西，才有可能变成和吴静一样的女人。

再次见到吴静，汪荻发现她还是没有变，在将近十年的时间里，她还是那样干脆利落，自信大方，让人移不开目光。

吴静没认出她，很正常，她虽然美丽，但从不夺目，何况已经上了年纪，是三十多的“豆腐渣”了，但吴静瞥了她一眼，夸她皮肤好，天生就能靠脸吃饭。

汪荻听了喜不自胜。吴静邀请她加入自己的团队，推销化妆品，说既能自用享受优惠，又能建立一份属于自己的事业，她当时就动了心。但汪荻对推销这件事心存芥蒂，过去在海边的夜市被人按住踩打的记忆还在，所以她没有当场答应。

不过，吴静不气馁，她对汪荻展现了无与伦比的爱才之心，每天都给她打电话，或邀请她去体验新产品，或跟她聊聊闲话，传授点保养秘诀。通话进行到第三次，汪荻就决定要跟着吴静一起干一番大事，让她做出决定的并不是求财之心，而是一份感动和蠢蠢欲动的壮志豪情，没人这样肯定过她，认定她能成就一番事业。第四个电话打来，她答应了，去吴静店里参加相约活动。

所谓相约，又叫沙龙，脱胎于 17 世纪巴黎名媛的社交局。第一次参加相约活动的汪荻听到此种解读，顿时被一种舒心、畅快的感觉笼罩，面庞都焕发出光彩，芬芳撩人的气息令她难以抵抗，汪荻把自己的身份证交给了吴静，又认认真真地填写了一份单子，成了挂靠在女人花日化店里的享誉国际的日化大品牌的直销员。

吴静总说她是老天爷赏饭吃，汪荻对镜自赏，觉得这话也不假，几年前，姜国胜爱她，把她当金丝雀一样养着，她也曾躺在美容院的床上享受过美容师每周一次的长达两个小时的精心侍弄。后来的日子有多苦，只有她自己知道，连苹果也要买处理品后，她的皮肤竟然也没有变差，她望着镜子里的自己，心想，对的，她就是天生吃这碗饭的人。

远离江城，独自带女儿生活的那两年是场巨大的消耗，如果那时候她没有回来，十有八九，她就再也回不来了，也许自杀，也许猝死，总而言之，她已经到了生命的极限。

回到江城的第一个月最不好熬，住在家里，面对母亲，汪荻常常会悔恨自己瞎了眼爱上一个浑蛋，但即便悔恨，身边有家人、有朋友，还是给了她喘息疗愈的空间，她又开始能做梦了。吴静出现的时机正好，就在她蠢蠢欲动、重燃希望的时候。

女人花精品日化店的二层露台上，摆着三张小圆桌，十五把花园椅，正前方支起来的投影幕布上正在播放关于护肤手法的视频短片，居中的一张小圆桌上放着笔记本电脑和投影仪，另外两张上则放着新上市的护肤产品。

包装都是拆开的，面霜、乳液仿佛在伸出手招呼大家前来试用，围着桌子的女人有一部分和汪荻差不多年纪，但更多的是年纪大一些的女人，不管长得好看还是一般，她们全都化着妆，穿着套装，就好像是刚从百货大楼下了班赶过来的一样。这当中有两个上了年纪的胖阿姨，身上的套装有些紧，胸口到胃部之间的扣子好不容易扣上，却在抬起手臂、前倾身体时绽出个菱形，尴尬地露出套装下的内衣。

吴静把汪荻介绍给众人，让大家欢迎新加入的朋友，然后又把大家介绍给她，说她们都是她团队里的销售骨干。

吴静指着全场最年轻的，眼睛像绿豆一样，总是不经意缩着脖子的女人说："今天她是主角，上个月才加入的新人，这个月就做成了销售冠军。方芳，你自己说说，你上个月销售额多少？"

"一万多一点吧，"方芳笑着说，"我没仔细算，跑了个团购单，还是静姐帮我搭配的，静姐知道得比我准。"

“一万五千六，”吴静跟着说，眼睛却看着汪荻，继续说，“百分之三十的提成，赚多少？你算算，比你一个月工资高吧？这还是明的，赠品零售价也有小两千，到手一转化，百分百全是利润。汪荻，你加油，好好做，相信我，女人有了钱，就有了快乐，女人能自己挣钱，就是这世界上最大的快乐。”

血液滚烫的感觉让汪荻想起了十年前，她考取省纺织学校，一心以为自己要为生命开辟出新天地时的热血和冲动，那是她人生中距离破茧最近的一次，只可惜没有坚持到底，早早地就举了白旗。她权衡利弊后走了捷径，摔了跤，才知道捷径终是短途。她朝吴静点头，说：“嗯！我会好好做的！”

这一次，她想要为生命中她渴望的东西付出努力，不仅是为了她自己，也是为了她的女儿和母亲。

02

从相约活动中取回的试用装很多，有满满一兜子，有的是袋装的，有的是用小瓶子装着的，每一样，汪荻都爱不释手。

瓶瓶罐罐被汪荻整齐地码放在旧木桌上，有两小瓶 15ml 的柔肤水，三小瓶 5g 的面霜，四支 2ml 的试香香水，以及五根又短又小、颜色不同的口红。她高兴地用其中一根玫红色的口红给女儿化了个妆，那一抹亮色让她心生欢喜，让她被白雾困住的生活焕发了光彩。

她又开始装扮自己了，只是不敢太张扬。

不在家里化妆，每天可以早一点出门，在街道办公室的洗手间里收拾自己；下班前，再把妆补一补，神清气爽地去接女儿放学；最后，在公交车开到江棉厂职工宿舍的前一站时，用手帕纸把嘴上的艳丽抹去。

这套流程是她设想的，她觉得很完美，严丝合缝，既愉悦了自己，又惹不到旁人，但她还是欠了一层考虑，忘了会在学校门口遇见接卷儿的谭庆梅。谭庆梅注意到她嘴皮上鲜红的颜色，没有多说什么，只一瞥就让汪荻心中的火灭了一半。不过，女儿是贴心的小棉袄，一见到她，采采就甜甜地说："妈妈，你今天好漂亮呀。"

汪荻笑了，一把抱起已经一米二高的女儿，高兴地说："走，妈妈带你逛街去，等逛饿了，买油炸腰子饼给你吃。"

她记住了那个叫方芳的销售冠军的分享，带着女儿一起在人流量大的女装批发市场扫楼。女儿长得漂亮，性格又好，惹人疼，她往人家铺子里一坐，眼巴巴地望着接促销单的老板，但凡是个有良心的人都不好意思把她们母女赶出去。

就这样，汪荻差不多每送出去一份试用装，就能弄来一个联络电话，公司的培训主管给她们上课，说这叫"找青蛙"，有多少青蛙，就有多大的聚宝盆，想要赚钱，就得多去"找青蛙"。回家以后，她再把那些客户的电话号码都抄在巴掌大的小本子上，放进皮包里，压在钱包的下面。

她的钱包虽然大，里面的钱却很薄，不过，有了顾客联系簿，汪荻相信，她的钱包会鼓起来。

她这样计算，倘若每个顾客每月都能在她这里消费一百块，十个一组，利润就是三百块，只要五十个顾客，每个月她就至少能赚一千五百块，兼差的收入赶得上她的工资，光是想一想，都觉得浑身有劲。倘若她一个人能赚两个人的钱，那女儿没有爸爸，她没有男人，好像也不是什么了不得的事了。

很快汪荻就把试用装送空了，包括她想私存的那些。"青蛙"确实找来不少，可惜，"青蛙"吞下好处，却难得往外吐。和几年前处理姜国胜留下的摇摆机只懂得无限压低售价一样，除了让利，她不懂别的销售妙招，拉开别人的荷包，掏出钱，对汪荻来说，仍旧是件难事。

再次参加相约活动时，方芳蝉联了销冠，活动结束以后，汪荻鼓起勇气，向方芳请教成单的秘诀。

方芳呵呵一笑，说她还是不缺钱，想成单的意愿没那么足，她说只要你想，就一定行，你不行，那肯定就是没那么想。汪荻被说得愣住，她说，我想的呀，方芳打断她的反驳，伸出指头朝前方指了指，说，你看看，有这个，我不拼命，行吗？哪个能帮我？没人，我就一个人，只能靠自己。

汪荻朝她的手指的方向看去，一个矮胖的，也长着一双绿豆眼的小男孩正在采采身边转着圈。汪荻明白了，方芳的处境和她一样，单身，带娃，没有男人依靠，她当即叹气，说："我也一样啊，我也是一个人带女儿。"

她这声感叹拉近了和方芳的心理距离，方芳年轻活泼，张口就说："我还当你是个富婆，在家闲得无聊，出来玩玩呢。"方芳说这话时，眼睛扫过她的手提包，那个包是个名牌包，姜国胜给她时说是台湾老板送的，不过，汪荻觉得八成是个仿货，只是不懂行的人看不出罢了。

"你别拿我开玩笑了，"汪荻讨好地笑着，接过话茬，趁机问，"你是怎么做的呀？你好厉害呀，每个月表彰的都是你，我们到前面吃赤豆酒酿小圆子好不好？你给我好好讲讲。"

"行，"方芳得意地扬起下巴，说，"你蛮有意思的，跟那些大姐不一样，她们做不过我，嫉妒得在背后骂我呢。"

两个单身的女人带上孩子，在一家小门店外面的桌子旁坐下。方芳不是本地人，听口音是北方人，汪荻给她介绍，这家店是江城的十大名小吃店之一，门脸不起眼，味道却已经传承了上百年。

老板忙得没空送餐，食客们拿着有油印号码的纸条，排着队，自己端，自己拿。红豆一把，米酒三分，指甲盖那么大的糯米团子个个弹牙，梅花糕的肚子里塞满红豆沙，周边一圈面糊烤得焦香，嚼起来还是脆口的。

方芳的儿子年纪虽然小，吃起东西来却不含糊，见儿子吃得香甜，方芳给汪荻支了一着。

"你脸皮厚一点，找家里的亲戚朋友帮一把，我们都这样了，自家人、朋友该帮的还不得都帮一点？”

“我跟家里的亲戚都不怎么来往了。”

“不怎么来往，那现在不正好是个机会？我不理解，你一个本地人，卖点货还卖不出去？”方芳看破般不屑地撇嘴，说，“你离婚了，怕臊是不是？你是故意避开家里那些亲戚，对不对？我就说嘛，你呀，心里还是不想，顾虑太多，怕寒碜。”

汪荻没有否认，她确实从一开始就只想做陌生顾客的生意，抗拒和亲朋好友去推销，这当中自然是有面子的问题，另外，还有羞于说出口的，想要一鸣惊人的幻想。她不是不能让亲朋好友见到她推销，但能够和静姐一样，以一个成功女人的身份出现在人前，让亲朋好友对她另眼相看，才是汪荻每天拖着疲惫且无聊的女儿走街串巷的终极目标。

“家里亲戚就那么多，能有多少？只做家里亲戚的生意的话，还不是很快就到头了？”汪荻说。

方芳咬下一口滚烫的梅花糕，斜着眼睛，用不锈钢勺子敲击着蓝边碗，揶揄道：“你可拉倒吧，现成的顾客你要是都吃下来了，还用得着请我吃这些？”

汪荻被方芳的直言快语说得讪笑，她解释道：“我这不是说长远的嘛，你上次分享的时候，不也是那样说的？要不你干吗要去扫楼呢？”

“我扫楼那是长远，你扫楼是搞笑呢，什么长远啊，姐姐，你先吃上饭吧，”方芳见汪荻好似点不通的样子，急得瞪眼，她说，“你听我的，先去把亲戚朋友扫一圈，光是亲戚朋友就够扫上三轮的了，等实在扫不动了，你再让亲戚朋友叫出他们的亲戚朋友来，拉着在一起见一见，客源不就出来了吗？我们是干销售的，在销售员的眼里，出了五服的都是亲戚，懂了吧？真累，姐姐，我可给你说到底了。”

03

两碗赤豆酒酿小圆子和两个热乎乎的梅花糕换来的独家分享，更新了汪荻那本巴掌大的客户联系簿。

重新列出的客户名单中，陈蕾的名字被汪荻写在第一个。

去拜访陈蕾，是一趟必将有所收获的旅程，陈蕾对她不会吝啬，这位发小会以实际行动支持自己的新事业，吃准这一点后，汪荻也有盘算，她想的是，开单，但是不赚好朋友的钱，讨个彩头就行。

那天，陈蕾订购了价值五百元的护肤三件套礼盒，汪荻按进货价出货给陈蕾，要离开时，她留下一本产品册给陈蕾，说，如果陈蕾的同事想要买书上的东西，只要打个电话给她就行。

“不过，她们买的话，我只能稍稍打一点折，”汪荻不好意思地搓着手指，说，“公司有规定，不能乱打折，把价格搅乱的话，他们会取消我的推销资格。不过，我可以送点东西给你的同事，一定比在店里买多送一些。”

陈蕾当即反应过来她的意思，立刻掏出钱包，说：“你呀，该收我多少钱就收多少钱，便宜给我，岂不是白忙活？我去商场买也是买，在你这里买，你还给我送货上门，我已经占便宜了。”

“那不行，你帮我开单，就已经很好了，够了！”汪荻刻意板起的脸红得发亮，她坚决拒绝陈蕾补上来的钱，说，“你要是这样，我走喽。”

陈蕾并不搭理她，执意要把钱补给她，和她在客厅拉扯，孩子们见到妈妈们像打架一样团在一起，觉得新奇好笑，也有模有样地学起来。路过的夏清如从妻子手里拽过那张百元大钞，叠一叠，塞进了姜采采的口袋，他蹲下来，帮姜采采整理衣服，在放了钱的口袋上拍了拍。

“你们……”汪荻脸上的红晕散成一团晚云，夏清如对待女儿的温柔举动，不仅赢得了女儿的心，也让她感动，她无奈又羡慕地瞥一眼陈蕾，嗔怪道，“你们夫妻两个斗我一个，坏得很。”

隔着孩子们，夏清如给了汪荻友善的建议，他说：“你回头多拿点产品册子来，学校年轻老师很多，肯定很多人都有需求，你要做生意，该怎样就怎样，保证产品质量，提供好的服务就是溢价。”

汪荻脸红得更厉害了，她知道夏清如说的话有道理，但过不去内心的关，跟朋友推销好像跟要饭也没什么区别。

夏清如似乎看出了她的窘迫，主动岔开话题，叫吃饭，上了饭桌，陈蕾坐在她身边，对她说：“街道上的工作稳定，但收入确实太低，采采越来越大，只靠一点死工资，靠你一个人，是供不起的。要不然，我给你介绍个对象？你看你这一打扮，回春了呀……”

“哎呀，你说什么呢……”汪荻看出陈蕾是在打趣她。

“好啦好啦，不跟你开玩笑了，来，宝贝们，我们一起碰碰杯好不好？汪阿姨要做大生意啦，我们来恭喜发财，等汪阿姨成了大富豪，让汪阿姨请我们吃大餐！”

装满汽水的杯子碰在一起，汪荻很高兴，她想，这是一个很好的开始，走出这一步，就算克服心理障碍了。

她开始约见很久没有联系的亲朋好友，甚至还有当年那些江城籍的纺织学校的老同学。被她约见的人虽然觉得莫名其妙，但大部分人还是与她见了面，当她拿出产品手册给别人看时，十个里面有九个都露出了尴尬而不失礼貌的微笑，也有更为直接的，会说：“跟我猜的差不多，我还以为你现在卖保险了。”

汪荻红着脸往别人的手背上擦乳液，肯出来与她见面的人，大多都有心理准备，见她卖的东西不算贵，或多或少都订了一些。当月，汪荻总计获得八百三十九点九元的销售额，不过，因为当中包含了陈蕾那个价值五百元的护肤礼盒，实际赚得很少，甚至细算的话，八成还会赔本。恢复久未联络的人际关系，总是要投入的，登门拜访不能空手，约人见面她得主动，这个月的水果、茶饮开销比她想象的多得多。

其他人汪荻都能坦然面对，唯独对母亲廖芬芳，她还做不到。

可笑的是，如果完全照搬方芳的销售套路，那便连父母也不能放过，在汪荻听来这就是天方夜谭，是永无可能发生的事。

和母亲同处一个屋檐下，无论怎么隐藏，终究还是藏不住，廖芬芳还是知道了她在做兼职的事情。为了瞒住母亲，汪荻总把从广州仓库寄来的货藏在办公室的资料柜里，可即便这样也没能瞒住，也许母亲是从谭阿姨那里知道的吧，汪荻没有深究，深究无用，她需要做的是抵抗廖芬芳尖锐的嘲讽。

她再一次预判准了，果然，廖芬芳连看都不愿多看她一眼，背着身说："在家带带孩子，安分守己一点，早点找个男人再嫁了，还想在我这里赖一辈子？我有退休金，得癌了就出门找辆车撞死自己，用不着你来养。唉……我这辈子真是……找谁诉苦去，没一个省心的……"

汪荻听了难过，但忍着没有发作，她暗暗起誓，一定要做出成绩来，到时候，好叫母亲看一看，她不是一无是处。

未从母亲那里得到的认可，吴静的团队给了她，那个月的相约活动上，汪荻得了个最佳新人奖，奖品是价值三百元的抗衰类明星面霜，恰好，陈蕾的同事惯用那款面霜，汪荻转手卖掉，净赚了三百块。

吴静夸她聪明，教她更多赚钱的法子，她说："有些促销期的货，提前囤下，等促销期过了，你再卖，赚得更多。"

压货赚钱的道理汪荻明白，从前还在闽南的时候，姜国胜不就压了一屋子的货吗？但那次的经历让汪荻生畏，她抗拒，软言拒绝，说："静姐，货我就不压了，需要什么，万一订不到，我来你这里拿行吗？"

"汪荻，你们也要留点饭给我吃吃，我的压力可比你们大多了，看看，我这里养着多少员工？长街要改造了，我要被逼进商场里去，你们才投入多少呀，压一压货，又不是让你们跟我一样十几万二十几万地压，一两万而已，挣的钱还不是你们自己的？说句实在话，江城的蛋糕就这么大，别以为我不知道，你们把价格做得乱七八糟的，我现在都后悔了，这个是不是公司的阴谋啊，用你们把我取代掉？"

"那怎么会？我们也就是小打小闹，哪能比得上你财大气粗……"

说话时，汪荻眼神躲闪。吴静活得明明白白，什么都知道，她卖货的价格确实会比店里的便宜一点点。挂名在女人花店做直销员有三个多月了，汪荻听到不少，学到不少，也终于明白了，几个月前，吴静之所以那样热情地招揽她，是因为她和那些被拉来的人所做出的销售业绩，品牌公司会按照销售额情况直接给吴静返点。

这件事，是她得最佳新人奖的时候方芳告诉她的，方芳一边说，一边悄悄拿出个装面霜的空瓶，狠狠地在展示用的新品里抠下一大坨，涂在空瓶里，这种近乎盗窃的举动让汪荻手足无措，但方芳说不拿白不拿，鼓动她下回也带个瓶子来装，到时候给客户试用就不必拆自己的货了。

汪荻觉得方芳的举止太不堪，她下意识地轻蔑地撇撇嘴，被方芳看见了，方芳毫不客气地翻了她一个白眼，说，你蛮清高嘛，看不出来啊，从那之后，她和方芳的私交断了。

04

渐渐地，汪荻把兼职干成了本职，常常在工作时间找借口溜出去给客户送货，连吴敏都差使不动她，她好像是进入状态，越做越顺了，扫街得来的潜在客户竟也开始转化，消费个大几十、一百的不在少数。就在汪荻最得意之时，陈蕾又给她介绍了一笔大单。

订单是陈蕾小姨要的货，一共五十盒健康食品，汪荻又惊又喜，只觉得是被从天上掉落的馅饼砸中了脑袋。

健康食品周转快，利润高，容易产生高额订单，这些汪荻都知道，她也很想推销健康食品，只可惜，从来没有成功过。

健康食品不比护肤品，更不比化妆品，能够在有效手法的操作下，让人看到立竿见影的效果。每一次，当她忍痛从自掏腰包买的正装货品里把小包装产品拆出来递给那些皮肤暗黄、冒出痘痘的客户，告诉她们身体需要排毒，内调外养才是治标又治本的正经办法时，没有人拒绝那些酸酸甜甜，就算干嚼也不难吃的小东西，但也仅此而已。

当汪荻打去电话想要追单时，她们拒绝的理由是，没用，便秘毫无改善，皮肤还是出油，下巴的痘痘冒成了山丘，汪荻只能干笑着解释那恰恰说明她卖的是健康食品，而不是药，保健要慢慢来，她们又说，那花那么多钱，买个没用的东西，还不如买点好吃的犒劳犒劳肚皮。

汪荻早就放弃健康食品这块美味顶饱的蛋糕了，没想到，陈蕾随手帮她开拓出了好渠道。

陈蕾的小姨在老年大学教国画，画室里的老年人极有养生意识，愿意花钱养命，想想也是，能在老年大学里度过安逸时光的老年人都不差钱的。

五十盒健康食品，均价三百一盒，订货支付七折货款，那就是上万的现金，汪荻拿不出来。

三十多岁的成年人，手头连上万块存款都没有，或许，该挖个洞自己跳进去。

开口找人借，便是把破洞的底裤给人瞧，实在是很难办。对母亲廖芬芳，汪荻是不愿开口的，找陈蕾也不像话，她都帮自己要来单子了，连订货的钱也要她出，实在说不过去。

思前想后，汪荻只好去找吴静，想请吴静帮她周转一下。

听清楚汪荻的来意后，吴静抬起头，不可思议地问："你没信用卡吗？"

信用卡？她没有。

吴静笑她土，说："你有工作，有社保，工作也还可以，申请一张信用卡又不难。你找个银行问问，申请下来以后，每个月用信用卡订货，还能赚积分，就你们那点量，哪里用得着动工资呀？"

"那我下次去申请看看，"汪荻着急，央求道，"能不能先匀点货给我？我把身份证压在您这里，等收了货款马上就来还。"

"我要你的身份证干吗？"

吴静坐着看账本，沉稳淡然，别人的焦急，她并不在乎，她指挥自家店员去仓库看货，店员拿着汪荻的单子钻进库房好一会儿才出来，手上却只拿了两盒乳酸菌颗粒，说其他的都没货。

吴静耸耸肩，一副爱莫能助的样子，说："不巧了，你这单子上很多冷门货，一般我们都不订的，你不能惯着顾客，要学会引导他们。要不然，你把人弄我店里来得了，我示范给你看。"

汪荻听了很生气，她再傻也听得出这是吴静想要吃掉她的客户，她很诧异，吴静似乎是变了，变得不在乎自己的团队了，她不明白这期间发生了什么，但无论如何，她都不会答应的。

见汪荻不高兴要走，吴静才说："要不然你找找方芳吧，她这个月下了不少健康食品的单，你找她匀匀看。"

早知道那天不该甩脸子给方芳看，她们已经很久不联系了，想要恢复私交，且需要一些日子呢，看来，这一次，她是真的碰到难题了，能不能解决好，关系重大。汪荻深知自己的性格里缺乏坚毅，总是很轻易地对难题举白旗，也总是轻易地放过自己，她想改变，想蜕变，于是咬牙又往前走了几步。

汪荻去了银行，听闻她是想要申请信用卡，银行的职员高兴地让她填表，然后告诉她，申请资料递交之后，可以去领一桶调和油。

要是在平常，汪荻肯定会逃跑，无事献殷勤，非奸即盗，给人钱用还送油送米的，天底下哪有这样的好事？

但现在她需要钱，所以也顾不得了，不过，她实在是太落伍，落伍到以为信用卡是活期储蓄卡那样的东西，是当场就能拿走，当场就能使用的。

等到为她办理业务的专员说都弄好了，接下来会开始审核，最快十五个工作日内信用卡就能邮寄给她时，汪荻感觉从头到脚被淋了一盆凉水。做销售最忌拖沓，临门一脚恨不得迎面踹，速度要快到来不及反应，等上半个月，再加上货物在路上运输的时间，这一单不是砸在手里就是飞掉。

她垂头丧气地走出银行，心想着，要不就向母亲求助，毕竟是大几千块的利润啊，母亲应该会高兴的吧。可一想到要和母亲借钱，她心底的小人儿就举着白旗弱弱地冒出头。

一张民间灵活借款的传单恰在此时被递到她手上，几个学生模样的人就站在银行不远处的红绿灯下发传单，像她这样从银行走出来的人，还会被告知，出款迅速，利息低，支持分期还款之类的她听得半懂半不懂的话。

出款迅速这四个字对汪荻有着莫大的吸引力，她循着传单上的地址找到了地方，蓝白色装修的门脸之中坐了几个彪形大汉，角落里还蹲了个精瘦的小平头，小平头垂着头，看不清样貌。她一愣，只觉是羊入狼窝，本能地想逃，但其中一个男人问她干什么，她紧张地举起手上的传单。

“你借多少？钱多要抵押。”

“啊，抵押？这上面不是说不要抵押吗？”

“看你要借多少，我们这里一万起步。”

“我就借一万，要抵押吗？”

“小钱啊，身份证带了吧？”

“嗯。”

“来，填单子。”

和在银行差不多，有人拿出表来让她填，问她借款的用途，汪荻实话实说，她从包里拿出产品手册，展示给别人看，生怕别人以为她借款的动机不纯。那群人却嬉皮笑脸，并不认真，一个光头甚至还敲了敲自己的脑袋，调戏她，说：“小嫂子，你有没有生发剂？能长毛的东西，只要保证有用，我就买。”

汪荻尴尬极了，男人们把她围了起来，她几乎就要喊了，这时，从里间的办公室里走出来一个高壮的大头大脑的男人，看起来像是领导，他严肃地训斥了调戏她的那些人。

那人安抚汪荻，让她坐下，看了看她填的表，了解到她是从银行过来的之后，就客气地说：“我们的利息比银行的高啊。”

“高多少？”汪荻有一点警惕。

那人笑笑，说：“高一点点，正规的，合法的，还能高多少嘛。”

他并没有说得很明白，但汪荻反而觉得安心一些了，密密麻麻的合同，她深究不清，但她觉得能在大马路上开店，总不能是骗人的。

填好表格后，那人给汪荻拍了照，复印了她的身份证，随后就钻进了办公室，再出来时，手里拿了一沓钱，当面过了机器，计数一百张，他把钱装进牛皮纸袋，递给汪荻，与此同时，那人也递上自己的名片，提醒她记得还钱。

名片是白色的底，绿色的边，黑色的宋体字印出那人的名字，他叫赵树。

05

三十盒健康食品是满满一大箱子货，汪荻用办公室里的手推平板车把箱子运了回来，纸箱上打着黄色的封箱带，箱体长九十厘米，宽六十厘米，高六十厘米，放在平板车上仿佛一块大金砖。她很高兴，出了货，收了钱，再把借款还了，这一单赚的钱抵得上她两个月的工资。推着车往回走的路上，汪荻已经开始盘算，该给陈蕾和她小姨买点什么以示感谢。

在街道办公室门口，她撞上综合办的办事员小毛，小毛见到她推车而来，脚步一顿，然后大手一挥，说："来了？把东西放会议室。"

还没等汪荻反应过来，小毛就接过手推车，快步推进会议室。汪荻跟在小毛身后追，只见小毛把她的货卸下，然后用黑色的水笔在箱子上画了个大大的对钩。

汪荻拉住小毛，说这是她的货，问他要干吗，小毛一愣，嘿嘿笑着道歉，说："我还以为是做公益的寄去乡村学校给孩子的东西到了，我说怎么就一个箱子，不好意思啊，搞错了，汪姐。"

汪荻脸色难看，心里嘀咕小毛还真是人如其名，毛躁得很。为了将功补过，小毛指着画上了对钩的箱子，说："汪姐，这箱子你要放哪儿？我给你扛过去。"

汪荻低头琢磨，她的办公室小，几张办公桌凑在一起，这箱子放在桌下要妨碍吴敏跷二郎腿，而且，她还打着小算盘，想着等一会儿办公室人少的时候溜出去送货。当着同事的面扛着箱子走来走去，恐怕是太惹眼了些，小毛闹出的乌龙倒是歪打正着，汪荻决定就把箱子存在会议室。她打开会议室内的壁柜，找了块红色的台布，将箱子盖住，说："先放这里吧，谢谢了。"

走出会议室，汪荻给陈蕾的小姨打电话，电话那头却提醒号码不在服务区，汪荻又将电话打给陈蕾，才知道小姨出去旅游了，还要三四天才能回来。

汪荻等不及，问："那我自己送去老年大学行不行？你跟那里面的老师有没有相熟的？只要能有个人带带我就行。"

"那是真没有，"陈蕾说，"你再等两天吧，我小姨出去旅游了，她不在，她带的班肯定也停课了，你去也没用。安心等我小姨回来，她靠谱的，不会放你鸽子的。"

"我不是那个意思……"

汪荻着急收回款去还钱，她算不明白借款合同里写的月息，也不想算，按她的想法，钱在手里周转十天半个月就够了，尽快把钱还清，利息再怎么高也无所谓的。但这些她又不能与陈蕾言明，于是就只能支支吾吾。

"好啦，放心啦，我一会儿给小姨发个消息，跟她说一下，让她回来就第一时间告诉我，到时候，我领你去她家。"

"没事，"汪荻不想再给陈蕾添麻烦，于是说，"就听你的，等你小姨回来再说。箱子很大，还是送去老年大学的好，不然就太辛苦你小姨了。我等得了，你别催，让小姨玩好。"

就这样，耽搁了好几天，汪荻的货放在会议室里，盖着块红布很显眼，惹了不少同事询问。汪荻不想让人知道箱子里的货很值钱，每次都说是送朋友孩子的玩具。自从开始做销售，汪荻就有了“老油条”的称号，这称号让汪荻觉得委屈，她不过是不再像傻大姐似的，谁的忙都帮了，这样就得罪人？她心里有气，越发觉得还是挣钱最重要，等哪一天她挣够钱了，辞职时必得挺直腰杆好好出出气。

小姨的电话是在第三天的清晨打来的，说自己已经从泰国回来了，还在沪城，今天就会回来，听陈蕾说货到了，跟她约明天趁着周末把事情办了。

这个好消息让汪荻心情愉悦，女儿穿着旧睡衣轻轻走过她身边，她一把拽过女儿说：“采采，你还想跳舞吧？妈妈回头送你去舞蹈教室好不好？”

女儿快上二年级了，已经很懂事了，她会用羡慕的眼光看夏绻舒展她的长手长脚，优美地起舞，也会藏起期待，对着母亲摇头，说：“贵……”

“没关系，”汪荻紧紧搂住女儿，唇角盛放忍不住的笑意，她说，“采采，妈妈想你快乐，知道吗？不怕贵，妈妈有钱。”

出门时，天色正阴沉，明明夏天要来了，太阳却不肯出来，但好心情让她从身体内部往外散发热气，无须沐浴天泽，汪荻只觉得热血澎湃。

她心情好，送女儿去上学时，见时间还早，就拉着女儿一起去吃了一份渣肉蒸饭，糯米饭她吃了一大半，渣肉和豆皮都给了女儿。

等赶到街道办时，院子里已经很热闹了，一辆未熄火的面包车抖动着，办公室里人进人出，有人在搬运货物，汪荻一看就知道是囤积在会议室里的慈善品要被运走了。她三步并作两步地冲进会议室查看，生怕自己的货会丢，还好，她的货还是被红布盖着的，没人动。

瞧着人进人出，场面混乱，汪荻担忧会有人拿错了她的箱子，犹豫要不要搬进办公室，但吴敏叫她，催促她。

今天街道办要在凤凰广场做普法活动，该出发了。

踟蹰间，小毛出现在汪荻的视线里，汪荻拉过小毛，指着她盖了红台布的箱子，说：“这是我的货，你知道的吧？我用红布盖着，你们搬你们的东西，别弄错了，好吧？”

小毛点头，扬声说：“汪姐，你放心，用布盖着，谁会动啊。”

院子里，吴敏的催促声已经不耐烦了，汪荻弯下腰把红台布往箱底又塞了塞，紧绷的红布使她的箱子和会议室里其他的物件完全区别开。她想，应该问题不大，为了方便转送，她的箱子没有拆封，做慈善的物品总是要清点的，万一他们真动了自己的箱子，拆开一看发现不是文具，也就不会动了。

如此一合计，汪荻放了心，她快跑，钻进停在外面的面包车。吴敏抱怨她动作慢，还说一年到头赶不上几场大型活动，提醒她上点心，领导都看着，别在关键的时候出岔子，她连连点头，笑容醉人。她喜欢今天的忙碌，忙起来时间过得快，等过了今天，她就真的赚上钱了。

从凤凰广场回来时，已是下午了，街道办公室里很安静，汪荻和其他同事配合着把路演帐篷从面包车里抬出来，再抬去储藏室。路过会议室时，她下意识地往里面看了一眼，立刻僵住，撒开了手，帐篷的钢筋腿砸到了她的脚背，疼得钻心，但她没叫，只是愣愣地看着空空的会议室，看着干净的地面。

盖着红布的箱子消失了。

06

汪荻在办公室里大闹，所有人都很诧异，尤其是吴敏，她想不到，温柔内敛的汪荻哭闹起来跟安定医院的女疯子差不多。

街道办主任王大春来得晚，不知前因，光听到汪荻泼妇般叫骂，说办公室里没一个好东西，都是贼，王大春的脸色相当难看。

因为汪荻口口声声说嘱托过小毛，小毛答应看好她的箱子，那个年纪轻轻，大学毕业刚走上工作岗位的毛头小子在众目睽睽之下一张白脸红透，两颊仿佛新切出来的猪肝，别人被骂是贼，可以挺直了腰杆回嘴，他不敢，而且，总觉得自己说不清。

"我太忙了，真没注意，"小毛咬咬牙，决定花钱了事，他说，"真不是我拿的，不过，汪姐，你要是说是我的责任，那我就负这个责，你说多少钱吧，我赔给你。"

"你赔?!"汪荻眼含热泪，心里跟刀割似的，愤恨地喊，"一万多的货，你赔得起吗?!"

这个时候，一个沙哑的声音出现在人群的最后面。

"想不到，街道办公室里还有你这样素质低下的人，我问你，他做错什么了？这里是办公室，公家地方，谁有义务帮你看管私人物品？你交代了，他就要帮你看管吗？你算什么东西?!讲那些话是什么意思？你要是真觉得小毛是个贼，那就打110。可笑！我在这里干这么久，还没见过这样欺负人的。"

说话的是在街道办公室干了半辈子的陶一鸣，他算得上小毛的师傅，这个时候说这些摆明了是给徒弟撑腰来了。

有人开始跟话。

"前两天问她箱子里是什么，她说是一箱子玩具，怎么今天就变成上万的货了？"

"就是的呀，我也听到了，说是玩具呀。"

"看来还是不够忙啊，都有时间干兼职，人比人，气死人哟。"

……

声音从人堆里飘出来，辨不清来源，汪荻收敛气焰，明白自己这是触了众怒，她一下子就怕了，望见王大春一张阴沉的脸，她慌乱地抹眼泪，瞧着倒是真的可怜。

还好吴敏愿意帮她，吴敏把围堵在会议室里的同事劝走，然后拉着汪荻，对王大春说："主任，您理解一下，就我们那点工资，丢了一万块钱的货不是小事，她是太急了，没别的意思。"

感觉到胳膊被吴敏用力掐了一把，汪荻赶紧说："领导，对不起，我错了。”

王大春扬扬手，心里看轻她，连话也不愿意跟她多说一句，汪荻倒宁愿被王大春骂一顿，她在心底揣度，王大春为什么不骂她，会不会是因为陈叔叔的关系？这份工作得来不易，陈叔叔是帮了忙的，可是，她不仅丢了自己的脸，也丢了陈叔叔的脸，想到自己连累陈叔叔遭人非议，那种感觉比丢了一万块钱还要令她难受。

“主任，您消消气。”吴敏说。

“今天晚点开个大会，重申下管理制度，吴敏，你去通知。汪荻，我给你两个选择，要么，你做检查，要么，你交辞呈，”王大春板着脸，瞪着汪荻说，“好好一个办公室，弄得乌烟瘴气的，我看以后谁还敢假公济私，浑水摸鱼！”

等王大春离开后，吴敏叹了口气，对汪荻说：“你何必呢，为了一点货，至于跟所有人都闹翻吗？”

汪荻闭着眼睛，空流泪，抽噎着，他们哪里知道，丢了这一箱货，对她而言意味着什么。

吴敏见她不说话，怕她再钻牛角尖，探问道：“你怎么弄啊？回去写个检查啊？没事的，人嘛，就是要脸皮厚一点，你脸皮厚一点，什么事都能过得去。”

“知道了，我去写检查。”

她怎么敢丢掉工作呢？检查写了两页纸，当众朗读出来，汪荻的眼睛死死地盯着手上的纸，不敢偏移，即便这样，她也能感觉到笼罩着自己的灼灼目光。她要被旁人笑死了，恐怕，她的这段笑料会像刻在脑门上的刺青，永远跟随着她，无法抹去。

散会后，吴敏安慰她，说她不了解领导，王大春人挺好的，嘴硬心软，开会前还听到王大春在给绿苗行动队的人打电话，在找人追查她丢的那箱子货呢。

汪荻听了却只是苦笑，找不到的，绿苗行动整合了市内各个机构、组织、大型公司和爱心人士的捐赠物，卡车正拉着爱心货物往深山里面开呢，她一个人的利益得失，怎么能和数以千计的贫困儿童相提并论？更何况，她心里压根不信，自己的货箱是被当成爱心物资运走了，她就是觉得办公室里有坏人，只是分不清是谁罢了。

货没了，就是没了，再也不会回来了。

拖着疲惫的身体回到家，女儿问她，能不能报名参加学校的舞蹈队。

“学校的舞蹈队不用交钱，只要通过考试就可以了，不过，可能会买队服，老师是这么说的……”

汪荻望着女儿期待的眼神，硬起心肠说：“跳舞太耽误时间了，学生就该好好学习，其他的不要管。”

没什么比让女儿梦碎更让汪荻痛苦了，她知道，女儿很懂事，从来不做过分的请求，今晚，女儿之所以会鼓起勇气来找她，肯定是因为就在八个小时以前，她给了女儿希望。

望着女儿小小的背影，汪荻在心底一遍遍地和女儿道歉。

对不起啊，妈妈真没用，什么都做不好。对不起啊，采采，你真是可怜，做了我的女儿。对不起啊，妈妈要怎么做才能让你幸福呢？妈妈好笨，不仅做不好，连想都想不明白……

健康食品的单子终究还是交给了吴静。第二天，她领着吴静去了陈蕾小姨在老年大学的画室，吴静则带了个陈蕾不认识的人，吴静在画室现场组织健康沙龙，给老人们讲如何养生，那个陌生人是养生导师，以前是医护工作者，有营养师资格证，负责演讲。

讲座好像很专业，但又让人听不懂，不过，气氛是高涨的。

画室里的十五个老人全都下了单，订单是吴静新配的，与陈蕾之前订下的货大相径庭。

看懂订单里的玄机，不需要任何中医药学方面的背景，汪荻看出来了，吴静很聪明，很会利用公司的促销政策，她将促销产品拆开再重新打包，标上极高的原价，再加上给力的折扣，一番操作下来，吴静并没有损失利润，而顾客也觉得自己占了大便宜。

大部分老人都订下了价值 1280 元的健康食品订单，还有两个有钱的，更是办下了价值 6688 元的储值卡，汪荻坐在画室的角落真心叹服，那一刻，她也看明白了，销售这行，她根本就未曾入门。

07

放弃永远比坚持简单，汪荻没有被吴静强大的销售能力和高收益激励，相反，从陈蕾小姨的画室离开后，汪荻就决定放弃做销售了。

绿苗刚刚破土而出，就遭遇重创，汪荻心底那个懦弱的自己击败了一切，原来，懦弱者也能做王啊，她感觉到懦弱的她正接过人生的指挥棒，操控自己步步退缩，她再也找不到奋斗的力量，只想尽快把事情了结。

因为还欠着钱，那天晚上她失眠了，瞪着一双眼睛注视天花板。适应黑暗后，她发现自己看得见黑色的不同层次，有的黑很黑很黑，有的黑很淡很淡，还有的黑不甘于黑，尽力沾染明度。她一动不动地平躺了许久，然后爬起来，想要翻出借款合同再看一看，试试能不能算明白。

出了房门，汪荻发现灯光从母亲紧闭的房门的缝隙里溢出来，她不想和爬起来上厕所的母亲面对面，于是赶紧退了回去。虚掩房门，她等了好一会儿，却听不到母亲走路的动静，又等了一会儿，才敢再拉开房门去看，她发现母亲的房间依然亮着灯。

汪荻觉得很困惑，每天晚上，母亲不到九点就锁门关灯睡觉了，怎么到了半夜反而亮灯了？难道母亲也失眠？那她是只有今天失眠还是长期失眠？汪荻忍不住怀疑是因为自己太没出息，才让母亲操心得睡不着觉。

她终究打消了向母亲借钱还款的念头，她记得接传单的时候，听学生模样的人提了一嘴可以分期还款，她想去问问怎么操作，要是不行，再去和陈蕾坦白。陈蕾恐怕是这个世界上最后一个不会嫌弃她蠢笨的人了，只不过，谁愿意有一个总扯后腿的朋友呢？她也担心呀，担心自己一而再、再而三地求助终有一天会耗尽她们的友谊。

隔了一个周末，又该上班了，汪荻不想起床，要不是因为女儿上学需要她送，她可能会一直在床上赖下去。

跨进街道办的院门，汪荻觉得她碰见的每一个人都在笑她，她知道问题大概是在她自己身上，因为她一直盯着地板，根本没有抬过头，又怎么知道对面来的人在注视何处。

她走进办公室，整个人都愣住了，钉子一样戳在门口。

她的办公桌上放着块“大金砖”，一个硕大的箱子，90cm×60cm×60cm的规格，尽管箱体有些破损了，但放在桌面上仍然像一块大金砖。

街道办主任帮她把上周五丢失的货找回来了。

汪荻错愕，她不信，一定是有人在戏耍她！她用裁纸刀割开箱子的封箱带，然后把箱子里大大小小的盒子拿出来检查，一一放在桌面上。

进入办公室的人看了她一眼就退了出去，办公室外，人们议论她的精神状况，说她的行为怪瘆人的，纷纷揣测她之所以“被离婚”，背后恐怕还有不能与人言明的隐情。

人们的议论声在从办公室内传出的痛哭声中戛然而止，大家互相看看，窃笑着散开，各做各的事去。吴敏迟到了，她被其他同事推了进去，望见痛哭的汪荻，一脸茫然。

“你哭什么呀？”吴敏发现汪荻的状态绝不是喜极而泣，她问，“货不是都找回来了吗？你怎么还哭？”

正因为货找回来了，所以，她崩溃了。

汪荻用力地将拿出来的保健食品一个个扔回箱子里，她不说话，狭小的办公室里回荡着她的抽噎声。

只差了两天，两天而已。

此时此刻，失而复得的一箱货让汪荻觉得憋屈又难堪，它们除了证明她的浮躁、浅薄和低能之外，没什么实际意义。

都是她的错，汪荻后悔不已，她不该用阴暗的心理去揣度同事的，但凡留存一线良善，不把办公室里的人都看扁，就足够支撑过这两天，而现在，顾客没了，吴静那样的销售人才只用了一场沙龙，就改变了老人们原本的消费目标，这一箱子货不再是客户所求的，以自己的能力根本卖不出去，没有人为难她，是她自己搞砸了一切。

汪荻哭了很久才缓过来，随后她做的第一件事，就是去给综合办的小毛道歉。小毛显然没有料到她会这样做，他实在是怕了汪荻，面红耳赤地解释说箱子之所以会被搬走，是因为箱体上有对钩标记，当时因为太急，工人们怕有遗漏，就把有标记的箱子统统搬走了。至于箱子是怎么找回来的，小毛说他也不清楚，恐怕得去问王主任，他请求汪荻不要再做让他害臊的事情了，大家都有不对的地方，就让一切过去吧。

汪荻没有勇气去给王主任道歉，吴敏见不得她失魂落魄的样子，非让她说出到底为什么哭，汪荻没忍住说出了实情。

吴敏是好命的人，虽为长姐，却有个大包大揽的妹妹，她不会做生意，也不懂精打细算，但又总喜欢作大，她在汪荻面前怒骂妹妹不地道，然后给吴静打去电话，勒令妹妹必须把汪荻手上的那些货收掉，但吴静没有松口，她说，上次画室的单子给汪荻返点了，让吴敏去问汪荻。

汪荻听到了，吴静说的没错，上次去画室的单子，最终的销售额合计26176元，吴静给了她两个点的返点，现金结算了520元，另赠了一支唇膏给她。总的来说，吴静是个靠谱的生意人，她说到做到，做不到的，谁说都不做，即便是姐姐也不例外。

吴敏被气得不行，最后自己从汪荻的货箱里挑挑拣拣选了几件。她是懂妹妹说一不二的脾气的，并不敢真的和妹妹对着干，毕竟，她的优渥生活在某种程度上是依赖妹妹的。

短时间内，除非寻求陈蕾的帮助，否则汪荻是凑不出一万块钱的，她大概能拿出三分之一，于是，她选了两款保肝护肝的保健食品，接女儿放学的时候，带着女儿去求人，她找到给她留名片的客户经理，问能不能再多给她一些时间。

赵树好像不记得她了，表情玩味地看着汪荻塞到他手里的两盒子药。

他才不管汪荻说的什么保健食品，在他看来那些就是难吃的药片。他是头一回遇上送药求延期的借款人，确实新奇，见汪荻带着个半大不小的女孩，他问：“你们家没男人管事吗？叫你男人来。”

汪荻紧紧拉着女儿的手，叫赵树大哥，她说：“求你帮帮忙，我不懂啊，能不能先还一部分？不能的话，我就去想别的办法，欠债还钱，天经地义，我知道的，肯定不会赖账。”

赵树确实不记得汪荻借了多少钱，叫汪荻把合同掏出来看，确认是月息四分利的小额贷款后，他笑了，抬起眼皮打量汪荻，除了看她，他还看躲在她身后的背着大书包的低年级小学生。

赵树朗声说：“我还当是多少钱呢，就这点钱，把你们母女难成这样？”

汪荻觉得自己是遇到好人了，赵树收了她能拿出来的钱之后，用他自己的钱给汪荻凑足了数，然后给合同盖了作废章，他告诉汪荻，将来把钱还给他就行。

08

几周后，陈蕾约汪荻在慢时光生活茶餐厅吃午餐，汪荻穿湖蓝色连衣裙赴约，新裙子得到了陈蕾的好评。

陈蕾约她见面，是为了给她送一幅小姨画的肖像画，陈蕾说小姨夸她的脸孔有故事，能激发画者的灵感，于是以她为模特画下了几幅作品。陈蕾送来的这一幅叫《窗边的女人》，窗边坐着的白裙子女人有一种忧郁的摄人心魄的魅力。

“小姨夸你了，说你很能干，还说你卖的那些健康食品很不错，大家的反响很好，她说有一种叶黄素片能保护眼睛，是吧？清如最近看资料看得勤，我想给他买一点。”

“我不做了，”汪荻说，随后又说，“我那里还有很多保健品，你不要买了，我给你找，找到给你送到家里去，保护眼睛的，应该有的。”

“你不做了？之前不是做得好好的吗？”

“我想结婚了。”

陈蕾愣住了，她正在咀嚼，动作慢下来。好朋友有了结婚的想法，虽然有点突然，但算不得突兀，陈蕾一直觉得从闽南地区回来的汪荻太过忧郁，而使她忧郁的原因显而易见是情伤。

算一算，汪荻单身也有一年了吧？是该走出来了。而且汪荻用“结婚”这个词表达对感情的期待，是对的，她觉得，作为一个八岁孩子的母亲，不适合把“谈恋爱”几个字挂嘴边。

“那个人叫赵树，我应该……很快就要结婚了。”

“等等，”陈蕾被汪荻补充的这句话吓到，她诧异地问，“你是说你已经有对象了？”

陈蕾的声音有点大，显得有些失礼，她抿起嘴，环视周边一圈，然后把目光重新定在汪荻的脸上。她在惊讶中打量汪荻的神情，令她感到奇怪的是，汪荻没有深陷爱情之中、渴盼婚姻的那种喜悦，她看起来很平静，同时又有一丝认命的感觉，总之，不像是处于幸福状态的人。

“赵树？谁是赵树？”陈蕾问道。

“一个生意人，比我大两岁，结过婚，但是没孩子。”

“你又找了个商人？”

一个“又”字，让场面略微有点尴尬，陈蕾紧跟着又说：“什么时候开始的？你怎么不把他介绍给我认识一下？要不……要不……你叫他来，我见见，给你把把关。”

“不用了，他跟姜国胜不一样，不是那种话特别多的，他话少，内向，”汪荻垂下眼皮，轻轻舔了舔嘴唇，低声说，“有人愿意跟我结婚，不是谈恋爱，是结婚，而且，愿意对采采好，我觉得就够了。”

陈蕾皱了皱眉头，流露出担忧的神色。

汪荻冲她微笑，眯起眼睛，故作轻松。她很想对陈蕾说，她这辈子最想嫁的人就是姜国胜，可惜，姜国胜从未想过娶她。

赵树不一样，赵树愿意娶她，很坚定，不在乎她有一个女儿。相处第三次他就看破她的脆弱，对她说自己也是苦过来的。他之前倒霉，做生意失败，老婆得重病死了，人财两空，一夜之间，一无所有，如果汪荻不嫌弃他现在租住的地方破，他立刻就能跟汪荻去领证，与她成为合法夫妻，由他来照顾她们母女，他说自己还能东山再起。

他还说自己实在见不得她这样的女人被万把块钱难倒，说起她牵着采采出现在自己眼前时的可怜样，赵树咂着嘴，摇晃他肥硕的大脑袋，连连说着可怜，太可怜。这画面，一年以后汪荻再次想起来，很诧异当时的自己为什么没有往那张油乎乎的脸上抽一巴掌。

她是个只知马后炮的庸人，一个把鱼雷当作鱼头往家抱的饿极了的人。

“廖阿姨能同意？”陈蕾彻底放弃探索美味，用湿毛巾把手指头擦干净了，问，“你跟你妈说了？”

“说了，我妈同意啊，”汪荻笑了，说，“她很高兴的。”

“你这个事，我爸知道了肯定要吓一跳，他现在那个心脏可受不了刺激。”

“叔叔怎么样？”

“冠心病，医生说要做搭桥手术，他心里烦，做搭桥手术据说有副作用，而且还很危险。”

“唉，这些我也不懂，帮不上忙……你别跟他说，我跟赵树都是二婚，也没什么好弄的，我们关起门来过自己的日子，不大张旗鼓地弄。”

汪荻举起茶餐厅里牛排配赠的颜色浅淡的酒，与陈蕾碰了碰杯，让她不要这么扫兴，陈蕾只能说一句恭喜，像安慰那样补充道：“不弄也好，反正日子是你们自己过，你觉得好就行。”

和赵树领证后的第二天，赵树就让汪荻把她和姜采采的户口跟他的迁到一起。汪荻正在铺床，随口说了一句，不用了吧，话音未落，屁股就挨了赵树一脚踹。赵树租的屋子是白坯房，除了厨房和厕所，其他地方都没有装修，很破，他在家从不换拖鞋，硬头的大皮鞋正踹在她的尾椎上，疼得厉害。

汪荻悬着心扭头，发现赵树嬉皮笑脸的，他好像不是故意的。

赵树说，都是一家人了，落户在一起才算完整的一家人。

这个理由倒是很温暖，汪荻揉着屁股坐在床上，点点头，脑海里空空的。她回想第一次和赵树上床时他所表现出的变态和刚刚那一脚是不是相关的，她挨过打，知道挨打的痛，赵树对她……好像没有严重到暴力对待的程度。

赵树让汪荻请两天假，也给采采请个假，他要带她们回村里见见亲人。意识到赵树的户口还在农村，汪荻又不乐意了，她不想动姜采采的户口，毕竟女儿还要在江城市内读书，她虽然对政策不是很了解，但直觉告诉她，动女儿的户口，会让上学变得麻烦。

汪荻软言软语地和赵树商量，没想到赵树根本不跟她讲道理，一口咬定她就是看不起农村人，心里还想着姜采采的富豪老爸能回来找她。赵树委屈巴巴地说汪荻看不到他的付出，他顶了多大的压力，娶了她这样一个带着孩子的女人，而她从一开始就欺骗他的感情。

汪荻被他说得颜面扫地。因为无知，她和赵树在领证的时候出了岔子，她谎称自己是二婚，但丢了离婚证，民政局办事的小姑娘在系统上看了半天，也许是经验不足，也许是不懂人情世故，那人直接戳破了她的谎言，于是，她曾做人情妇并与人生下私生子的事情暴露在她最想隐瞒的人眼前。出乎意料地，赵树没有在民政局里给她难堪，而是毫不动摇地跟她领了证。

她的头婚从钢印落下的那一刻起就蒙了尘，她从幻境坠入现实，成了永远在丈夫面前抬不起头的女人。

她爱过，知道强烈的爱总是伴有排他性，赵树每次辱骂她时，她总在受虐时生出满足感，他说太在乎她，所以太伤心；太爱她，所以过不去，她信了，并愿意为了被爱而忍耐。

可是，一回到村里，残酷的真相也就藏不住了。

原来，赵树娶她并不是因为爱她，她和女儿只是赵树挑中的两个人丁，他打的是用她和女儿的名字填户口，赚拆迁补偿款的如意算盘。

继而，又有好事的乡亲悄悄问她怎么就看上赵树了，知道赵树的前妻是怎么死的吗？她说不知道，于是追问，但那人又一副讳莫如深的样子，怎么也不肯说了。

她转过身，赵树正用一双阴鸷的眸子盯着她，她好怕，心里很后悔，可是，后悔……还来得及吗？望着红通通的结婚证，汪荻凄楚地笑，原来不懂怎么会有人管这玩意叫枷锁，现在，她可算是明白了。

第九章

28小时：初露

十七岁少女失踪事件

01

玄关的日历还停留在昨日，该撕掉了。

夏清如的手摸上日历，轻轻拈起一页，想撕，极短促的微乎其微的纸张崩裂的声响却让他像触电般迅速把手抽开。

有一首歌怎么唱的来着？心像洋葱一样，是可以一层一层剥开的。

耳边清晰地响起女儿的声音，女儿叫爸爸，声音脆脆的，但空洞，是直接响在脑海之中的回忆中的声音，是幻觉。

他最终还是抽开手，让日历停留在 1 月 17 日那一页。夏清如想，如果找不到女儿，恐怕他的余生都不会再走出这一页。

越过玄关，夏清如朝客厅走去，脚步倏地定住。

家里有人。

陈蕾回来了，就坐在单人沙发上，坐在他亲手打造的照片墙下。头顶上方，是她三十五岁生日时花重金在影楼拍的沙俄女帝的主题写真，造型很夸张，服装看着就很沉，估计有二十斤重，头顶上的冠比头还大。

夏清如本来想说你怎么不出声，但声音卡在喉头，没有发出来。

他刚刚见了女儿的班主任，知道了不少事情，心里很不痛快。妻子呆坐着，眼神失焦，连他走到身边都没察觉。她手指捏着的荧光黄混合荧光绿的手编绳子短暂地吸引了他的视线，他轻轻咳了一声，算是跟妻子打了招呼。

陈蕾的状态如此糟糕，夏清如一点也不意外，他觉得女儿离家出走，或许，妻子该负这个责。

“张老师找过你好几次，你为什么不跟我说？”夏清如问。

张丹是夏绻的班主任，教语文的，做班主任十年了，平时很少在家长群里说话，并且叮嘱家长没事也少在群里说话。

今天以前，夏清如只在入学时的家长会上和张丹老师有过接触。

在家长会上，张丹告诉目光殷切的家长们，他们的小孩只要不是违纪、成绩波动明显、身体或者心理有问题，她是不会主动找家长的，各位家长也一样，真有事就打电话，一家一个家长出面就行了，不要车轱辘话几个人说，打电话要言简意赅，快速解决问题，千万不要发消息，你一条，我一条，磨蹭个没完，她没那么多时间。

张丹的话在家长中引起了不小的骚动，很多人是不认同的，因为夏绻这一届是瀚文中学新校区采取全封闭式管理模式的第一届，和孩子朝夕相处十五六年的家长们有了分离焦虑，他们中的大多数人都认为，老师应该和家长保持高频率的密切沟通，如果每天早中晚都能给孩子们拍张照发到群里就更好了。还有伙食的问题也备受关注，特别是牛奶的品牌，家长们提出不能要本地的，酸奶最好也不要订，要订，就订大牌的鲜牛奶……

夏清如是持不同意见的少数派，他尊重张丹的管理办法，并用实际行动予以支持，开完家长会后的一整个学期，他都没有主动找过老师，只让陈蕾出面找过张丹一次，不过，这次和张丹见面，她却说，和陈蕾的沟通，都是她主动的。

“哦，她给我打过电话，两次？最多三次吧。”

“两三次……你还真是报喜不报忧啊，真就一点都不跟我说。我问你，你是怎么跟女儿谈的？你是不是说了什么话刺激到她了？”

夏清如疲惫地倒在沙发上，从他的角度，只能看到妻子侧脸的一点轮廓，妻子几乎是背对着他，并且没有转过来的打算。

他继续说：“你让我说你什么好，她作弊，你撒谎，这叫什么事?!”

夏清如的语气发急，是动气了。

期中考试成绩出来后，夏绻的排名飙升，夏清如看了成绩单，心里犯嘀咕，他不觉得女儿有数学考满分的能力，倘若这个分数没问题，那么他怀疑是学校出卷子的水平不行，于是让陈蕾跟张丹交流一下，问问情况。

陈蕾后来告诉他，分数没问题，卷子难度一般，毕竟刚开学不久，学习的知识点不论广度还是深度都有限，而且女儿上金牌培训班上出效果了，她说培训班里同在瀚文的高一新生，数学考满分的，除了女儿，还有七八个。

见妻子那样确定，他就没再纠结了。加上有一个周末他去培训班接女儿下课，培训班的老师见到他，得意地拿出夏绻的作业本给他看，老师夸夏绻进步很大，有些题目的解法展现了不错的数学思维，他便更深信不疑了。

那时候他有多高兴，现在就有多失望，因为他已经知道了，培训班布置的那些作业，都是姜采采替女儿做的。

张丹对他说，知道家长看自家的孩子多多少少带点滤镜，但像夏绻妈妈这样，滤镜这么厚的，少见。

“我撒谎？”陈蕾慢慢转过身，眼底慢慢聚了光，她好像是醒了，整个人又挺拔起来，轻轻哼了一声，说，“张丹没跟你说我的态度吗？她还敢语焉不详地质疑我女儿作弊？一个老师说学生作弊，必须拿出证据来，否则的话，是极其严重的污蔑，我可以去教育局投诉她。”

怎么会没说呢？张丹的原话是：“……我和您爱人谈的时候，她反应过激啊，觉得我质疑夏绻的成绩，有违师德，要去举报我。唉，要强是好事，但过分要强，以致闭目塞听，就不太好了，您说呢？”

夏清如说惭愧，这些事他才知道。

岳父去世之后，环境变了，妻子的学术能力有限，在工作中遇到了不小的阻碍。夏清如知道她要强，怕她急出毛病，就劝她分点精力照顾家庭。他说，女儿大了，很多事他一个爷们不方便管，他以为沟通起来多少会有点困难，没想到异常顺利，几乎没有拉锯，陈蕾很快就同意了，她说，好，从此以后，她主内，他主外。

夏清如是个闲云野鹤的人，清闲惯了，这两年被陈蕾逼着往上走，身心俱疲。虽然很不习惯，但他没有埋怨，他想自己作为男人，总要撑起这个家。从前，妻子冲锋陷阵，现在她累了，那就换他来，这是应该的。

只是，他没想到妻子给他呈现的一派祥和的景象，可能并不是真实的。

“你还要证据？是要老师亲手抓住她？”

“作弊就该抓！这么恶劣的行为，为什么不抓？你是吃亏还没吃够？”

妻子狭长的眼睛在生气的时候，不好看，像翻了肚皮、垂死的鱼。夏清如看得一愣，继而尴尬地笑了一声，奇怪了——他该占上风的，反被妻子将了军。

对待学生作弊，夏清如的想法是，手握权力的人应该慈悲一点，不要轻易毁掉一个人，哪怕他是占理的一方。因此，他对学生下过的最狠的手，只是让卷子作废，学生都知道他脾气好，不卡人，他的选修课，总是很快就满员。

夏清如一度为此沾沾自喜，直到有一次，一个年轻人给他上了一课。

当时，他和别的老师换班，监考货币银行学，考场内有个学生抄得太过疯狂，带得整个考场的考生蠢蠢欲动，他只能收了那人的学生证和卷子，把人请出去。考试结束后，他照例没有填《学生违纪说明表》，并把没收来的学生证放在了旁边。

同考场监考的另一名老师是个刚上任不久的辅导员，他问夏清如为什么不上报，夏清如说算了，给孩子一次机会，重修吧。

年轻人没理他，自己把表填了，一边写字一边说：“学生在学校里做错事，老师说算了，将来他去社会上做错事，谁跟他说算了呢？孩子吃的奶粉有毒，能算了吗？餐馆里用地沟油，能算了吗？发霉的大米洗洗泡了香精水继续卖，能算了吗？大学里没有投机取巧这门课，我反正不教这样的课。”

夏清如不讨厌年轻人身上的劲，内心深处也受到了启发，他思考自己的放任确实是在漠视公平，不是没有后果，只是短期内看不到罢了。

头一次，在他监考的考场出了被通报处分的学生，但这件事还没完，小伙子上报学生作弊的时候，顺便把他这个和稀泥的老师也给上报了，学院开大会，他被点名批评，因为这件事，陈蕾有一个月没有笑。

“那是数学考试，数学考试拿满分，是靠做小抄，瞟别人卷子看ABCD就能做到的吗？你告诉我，要怎么抄，才能抄成满分？她期中考试考得好，跟她期末考试考得差，明明是两件事，你们非要把两件事搅和成一件事。”

见陈蕾说得理直气壮，夏清如只能直说：“告诉你吧，是采采帮的卷儿。”

02

“你知道 8 班的班主任是谁吗？”

夏绻在 9 班，采采在 8 班，陈蕾摇摇头，说不知道。

“8 班的班主任陶成跟张丹是两口子，还是我们的学弟，我今天去学校时，他也在，我看他工位上放的一个本子眼熟，是卷儿平时在培训机构用的错题本，问了他才知道，期末考试前一周的英语课上面，姜采采偷偷做数学题，他就把本子没收了，还收了一沓卷子。”

夏清如顿了顿，盯着陈蕾的眼睛，接着说：“听懂了吗？培训机构发的作业都是采采在替她做。期中考试的时候，采采和卷儿在一个考场，采采考了半场不舒服，退考了，我们在一起一碰就知道是怎么回事了，你要是不这么傲慢，也早就知道了。”

陈蕾板着脸，缓缓地站起来，捏着手编绳的右手骨节分明。

夏清如见陈蕾语塞，就停了下来，他提作弊的事，并不是因为作弊这件事本身，他只是担心好强的妻子会大发雷霆，对女儿说了什么过分的话，才导致女儿想不开离家出走，这一点很重要，直接影响女儿出走的性质。贪玩，是孩子不懂事；轻生，则是家长的罪过。

夏清如没想到妻子竟然给了女儿全部的信任，他觉得有点不对劲，这不太像妻子的风格。

“好了，我也不是要跟你说这些，你没跟女儿发火就好，这样我就放心了。”

在学校走了一趟，夏清如的情绪并不好。他本来是想去张丹家拜访的，但张丹拒绝他登门，把他约去了学校，这个时候，学校已经放假了，是专门为他开放的。

第一教学楼是一栋“回”字形教学楼，教学楼一共五层，从天上往地下看，整个楼体是个大大的“回”字。他伸头往楼下的内院看，内院没有种植花卉或者树木，只有草皮，草皮维护得一般，半黄半枯，在日渐寒冷的天气里看起来缺乏生机。

冬日萧索，他走在校园里，觉得很压抑，他不由得想，女儿在这里学习，会不会觉得压抑？会不会不开心？早知道还不如上江师大附中，江师大他熟人多，方便打招呼，也方便家校沟通，他有些后悔当初非要往瀚文挤。

教师办公室里坐了两个男人，一位是张丹的丈夫，另一位一看就是领导，穿着带毛领的厚夹克，衣服笔挺，张丹介绍说是负责教务管理的雷副校长。

简单寒暄过后，副校长强调了学校的管理规范，就学生住校期间的管理问题和夏清如做了介绍。他的话很长，但意思其实很简洁，学校是学习的地方，所有的非学习行为都是不被允许的，尤其是像追星这样的行为，属于相当恶劣的行为，不仅影响自己，还可能干扰同学，在校内老师是查得很严的，学生回到家，希望家长也能配合。

夏清如心生不满，他来学校并不是为了发难，毕竟孩子不是在学校失踪的，他只是想要了解一下孩子在校的情况而已，学校却因为害怕被牵连，而表现得像个冰冷无情的机器，这让本就担忧的他心里窝火。

回到家，和妻子的争执，恰巧给了夏清如发泄的渠道，他纾解了心头的郁闷，平静下来。

“学校的管理还是挺严的，外人进入校园，需要提供邀请码，老师也说了，没发现夏绻有结交校外朋友的情况。寝室里其他三个学生，两个已经和父母回老家去了，还有一个在上海参加雅思培训班，她们都没和卷儿联系过。张丹说了，昨天晚上，学校已经紧急通知各个班级排查有没有学生私自离家的情况，暂时没有家长反馈有和卷儿一样的情况。

“培训机构那边也停课放假了，只有两个值班的老师在，还没联系上校长，说是带家人去泰国度假了，过完年才能回来。你得问一下蓓蓓，让她跟机构打声招呼，帮我们问问看，培训学校里头条件好的人家多，说不定有跟卷儿一起去南都的。”

蓓蓓是陈蕾的侄女，她的丈夫是培训机构的股东，夏清如需要陈蕾回应他，但陈蕾只是像游魂一样在房子里逛荡。

“你听见我说的了吗？”夏清如拉住了妻子，随即注意到她手里抓的绳子，荧光色晃眼，他忍不住问，“你抓的是什么？”

“眼熟吗？”陈蕾反手抓住夏清如，表情神经兮兮的。

夏清如拿起绳子看，荧光绿和荧光黄的双绳扭编，圈口特别大，不像是戴在手上的，他想起来，好像见采采编过这样的绳子。

“采采的吧。”

“是吧！你知道我是从哪里弄来的吗？”

“嗯？”

“周重山！我去物业办公室，看到周重山的伞上挂着这条绳子，挂在雨伞手柄上。”

“他？什么情况？”

陈蕾呼吸混乱，她问：“你觉得采采会忌妒卷儿吗？”

“会羡慕吧，至少我们是个健全的家庭。”

“健全的家庭……”陈蕾呢喃着，突然抬高声音，说，“老夏，她也叫我妈妈，也叫你爸爸……她会不会是想要取代我们的女儿？”

“你怎么会这么想？太夸张了吧。”

“她不老实，她想害女儿。我们给她提供了最好的学习条件，她得寸进尺了。”

陈蕾从丈夫的眼睛里看到了一个近乎疯癫的自己。

江棉厂被拆成了破瓦颓垣，往事也该尘封在那里。

可是，当听到不相干的物业大姐都在将三十年前的流言蜚语当热点新闻传播时，陈蕾忽然意识到自己犯了个大错。

姜采采，她在江棉厂的老人堆里长大，恐怕早已将谣言听得烂熟于心。

母亲担心她跟没大人样子的汪荻交往会吃亏，她却没想到，她的女儿身边也有这样一个人。

一个没小孩样子的孩子陪伴着女儿，女儿会不会吃亏？

“你别瞎想了。”夏清如说。

“瞎想？你不觉得很恐怖吗？昨天晚上，郜小利把周重山带到家里来的时候，采采也在啊，他们明明认识，却装得好像不认识一样，这不是明显有鬼吗?!我就说，女儿怎么会跟一个物业的人打交道，呵，姜采采……我算是看错她了，她身上到底还是有她妈妈的影子……”

“你怎么这么说话？”夏清如难以置信地看着陈蕾，诧异地说，“小蕾啊，你不是个刻薄的人哪。”

陈蕾瞥了丈夫一眼，心里不是滋味，刻薄？这种词，竟然会被用在她身上，她已经四十多岁了，人生走过半程，从未与这样的词沾过边。

“我不想跟你吵架，下学期，我要给卷儿办走读。”

“可以啊，我同意，先找到她再说吧。”

他们各怀心事地沉默了一会儿，陈蕾扭身往门外走，说去找周重山，夏清如连忙跟了上去。

03

给周重山打电话，他不接，陈蕾和夏清如只好再去物业，找物业领导。郜小利刚从老总办公室领了教训，脸正黑，见了他们，又满脸堆笑地迎了上去。听说找不到周重山，他说不急，他来找，电话一打，就通了。

电话里，周重山的态度很不好，说自己明天就去办离职，让他们有事找物业，别找他。郜小利听出来了，周重山这话一半是针对陈蕾夫妇，另一半是借着陈蕾夫妇宣泄对他的不满。郜小利竖着耳朵听，敲击键盘的声音夹杂着一两声兴奋的叫骂，郜小利问，你还在网吧打游戏？一晚上没回去？周重山嗯了一声。

"他在网吧打游戏，就在小区北门斜对面的红巨星。"郜小利说，"要不然你们等等我，我处理好事情，跟你们一块去。"

"不用。"

担心周重山会跑，陈蕾和夏清如抓紧时间赶过去。

进入游戏状态的周重山倒是一改昨夜的窝囊样，打游戏打得神采飞扬，只见他一边拉动鼠标、敲击键盘，一边通过耳机自带的话筒和队友交流，时不时地，他还会笑骂几句。

要不是在物业办公室的照片墙上又多看了他的照片一眼，陈蕾真怀疑自己是认错了人。昨晚去警局自首，在单位被她投诉的经历丝毫没有影响这个男孩子的情绪，他玩得特别高兴。

缺心眼。

或许女儿的失踪真的跟他没一点关系。

又或许，他被有心的人给利用了。陈蕾这样想。

夏清如原本警惕的神经放松下来，他觉得周重山不像有坏心眼的，倒像是个没长大的小孩，碰到了不愉快的事，打一款好玩的游戏就能忘掉一切烦忧。他没搞过侦查，但总觉得人干了坏事，本能是会逃走，而不是停留在原地，更不会在单位附近的网吧打游戏。

“叔叔，阿姨，该说的我真的都说了，你们的女儿丢了，真的跟我没关系。”

见到他们，周重山一脸无奈，不情不愿地将游戏挂机。跟夏清如和陈蕾走到网吧外面，他看见了陈蕾手里拿着的绳子，瞥了一眼，就把目光移开，定在了头顶凋零得只剩空枝的银杏树上。

陈蕾注意到了周重山的眼神，立刻把手抬起来，将绳子在他眼前晃，说：“我知道，是你跟姜采采在一起捣鬼。”

周重山的小动作多起来，眨眼、摸鼻子、抠大腿外侧，他全做了一遍，看得夏清如的心又提到嗓子眼。

“我就说吧，你还不信。”

这时候，陈蕾说话已经是底气十足了，她抓住周重山的胳膊，叫夏清如报警，埋怨道，搞不懂昨天晚上警察怎么会把他放走。

周重山满脸通红，他害怕再进警察局，态度立刻软了，说：“你们别误会，我跟你们家亲戚是……是认识，但是你们的女儿不见了，真的不关我事。”

亲戚？陈蕾神色一凛，他说姜采采是她家亲戚，采采是这样和别人介绍她自己的吗？陈蕾觉得汗毛都竖起来了。

“你是怎么认识她的？你们俩什么关系？”夏清如问。

“能有什么关系嘛，没关系，就是有天下雨，我看她没带伞，就撑伞送了她一程。”周重山说。

“撒谎！”陈蕾抓他胳膊的手更用劲了，抓得周重山直龇牙，她说，“你的工作是流程管理，根本不接触业主，你的同事说你每天对着电脑，动都不动一下，周重山，你不要耍滑头，我告诉你，你的事情，我清楚得很！”

周重山想甩胳膊，却引得夏清如也上来抓他，大马路上也没人上来帮忙，却有人举起手机在拍了。

周重山用哀求的语气说：“我入职要参加培训的嘛，也要轮岗啊，我搞流程管理，才要弄清楚各项工作的流程，是不是？不信，你们可以去物业问，查培训记录，看看我是不是在门岗亭轮过岗。”

“那这个是你偷的了？”陈蕾扬起手里的“证据”。

“偷……我偷这个干什么？这是她送给我的。”

围观的人越来越多，周重山知道他想藏住的小秘密是藏不住了，担心事情越闹越大，他说：“好好好，我承认，我猥琐，不要脸，觊觎你们家那个漂亮小姑娘，但是我可以发誓，我就是看看，欣赏欣赏，一点都没有毛手毛脚。”

周重山让夏清如和陈蕾松手，他说该交代的他昨天都跟警察交代过了，他们就是报警，他也不怕。

他说自己没违法，最多就是不够道德，但是说不够道德也不对，爱美之心人皆有之，他连人家小姑娘的手都没摸过，就是并肩走一走，说说话，他一个二十几岁的单身汉，处男，做到如此克制，如此纯情，或许不仅不该挨骂，反而还值得被赠送一面锦旗。

“其实，要不是她编了这条绳子送我，我也不会起这个贼心，是吧？我觉得，她对我……多多少少有点意思，要不然也不会那么留心，还注意到我的雨伞手柄上的绳子烂掉了。”

陈蕾嫌弃地把绳子丢到周重山身上，他不敢接，绳子在他胸口弹了一下，落到地上。

陈蕾和夏清如碰了下视线，她的眼神很有内容，鄙夷中带了点得意，似乎她早就猜中了这一切。

还好不是她的女儿，要是卷儿和这种“保安”拉扯不清，她能气晕过去。

“你昨天为什么不说？”夏清如追问。

“我不想失业啊，闹起来，不知道会把我传成什么鬼样子呢。圈子就这么大，我在天河新村是没饭吃了，你们总不能让我在江城没的混吧？”

周重山明显感觉到胳膊上拉拽着他的力量减轻了，他试着挣脱，没有费多少力气，就获得了自由。他松了一大口气，结实的手编绳就躺在他脚尖不远处，他忍住了弯腰去捡的冲动。

“是姜采采让你买我女儿的手机的？”陈蕾问。

“说反了吧？我猜是她让你女儿把手机卖给了我。”

“猜什么猜？你们不是很熟吗？”陈蕾不满地说。

“你把话说清楚。”夏清如也跟了一句。

“我在贴吧发帖，确实是受她启发，要不是看她在玩贴吧，我也想不起来还可以在贴吧上发帖求购。但是我发帖子的时候，已经不跟她联系了。”

说到这里，周重山眼神一闪，露出一丝赧然。

“她找我借过钱，开口就是一万，把我吓住了。那时候，我以为她没我想的那么纯……我的意思是，我又不是个冤……哎呀，反正我是拿不出那么多钱啦，心里对她也没想法了。现在看来，是我想多了，她大概只是借钱出去追星。昨晚在你家，见到她，我也挺不好意思的，我跟她说我是月光族，没钱，转头就拿钱买了手机，我……我怕她觉得我太抠……没面子……”

04

云顶书店藏在巷子里，面积大约只有八十平方米，没有落地窗，没有沙发，营业时，玻璃门始终保持半扇关闭，半扇打开的状态，若非下雨，春夏秋冬皆如此。

书店门口的三层台阶是水泥的，老板连瓷砖也没舍得贴上一块。店内不靠贩卖小食和软饮攒人气、赚口粮，单纯卖书，但利润仍然远超这座城市的绝大多数书店。

这是一家专营教辅资料的书店，经营者是一对中年夫妻，都戴酒瓶底眼镜，每日在店里待着，不是盘货就是打电话，隔三岔五弄来市面上不多见的超干货教辅，朴素的封面下，藏着的都是犹如武林秘籍般的解题技巧。

姜采采一只手捧着本子，一只手拿笔，站着抄题，唰唰的，盛煊站在不远处，也在抄题。

云顶书店的营业时间跟巷子口的知名培训机构同步，半扇玻璃门每天早上九点准时打开，到晚上九点半送走最后一拨客人，两扇玻璃门就从外头用大号 U 型锁扣拢。

由于店里环境不好，来买书的基本都是拿了就走，但也有一小部分学生不富裕，喜欢站在店里抄书，一抄就是大半天。

对这样的学生，“眼镜夫妻”从来不会给他们脸色瞧，只要不掏出手机对着书一通猛拍，他们就不干涉。到了饭点，如果还有孩子在奋笔疾书，夫妻俩还会招呼孩子一起吃饭，被招呼的孩子通常会羞涩地把书放下，悄悄地溜出书店，一小时后，又顺着墙根重新溜回来。

“抄好了吗？”盛煊完成了自己的那部分，走到姜采采身边问。

“嗯……”姜采采有个神奇的本领，半盲写字，只看书，不盯本子，依旧能写出整齐漂亮的字。

好不容易重重落下收尾的一笔，她转转手腕，说：“把你的本子借给我吧，上午你肯定做了不少笔记吧？”

盛煊递过笔记本，本子中间夹了片树叶状的书签，半截叶柄露在外头，他说：“今天上午我等了你好久，你没来，我还以为出事了……”

姜采采把自己翻阅过的资料一一归位，将文具放回书包里。她背的还是旧书包，里面特意留下了几份寻人启事，离开书店时，她拿了一张寻人启事给书店老板娘。老板娘诧异地盯着她，她鞠了个躬，问，能把寻人启事贴在店外的墙上吗？老板娘同意了，主动从抽屉里拿了罐白乳胶给她。

看到寻人启事，盛煊并没有惊讶。

出了学生失踪的事，虽然是在假期里发生的，学校各个年级的班主任仍然承受了不小的压力。

昨天晚上大概十点钟，班主任开始在群里说话，发了一长串的学生假期安全管理规范，大谈防拐、防火、防触电、防交通事故、禁止燃放烟花爆竹等问题，号召同学们合理安排寒假时间，要求所有学子保持好的学习状态，争取在开学的摸底联考中取得满意的成绩，最后才终于加上一句：未成年人出行必须由监护人同意，请慎重会见网友，理智追星。

正值寒假，消息传播迟滞，知道假期安全管理规范因何而起的同学没多少，不过，盛煊是很清楚的，而且，他认为他知道的，是全部。

“有必要贴吗？”

“你现在去步行街看，估计垃圾桶里有很多，还不如贴在墙上，你瞧，贴墙上像不像海报？”

姜采采用一张纸把羊毛手套上不小心沾到的胶水擦干净，盛煊眼巴巴地等着接她要丢的纸团，接了后，跑去不远处的垃圾桶丢了，回来时，眼睛不敢望她，问：“我们去吃饭吧？”

“好啊。”气温已接近零下，姜采采一张口就是一片白雾。

他们通常会把吃晚餐的地点选在巷子口的沙县小吃，沿街的不大不小的门店，江城市最有名的培训机构就在它的楼上。

选择沙县小吃，最主要的原因还是便宜，本地一碗牛肉面已经涨价到十五块了，沙县小吃里的排骨面还是只要八块钱一碗。不知道老板是不是沙县人，但至少是个福建人，在姜采采残留的童年记忆里，福建男人皮肤都黑黑的。

老板是黑皮肤，个头不高，很勤俭，店里的灯只开一半，越往深处越黑，后厨仿若永夜。

盛煊总是点带汤的套餐，然后把汤让给姜采采喝。他们等餐的时候不怎么说话，但会听音乐。

共享一副耳机，只有一只耳朵进音乐，无法沉浸其中，姜采采喜欢伴着音乐用薄而粗糙的纸巾擦桌子，看起来干净的桌子，用力擦一擦，就知道有多脏了。

“一会儿我要先走，你的本子，明天还你。”

“走了？这么早？”

“很困，今天状态不好，学不进去。”

吃完饭，盛煊跟着姜采采走，他想送她去公交站，又怕被拒绝，于是干脆不提了，只是紧紧地跟着她，姜采采扭头对他笑一下，他的脸就红了。

盛煊垂下头，想着该说点什么话题，这时，他听到姜采采问：“你有没有被人怀疑过？”

“有啊，小时候有一次在邻居家里玩，当晚他妈妈来敲我们家门，说孩子的掌上游戏机不见了，先是问我有没有不小心带回来，然后又说要是不小心带回来了，找到后，就放他们家门口，门口有个盒子，放里面就行，不用敲门。”

姜采采又笑了，歪着头，那不羁的眼神，盛煊没见过，心脏咚咚咚打着摇滚的节拍，他的手紧紧揪了把衣服的下摆。

“然后呢？”姜采采追问。

“然后？”盛煊回过神，笑着说，“没然后，我妈就跟我说以后不跟他们家孩子玩了，后面怎么回事，我也不知道。”

“挺好的。”

他们并肩走着，路上还有其他行人，夕阳平等地对待他们，将所有人的影子拉得长长的。与她和盛煊往同一方向的人，有聚在一团叽叽喳喳行走的，也有和他们一样并肩同行的，还有形单影只的。

“怎么，他们怀疑你了？”盛煊问。

“嗯……”姜采采答得含混。

“你应该把一切都告诉他们，”盛煊说，“我们现在有证据了，我都截图了，她抵赖不了。”

“你截图了？”姜采采问。

盛煊红了脸，那些截图里有很多咒骂她的粗话，难听，而且刺激，他支支吾吾地说：“好不容易等到机会，我只是想留着证据，有了截图，以后，她就不敢躲在暗处欺负你了。”

05

高一新生军训结束后，学校官网登出了一篇成果汇报，图文并茂地呈现了新学子们的拼搏精神。

照片被人截取下来，放上贴吧。女生站军姿的照片总是格外引人注意，眼尖者从人堆里把姜采采挑出来，跟帖问她的名字和班级，帖子的点击率很高，跟帖里一堆起哄的。

从那时候开始，ID233333 就把她盯上了。

ID233333 自称是她的初中校友，手中握有让她永世不得翻身的黑料，这位“校友”讥讽她被宽大的校服遮蔽的玲珑有致的身材，污蔑她为了喝一杯奶茶可以和十“头”胖虎亲吻，还斩钉截铁地说她的“狐臭”已经到了无药可救的程度，逼得老师不得不把她单独放在一个教室里……

她不仅骂她，还骂她的母亲，说她如此浪荡，是基因的承袭。

是的，是“她”。

每次姜采采在天河新村因为给夏绻讲题而受到陈蕾表扬后，当天晚上，ID233333 都要发疯，把早已沉没的军训汇报帖子顶上来，用最猖狂恶毒的语言把她骂一顿。

账号是夏绻的，姜采采早就知道了，但证据，是前天晚上才拿到的。

盛煊第一时间看到 ID233333 在天河新村贴吧求购苹果手机的帖子下跟帖，表示自己要出货，有意者速联系，极限十二小时交易，价廉物美，过时不候，他激动地给姜采采打来电话。

盛煊说，你不用再去冒险开夏绻的笔记本电脑，查 IP 地址和浏览记录了，她这个马大哈，跟帖竟然不换账号。盛煊哈哈大笑，姜采采却觉得心上被扎了一刀，她明白，夏绻不是马大哈，她只是不在乎。

“你把截图删了吧，吓不到她的。”姜采采说。

“哦……”盛煊不是很明白姜采采的用意，以为她是对那些谩骂心存芥蒂，赶紧承诺晚上回家就删光，他感慨，“真想不通，她怎么会对你有这么大的恶意。”

“她应该是觉得我不配和她在同一所学校读书吧，她希望我跟她之间有难以跨越的鸿沟……动物都是有领地意识的，一旦感觉到被侵犯，就会露出獠牙，吼叫、威慑。”

姜采采淡淡地说着，语气和表情都很冷静，仿佛说的并不是自己的事。

“人这样的高级动物，当然不能像狗一样面对面撕咬，她选择在网上宣泄，不奇怪。”

“听起来，你好像是要原谅她。”

“原谅？她应该不需要我的原谅，或许，她希望我也跟她嚷嚷一回，说句绝交。”

“你们女孩子的心思真难懂，不过，你们都这样了，真的还是朋友吗？”

这个问题，姜采采没有急着回答，她很认真地思考，然后说了四个字：“我不知道。”

她轻轻叹气，说：“奇怪吧？可我真的不知道。”

“或许你不用这么纠结，你看，”盛煊指着路边大树光秃秃的枝丫，说，“树叶到了冬天会脱落，到了春天，会再长出新的芽，有人会来到我们的生命里，但最终会分离，这是生命的规律。”

“嗯……”姜采采仰起头，若有所思，看着看着，她说，“那你观察过松树吗？松树的针叶掉得慢，有时候，甚至会枯死在树上。不会人人都与我们擦肩而过，总有人与我们的纠葛要深一些。”

盛煊走在楼房的阴影里，眼睛却很明亮，他不自觉地在笑，唇角微微上扬。

“反正，我总得证明自己。”姜采采说。

“证明什么？你做错什么了？是她对你太刻薄，你不想去的时候，她勉强你去，等你心里开始期待了，她又偏不让你去，哪有这样的？这不是折磨人吗？”

姜采采笑笑，心里想，傻瓜，我从来也没想过要去，让她误会，只是计划的一部分。

“我们说的不是一件事，”良久，姜采采开口说，“人都是要证明自己的。”

“我不觉得……”

“你只是很幸运，不需要用力去证明而已。”

很少被姜采采强硬地打断，盛煊愣了一下，他把没有说出口的话吞回腹中，夕阳不够沉，月亮还未升起，他觉得这一点也不浪漫。

“人都是要证明自己的。”

姜采采又重复了一遍，盛煊不得不扭过头去看她，她的眼睛像深邃的湖，那么黑，那么深。

她在微笑，没有生气，很轻松地说：“但不能太用力，用力多狼狈呀，应该是悄无声息的，姿态要像跳芭蕾舞一样优美，对不对？”

“采采……”

盛煊呢喃出她的名字，像在咀嚼那样含混，他能感觉到身体的温度在变化，一点也不冷了，他有一连串的问题想要问她。

将来，你会选文科还是理科？将来，你想考哪所大学？将来，你想留在哪座城市？……

他迫切地想要知晓她对未来的打算，所有的问题，无论她的答案是什么，他都会给出与她完全一致的回应。

但他还是少了点勇气，犹豫了半天，脸都红透了，开口说的却是：“我可以帮你证明的，要怎么说？你教我就行。”

姜采采忽闪着又长又翘的眼睫毛，扑哧一声笑出来，她说：“撒谎要长长鼻子。”

盛煊摸着鼻子，笑，她真会开玩笑，不怕啊，他能为她做任何事。

“我走了，再见。”

“再见，明天见。”

盛煊用力挥舞双手跟她告别，他比任何时候都更加期待明天。

坐公交车，姜采采习惯了不坐座位，车内如果不拥挤，她最喜欢倚靠在车前部的立杆扶手旁，用胳膊圈住立杆，腾出两只手来翻阅她随身携带的单词背诵小册，时不时闭上眼睛背一会儿。今天，她没有这样做，上车后，姜采采径直走到最后一排，在远离站台的最里侧的空座位上坐下了。

公交车滑出站台，她偏头给了窗外依依不舍的盛煊一个美好的笑。

昨晚，真是屈辱。

在众目睽睽之下自证清白，竟然比认错更屈辱，那些注视她的一双双眼睛像刀子一样割破她的衣服。

虚伪的成年人，又要怀疑她，又遮遮掩掩，她把书从书包里倒出去的时候还真有些紧张，作业袋里藏着她的智能手机，如果他们中有谁肯撕掉伪善的外衣，赤裸裸地质疑她，叫她拉开作业袋的拉链，就会发现她藏着秘密。

不过，她还只有十七岁，即便有秘密，也是鲜嫩的秘密。

不像他们，让秘密生根，往内心深处越长越深。

那也挺好的，一旦到了要拔出来的时候，牵扯越多，痛就越多，她觉得他们也该尝尝痛苦的滋味。

她虽然年纪小，对痛苦的理解却很深。

比如，夏绻让她明白了精神霸凌和暴力霸凌给人带来的伤害是不同的。

暴力霸凌带来的痛苦是从外向内的，表皮的伤让人一眼即可望见，人们会乐于施舍同情，同情虽然无用，但至少是种安慰。

但精神霸凌不是，它带来的伤害更像是辐射伤，是从内里开始破坏，内里烂透，再在外表显现。

姜采采知道自己看起来还很不错，但那只是皮囊，她的脑子里已经有了许许多多稀奇古怪、毁天灭地的念头。

她长大了，成长就是看到问题，看清真相。

她看到了问题。

为什么夏绻可以肆无忌惮地凌虐她？

她也看清了真相。

这些围绕着她和母亲的人哪，一个个都有一双碧绿的眼睛，他们没有真心，只有恶心。

06

印象里，廖芬芳和姜采采搬来檀韵花园有三年了吧？陈蕾很诧异，自己竟然是第一次来。

小区的环境真差，道路逼仄，房前屋后的绿化带区域竟然被人用来种菜，估计上的还是有机肥料，空气中弥漫着一股臭味。

见夏清如开始倒车，陈蕾朝面前的楼看了一眼，她看到了阳台，楼梯应该在另一面，她看到其中一个阳台上有一件蓝白色的瀚文中学校服，于是下了车。

她绕着楼房转了大半个圈，走到单元入口前的空地上，头发烫了小碎卷的阿姨坐在单元门口搓花生，那人认出了陈蕾，主动跟她打招呼。

陈蕾没料到会有人认出她，她读高中时住校，然后复读、上大学，算起来，至少有二十年没跟除汪荻以外的江棉厂的叔叔阿姨、厂子弟打过交道了。当然，家中也常有来拜访父亲的江棉厂旧部下，但那些和父亲走得近的，后来基本上都离开了江棉厂，没有住在檀韵花园的。

“小陈，你跟你爸爸长得真像！”小碎卷大妈乐呵呵地站起来，拉着陈蕾，请她进家门做客，“好久没见过你跟你妈妈了，你们也不来串门，你妈妈身体还好吧？”

陈蕾尴尬地笑笑，为什么不来串门这个问题，她能找出不少冠冕堂皇的理由来应付，比如，父亲去世，头一年不便走亲访友；工作太忙，空余的时间都跟家人一起去旅行散心了；汪荻不在家，去南都了，她和廖阿姨隔了一代，没话说……可用这些理由打发完别人后，真实理由就越发明朗。

不来拜访的真实理由很简单，她心底对廖阿姨没有尊敬，并不觉得廖阿姨是值得登门拜访的，她知道，她的母亲也一定是这样想的。

陈蕾向后看了一眼，夏清如不知道在车里磨蹭什么，还不过来，她要他来敲门呀，小高层一层四户，她不是很确定是哪一户，怕敲错门闹笑话。

"她们家的事情你们还管啊？"小碎卷大妈低声说。

陈蕾察觉到她话里有话，见她的手指正指着她肩膀后侧的那扇门，于是后撤一步，抬手在门上敲了敲。

没动静，没回应。

夏清如跟过来，小碎卷大妈见了他，反而把笑容收起来了。

小碎卷大妈耷拉着的三角眼闪烁着精明的光，她拉了陈蕾一把，小声说：

"老陶是什么人？年轻时在厂子里就是出了名的赖皮赖骨，被他盯上，那就自认倒霉吧。小陈，我摸着良心跟你讲，我们都是在帮她，为她好！不就是给点钱嘛，能用钱解决的事都不是事，她们家就三个女人，顶事的那个还在外地，一老一小在家，惹个流氓混混，将来哪有好果子吃？你说我说得对不对？有没有道理？她是不是跟你妈妈讲我们欺负她啦？"

陈蕾没听懂，但知道是误会，她聪明地顺着话头继续聊，想要弄明白具体情况。

"啊……我就是来看看，到底是怎么回事呀？"

"小区里的一条流浪狗，大金毛，昨天中午廖芬芳喂了块肉给它吃，好好的狗子，蹬腿死了，老陶看到了，非说那狗是他家养的，要廖芬芳赔钱。我们都晓得那条狗是流浪狗，不是家养的，但是，还是那句话，没本事，就别跟流氓讲道理。老陶没子女，马上过年了，还不就是看到机会想捞一把，买点酒喝喝，买点烟抽抽，出门像个人样？"

小碎卷大妈叹了口气，又说："没子女的都可怜，算了，碰到那么个人，我们就两头说和说和，最后给了五百块钱了事。当时廖芬芳也没讲什么啊，让她外孙女掏钱掏得蛮干脆的呀，唉，她就那副样子，讨人嫌得很，有话当面不说，三毛七孔的，我是不喜欢她，也就是你爸爸妈妈仗义，管她管了这么多年。”

夏清如趁小碎卷大妈喘口气的工夫，悄声对陈蕾说：“采采一会儿回来，刚下车，去了趟书店。”

“廖阿姨不在家？”陈蕾问。

“老的好像是去扫墓了吧，早上看到她拎了一塑料袋元宝。还没回来？小的是背着书包跟她妈一起出门去的。”

小碎卷大妈很客气，回屋里给他们夫妻俩端来了果匣子请他们吃东西，四格的老式果匣里放着花生糖、牛轧糖、葵花子还有脱壳花生，一看就是年节备下待客的。

“吃吃吃，别客气，陈厂长在厂子里很受人尊敬的，你们一家人都好，她们家……不行，上梁不正下梁歪，”说到这儿，小碎卷大妈凑近一步，低声问，“她是不是跟你们讲我们的不是啦？”

“没有。”陈蕾一边说，一边下意识地看了夏清如一眼，她想要看看丈夫的反应，但显然夏清如也不知道这件事。

小碎卷大妈不信，一边哼哼，一边说：“你是明白事理的，所以我都讲给你听了，你说，我们是不是没欺负她？老陶嘛，也确实缺德，说廖芬芳给钱了，狗肉就给她们祖孙吃，拎着狗腿，就把死狗扔到她们家里去了。廖芬芳不敢碰死狗，吓得哇哇叫，她是个没用的，狗都不敢摸，喊外孙女来处理，小姑娘就更不敢摸啦，后来，来了个男的，把狗弄走了，那男的……应该是小汪的二婚老公吧？小汪以前嫁的人蛮帅气的，第二个不行，差多了。”

陈蕾和夏清如听得头皮发麻。

汪荻尚未离婚的丈夫赵树是夏清如和陈蕾的生活圈里真正的毒蝎子，不过，已经失踪好几年了。

赵树长得肥头大耳，看着敦厚老实，背地里干的却是高利贷要账的勾当。遇见赵树，对汪荻来说不亚于一场灾难。夏清如和陈蕾是到很后面才知道赵树家暴的，汪荻怀孕，挺着八个月的孕肚，他都照样往她腰窝上踹，好好的一个孩子，就那样死了，胎盘扯破了汪荻的子宫，险些就是两条人命。

那个人有暴力倾向，不光家暴，还因为将人打残，涉嫌暴力催收，为了逃避法律制裁，几年前逃离江城，不见了。

这说的是赵树？那个魔鬼，他回来了？

“那个男人长什么样啊？”夏清如问。

“没看清，戴个帽子，脸上有疤，不像个好东西，鬼鬼祟祟的。”

远远地，眼尖的小碎卷大妈看到姜采采背着书包从没有及时修剪的混乱灌木里钻出来，连连咂嘴，说：“这么漂亮的丫头，可惜了，汪荻小时候也漂亮的，对吧？你那时候天天跟在她屁股后头跑，是吧……”

陈蕾没吭声，她直直地盯住姜采采，恍惚间，她只感觉朝她走来的，是青春靓丽的汪荻，她承认她的美，但依附着大树而活的藤蔓，美而卑贱，她早就不羡慕她了，也早就不嫉妒她了。

07

“采采，回家啦？你外婆呢？家里来客人了。”小碎卷大妈冲姜采采热情地笑。

和陈蕾、夏清如打过招呼，姜采采掏出钥匙开门，她的身体几乎贴在门上，动作缓慢。小碎卷大妈灵活地扭身，跑回家，把果匣子放回玄关处，又迅速跑出来，疾步跟上，看样子是打算跟进姜采采家里看热闹。

姜采采拦住她，说：“阿婆，把门口的花生壳扫一下，老鼠进家里了。”

她知道姜采采是找借口将她拒之门外，她很不高兴。姜采采并不管她，冷着一张脸，关门，把小碎卷大妈和她的咒骂一同关在外面。

小碎卷大妈骂起人来很有特点，她酷爱在男女性征词前加上一个“小”字，就那么几个词，她可以翻来覆去地念叨上半个多小时。

一个念头反反复复在姜采采脑海里回荡：

她不该待在这里。

童年时待的海滨大城，姜采采没有印象了，但她还记得乡下的制衣工厂，工厂旁的小河是红色和蓝色的，孩子们把嘴巴上有吸铁石的塑料小鱼丢到小河里，用玩具钓竿吸着玩。有一个大人模样的男人也跟他们一起玩，他傻傻地笑，还会穿着鞋走到小河里把孩子们钓不上来的塑料小鱼捞回来。

其他的大人都叫那人傻子，傻子一出现，穿裙子的女孩子就会被人抱走，她没人抱，她是外来的野丫头，只有傻子抱她，给她东西玩。

书上说，恐惧能够选择性地激活脑杏仁复合体区域的蛋白激酶 A 和 β 抑制因子，β 抑制因子对蛋白激酶 A 神经信号通路的调节，对恐惧记忆形成有关键作用。

或许，她的母亲不该在那个时候出现，要不是母亲大喊大叫吓坏了她，她不会至今都忘不掉手心里的滑腻感。

初中的生物课本帮助她还原了梦中模糊不清的器官的样子，她的身体因此变得古怪，疼痛、潮湿，她大汗淋漓地走回家里，几近虚脱，邻居阿婆在她身后大笑，对着她指指点点，嘴里嘟嘟囔囔的是那些她最爱说的词，前面统统加上了“小”字。

她不明白为什么，仓皇地开门，跑进家里，外婆叫她，她不应声，一头扎进厕所。

白色裙子上的血污还是新鲜的。

她把裙子洗得很干净，却对自己的身体束手无策。

外婆用力拍门，叫她，她出来时，廖芬芳手里攥着古老又干净的月经带怔怔地望着她。想了想，她又把握着月经带的手背在身后，紧皱着眉头从口袋里摸出十块钱，丢在桌子上。

她感到羞耻，她讨厌她们。

檀韵花园都是两室一厅的房型，入户处有一个短窄的过道，过道远离一切光源，不点灯的话，那里格外暗，他们扎堆站在那里。

“外婆不在家？”陈蕾小声地问。

“嗯。”

姜采采朝廖芬芳紧闭的房门看了一眼，然后啪地把客厅的吸顶灯打开了。

这个家干净，整洁，处处都有岁月的痕迹。

老一辈的人总喜欢用布盖住家具或者值钱一点的家电，受限于时代和审美，他们用的不会是时兴的印花桌旗，陈蕾的手摸着格纹老蓝布，这布料如此挺括，是上了浆的，但不是喷的上浆剂，而是实打实地在米汤里洗过。

“陈妈妈，夏爸爸，你们先坐，我去给你们倒水。”

陈蕾没有坐下，她吃惊，因为这套她本该陌生的房子，竟然处处留有她的回忆。

沙发，还是三十几年前汪伯伯亲手打的那一套，很旧了，扶手上被她和汪荻画了圆珠笔印，擦洗不干净的地方用白色的钩花布盖上了。

沙发对面的墙算是汪荻家的照片墙，很有古韵，墙上挂着玻璃相框，相框的边是红木的，里面放了不少一寸到三寸的黑白老照片，仅有两张彩照，一张是汪荻抱着小小的姜采采在海边拍下的，另一张是姜采采穿着红棉袄的半身照，依着轮廓剪下来的一小张。

她没有停下脚步端详旧照，寻找回忆，而是继续走动，轻轻推开一扇门。

大书桌，狭窄的单人床，简易的书柜，是姜采采的房间，书桌上纸折的盒子里，放着几条手编绳，其中一条还是半成品，看来，她是把编绳子当消遣了。

“请喝茶，有点烫，小心。”

客厅里，传来夏清如和姜采采的低语。

“采采，卷儿到底在哪里？她一晚上没回家了，你不能再帮她打掩护了。”

“该说的，我昨天都说了。”

“那个……赵叔叔回来了？昨天中午到家里来的是赵叔叔吗？”

“这个……您还是问我妈吧。”

“哦……他现在住哪里呢？”

“夏爸爸，你看家里的保险柜了吗？少钱了吗？”

“怎么了？”

“卷儿说出去要多带点钱，至少带一万块钱，本来她是一点钱也没有的，但是后来在谭奶奶房间翻出了一个大红包，里面有六千块，再加上卖手机的钱，差不多凑到了。”

“一万块？这么多？”

“嗯，她一直想开家里的保险柜，试过，但不知道密码，打不开。”

夏清如听得瞠目结舌，他觉得姜采采说这些的时候，状态过于冷静了，女儿的行为也过于乖张了，同时，他不觉得去南都看演唱会需要那么多钱，一万？至少？还越多越好？他担心女儿拿着钱去了很远的地方。

陈蕾从房间里冲出来，说：“这件事，是你怂恿她做的吧？你还帮她牵线搭桥卖手机，你想干什么?!”

“帮她啊，她是我最好的朋友。”

陈蕾失笑，提高嗓门，尖锐地讥讽，说：“你就是这么做朋友的?!”

“不对吗？”姜采采问。

姜采采漂亮在一双眼睛，她的眼睛大而有神，黑眼珠比一般人的要大一圈，传递出来的情绪也更浓烈一些。

陈蕾觉得姜采采看自己的眼神不对，奇奇怪怪的，一时失语。

“采采，你一定要告诉我，她到底去哪里了？”夏清如问。

“在南都。”

“不是吧？去看个演唱会，哪用得了那么多钱？”

“不知道。”

陈蕾插话问：“你为什么没跟她在一起？”

“那得问她，我也挺想知道她为什么一个人跑了，是不是她根本没有把我当朋友？”

姜采采直视陈蕾，清楚地回答她的问题。

陈蕾终于看出来了，姜采采在用眼神讥讽她，她的脑袋里轰隆一下。

这不对。

错了。

藤蔓攀高，要缠绕在树上，起初，总是温温柔柔的，大树被蒙蔽了，任由它疯长，才会被绞杀。

来檀韵花园之前，陈蕾有一个大胆且可怕的假设，女儿不是失踪了，而是姜采采把女儿害了。

他们一家子对姜采采太好了，她为了激励女儿进步，常常夸奖姜采采，或许，这样的行为让姜采采误以为只要卷儿消失，她就能以女儿的身份永远地跟在她和丈夫身边。

如果姜采采有这个心思，就一定会装无辜，她不会让自己被卷儿失踪的事牵连，一旦牵连上，她的计划就不能成功了，他们会怪她、恨她，绝不可能收养她。

可是采采没有装无辜，没有在他们面前表现得一如既往地乖巧，她的表现很奇怪，让人说不出地难受。

是什么呢？

陈蕾不知道该怎么形容，好一会儿才想起一个词，挑衅。

对，就是这个词，她好像是在故意激怒她，惹她生气，好像根本就不怕他们会厌恶她。

为什么？她为什么这么做？

陈蕾的脸突然变得惨白，她拉住夏清如，说，走。

“去哪里？”夏清如困惑地问。

“走。”陈蕾急匆匆的，失态地把丈夫拽出去。

姜采采面带微笑，目送他们，她很高兴，终于见到了不一样的陈蕾。

嘎——吱。

之前紧闭的淡黄色的木门缓缓打开。

廖芬芳精神涣散地走出来。

“粥粥，你听到声音了吗？”

廖芬芳慌张地从口袋里掏出药瓶，哗啦一下在手心倒了七八片药，塞入口腔，被陈蕾放在茶几上的热茶还在冒热气，廖芬芳灌下一大口，姜采采怀疑外婆的喉管都被烫化了。

她呢喃着。

“他们在找我……他们找到我了……还是找到我了……”

第十章

36 小时：秘密

01

老红塔和江棉厂的地块是连成一片的，市政规划是先拆江棉厂再拆老红塔，灰砖巷子的白墙上画了大红叉，一派寂寥景象。

远光灯终于甩在了墙壁上，前方已无路可走，陈蕾踩下刹车，没有熄火，她保留着车灯，下车走到车前，灯光将她的影子放大，反过来看，黑影像巨人一样将她的肉身裹藏。

从檀韵花园出来，陈蕾坚持自己驾车，夏清如坐在副驾驶位上，他不知道妻子要往哪里开，直到看到铁桥，才想起来陈蕾大概是要去江棉厂老宿舍。路上有路障，陈蕾不仅没停车，反而把车开上铁桥，离开了已经被拆得面目全非的江棉厂老宿舍。

天光就要完全被黑夜吞噬，满眼都是幽幽的墨蓝，夏清如跟着陈蕾一起下了车，叉着腰，四下环顾。

这一片地皮很大，拆迁工程也很大，春节就要到了，工人们也早都放假了，周遭寂静，没有生机，远处有几个集装箱屋子，但好像没人住，屋外的晾衣绳空空的。

眼前的荒芜让夏清如畏惧，他感觉后背空荡荡，凉飕飕的，忍不住说："这是什么地方？好荒。"

"老红塔。"陈蕾轻轻地说。

"老红塔？谁住在这里？女儿会在这儿？"夏清如问。

陈蕾不回答，独自朝巷子里走，这一片区域都搬空了，小猫小狗也没留下一只。

“你看到相框里的那张照片没有？”夏清如问。

“什么照片？”

“采采穿红棉袄的那张。”

“怎么了？”

“那是我们最后一次拍全家福的时候，叫上采采一块拍的，我有印象。”

陈蕾停下脚步，和夏清如对视了一眼。

她记得，相框里没有一张全家福，采采那张是依着轮廓剪下来的。

“你确定？”

“嗯。”

陈蕾想起来了，丈夫说的照片，采采应该是被她和夏清如夹在中间的，她的父母和女儿坐在前面的沙发上。

她皱起眉头，内心打鼓，那是她的父亲最后一次在影楼照相。她的父亲好心叫上采采一起拍照留念，可是他们一家人竟然都被剪去了。如果照片太大，不适合放入相框，可以不放，为什么要剪成那样？谁干的？

陈蕾心头冒出一连串的疑问。

“我说不好是什么感觉，你刚刚为什么急着拉我走？”夏清如说。

陈蕾憋着气，加快脚步，继续往巷子深处走。

“你要到哪里去？”夏清如不明白妻子的用意，他观察这个像废墟一样的社区，不觉得会有人住在这里，行走在其间，越过一个又一个黑黢黢的空屋，他只觉得毛骨悚然。

陈蕾的脚步突然停了，她注视着油漆斑驳的木头门。夏清如不知道门后就是汪荻家的老宅子，但他注意到木门的角落有一堆灰烬，灰烬外围有一个圈，圈的西北角留了个缺口，小木棍歪在灰烬里，圈外也有一坨灰片子，一看就知道这是祭奠亲人时烧的黄纸、元宝。

陈蕾一把将门推开，闯入院内，前院里种了一棵桑葚树，树还活着，三间屋子的门上都上了锁。她朝正中间的屋子走去，用力扒开门缝，把脸贴上缝隙，拼命往里看。

这一刻，她回忆起，1980 年的夏天，铁皮屋前，她和汪荻也是这样，趴在门缝上，拼命往里看。

“你在找卷儿？”夏清如敏锐地觉察到妻子的意图，他点亮手机上的手电筒，透过另一间屋子的门与框间的缝隙，把灯光照入屋子里看，同时，他问，“这里是什么地方？”

“汪荻家的老房子。”陈蕾终于说出口。

这间老屋前后都是院子，进后院要穿过正屋。

夏清如作势要撞门，他是个文人，没练过肌肉，靠他的肩膀撞门，估计首先损毁的是他的骨头。但陈蕾有办法，她瞟了一眼枯死的金橘盆栽，伸出两根指头，从一层又厚又脆的枯叶里摸出一把铜钥匙。

这场景戏剧得仿佛排练过，她听到丈夫发出“嗞”的一声，她没看他，但心里想，别人家的秘密，她知道得确实太多了。

老屋的地还是水泥地，屋内有尘，确实是许久没来过人了。灯是用裸露的电线直接拉着的，开关是挂在墙壁上的一根线，但电已经全切断了，夏清如拉了两下绳子，灯不亮，只有咔嗒咔嗒的声响。

陈蕾进屋之后就不走动了，像盆栽一样定在屋子中央，夏清如看到后门就走过去推开，门后的院子小得很，像口井。

没人。

女儿不在这个鬼地方。

陈蕾松了一口气。

回到车内，他们先是各怀心事地沉默，然后，陈蕾问：“汪荻是哪一年去南都的？”

“2008 年，你忘了？那年挺多好学校搞自主招生的，我帮采采关注了几个学校，建议汪荻带她去考，不过，汪荻没听我的。”

陈蕾冷笑，她记起来了，当时，丈夫把精心制作的表格、文件还有复习资料整整齐齐地带回家并转述廖芬芳的话，说，汪荻去南都上班了，等过几个月稳定了，大概会把采采转去南都念书。她听了只觉得搞笑，在心里暗讽了一句，痴人说梦。

夏清如说：“这些年，汪荻不会一直跟赵树在一块吧？”

陈蕾阴着脸，啃指头，她遇到难题的时候总喜欢啃指头。从前考试挂科，夏清如帮她复习准备补考的时候，她就有这个毛病，后来，不再做学生了，当了老师，毛病才没了。

她觉得丈夫问了个好问题。

“太巧了，赵树不是逃出去了吗？他几年不回来，偏偏这个时候回来了？唉，汪荻怎么就摆脱不了他……”

“你不觉得这事跟汪荻有关系？”陈蕾反问夏清如。

“你的意思是，赵树威胁汪荻？”

“那你怎么解释采采的反常行为？你不是说，采采很讨厌赵树吗？”

“你的意思是……”

“赵树是刀，采采是诱饵……是汪荻在捣鬼……”

夏清如心里一惊，女儿失踪后，他做过很多猜测和联想，危险的、惊悚的、混乱的，他想女儿的失踪如果跟赵树有关，那恐怕是赵树在外混不下去了，绑人求财。他知道自己的想法离谱，没想到陈蕾冒出的话，比他的还要离谱。

看不懂，想不通，夏清如凝视陈蕾，心想，如果隐瞒算劣迹的话，妻子可谓“劣迹斑斑”。他想，妻子隐瞒他的，或许远不止女儿作弊这一件事。

02

谭庆菊在距离医院步行十五分钟的快捷酒店开了标间，方便前来换班看护的家人朋友休息。

两张床的标间，墙面被刷成了淡绿色，洗手间是用玻璃隔出来的。汪荻走到窗前，拉开遮光窗帘，自然光永远比人造光有能量，即便是在冬天，即便隔着雾与尘埃，即便太阳已快落山，但人潮涌动的马路、常青的灌木与树，车行声、人声，还是充满活力。只要被阳光滋养，万物就有生命力。

人民医院的灯牌被树丛遮挡，四个大字完整露出来的只有一个“人”字，余下的只有“院”字露出一大半，它的双耳旁被遮住，变成了“完”。

这是什么兆头呀……汪荻垂下眼皮，哗啦一下，又把窗帘拉上了。

谭庆梅在重症监护室内，不许探视，但家属要保证随叫随到。谭庆菊跟汪荻说白天就在医院守着，晚上还是回酒店休息，有急事再赶过去，来得及。

汪荻把谭庆菊的方案改了，她自诩年轻，平时就常上夜班，能熬夜，晚上她一个人来守。谭庆菊起先不同意，但汪荻坚持，谭庆菊就没再推辞，她拿出房卡，赶汪荻来酒店休息。

这一次，汪荻并不纯粹是为了讨好，她不想和熟人待在一起，不想回忆过去。独自待着，于她而言轻松自在，而且方便。

她洗澡时把内裤搓了，其余的衣服照样穿回身上，内裤用电吹风吹了个半干，用细钢丝衣架撑起来，挂在了空调出风口下面。

相较于制热，快捷酒店里高悬的发黄的白色空调更擅长制造噪声，可那噪声对汪荻来说却有催眠的功效，她盖上被子，很快就睡了过去。

再睁开眼的时候，天都黑透了，汪荻一骨碌爬起来，噩梦让她的心乱跳，她跑进浴室，往脸上狠狠泼了两把冷水。

清醒了。

有人敲她的房门。

汪荻去看猫眼，物镜将人缩得小小的，夏清如和陈蕾站在房门外。

早上八点，他们在手术室门外分别，到现在又是十多个小时过去了，汪荻觉得陈蕾和夏清如老了不止十岁，陈蕾一开口说话，更是把汪荻吓了一跳，她的声音很粗，没一点女人味。

汪荻吃惊地说：“你怎么了，病啦？”

夏清如轻声说：“老毛病了，咽炎，发得急的时候就这样。”

“我烧点水给你们喝。”

“清如，你去给我买杯热茶。”陈蕾拦住汪荻，深深地看了丈夫一眼。

“走的时候买吧。”

“你去呀。”

汪荻感觉出夏清如不愿意去买茶，主动说她去，夏清如拦住她说不用，他瞟了一眼陈蕾，意味深长地说：“行吧，你先，我等你。”

汪荻觉得纳闷，不解，她送夏清如出门，跟他说，自己不喝茶，买陈蕾喜欢的就行。

夏清如有些佝偻了，背影像个老头，他以前一直是很挺拔的，汪荻觉得心酸，一回头，就见陈蕾把窗帘拉开了，她孤零零地站在窗边，特别像镜湖里的雕塑莫愁女，名叫莫愁，却一脸忧郁。汪荻叹了口气，她想，孩子不见了，父母还能有什么好状态？要是和过去一样，才真是要出大问题。

“你这个嗓子算职业病了吧？要注意保养啊。”汪荻尽量让自己的声音像棉花一样柔软。她将床上的白棉被抓起来抖了抖，又认认真真地铺好，两个厚枕头也是一样，先抖再拍，感觉弄干净了之后，她过去挽陈蕾的胳膊，说：“你别瞎想，累不累，要不要躺下休息会儿？我拍着你。”

猝不及防地，她的手被陈蕾紧紧抓住，刺入骨髓的冰冷，令汪荻禁不住小声地倒抽一口气，不是碰到，而是被捉住，她好像是要生擒她。

“汪荻，我想和你说件事。”

陈蕾瞪着眼睛，直愣愣的，再加上粗嘎的声线，鬼上身一样，汪荻看得紧张，她总感觉不妙，陈蕾要说的话，恐怕不是什么好话。

“你坐下，慢慢说，别急。”

汪荻努力掩饰不安，把陈蕾按在了床铺上，她蹲下，准备帮陈蕾把鞋脱了，但陈蕾猛地把脚往后一撤，令她伸出的手捉了个空。

这时，陈蕾的语速突然加快了，她急匆匆地说：“我爸去世前，有遗言，我还没跟你说过，你要听吗？”

汪荻反应不过来，太意外了，她半天才把头抬起来，蹲着朝陈蕾望过去。

“……你怎么突然想起来说这个？”

空调出风的噪声很响，汪荻望见她被风吹得扬起的黑色蕾丝内裤，脸一下臊红了。

晾着的内裤怎么忘了收呀？也不知道夏清如看到没。

汪荻的心脏在怦怦跳，她想站起来把内裤收起来，却怎么也动不了。

是关于那件事的吗？匿名信？

汪荻无法否认自己好奇，但张不开口，和许多年前一样，她倾向于不要听到答案。

陈蕾也在沉默，就在汪荻以为她会和许多年前的自己一样临阵脱逃时，陈蕾开口了。

“我爸叫我好好照顾你，他说他这辈子做过的最大的错事，就是在刘爷爷拿着匿名信来找他问怎么处理汪伯伯的事时，说了句公事公办……他这一辈子都在后悔，没在汪伯伯需要的时候帮他说话，但我爸爸就是那样的人，你懂他的性格，是吧？……粥粥，那封匿名信真的不是我爸写的。”

前年春天。

陈朝阳生命的最后时光。

汪荻正像只老鼠一样在南都躲藏，她怕得要死，但还是在大白天出了门，跨越一座城市，去送陈叔叔最后一程。赶到医院的时候，陈朝阳身上的管子都拔了，她哭得很厉害，无法自控，除了悲伤、不舍之外，她没有任何其他的情绪，那一刻，她就觉得，床上躺着的，是她父亲。

陈蕾的诉说有些急迫，再加上她的破锣嗓子，无法称得上煽情，但当她说出第一句话后，汪荻的泪腺就被激活了，眼泪向外滚，她不得不扭着脖子，用后脑勺对着陈蕾，控制住呼吸，手背不住地在脸上揉擦。

是这样啊……可你为什么选在这个时候说呢？女儿丢了，怕有报应？

你想要什么？原谅？

可我从来也没有怪过你呀……

03

汪荻和母亲不一样，她已经很少想起父亲汪瀚洋了。

父亲是一家之主，但早早地丢下了他作为一家之主的权利与责任。汪荻也是在历经磋磨之后，才突然意识到，父亲放弃她和母亲的时间远在他的肉体膨胀、腐烂之前。

在江棉厂人人艳羡的家里，父亲总是窝在书房，锁上门，不让任何人打扰，母亲让她去拍门，父亲才会开，她缠着父亲要学画画，父亲烦了，就在书房备一盒奶糖，每次她拍门，就用两颗糖把她打发走。

吃糖的时候，她很快乐，看不见母亲泪汪汪的眼睛和父亲冰冷的表情。

吃苦的时候，她才明白，她所以为的童年的快乐，并不是真正的快乐，它们无法提供力量助她渡过苦海，于是，她把那些快乐的感觉储存起来，像玩具一样锁在铁盒子里，长时间不去回忆，锁眼锈了，玩具也取不出来了。

“我真没想到，你心思这么重。”过了好一会儿，汪荻扭过脸，在泪光中对陈蕾笑了一下，“我知道，你现在心里不好受，会忍不住乱想，别怕，卷儿肯定没事，她外公在天上保佑她……”

“你不信？”陈蕾似乎并不满意她的回应。

“嗯？”

“我可以用卷儿发誓，真的不是假话。”

汪荻怔住，困惑于陈蕾的状态和语言，眼泪终于彻底停了，抢着跑出来的那些干在脸上，被空调的热风一吹，表皮漾出几道假性皱纹。

“我信哪，怎么了？”

“你比我想象中平静……”

陈蕾往床头坐了坐，拉远了和汪荻之间的距离。

“所以我说没想到你心思那么重，爸爸们都去世了，现在还说那些事干吗呢？”汪荻站起来，腿有点麻，她跺跺脚，说，“……那个丁岚岚，她害死我们了。”

“你是这样想的？这么说，你就是不相信啊……”

“没有啊，我说什么了？”

汪荻不耐烦了，她本来就很不满，想到刚刚夏清如欲言又止的样子，她很失望。

她一直以为，陈叔叔家和江棉厂里那些成日嚼舌的人家是不一样的，但好像，他们家也常常在她不知道的时候，把她痛苦的家事拿到桌面上当一道下饭菜。

“你到底想要说什么？”

“昨天，你迟到了，你去哪里了？为什么迟到？”

汪荻扑闪着眼睛，有点心虚，昨天是迟到了，她本来告诉陈蕾中午到，但雇主挑剔，耽误了时间，她不能反抗雇主的挑剔，因为还想他结清所有她该赚到的钱。

她对所有亲朋隐瞒了自己的职业，包括母亲和女儿。保姆，在她眼里是个下等职业，在她们眼中也是一样，说出来要被人看不起。

“工作忙……迟是迟了点，不过也没耽误事嘛，我一下车就来医院了……”汪荻在解释的同时，脑海里突然跳出昨天女儿问她的一个问题，于是，酸酸地说，“你也是，阿姨手术推迟你都没告诉我，我晚一天请假，多拿一天工资呢。你不知道，私人老板黑心得很，请假难得要命。”

“你在南都哪个单位？领导电话给我，我帮你跟他解释。”

“不用……不用……”

汪荻觉得自己快要流汗了，心里七上八下，她不敢看陈蕾，眼睛慌乱地扫视快捷酒店里灰灰的地毯。

“你真的在南都有工作吗？还是在南都被人养着？”

这话很刺耳，相当于羞辱，汪荻听得很不爽，没好气地说：“陈蕾，我体谅你情绪不好，但你不能这样讲话的。”

“当初，我们说请律师给你打离婚官司，你不接受我们的好心，赵树还在被通缉，汪荻，你竟然还和他纠缠不清，你是个母亲啊，却从不考虑孩子，好好的一个孩子，叫你弄成了犯罪分子的子女。”

猝不及防地听到赵树这个名字，汪荻吓得一激灵，脑海里一片空白，耳朵里嗡嗡响，恐惧再一次让汪荻软着腿坐了下来。

“腿软？站不住？昨天下午，你在我家里，也是这样的。”

汪荻抬起下巴，向陈蕾投去困惑的视线，她很诧异，昨天她的窘态竟然被陈蕾注意到了，哪有这样的人？女儿失踪了，还有心情观察别人？

“赵树回来了吧？我刚从檀韵花园过来的，什么都知道了，你别藏了。”

汪荻没听懂，但她不能说话，赵树死了呀，这是个秘密。

陈蕾一家人和赵树不熟，他们大概只见过两次，第一次，是她和赵树刚结婚的时候，陈蕾组局，说两家人认识一下，席上，赵树不停地探测陈蕾的家底，让他们投钱来做理财。赵树身上的市井气息估计把陈蕾和夏清如熏坏了，后来，他们再没组局叫过赵树一起吃饭。

第二次，就是她流产那次，她在病房里醒过来，听到病房外激烈的争吵声，陈蕾和夏清如说要给她请律师打离婚官司，不仅要让赵树净身出户，更要他为他的暴力行为付出代价。

病房外面一片混乱，惊呼声、瓶子碎裂的声音和赵树恶狠狠的威胁混杂在一起，赵树说他们敢撺掇她离婚，就弄死他们全家。

他们现在才想起来害怕？汪荻有点想笑，太晚了吧。

“你怀疑卷儿是遭人绑架了？他干的？”汪荻觉得自己想明白了，她包容地望着陈蕾，说，“我说了你别不高兴，你们家条件是不错，但也算不上多有钱，我在南都接触的有钱人还真不少，他那种人，真要干，也是干票大的……”

“我们家的经济状况什么样，还不是要看你怎么说？”陈蕾插话打断她，说，“小孩子就是小孩子，藏不住，我要不是和采采聊了，也意识不到，你们竟然这么恨我们。汪荻，我不管你是顺水推舟，还是蓄意筹谋，我告诉你，我妈要是出了意外，挺不过去，我跟你没完。”

汪荻听蒙了，拍门的声音传来，她挪不动步子去看。

陈蕾看了一眼房门，坚定地说：“把我女儿送回来。”

汪荻终于懂了，陈蕾怀疑的不是赵树，而是她，她诧异、愤怒，反问：“我掏心掏肺地对你，工作不要了，回来伺候你妈，你怀疑我？”

门锁发出嘀嘀的响声，是夏清如找来服务员，用万能卡开了房门。

汪荻瞥见夏清如两手空空地站在门外，明白他根本没去买茶，而是在门口偷听。

她感到心寒，用一个深而长的呼吸释放内心的挣扎后，突然说：“陈蕾，我就问你一件事，老红塔，铁皮屋，我奶奶家里那些油画，你回家以后，告诉你爸妈了吗？”

陈蕾的面色一下子灰了，她如遭雷击，她鼓出来的眼珠上爬满了血丝。

汪荻背过身去，她知道自己说了最狠的话，撕开那层薄膜，露出了她与她之间最深的纠葛。

后悔吗？有点吧。

“好，好啊，果然，你是这样想的。”

“你别猜我是怎么想的，你猜不到，这些年我过的日子，你根本就没法想象。我只问你，陈蕾，你保守秘密了吗？我爸画的那些裸体油画，难道不是你说出去的?!”

啜泣声，脚步声，摔门声……

四十年的交情，她当珍宝一样呵护的友谊，就这样轻易被碾碎在指尖。

陈蕾跑了，夏清如还来不及撤退。

“你们太欺负人了！”汪荻委屈地哭诉着。

04

秘密从来也不是好东西，像暗处的野兽，不见天光便不见全貌，但只要跑出来，就一定会伤人。

夏清如并不愿意知道秘密，秘密却总是猝不及防地暴露。

1994 年，江棉厂盛大的婚礼的秘密，汪荻以为瞒得滴水不漏，但其实，真相，他和陈蕾是早就知道的，而且远在赵树在医院发疯，大骂汪荻是个做人情妇的烂货之前。

姜国胜是生意场上的人，婚礼上宴的客都是人精，酒盅里的酒掺没掺水，闻一闻就知道，没法糊弄。姜国胜喝多了，送他和陈蕾离席时，把半个身体的重量都压在夏清如的后背上，醉醺醺地告诉他们，汪荻有了，然后就失态地淫笑。幸亏，姜国胜不是在席面上发酒疯，这种未婚先孕的秘密但凡被别人听见，隔天就会传遍整个江棉厂。

他和陈蕾自然是要恭喜，发自内心地，因为既然已经结婚，有了孩子就是喜上加喜，他和陈蕾也已经把要孩子的事提上日程了。

可姜国胜不知是太高兴，还是真醉了，话锋一转，竟神神秘秘地低语道，他在老家已经有儿子了，汪荻这胎生的要是女儿，那就应了命了。算命的说，他命里有三子一女，第二个必然是女孩，到时候取名叫采采，为什么呢？因为“雄州雾列，俊采星驰”，四个孩子依次排开，俊俊之后是采采，大师点过的名字，旺他的命，拨开云雾，见喜见财，好名字旺三代，香港有个大明星就用了星驰做名字。

他问他们夫妇听不听得懂玄学，有没有做过研究，算命的说他是朱雀乘风的命格，注定大富大贵。见他们一脸错愕，姜国胜又嘿嘿笑起来，把胸脯拍得山响，说他和汪荻是爱情，让他们不要担心，过两年，等生意稳定了，肯定把汪荻扶正。

这个秘密让他们一夜无眠。

他问陈蕾该怎么办，陈蕾说，都到这一步了，说什么都晚了，算了，只要汪荻不谈，他们就当作什么都不知道。

汪荻是妻子的密友，他得注意与她交往的分寸，既然妻子都这样说了，他也没什么可反驳的，很少有人能做到不妄议他人之事，所谓“逢人不说人间事，便是人间无事人”，那个时候，夏清如只觉得妻子超凡脱俗，不是一般的女人。

可是，站在酒店房门外听到的新的秘密，颠覆了夏清如的想法。

“其实，你比汪荻更怕吧？”

“我怕什么？”

“爸临终前交代的话，让你解脱了，对吗？”

陈蕾的手紧紧攥住安全带，紧抿嘴唇，她的眼神富有攻击性，可是瞳仁的最深处，却露着一丝怯。

夏清如知道自己猜对了，对往事心存芥蒂的不只是汪荻，妻子说不定比汪荻还要放不下。

岳父昏迷前，留下的话，夏清如听了一半。

岳父拉着妻子的手说：“我不担心你，你很幸运，清如是个人品过硬的人，他会一辈子待你好的。你事业好，家庭也好，爸爸有你这个好孩子，是这辈子有福气。你妈妈我也不担心，她刚硬，什么问题都能自己解决，但汪荻命苦，你能照顾就照顾一点。这件事你妈妈跟我看法不同，我怕我走了，将来两家人就成陌路人了，那样的话，我心里过意不去，过不去……”

再后面的话，夏清如没听到，陈蕾把他支走了，方法和今天的差不多，让他去找医生问问病情。

等他再回来时，岳父就不大好了，陈蕾在一边哭，她的手机上有一段录音，他听过，录音只有开头陈蕾的声音，说让岳父再说说，但岳父说不出来了。声纹很有节奏地波动，他喘气，激烈地喘气，三四声之后停下，缓两秒再继续喘。

夏清如一直以为，妻子是想要录下岳父的话，拿来怀念，现在才明白过来，陈蕾想要录下来的是什么。

岳父对汪荻一家人格外关照，在汪荻看来，究竟是出于人情还是补偿，仍不好说。但夏清如可以断定，妻子一直活在“背叛者”的惶恐里，直到岳父离世的那一刻才解脱。

“我们认识二十年了，你怀疑我？”陈蕾一根细细的食指指向她自己，似乎很委屈。

夏清如把视线转回来，看向窗外，打右转向灯，踩油门，把车开入主路，他用沉默代替了回答。

和谭庆菊约好的换班时间是晚上八点半，和向前约的见面时间是晚上十点，中间有一个半小时的时间差。汪荻在酒店大哭一场，椎心泣血，她收拾好自己出门时，已经是晚上八点半了。到了医院，谭庆菊大概并不知道陈蕾刚和她吵了一架，待她还是很客气，见她脸色不好，还劝她回酒店。

汪荻固执地坐下，她试探地问谭庆菊，陈蕾来过没有。谭庆菊说傍晚的时候来了，状态不好，医生过来说明天可以安排一小时探视，他们都很头疼，不晓得怎么处理，卷儿再不回来，真要出人命。

汪荻又问，那怎么办呢？谭庆菊说，找呀，要动起来，反正不可能在家等着。谭庆菊走了没五分钟，她就夹着皮包溜出了住院部，她迫不及待地想要见到向前。向前曾是赵树的跟班，现在是她的情人，他们在一起已经有四年多了。

急诊大厅内部开了空调，很暖和，汪荻站在门口，伸长脖子朝外看，门上的感应装置总是感应到她，于是门开开合合，她只能跑出去，站在寒风里哆嗦着等。

阴风阵阵，她想起自己认识向前时，向前才二十六岁，模样比现在还难看，原因在于他露出了残缺的左耳，头发留长一些就可以遮挡住的残缺，他偏要露出来，极短的寸头再加上不苟言笑的黝黑的脸，使他看起来就像恶魔降临人间。

赵树把向前介绍给她，说是公司同事，汪荻与他对视，视线一碰，他就移开了眼。他的发型让汪荻对他有印象，第一次进店，所有男人都围住她调戏的时候，他一直蹲在墙角，没抬过头。

也就是那一次，汪荻发现向前的左眼不会动，她其实有些受惊，但控制住了自己，而且，她发现，向前的右眼其实长得还行，眼神比在场的所有男人都要温和，或者说，透着怯懦。

后来她才知道，向前因为破相的脸受过不少苦，很早就辍学了，也找不到工作，但赵树给他工作，还亲自带他去理发店，找托尼老师把他的长头发剃成了寸头，故意露出他脸上所有的缺陷。

所有人都说向前很㞞，说话声跟蚊子叫一样，见了男人躲，见了女人更躲，干催收不合适，赵树却总是拨着他的脸，恨不得亲上一口。他拿向前做“吉祥物”，不需要他打斗，只要他够吓人就可以。

在饭桌上，一帮男人一边喝酒一边调侃向前的假眼取乐。汪荻心软，觉得向前太可怜，藏不住的伤口本就难以愈合，还要日日被人撕开，撒盐。她多嘴提醒了赵树一句，赵树觉得没面子，当众给了她一耳光，她摔在桌上，把铜锅羊肉都给打翻了。

冷，汪荻抱着胳膊，左手的手指正好抠在烫伤留下的伤疤上，她想，向前可真够倒霉的，遇上他们夫妻俩。

她对不起向前，把向前拖下水，她的罪恶就洗不清了。

可是她没办法，弱者无力抵抗，只能让心肠歹毒起来。

05

从街道辞职前，汪荻听过一场妇联组织的关于家庭暴力的讲座，专家呼吁所有遭受家庭暴力的女性都能勇敢地站出来说不，可是纪录片里出现了一个女囚，她哭诉丈夫威胁她，那女囚的丈夫说她胆敢先死就杀她全家。

视频摧毁了汪荻的心理防线。原本，她是想步父亲的后尘自杀的，可是，纪录片告诉她，碰到赵树这样的疯子，事情不是她先死一步就能解决的。

汪荻想得出神，向前把车停在她面前，冲她按喇叭，吓得她一激灵。

和昨日不同，向前换了一辆车，这辆破旧的面包车，车身上到处是随意补的颜色突兀的漆块。这车倒是汪荻熟悉的那辆，她拉开车门钻进去，扑鼻的动物的臊臭味令她下意识地捂住口鼻。

坐在飞驰的车上，有种逃命的感觉，这感觉让汪荻舒服，远方就是生路，不似停滞不前时只能坐以待毙的空虚感。

城市发展得太快，如今，汪荻已不能识得故乡的全部，她认真地看向窗外，遥遥望见瀚文中学的灯牌在高架桥下晃过，才反应过来向前把车开来了新区。再往前，最多还有十公里，他们就会彻底离开江城市的市区。

汪荻有了安全感，她开始倾诉，絮絮叨叨的，发泄着愤懑和委屈，这个世界上，向前是她唯一的听众。

“昨天去我家的，是你吧？”汪荻问。

“檀韵花园里面有个老浑蛋总欺负你妈和采采，昨天中午，把一条死狗摔到你们家里，妈的，老狗日的……”

汪荻叹了口气，怅然若失，她没有冲向前发火，质问他凭什么介入她的生活，他在她的母亲和女儿面前露脸，让她的脸往哪里放？其实，她已经破罐子破摔，无所谓脸面了，无论经历了怎样的挫折，她心里始终期待有个男人为她撑起一片天，母亲八成也是这么想的，所以才默许了她的选择，放任自流。

“谁欺负她们？”汪荻问。

“一个老头，我没见到，采采不告诉我，我要是知道了，弄死他！”

“别这么说。”

“应该没事，我昨天开的车是借的，底子很干净，估计警察一时半会儿查不出什么。”

“向前，四年了，你说……是不是到时候了？”

向前注视着前方被远光灯照亮的路，不说话。汪荻能感觉到车速越来越快，她想起昨天下午在医院门口，向前连看到带警棍的保安都很慌张，猜想他一定也很害怕。瞥了一眼油表，她提醒道："车快没油了。"

他们在江城和当县交界的地方找到了加油站，给车子加油时，汪荻下车透气，夜里的风冷得她缩脖子，也让她神志清明。她走出加油站，踩上路边乱草丛生的野坡，月光将她的影子投在杂草上，风一吹，她的影子就歪歪扭扭，不像人影，倒像是飘游的孤魂。

周遭僻静，马路狭长，偶尔驶过的都是大货车，开着远光灯，贼亮，那样的亮光照在空无一人的野地上，冷冷的空气里飘浮的尘埃都能被看见，它们悬浮着，星星点点，像炸碎了的雪花。

加好油，向前把车开过来，冲她按喇叭。汪荻裹着衣服，转过身，说等会儿，缓一缓，坐车坐得她想吐。

于是，向前熄了火，也下了车。汪荻以为他会爬上这个小野坡和自己一起在月色下站一站，这个想法甚至令她觉得可笑，亡命之徒还在妄想浪漫，但她确实是心怀期待的，很久很久，没有与人在月色下站一站了。

不过，向前没有过来，他朝车后走，在阴影里侧身撒了野尿，汪荻顿时觉得兴致全无，蠢蠢欲动的温柔挨了一棒槌，她失望地看向夜空。

"加油站里不是有厕所吗？你讲点文明行不行？"

向前穿了一件皮夹克，衣服太薄，他缩着脖子，靠抖动取暖，显得极没气质，虽然气质这个词本来就与他无关，但汪荻很在乎。

"我们逃吧，"烟头的火光一闪，向前瞥了汪荻一眼，说，"逃远一点，南都也不安全了。"

汪荻轻笑，问："哪里安全呢？"

"往山里去，找个林子，能躲得住，你上次不是跟我说，有个富婆跟她老公交了十几万去山里住了一个月减肥吗？傻 ×，花钱挨饿，老子就没见过这样的傻 ×，到时候，就逮那样的弄钱，肯定一弄一个准。"

"你懂什么？那叫辟谷，要给人讲课的，中医，易经，还有什么区块链，你会啊？”

向前像饥饿的人狼吞虎咽那样猛吸几口烟，然后把烟头弹飞，烟头飞得很远，起初还能看见火星，落入草丛之前已经黑了。

“不扯淡了，讲真的，走吧。”

汪荻认真地想了想，说：“你走吧，我不能走，过了今晚，我们就分道扬镳，好吧？”

“为什么？”

“不管怎么样，我都不能跟陈蕾计较，你不懂，将来，采采还得靠他们引路，等卷儿回家了，我就去跟陈蕾道歉。不管躲不躲得掉，你走吧，去足够远的地方，开始新的生活，蛮好的。”

向前嘀咕了句粗话，又开始点烟。周遭太静，打火轮与火石摩擦的声音，火星攀上棉芯的声音一一响起，火焰蹿出来，他含住烟嘴，猛吸了一口，每一次看他这样吸烟，汪荻的眼神都会变得迷离。

朦朦胧胧，看不清，总是美的。

“还是我没本事呗。”他把将要燃尽的烟捻灭，看向汪荻，说，“你是不是怪我？”

“胡说什么呢？”

“那天是我搞砸的，不该是那样的。”

向前夹着烟的手指微微发抖，这一次，烟没有点上，汪荻觉得不是他不想点，而是点不着。

汪荻心里说不出地难受，她觉得他真是够傻的，到现在还觉得那场注定的凶杀是可以避免的。

她同情他，从背后抱住他安慰他，她想，她是爱他的，至少应该爱他，他是这个世界上唯一肯为她拼命的男人。

她的手变得很柔软，身体也是，气息和声音带着炽热，他们总在不该燃起情欲的时刻燃起澎湃的欲望，他转过身，咬她，用力把她往车里挤。

她在迷糊眩晕里，拉开与他的距离，嘀咕了一句，不在车里。

她不知道为何要做这样的坚持，但要一张床，一间屋，是她最后的坚持。

06

这些年逃跑与藏匿的生活，她与他是绑在一起的。

她扎入人潮汹涌的南都，隐匿在都市之中偷生，向前则在南都、马市、当县、江城一带四处活动，居无定所。他们每个月都能见一两次，大都在卫生条件糟糕的小旅店里。

装修恶俗的小旅店，蚊帐一样的纱幔是玫红色的，老旧的空调嗡嗡作响，卖力地工作，每一次都大汗淋漓。完事以后，她渴望能好好睡一觉，他则喜欢边吸烟边说话。

“你别小看采采，将来，等她有出息了，天河新村那家人不一定攀得起她。”

“女孩子，一辈子平平安安的就行了，跟陈蕾一样在江师大当个老师，又体面又稳定，多好。”

“你也不问问她想不想？”

“她肯定想啊，怎么会不想？”

“我听她的意思，是想走。”

汪荻睁开眼睛，剜了向前一眼，说：“你别掺和。”

向前知道汪荻在怪他，怪他侵入她的生活，但他有一个微不足道的梦想，想要有个家。

他认识姜采采也有八九年了，孩子的八九年，变化是巨大的。起初，他与她接触得很少，她小，他怕他的一张丑脸吓到她。

出事后，他和汪荻一起藏在南都，他还没开始偷狗，每晚都逃不过满手鲜血的噩梦。后来汪荻突然打他的电话，说要回江城，万一回不来，让他保重，他不知道情况，把心一横，跑回来找她，人就躲在檀韵花园楼间过道的阴影里，被采采发现了。

她煮了速冻的素三鲜水饺，装在不锈钢饭盒里端出来给他吃，告诉他，妈妈和外婆都在医院，陈爷爷不行了，晚上估计回不来。他借着黑暗藏住半张脸，像个成熟的长辈那样教育她，把门锁好，晚上不要随随便便跑出门，危险，小心坏人。她点头，说谢谢他在汪荻急救的时候垫付了医药费，他是好人。

被盖了个“好人戳”，向前感觉心头像被傍晚的海风拂过，那样清爽、干净，有一点咸，也有一点苦。

他把姜采采当成自己的孩子，但绝不好意思告诉汪荻，他知道自己不配，并不需要被提醒。

“我女儿是天使，我不沾她，你也一样。”

女儿是个天使，医院里的医护人员都这么说。她命悬一线时，女儿为了救她，攥住医生的白大褂声泪俱下地哀求。医生告诉她的时候，摸着女儿的头，半开玩笑地说，小姑娘，你拉得真紧啊，几个人都拽不动你，你要是再晚点放手，你妈就真危险啦！

回忆起往事，汪荻嘴角微微扯动，心里是暖的。

“对了，你妈……我看她情况不太好，估计要找人看看。”

“嗯，我知道。”

汪荻烦闷得很，皮包里有母亲常吃的药，她知道母亲状态糟糕，但不知道糟糕到了什么程度。

她问向前，都看到什么了。

向前说：“昨天，我去你家，她好像把我当成你爸了。”

汪荻眉头一皱，扭头又看了向前一眼，似乎是在他脸上寻找过世的父亲的影子，但匆匆一瞥，她就失去了兴趣，她想，母亲确实是疯了，她的父亲怎么会是这样的？

“想不到你还挺会哄人。”汪荻闷声闷气地说了一句。

"什么？"

"昨天，我妈特别高兴，做了一桌子菜，都是我爸爱吃的。"

"你爸妈感情不好吧？"

汪荻嗯了一声，她从未和向前说过她家的往事，不知道向前是怎么猜到的。

"你妈是不是做了对不起你爸的事情？"向前接着又问。

没有，汪荻在心里说，是爸爸对不起她们。

她觉得很困了，翻身闭上眼，打了个哈欠，随口说了一句：

"你为什么这么说？"

"你妈昨天对着我哭，还给我下跪，说不该写一封信，求我放过她。"

听到这里，汪荻只觉得脑袋里轰隆一下，她一骨碌爬起来，惊诧地盯着向前。

"不可能……"

不可能，她不相信，母亲疯了，真疯了。

汪荻呆呆地坐着，上半身裸露在外，眼神空洞。激情退去，房间里还是很冷的，她从内到外凉透，失去了对温度的感知。

"我也就是瞎猜，她很激动，跟我纠缠了半天，你放心，我还是把她哄好了，没出事。"

她掀开被子跳下床，穿衣服，向前问她要干什么，她说要回家。向前见状，也起来穿衣服，说要送她，汪荻刚要拒绝，眼前突然一闪，向前抖牛仔裤的时候，从裤口袋里掉出个银光闪闪的东西。

汪荻看过去，心脏怦怦直跳。

用螺纹工艺编制而成的银质手链，挂着蓝色的水晶吊坠，残留在手心的感觉瞬间回归，汪荻记得，这条链子像蛇一样柔软，也像蛇一样冰凉。

这样的手链一共有两条，陈蕾说是夏清如从国外带回来的，女儿的那条放在盒子里，压在她皮包的最深处，送回家之前她就没乱碰，不可能是她落下的，所以，向前裤子里掉出来的这条是夏绻的。

“你脑门怎么亮晶晶的？”

向前觉得汪荻好像虚脱了，大冷天的，滚出汗来，他试图接近她，她却尖着嗓子喊，向前往前猛跨几步，用力箍住她，他的眼神慌张而凶狠。

几年前，她也这样叫过，在那个改变了他们一生的夜晚。

裸露的电线吊着一盏白炽灯，搏斗让白炽灯激烈摇晃，船只是搁浅了，却晃得好像是在汪洋中与风暴殊死搏斗一般。

她真是够笨的，人躲着，包却放在外面，赵树一来就注意到了，摆好的酒菜一口没吃，满船找她，抓到她后，骑在她身上将她一顿暴打。

每每想到那一幕，汪荻就怕得浑身发抖。真的有像赵树那样的人哪，天不怕地不怕，他大骂她和向前想做潘金莲与西门庆，也不想想他赵树不是武大郎，他骑在汪荻身上，砸碎两个酒瓶子，一个对准她，一个对准向前。

她真的觉得自己要死了，无助地看向被赵树的气势震慑而手足无措的向前，伸长脖子，发出一阵阵绝叫，痛苦、不甘、恨、怨，额前的青筋鼓得要炸开，凄厉的叫声撕破她的躯壳，她的唇角、喉头首先破裂，就好像是灵魂迫不及待地要钻出来。

赵树伸手捂她的嘴，她狠狠地咬他的手指头，这个恶人，连血都是臭的。

赵树吃痛，压住她的腿松了一下，千钧一发的时刻，向前大叫着朝他们扑过来，三个人打成一团。最终，是水泥船舱壁上一枚裸露的钉子给了赵树致命一击，向前还不知道赵树死了，疯了一样打他的肚子，半身都是赵树的呕吐物。后来，还是汪荻最先回过神，用尖叫终结了这场混战。

她曾极其艳丽，但丈夫那么多面和心不和的狐朋狗友，她只敢勾引看起来最没用的那个做情人。如果不是她愤然抵抗，结局一定不是现在这样，他根本就没有做好搏斗的准备，还试图和赵树那样的人讲道理。

最初，她为自己选的武器是钝的。

可是，人是会变的，他们到底还是走出了那一步，一起杀了一个人，杀人的那一刻便是岩浆滚身，重锤击打，从内到外，彻底改变。

她越想越瑟瑟发抖。

雪下得再大，迟早有融化的那一天。

07

2008 年 5 月，奥运圣火传递到江城的那一天。

整座城市因为这场举国欢庆的盛会而沸腾，圣火传递路线被装点一新，沿街都是横幅，警戒线之外，早早就聚满了人，他们手持飘扬的小红旗，兴高采烈地站着，更加热情的人们会在脸上涂彩绘，脑门上扎红绸，遇见高高扬起的摄像机，会对着镜头振臂高呼祖国万岁这样的口号。

汪荻不在人群里，她躺在家里，躺在一片狼藉的地板上，昏着，直到正午的阳光射进房间，扫在她青肿的眼窝上，她的眼睫毛才动了动。

她躺在地上，抬起手抓了一把阳光，胳膊上有道伤口，玻璃碴弄的，出了血，血干了后把衣服粘住了，一会儿得用碘伏一点点地擦，不能一下子撕开，不然，会痛的。

她不想站起来，躺着的时候，那些引起疼痛的细胞都没苏醒，它们应该也累了，想休息了，一旦挣扎着站起来，就会感觉身上没有一块地方是好的，但她还是爬了起来，她听到了隐隐约约的欢呼声和喊口号的声音，失约了，总得给女儿一个交代。

这副鬼样子肯定是不能出门了，不能陪女儿看圣火传递，她扯谎说有个客户改了见面时间，很重要，要去外地，不能等。女儿的声音里有藏不住的失望，她难受，许诺说等回来了买奶油蛋糕给女儿吃，就匆匆挂断了电话。

自从拆迁赔偿款入了账，赵树便更加肆无忌惮，打她取乐也不以喝醉为借口了，全凭心情，完全摸不着规律。他第一次将她的眼窝打成黑的以后，她就不想在街道上班了，她递交辞呈，因为不想让人咀嚼她的不幸，无论是出于好心还是恶意。

本来，她是顾及陈叔叔的，但陈朝阳的身体每况愈下，陈蕾一家人几乎都泡在医院里，没人在乎她是否浪费了一个工作机会。尤其是谭阿姨，可能是听说了她在街道办公室里闹出的笑话，直截了当地告诉她，好自为之，自己顾好自己，他们都老了，有心无力，伸不了手了。

她乖顺地说知道，说自己还年轻，想再闯闯，街道的工资太少了，谭庆梅摆摆手，不愿再同她浪费口舌。

汪荻拉开窗帘，沐浴了一会儿阳光，然后取过笤帚，把地上的碎瓷片、玻璃碴和小菜扫干净，用垃圾袋装好了，却不敢出门，她蹲下，哭起来。

她甚至没有搞清楚，今天早上赵树打她是因为什么。粥烫了，还是嫌菜少了？莫名其妙地就被踹在了地板上，赵树揪起她的头发就把她的脸往地上砸，呼啦一下，她险些被自己的鼻血呛到窒息。

赵树出门前，她迷迷糊糊地问："我去死行吗？你要不然就打狠一点，打死我算了。"

"那多没意思，"赵树的表情她没看见，但他的声音像砍刀一样斩骨头，他说，"你这种贱人，就是要留着慢慢熬，还有你生的贱种，我跟你说，你要是死了，我就帮你好好教育教育她。你把她给老子接回来，天天看你这副熊样，烦死了，采采长大了吧，发育了吧，嘿嘿……"

她戴着口罩、墨镜，缠着头巾去买农药的时候，那个穿白大褂的小姑娘还不肯把农药卖给她，估计以为她要自杀。后来，她打电话把向前叫来，向前一来，小姑娘立刻就卖了，而且，还没让她在本子上登记签字。

谭阿姨说得真对，群众的眼睛确实是雪亮的，向前就是个孬种，她跟他睡了那么多次，他却不敢对赵树动手，哪怕只是打他一顿。

不管怎么样，就是今天，赵树，你的死期到了。

她打算自己来。

只需要向前帮一点小忙就行。

向前家从前是在江里倒腾泥沙的，违法，偷着做，家里有两条船，闲下来的时候，也帮人给河道清淤，有一年误入一个鱼塘，不知道怎么回事，鱼塘里有电，把向前的父亲和继母电死了。

两条船后来归了向前。千禧年之后，江上巡警查得越来越严，向前被抓过一次，钱没挣到，还被罚了款，于是，他就不做了。有胆大敢做不怕抓的，用一条大的水泥船换了向前手上的两条船，向前把水泥船开到废弃码头，弄成了船屋自己住。

"向前，你帮帮我，把赵树约到船上吃饭，我把这个药掺给他吃了，没人帮我，我真弄不过他。他要是挣扎，你就帮我灌一口，你放心，事后我肯定不给你找麻烦，剩下的半瓶药我自己喝了，你把船开出去，把我们都丢江里，没人知道。我真的活不下去了，但我不能一个人死，我还有孩子，还有妈，赵树不是人，我求求你了！"

从前，她为了色诱向前，总是打扮得漂漂亮亮的出现在他面前，她还没有带着伤见过向前。也许是她的伤太过新鲜，向前明显是被吓着了，她其实没理解向前怎么会露出那样痛苦的表情，她想，他们干那行的，肯定是要打人的，何必做出如此不忍的模样?

那一瞬间，她甚至有些害怕，怕自己太过丑陋让向前厌弃，那样的话，她就真的是白撑这么长时间了。

"不能丢江里，丢江里会漂起来。"向前说。

汪荻怕他拒绝，抓住他，立刻说："那我就去自首，我保证不连累你。"

"没事，"向前抬起手，用手掌外侧轻轻触碰她满脸的青肿，说，"交给我，我来办。"

这些年，汪荻一直没有忘记过向前那时的面孔，半张疤脸，逼人的杀气。

那一刻，她甚至忘记了悲伤，只有胆寒，当时她就想，这回，会不会是跳出狼窝，即入虎穴？

向前一张脸上凝固着两种面相，既像神佛又像妖魔，他究竟是来救她的，还是来把她推向另一个深渊的？

即便活得像蝼蚁，他们仍旧有万千种职业可以选择，她选择伺候人，他选择杀戮。

她从来没思考过，他为什么要去杀狗，捡起夏绻的银质手链，她突然想，会不会是他迷上了杀戮的感觉？她不知道答案，但这个念头已经足够让她惊恐。

第十一章

48 小时：陨落

01

“零点的钟声应该是怎样的？印象里，它应该是清脆的。家里的老式三五牌座钟快要坏的时候，报时的声音突然变得悠长，有时像是垂死挣扎的人在吐最后几口绵长的吐不尽的气，我以为它会一直那样歌唱下去，可是有一天，它突然就停下了……没什么好可惜的，它要么坏在那里，要么被人修好，要么会有新的东西将它代替，我一直等待着。一个月前，它有了结局，零点时，我又听见了富有节律的声响，不过，和过去不一样的是，它太过沉闷，咚——咚——咚——，呵，是新的东西将它代替，这是它的结局。”

姜采采坐在书桌前，她的日记本摊开着，写完句号的时候，她看了下电子表，时间是 23 点 59 分 48 秒，她平静地坐直，开始倒计时，无声地，但眉毛、眼睛、鼻梁上的皮肤会跟随着翕动的嘴唇轻微地动，她完全静止的那一刹那，房间外传来了咚——咚——咚——的声音。

外婆又在用头抢地了。

她再也不用抵御心软，假装什么都听不到，强迫自己睡去，因为药已经都被妈妈拿走了，即使她忍不住想要帮外婆平静下来，也帮不上忙。

姜采采把耳机塞入耳孔，打开音乐播放软件，听起了《时间终结四重奏》。盛煊告诉她，这是首传奇音乐，基于《启示录》而创作，写在末日般的时代，它挑战过去，通向未来，指向永恒，也铭刻现在。

她夸奖盛煊，说他很会给人种草[①]，盛煊不好意思地说，他也是从别的地方看来的，不是原创。

日记本里夹着一封信，是两个月之前，远方的，再也不会联系的朋友寄给她的。

何志伟，她应该叫他哥哥，不过，既然他不愿意，表现得那么勉强，还是算了吧。

随信寄来的还有一个电子书阅读器，那是何志伟寄给她的最后一个礼物，里面存满了他为她精挑细选的法律、犯罪、心理学方面的书，她承他的好意，一直在阅读。平心而论，这是她收到过的最好的礼物。

至于那封信，姜采采看着牛皮纸信封上七年前的邮戳，觉得应该纠正一下，电子书阅读器不是随信寄来的，她收到的是个快递包裹，装电子书阅读器的包装盒里塞了一封她写给“父亲”的求助信。

爸爸：

我是您的女儿姜采采。

这是我第二次给您写信了，如果第一封信您收到了，但因为觉得我幼稚而选择忽视我，请您务必仔细看看这封信。

救救我！

求您了！

您不能不管我，妈妈结婚了，那个人很坏，他打妈妈，还常常咬我，我很害怕！妈妈把我送去外婆家，可是那个人不让，妈妈又把我接了回去，我只能睡在他们的床尾……

我不要跟他们生活在一起，我为什么要和他生活在一起?!

爸爸，你只是不喜欢妈妈，不是不喜欢我，对不对？我也不喜欢妈妈了，我恨她，不想要她了。

爸爸，你救救我，好不好？我保证会好好念书，给您争光的。

① 网络用语。即向人推荐某物，使他人对自己说的东西产生兴趣。

爸爸，我也会背诵《滕王阁序》了，可以一字不落地背下来，您来接我，我背给您听，好不好？

爸爸，求求您，救救我，带我走吧，我是您的小孩呀！我爱您，爸爸……

又看了一遍。

真幼稚。

她应该把信撕得粉碎。

她很早就猜到 V 是她同父异母的亲人了。就在赵树骂她是小骚货，早晚跟她妈一样的时候，她知道了妈妈不堪的过往。

她感到羞耻，为自己和妈妈的身份，同时，也感到愧疚，她觉得她和妈妈的存在是有罪的。这两种情绪交织在一起，更令她对 V 心怀感激，她想 V 是多么美好的人，可怜她，同情她，哪怕他才是受伤的那一方。

姜采采认真地思考过，是什么让 V 愿意回信，并且一直在关心和帮助她，她想到一个词，并因此感到温暖。

骨肉牵绊。

几年过去了，姜采采找到了一个新的词去替代它，同样也是四个字，但或许更准确。

一念之间。

耳机里的音乐换了新乐章，衔接的空隙里，咚——咚——咚——的声音仍在继续。

姜采采偏头，视线朝左肩后方瞟出去，落在书柜后的墙上，仿佛是透视一般，她能看到外婆正虔诚地跪着，忏悔。

一念地狱。

她一定很后悔自己写下那封匿名信吧。

外婆老了。

失去对自己的控制，是人老去的标志，她会忘记很多事，顾了前头，顾不到后头，睡觉也会忘记锁门，会失控地将内心的隐秘和盘托出。

银杏叶微黄的时节，夏绻来找她玩，外婆正在睡午觉，突发梦魇，断断续续地哀号，夏绻好奇，推开门去偷看。

外婆在说梦话：恨死你了，恨不得杀了你。夏绻听到后，捂嘴忍笑，踮着脚小跑着回来告诉她，还说，老太蛮生猛的嘛。她提醒夏绻不要去打扰外婆睡觉，外婆醒了后，会让她尝到什么是真正的生猛。

夏绻不屑，她的补习班作业都是姜采采做的，她无聊，就找事，又跑去隔壁，不一会儿踮着脚跑回来，笑得前仰后合的。

“太搞笑了！”

“嘘，小声点。”

“她睡得那么沉，怎么问她问题，她还会回答呀？”

“你问什么了？”

“我说，谁得罪你啦？说出来，我帮你报仇。老太太回答，丁岚岚。哈哈哈，太有意思了，哎，对了，丁岚岚是谁呀？”

“我不认识。”

如果不是夏绻促狭，她不会在外婆梦魇时去听音，去套话。

匿名信是外婆写下的，她使出了釜底抽薪这一招对付不甘于现状的丈夫，却没想到，丈夫比她更狠绝，竟然一死了之。

三十年的沉默，三十年的煎熬，外婆的精神终于还是崩溃了。

残酷的真相让姜采采受到了极大的冲击，她想要离开这个恐怖的人吃人的家，她的第一反应是向何志伟挑明一切，请求他的接纳和保护。

姜采采把信顺着原本的折痕叠好，放回信封，夹在日记本里，这信不能撕掉，要留作纪念。何志伟拒绝了她，他曾经给了她一个天堂，但最终还是对她锁上了伊甸园的大门。

一夜清醒，她只有她自己了。

极重的咚的一声后，安静了。

姜采采镇定地站起来，走出去，外婆果然又忘了锁门，轻轻一推，门就开了。

廖芬芳歪倒在地上，额头红肿，她把陈蕾和夏清如当成了来找她索命的汪瀚洋和丁岚岚，因此陷入癫狂。姜采采走过去，廖芬芳在短促地呼吸，漆黑的夜里，这呼吸声听着瘆人。

等待急救车赶来的时间里，姜采采没有去搀扶外婆，她坐在地上，屈腿，抱住膝盖，黑白分明的眼眸亮晶晶的。

“外婆，虽然你很可恨，但是，我同情你，你是可怜的，因为自始至终，你都恨错了人。”

廖芬芳躺在地上呻吟，神志并未清醒，她大概不是肉痛就是骨头痛，精神类药物是不该过量地吃，但也不该停下，停药会让她狂躁不安，精神陷入无可挽回的分裂状态，就像现在这样。

“最可怜的还是妈妈，她那么混沌，那么可悲，我知道，蛋壳都是从内向外打破的，心急地从外敲碎是残忍的，但是，外婆，你相信吗？我是爱她的……”

她的倾诉被突兀的手机铃声打断，姜采采低头一看，一串数字浮动着。

02

电话那头传来节奏感强烈的电子音乐，还有女孩子们的欢笑声，姜采采站起来，丢下外婆，走回自己的房间。

这通电话是夏绻打来的，时间已是大半夜了，看来夏绻玩得很开心，她开心的时候总是忘乎所以，不顾他人。

姜采采对着电话喂了一声，又等了几秒，夏绻咋咋呼呼的声音才传过来。

“你接得好快啊！我还以为你睡着了呢！你在干什么，学习？姜采采，不许看书！我帮你弄到签名照了，你要是偷偷学习，我回来不给你！你听——听见没？你最喜欢的歌！”

姜采采皱起眉头，露出厌恶的表情，电话里一群女孩在合唱，唱的是夏绻终日挂在嘴上的韩语歌。

“你怎么样？你在哪儿？”姜采采像真正的朋友一样关心地问。

“不告诉你，你别想帮他们把我弄回家，这次我一定要玩爽，回去就没好日子过了，我知道。”

“那你给我打电话干什么？”

电话那头突然变得安静了，大概是夏绻离开了人群，去了方便说话的地方。

“钱不够了。”

“你干什么了？”

“买黄牛票、五星级酒店拼房，今天‘欧巴’们在商场站台，捧场买彩妆和护肤品……跟你说了你也不懂。对了！我认识了一个特别厉害的姐姐，她说明天可以带我们去电视台看节目录制，还能帮我们送礼物，不过，她说我们的礼物太 low（低端）了拿不出手，现在要凑钱买个名牌的。采采，你妈妈回家了吧？给你钱了吧？”

“你要多少？”

“当然是越多越好呀，我本来以为一万块够了，没想到钱这么不经花。”

“再给你一万，够不够？”

“真的?!”

“真的，我妈在外婆那里放了一个大红包，比你外婆给你准备的新年红包还要厚。”

“够意思！那明天早点打到我的银行卡上。对了，我外婆怎么样？”

“她在 ICU。”

“正常的，我妈说动心脏手术都要进 ICU，不用大惊小怪。”

“他们报警了。”

“啊，找我吗？你没跟他们说我在南都？不可能吧，你会不说？”

“说了，但是他们还是报警了。”

“那怎么办？他们怎么这样啊……太丢人了……没事，我没跟本家站子的人在一块，我新混了个CP[①]站，他们应该找不到我，你找机会悄悄跟我爸说一声，让他放我两天自由，外婆要是从ICU转出来了，你及时告诉我，我马上回去，只有外婆能保护我了，我要在医院住上十五天！”

“好。”

“那挂了，记得明天早点给我打钱，爱你，么么哒。”

放下电话，姜采采重新走回外婆的房间，她打开老式衣柜，从里面捧出一个小小的樟木箱子，今天中午母亲回家时，她看见了，母亲往里头放钱了。樟木箱子一打开，除了一摞钱，还有个蓝丝绒盒子。

怎么又是这条手链？怎么就这么讨厌，甩都甩不掉！

她一看到手链，就想起夏绻无情的、邪恶的嘴脸，夏绻从手腕上把手链褪下来，丢给她，让她别哭了，说不就是一条狗吗，也不怎么可爱，让她拿着手链，说手链的价值够买十条一模一样的小狗。

真会恶心人。姜采采没碰盒子，把钱从箱子里拿出来，点数，一万八千四百块。

“外婆，一会儿去医院，只能给你存八千四百块，剩下的一万块要给夏绻用。你不要生气，我可以告诉你为什么要这样做，因为……我是她最好的朋友啊。”

她俯视躺在地上的外婆，没有熄灭的手机屏幕的光照在她的脸上，再美丽的少女也扛不住自下而上照射的光，她的睫毛太长，投射在脸上形成一片阴影，使她看起来活像港风僵尸片里的跳跳尸。

没一会儿，泪水爬满了她的脸颊，姜采采蹲下来，在黑暗里一点点地拉开书包的拉链，拉链被缓慢拉开时发出低闷的噗噗声，眼泪吧嗒吧嗒地落在书包的反光条上，像流淌的月光。

“外婆，你把眼睛睁大一点，好好看看，这么多年来，她都对妈妈做

---

① “CP”是英文“couple”的缩写，有夫妻、情侣的意思。

了什么？忌妒是诋毁、污蔑、嘲讽吗？不是的，最可怕的忌妒是沉默的。她看起来像天边的云，对不对？其实，你也不喜欢她，对不对？但你想不到一个道貌岸然的变态能变态到什么程度……对她来说，看着妈妈活生生地腐烂是快乐的吧……你们都不知道，她们对我们做了什么，做错事的人不该受到惩罚吗？这公平吗？”

救护车在十分钟之后赶到，医生见家里只有一个少女和一个老人，让姜采采打电话叫家人，姜采采说：“麻烦送我们去人民医院，家里人在那边。”

在镇静药物的帮助下，廖芬芳很快进入睡眠状态，呼吸均匀了。姜采采从急诊部跑去住院部，在 ICU 前没有看到母亲，也没有看到任何一个陈家人。她找到值班护士问谭庆梅的身体情况，护士说目前还可以，估计明天能探视，可以商量一下让哪个家属进去，最多两个，一个最好，探视时间是下午三点半到四点，她点点头，说好的。

从一个个疲惫不堪，随意歪着躺着的成年人身边走过，她的脸色并不好看。

人生这张考卷，清醒是六十分，很多人无法及格，比如她的母亲，几乎得不到分。

母亲不关心真相，不关心本质，固执地展现愚蠢的善良，被摔打，就再爬起来，被玩弄，还笑笑假装大气。她活了半辈子，仍然不会环顾四周，停下来，去看，去想，她只知道往前走，像一只硕大的蜉蝣，朝生暮死，急不可待地奔向生命的终点。

母亲不在医院，应该是和向前叔叔在一起，他们会聊到什么程度呢？姜采采不是很确定，她已经把整件事切割成看似不相关的片段告诉了向叔叔，那些细节对向叔叔不重要，但对母亲来说是一记又一记的重锤。

她敲破了母亲自我保护的外壳，不该如此安静。

姜采采很敏感，一只南美洲亚马孙河流域热带雨林里的蝴蝶偶然扇动翅膀，可以在两周后引起美国得克萨斯州的一场龙卷风，她知道不可能预判一切，总有些意外会发生。

她有一种强烈的感觉，母亲想离开了，而且永远不会回来。

她很难过，跑到没有人的地方，闭着眼睛，深深地喘息，好像是要把空气里所有的氧气都吸干净，她的鼻子、上颚、下巴、颈项乃至肩膀都在用力，这个动作令她整个人像波浪一样在起伏。

又一次被抛弃了吗？又剩下她一个人了……

她感到愤怒，想要毁天灭地。

杀人，办法多得很。

用绳子勒。

下药毒。

她有的是帮手，走了一个，还有下一个。

她给夏清如打去电话，手抖得不成样子，满脑子都是昨天中午在檀韵花园最西侧的草丛里抽动的流浪狗。

她告诉夏清如，夏绻联系她了，夏清如激动得不得了，他说自己正在南都找她，姜采采看着护士站的护士取出针管，吸取玻璃瓶里的液体，再把空气从针管里挤出去，细细的液体飙出去的一瞬，她说："把夏绻找回来，她就在南都，我都想她了。"

03

夏清如和陈蕾吵架了。

从快捷酒店离开后，他们本该在沿河路派出所门口把车停下来，眼见着就要到地方了，夏清如却加一脚油门，让车快速地从沿河路派出所的院墙外掠过。

这么多年来，他已经习惯了把妻子当成剔透的水晶，他并非无知无识，以为这世界上有纯粹到毫无杂质的物质，但瑕不掩瑜，他欣赏她的超脱和严苛的自律。

可是，这两天，夏清如对妻子很失望，他感觉自己的灵魂似乎正在经历一出戏剧，古老的，类似聊斋的故事。貌美的小姐，善解人意的丫鬟，亭台楼阁，小桥溪水，却只是书生的黄粱一梦，一觉醒来，白玉床成了破草窝，软玉温香成了嶙峋怪石，他觉得悲怆、无趣。

“你为什么偷听我讲话？夏清如，想不到你竟然这么龌龊。”

他点破了妻子的心事，妻子便从云端跌落，像市井小人那样倒打一耙。

“你的话关上门就不能听？”夏清如针锋相对地跟了一句。

陈蕾的眼神飘忽，心脏怦怦怦敲击的节奏提醒她正在犯错，她想自己确实应该冷静。

陈蕾的网名叫“风中有朵纤长的云”，她很明确地知道自己是从十岁开始进入青春期的，不是肉体上，是精神上，她主动雕刻自己，雕刻了三十年，把自己雕成天边纤长的一抹云，不容易。

别人尊重她，丈夫爱慕她，孩子崇拜她，朋友嫉妒她……

她是成功的，早就成功了，有人处心积虑地想要她跌落，门都没有。

陈蕾按下车窗，借着灌入的冷风醒了醒脑子，就在她即将平静下来的时候，突然听到丈夫问，为什么从来不跟汪荻谈谈她的婚姻？

“她怀孕了，既成事实，谈了有用吗？”陈蕾努力克制情绪，尽量平静地说。

夏清如许久没有说话，直到天河新村北门的闸机出现在视野里，他才说：“你很清楚问题的源头在哪里，明白我说的是什么。”

“夏清如，你不觉得你很可笑吗？当初保持沉默的可不只有我，她那么荒唐，你不也一言没发？”

“是啊，我很后悔，早就后悔了，当初看到赵树把她打成那样，我就后悔了。”

陈蕾移开视线，看向窗外，心里的气一波波地冲击着她的理智，丈夫这话很有意思，他其实是在骂她冷漠，连悔意都不曾有。

“你其实也是这样想的吧，也觉得她会处心积虑地报复我？”

“这是你的担忧，也是你的恐惧。”

“我为了我女儿，即便得罪人，也认了。”

不，你是为了你自己，夏清如抿住嘴，在心里回应着。

话是不能乱说的，这方面他很注意，伤人的话比刀子还狠，刀子一刀见血，一眼就能让人看见伤有多重，但语言这把刀，杀人于无形，不好乱来的。

“你怎么不说话?!”

他沉默，妻子反倒急了，不知道是不是信任崩塌的缘故，他总想要否定她。

不该这样，他对自己说。

平复了一下呼吸后，夏清如说：“我在想是赵树的可能性有多大，本来，我确实是有点担忧，毕竟他那个人太恶了，但刚刚看汪荻的样子，又觉得不是，她那个委屈，不像假的。”

陈蕾轻轻哼了一声，说：“你在门外，是听到，不是看到，要我看，她不对劲，我一提赵树，她眼神就躲，绝对不简单。”

“你要是说她摆脱不了赵树，我是相信的，或许她在南都确实和赵树待在一起，但这和卷儿离家是两码事。”

“你的意思是说，她窝藏赵树？”

夏清如偏头瞟了妻子一眼，他觉得陈蕾又讲偏了。

“回家干吗？”陈蕾问。

“回家里找找，听采采说钱的事，我才想起来，昨天忘了去看一下保险柜，不晓得女儿带多少钱走了。”

“那个什么时候不能看？先去派出所吧，不管是不是跟赵树有关系，如实反映情况，总没问题吧？法律上，确定一个人有罪之前，要推定他无罪，那么，在确定卷儿安全之前，我们是不是也该推定她是不安全的？这过分吗？我警告你，老夏，你的犹豫很可能正在造成不可挽回的后果！”

夏清如被陈蕾说得心慌，刹车都踩下去了，在地下车库兜了一圈，又把车开了出去。

快到沿河路派出所时，夏清如靠边把车停了下来，说："要不然，你在车里休息下，我去跟警察说。"

陈蕾并不理他，反倒率先下车，走得飞快，夏清如忙不迭地跟上，说："你现在有情绪，说话要注意。"

"我要找女儿，宁可错杀一千，绝不放过一个！不客观？呵，夏教授，你真是好修养。"

陈蕾话说得气势十足，夏清如无言以对。

派出所女警田佳文见到他们，主动迎上去，积极并充满精气神地说："你们来得正好，我正好也要找你们。"

雀跃的声音，一听就是好消息。

"找到我女儿了?!"夏清如面露喜色。

"还没有，但是有发现。"

田佳文安排夏清如和陈蕾坐进一间空的办公室，自己出去，很快又回来，手里拿了几张照片。

"我们检查了夏绻的笔记本电脑，发现最近一个月，她在大量搜索有关手作纪念品的信息，到了最近这一周，范围缩小到了怎么定制手工糖果。今天上午，我们走访了市内比较有名的手作工坊还有西点房，最终在步行街上的'哈尼甜铺'得到了确认。"

田佳文放下手里的几张照片，那是几张拍立得照片，即时成像。照片里，夏绻没穿外套，身上套了件围裙，头上顶了个白色的厨师帽，拿着成品糖果展示的那张，女儿笑得眼睛弯弯的，夏清如仿佛能听到女儿独特的咯咯的笑声。

"Hottest（最热门的）！ Biu——Biu——Biu——"

是女儿的笔迹，夏清如认出来了，女儿总把"u"写得和"v"很相似，他提醒女儿注意，以免在考试时吃亏，女儿改正后，会把小写的"u"写得像一朵被切得只剩下四分之一的五瓣花。

"糖果铺子里有监控，从下午一点四十五到四点，夏绻在哈尼甜铺待了两个多小时。老板娘说，她是直接从步行街打车走的，监控已经调来了，我们会尽快排查出车子。”

“这么说，她在南都？”夏清如激动地插话，又说，“哎呀，我昨天就应该去找的。”

“可以去，网上能找到明星公开的行程信息，你们可以去找一下，特别是后天凌晨机场送机的活动，说不准，夏绻就会去。”

夏清如冲田佳文拱手，不住地致谢，他心定了一半，见妻子面无表情，不像他这么激动，以为妻子是高兴得蒙了，他叫醒陈蕾，陈蕾却板着脸说：“小田警官，说不准的话，为什么要说？”

04

年轻女警的话，陈蕾都听进去了，她的意思是，女儿从天河新村离开后，先去了一家糖果屋给偶像做手工礼物，然后又包车去了南都奥体中心。女警察的眼珠通红，看来是没少熬夜，她定定地望着自己，就好像在讥笑自己的女儿就是网上说的那种疯癫脑残粉，是没家教，没思想，只会将父母敲骨吸髓的讨债鬼。

陈蕾抓起桌上放着的拍立得照片，女儿笑得眉眼弯弯，她想起班主任老师给她打电话，明里暗里质疑女儿的成绩有猫腻，她不是没有起疑，只是不能接受，她不能接受自己的女儿不仅不是优秀的，还是恶劣的。

气氛凝重，女警能察觉出不对劲，轻轻咳了咳，缓解尴尬。

夏清如打圆场说：“不好意思啊，她妈妈状态不太好，急的，我女儿的事麻烦你们了，害你们加班，真不好意思，感谢啊。”

“应该的，这是我们的工作，您女儿的失踪是按一级警情立案处理的，这是基于她未成年女性的身份考量，我们排查到现在，算顺利，接下来再有确切消息，会第一时间通知你们。”

“好，明白，你们辛苦了。”

女儿没有身处险境，她应该和丈夫一样欢欣鼓舞，但陈蕾做不到。

这一切和她想象中的不一样。

她当然希望女儿平安，但不该平安得如同一场闹剧，至少该有惊无险，否则的话，她成什么了？她的质疑，她的锋利，她那些不愿对丈夫袒露的却被丈夫偷听去的家族的秘密，成什么了？

汪荻就是要害自己，她暴露了，她心里有恨，才会问出那个问题，而那个问题一旦问出来，她们的关系就再也无法弥合了，她会不清楚吗？她问，就代表心意已决，是要与自己决裂了。

陈蕾越想越觉得害怕，越想越肯定，汪荻要害她全家！这帮人竟然没一个肯信她！

“顺利？你们排查什么了？女儿遇险了，我们第一时间来报警，把最黄金的时间交给你们，你们让我们回家等，我们害怕耽误你们工作，再不情愿也回去等了，等到现在，你们就用这几张照片打发我们？我不要照片，要女儿！”陈蕾把照片狠狠摔在桌子上。

“陈女士，请您冷静一点。”

“我很冷静，你们就是什么也没查出来！周重山和我女儿的同学姜采采有一腿，你们查出来了吗？”

“陈蕾！”

夏清如诧异于妻子的口不择言，忍不住拉扯她。

陈蕾甩开夏清如的手，继续说：“姜采采的继父赵树是个在逃通缉犯，她的母亲汪荻对我有非常大的误会，这么多严重的事搅在一起，你还觉得我女儿没危险吗？她都掉进别人精心设计的陷阱里去了，你们还让我回去等？”

田佳文的表情瞬间变了，她诧异地看着陈蕾和夏清如，说：“什么在逃通缉犯？有这么多信息，为什么不早说？这不是耽误事吗?!”

一时间，派出所里忙起来，田佳文叫来师兄，要跟他们再详细谈一谈，夏清如心乱如麻，他觉得陈蕾是在画蛇添足，完全没有必要的举动硬要做，那就是动机不纯了。他很不快，于是称自己了解得不多，妻子在这边配合调查就可以了，他想去南都走一趟。

离开时，夏清如没有和陈蕾道别，扭头走得干脆，他觉得妻子此举是在泄愤，可是她不顾后果吗？汪荻是个多情的人哪，他猜测她八成还和赵树有联系，这一回，恐怕赵树是逃不掉了。

夏清如觉得赵树确实该抓，但他不确定会不会牵连到汪荻，赵树也不知道有什么魔力，能绑着汪荻，叫她脱不开身。这些年，汪荻宁愿跟那样一个暴徒在一起，也不愿回家照顾女儿和母亲，他有不好的预感，很担心汪荻被赵树拖下水，配合赵树干些犯法的事。

城门失火，殃及池鱼，汪荻万一真的因为犯法被抓，就要连累采采了。夏清如叹了口气，感到无能为力，为姜采采波折的命运而可惜。

女儿的网友起初不愿意接他的电话，挂断后发了短信过来，说确实不知道夏绻是未成年人，她说夏绻在站子里说自己大四了，正在备考TOPIK4（韩国语能力考试 4 级）和雅思，准备出国，她可以提供论坛里的发帖记录，证明自己没有撒谎。

夏清如回复说他人都已经到南都了，想见面细聊，乐颂说太晚了不方便，夏清如不好勉强，只能把女儿的照片发给她看，请她帮忙在粉圈内部传播开，并承诺，如有线索提供，必有重谢。

乐颂说站子里有卷卷上传的照片，事发后，她把照片从后台导出来，发给许多朋友看了，大家都说没见过。夏清如多了个心眼，让乐颂把照片发过来，他要看，乐颂说正在忙，稍后找到就发给他。

夏清如没有干等着，他在南都的大街小巷穿行，车里剩下的寻人启事没几张，没办法到处发，于是就抓在手里见到人就问。

陌生的人看到他手里拿着传单，把他当成了促销员，第一反应都是躲，也有人会停下来定睛看他一眼，心里估计是在犯嘀咕，这人看起来岁数不小了，还出来兼职，恐怕是遇到了难事，可是做这么原始的兼差，能赚什么钱？

夏清如不管那一瞬间那些人是同情还是鄙夷，觍着脸凑上去，拿着单子问，不论那些人是轻扫一眼还是眯起眼睛细看，他都满怀期待地等待。

他们都说，没见过，无一例外。

尽管夏清如做了心理准备，但打击受多了，内心深处还是很煎熬。

等了足足一个小时，乐颂才把照片给夏清如发过来，夏清如看了一眼，苦涩地笑笑，然后下意识地把照片转发给了陈蕾。

芦苇荡里，姜采采穿一身红色的长裙，倩影融入蓝天里，远处还有水塔和干枯的布满小石子的河床，角落跑动着的小狗很可爱。

女儿在网站上用来自我介绍的照片竟然是姜采采的，夏清如很诧异。陈蕾很快回了消息过来，说，你看，姜采采在模仿女儿。

模仿？妻子指的大概是采采摆的姿势很像在跳芭蕾舞，夏清如倒不这么想，相反，他感受到了女儿对采采的羡慕和潜意识里的自卑。他心里难过，因为自己竟然没有往更深处想过，女儿张扬霸道的底色是自卑的。

到了后半夜，大街上渐渐静了，夏清如又走进各个酒店、网吧里去找，见到和女儿年龄相仿的女孩子，就小跑着跟去看。酒店里的保安拦住他，请他与自己相互体谅，他这样在酒店大堂转，弄得自己很难办，夏清如说了句不好意思，落寞地转身离去。

路过一家装饰着玫红色火烈鸟灯管的酒吧，夏清如顿住脚步，犹豫着要不要进去。

以前，他从不认为女儿会出没在酒吧这样的地方，但现在，他无法相信自己对女儿的判断，何止呢？他觉得他对一切都失去了判断力。

他决定还是进去看看。

夏清如的气质、年纪、装扮，从哪一点看都不像是个正经来蹦迪的，门边都没摸到，他就被人给拦住了。夏清如伸出手，指着女儿的照片说话，昏暗的环境里什么都看不清楚，年轻人推搡他，把他推出去。

他忍到现在，终于忍不了了，一个人对着四五个年轻的小伙子嘶吼，眼镜的一根腿从耳朵上滑脱，整副眼镜滑稽地卡在下巴上。他嘶吼出了一个父亲的痛心，也许是太卑微、太可怜了，那群混混没有给他吃拳头，不仅没有，还给了他一杯软饮，把他掉在地上的寻人启事捡起来，说，找人帮他问问，有消息就按单子上的电话给他打过去。

就在夏清如情绪最低落的时候，姜采采的电话打来了，说卷儿就在南都，一切都好，刚刚给她打电话找她借钱，他终于长舒一口气。

他在路边的长凳上坐定，呆坐着，对面就是夜市，他坐下的时候，夜市人气正旺，很久之后，人散了，灯灭了，有人拖着很长的锁链，把小推车摊位一个连着一个锁在一起。

他看到有一辆挂着爆浆豆腐照片的车，孤零零的，也不知道怎么回事，锁车的人几次从那辆车边上掠过，不是推了左边的一辆走，就是推了右边的一辆走，就是不推挂了爆浆豆腐的那一辆。

夏清如伸长了脖子，盯着看，心里像是被猫挠了一样难受，他一定要等到那个时候，等到那辆车被推走，和其他车锁在一起。一直等到最后，最后的最后，瘦小的老头卖力地把爆浆豆腐小车推走了，锁在车龙的尾巴上。

夏清如的心里油然生出一种感动，鼻子都酸了。天亮以后，他给汪荻打了个电话。

汪荻接了电话，声音有点哑，好像是哭过，夏清如问她有没有事，汪荻说没有，缓了缓，夏清如说："赵树的事，警察都知道了，估计很快就会调查，你要尽快跟赵树切割好，毕竟你还有采采呢，是不是？她不该被那样一个父亲拖累的，你要是有什么需要帮忙的，尽管跟我说，哦，对了，你在医院吧？你妈怎么样？听采采说送医院了？"

电话那头汪荻长久地沉默着，最后，还是一言不发地把电话掐断了。急促的忙音，听得夏清如难受，他放下手机，看到那辆爆浆豆腐小车摇摇晃晃地被拖远了。

05

作为夜行动物，向前是不怎么吃早餐的，但汪荻会饿，他听到她肚子咕咕叫，于是从旅店跑出来买吃的。时间太早，镇子上的早餐店都还没正式营业，只有一家店有食客。

红色底招牌上，店名一长串，“东北水饺·烧烤·小龙虾·早点·夜宵”，大黄字的下面还有两排小字，“活鱼现杀”“特色牛鞭”。

东西太齐全，应该是二十四小时饭店，向前压低帽子，把衣领立起来，钻入店内。

拿着抹布的胖女人脚蹬皮靴、身裹皮草，个头足有一米七五，寻常男人都比不过她。做生意的人迎来送往，眼睛格外明亮，进门的食客，她瞅一眼就能分辨谁好惹，谁不好惹，她盯着向前的眼神很警惕。

“来两份饺子。”向前不看菜单，从口袋里摸出五十块钱，又说，“再来两包烟。”

“啥馅儿的饺子？”

“有三鲜的吗？”

“那还能没有？啥烟哪？”

“随便。”

“咋还啥都随便呢，随便（随变）不是冰棍吗？那就凑五十块钱，看着给你拿了，成不？打包呗？搁那儿坐着等会儿，好了叫你。”

向前没有坐在店里等，他站在店外，摸出口袋里的最后几根烟，倚在墙上抽。

天上有几颗泛白的星星，向前很少去思索明天，但望着天上疏落的星，他会想到明天，但又不是明天。

他听采采说过，现在看到的星星都不是现在的星星，他们看到的只是它过去的样子，他觉得很稀奇，问，那什么时候能看到星星现在的样子？明天能看到吗？弄个望远镜来能看到吗？采采笑，他也跟着笑，采采笑得很美丽，他知道自己问了个傻问题。

饺子好了，胖妇人推开门送出来，向前把手从胳肢窝下面伸出去，头也不回地拽走了有温度的塑料袋。

他把饺子带回旅店，汪荻躺在床上，蜷缩着，眼睛是闭着的，睫毛潮湿，她折腾了一夜，直到能量完全耗尽，才半晕在床上。

他从来没见她那样哭过，和杀了赵树之后的惊恐不一样，她哭得很绝望，眼泪怎么也不干，用力得好像是要把身体里的水分全部从眼眶里挤出来，把自己变成一具干尸。他见过人求死，想告诉她，别费劲了，死哪有那么容易？哭是哭不死的。

向前见她睡得熟，不忍心叫她，伸手摸摸打包盒，饺子还很热，一时凉不了。

东北人做饺子很有一手，扑鼻的面香，向前忍不住开了一盒，自己先吃了，他吃过的最好吃的三鲜饺子是那份速冻的，其次就是这一份。

向前吃完一份滚烫的饺子，另一份已经变温了，他端着走到床边，想着是把饺子塞进被子里保温还是叫醒汪荻，汪荻突然睁开眼睛，直勾勾地盯着他看，和昨天晚上一样，眼神里充满恨意。

向前觉得这条手链只是汪荻向他发难的借口，根本上，她就是不相信他，不相信他可以为了她们去死。

男人得不到女人的信任，那就是什么也没得到，向前看不开，他不明白汪荻为什么不相信他，被逼急了，他把采采叫他爸爸的事情说出来，他说，至少采采信。

或许，是采采叫他爸爸这件事刺激了汪荻，汪荻应该是觉得天河新村里那个文质彬彬的戴眼镜的男人才配当采采的父亲，他不配。向前知道自己不配，但讨厌有人配，狗日的，怎么就那么不公平？他弄成人不人、鬼不鬼的样子也不是他一个人的错。

三个月前的一个周末，向前遇见了一条白色的比熊，偷来时主人家应该刚给它做了美容，没有一处不精致，它脑袋圆溜溜，身上毛茸茸，确实太可爱了，他留下那条狗的狗命，把狗送去给采采玩。

那天是个阳光灿烂的日子，午后，采采约他在老红塔见面。

老红塔的芦苇荡边，有许许多多化着浓妆、戴着极厚的假睫毛的女孩子摆 pose（姿势）拍照，摄影师吆喝着："来来来，你要目中无人，要厌世！快，给我点感觉，对对对，先不要笑，好好好，大笑，哎呀，大笑也要克制，不要笑得像包子……"

摄影师的引导词听着像说相声，把他们都逗乐了。注意到采采羡慕的眼神，向前掏钱让摄影师也给采采拍了一张。

芦苇荡里，采采穿一身红色的长裙，倩影融入蓝天里，远处还有水塔和干枯的布满小石子的河床，小狗跑动入画，所有的一切，都美得灵动。

拍照穿的衣服，是摄影助理随便从面包车里拽的一件，被人穿过的旧衣服一点也不香，又重又湿，向前替姜采采觉得委屈。

"干脆约个全套的，下个月，就在这边好好拍，换几身漂亮衣服，给你买新的，就跟她们的一样。"

"下个月这边应该要拦路障了。"

"那就去别的地方拍，江边，教堂那边，怎么样？"

"不用啦。"

"拍照还送好多礼物，你看到没？送大狗熊，还能放大好多张照片，回头挂家里，多好。"

"家里没地方挂，我妈要是看见了，肯定要生气，有一张电子照片就行，做个纪念。"

"也是，你妈说了，你现在的任务就是学习，不过，叔叔答应你，高考完了带你拍个整套的。"

"向叔叔，小狗怎么办？我平时要住校，小狗留给外婆照顾，不行的。"

"我帮你养着，每周都带来给你玩。"

他教她在狗脖子上拴绳子，教她打既能拉住狗子，又能让狗子舒服的宠物结，又教她打八字扣，那是他的独门绝技，专制不服管的狗，别说比熊，就是黑背也能牢牢制服。

夕阳西下，采采突然说：“向叔叔，我害怕……”

“怕什么？谁欺负你了？”他问。

姜采采放开怀里的小狗，看着他说：“他也快回来了吧……”

“嗯？”

“这两年，你们在外面都稳定了吧？我发现，你回来得越来越频繁了，是不是他也要回来了？”

向前反应过来了，采采说的是赵树，他有点紧张，于是抽烟遮掩，点着烟，把烟雾扭头喷掉，然后说：“别怕，他不会回来了。”

姜采采不安地摇头，说：“我不信。”

“叔叔向你保证，他永远不可能再欺负你妈妈和你了。”向前把烟头在白石灰墙上捻灭，又补充了一句，“人间蒸发，听说过吧，你就这么想他，就对了。”

因为心情好，向前说话都有底气，而且，他还忘了自己笑起来难看，冲姜采采咧了咧嘴。

“你一定很爱我妈妈，对不对？”

姜采采突然话锋一转，挑破了他和她妈妈的关系，让向前好不容易松弛的脸僵硬了。

“你跟我妈妈在一起了，那我是不是该叫你……爸爸……”

这声“爸爸”的语调不是向上的，不是疑问，而是向下的，是陈述。

向前愣住了，他从来不对姜采采动手动脚，但此刻心里的冲动难以抑制，他伸手把女孩的头发揉得乱七八糟，他戴着的手套是化纤材质的，一摩擦就起电，手一拿起来，就吸了头发走，那场面又滑稽又温暖。

那时候，向前就想，哪怕采采只是哄他，他也认了，可是后来，他发现，他帮人跑货做正经事的手机号码被采采以“爸爸”为名存在了新手机里。

没人叫过他爸爸，他三十五岁了，离群索居，想要有个家的简单愿望，应该不会有实现的那一天。

她把他的世界点亮了。

从那以后，他常常在卸完货后，绕到江城政务新区来，他喜欢绕着瀚文中学转圈，一圈，又一圈，享受坐在空车里的内心满足的幸福感，总觉得自己是在保护她。

比熊只多活了两个多月，不是他养得不好，而是采采不情不愿地把狗借给夏绻玩，被那丫头给弄丢了，采采哭得很厉害，向前许诺说再给她找一只一模一样的，也没法安慰她。

采采说夏绻是故意的，小狗不是丢了，而是被遗弃了，她不是悲伤于自己没法拥有一只可爱的狗，而是一个无辜的生命因为她而被人嫉恨，她牵挂小狗的安全，担心它的结局。

孩子多善良，善良得他惭愧，她要是知道他杀过不少狗，估计会很失望吧。

06

“你是醒着的？”向前端着饭盒问。

“嗯，”汪荻爬起来，说，“刚刚接了个电话……”

“谁的？采采的？”

汪荻垂头弄头发，不搭腔，向前问她吃不吃东西，她起先摇头，然后又突然把饭盒夺过去，像饿死鬼那样，疯狂吞食。

向前忍不住发笑，进食是本能，忍得了一时，忍不了一世，非得把自己饿成这样，何必呢？他躺回床上，伸手抚摸她的后背，发觉她的后背硬得像块钢板。

她紧张。

怎么这么紧张？

向前犹犹豫豫地坐起来，凑过去问：“怎么了？你问采采了？”

汪荻刚往嘴里塞入最后一个饺子，她扔了饭盒，扭过塞得像仓鼠一样的脸，狠狠给了向前一巴掌，她把饺子囫囵吞入食道，噎得眼睛发直，红着眼睛说：“你再胡说，试试看！”

向前讪讪地把屁股往后挪挪，靠在直溜的硌人的床头，手机上的小说看多了，他也有了想象力，当汪荻拿着手链，质问他把夏绻怎么了时，他反而开始怀疑上了采采。

“向前，你敢牵扯我女儿，我杀了你。”汪荻缓过来，冷着一张脸，平静得好像不是在说狠话。

“我是觉得昨天那条狗死得有点怪，像是我的药毒的，唉，我不记数，车里剩的药感觉是少了，但想不起来少了几包……”

“闭嘴！你还说？”

昨天晚上，当夏绻的手链从向前的口袋里掉出来的一瞬间，汪荻就傻了，陈蕾说卷儿的失踪是她策划的，她委屈得不行，结果，她的情人却私藏了一条卷儿的手链。

母亲与匿名信的关联带给汪荻的冲击还未过去，又一波冲击扑面而来。

汪荻的脑海内浮现出亦真亦幻的景象。

向前跪在地上，一条腿压在七岁的金毛犬身上，他结实的小臂上充血的静脉紫得发黑。金毛犬被一根绳子勒着，发出凄切的呜咽声，起初金毛犬还能蹬腿，慢慢地，它的腿失去了力气。突然，那只金毛犬的狗头变成了赵树破了个大窟窿的脑袋，汪荻心里一慌，画面再一闪，赵树消失了，被向前残忍地压着的是穿着芭蕾舞裙的美丽少女……

向前不承认夏绻的失踪跟他有关系，他说，手链是女儿落在他车里的。她不信，说昨天坐的车怪得很，从来没见过他开那么好的车。她冷笑，说恐怕车子就不是开来接她的，是特意开了要骗小姑娘的。他说，天地良心，车就是临时借的，汪荻非说他把人家闺女强奸了，让他把人交出来。

向前不耐激，急了，说早知道汪荻把他当畜生，他就该帮采采把人杀了。

她听得一愣，然后冲向前歇斯底里地喊叫，像只发疯的凶兽，她说，想发神经冲她来呀！搞她女儿算人吗?!

“向前，这些年，我对你不算差吧？我是对不起你，不该把你拖下水，你现在想起来要我还了？你要什么？要命我还给你！你缠着我女儿干什么？我让你给她送点东西，是给你脸了？你真是不要脸，你们这群浑蛋，一个个都是王八蛋！”

她确实被吓住了，因为向前用了“帮”这个字。

“我女儿还是个孩子！她和夏绻那么好，她们……她们是从小一起长大的！向前，玩笑没你这么开的，我不许你拿我女儿开这种恶毒的玩笑！”

“关系好个屁！你以为他们对采采有多好？你是不知道采采受了什么委屈。夏绻到处跟别人说她是个野种，她欺负采采都成习惯了，他们要是肯管，会管不住？还不就是不管，不拿采采当回事?!采采在学校都没有朋友，你知不知道？她恨不得夏绻跟赵树一样消失……”

汪荻心里一惊，打断他：“你把赵树的事情告诉采采了？”

“没有……怎么可能？我又不傻。”

看到向前避开她的视线，汪荻难过地闭上眼睛。

女儿八成是知道了。

她那么聪明。

可是，有的人倒霉就倒霉在太聪明。

女儿会学她吗？

假若命运要用这种方式惩罚她，她宁愿当时没有决定活下来。

因为恐惧，汪荻的身体像筛糠一样抖动。

不要模仿她，不要杀人。

再恨都不要杀人，杀了人，恶人的罪孽会在咽气的一瞬被某种媒介过渡到自己身上。这是真的，她是有感觉的，她的身体可以做证，她的感觉可以做证，这绝对是科学，只是还没有人研究出来罢了。

就像鬼片里说的那些怨气，恶灵，被缠上，这辈子就完了。

这些念头像瀑布般倾泻而下，异常流畅，她还从来没有过如此清醒的时候，多想把这些话统统告诉女儿，可是，这怎么能是一个母亲分享给孩子的经验呢？

痛苦和无力感击垮了她，汪荻瘫倒在地上，号啕，她不知道该怎么办，除了哭，不知道还能做什么。

夏绻确实是失踪了，十七岁的姑娘，家里人宠上天了，怎么会无缘无故地失踪？她越想越害怕。

还好，夏清如打电话给她，告诉她，卷儿有下落了，她才感觉绝处逢生，感叹，还好，女儿没有走错路。

“你要干什么去？”向前见汪荻抓起皮包要走的样子，忙问。

“回家。”

“等等吧，等过了这一阵子再说，不怕一万，就怕万一……”

“我一个人去，你走吧，”汪荻咬了下嘴唇，说，“警察开始查赵树的事了，陈蕾以为昨天去家里的是赵树，她跟警察说了。你走，走得远远的，今后我们不要再联系了。”

“疯婆子，”向前骂的是陈蕾，他并未把汪荻的话听进心里，自顾自地说，“你别不高兴听，我还是要说，你去问问采采，夏绻的事跟她有没有关系，要真是她弄的，你问她把尸体弄哪儿去了。我想了一夜，会不会是老红塔？那地方现在正荒，别是在那里动的手？唉，傻丫头，推坑里有什么用，回头挖掘机一掘，不就露馅了？”

汪荻已经走到门口，她顿住脚步，艰难地转身盯住向前。

“别怕，真出了事，就说是我干的！反正也应该进去的，因为赵树不值得，为了采采，我认了。”

“我再说一遍，我女儿不会杀人。”

“杀不杀的有什么要紧？人越老实就越挨欺负，我在这儿，你们还要挨欺负？这个社会，杀人犯坐了牢都他妈是大哥，真他妈操蛋。”

汪荻呆呆地看着男人阴郁的诡异的脸。

这个毫无是非观，内心深处已经没了畏惧的人，是她引入女儿的生命里的，只要有他在，女儿就免不了堕落，或早或晚，总有那么一天。

07

心里轰隆一下，汪荻突然意识到，完了，一切都毁了，她的一生被母亲毁掉，她也会亲手毁掉她的女儿。

她的脑壳尖锐地痛着，听不见了，也看不见了，周遭白茫茫一片，她感觉到有一只手抓住了她，她瞪着眼睛低头去看，看不见。地上的灰、脚上的赭、袖子的黑、皮肤的黄，旋涡一样混在一起，她觉得自己掉进了旋涡的深处，像一只臭袜子掉入高速运转的洗衣机里。

她听到朋友的笑声，女儿的哭泣声，情人的爱语，母亲的责怪，混乱的声音在她耳边萦绕，像无形的绳子将她紧紧缠住。

为什么？这就是她的一生……

眼前晃动的人影是那样模糊，她努力瞪大眼睛，拼命去看，向前的脸半张是他自己的，半张是赵树的。

幽灵的呼唤再次响起。

“……不是说喝药给我偿命吗？你怎么说话不算话呀？你害死我一个还不够，还想害死多少人……”

受够了，真是受够了。

还给你。

还给你们。

杀光。

还尽。

她看见地上汩汩涌出的黑血像静脉那样爬满整个房间。

她听到命运的重锤轰然击打在耳边和心底。

她感觉到她抓住了玩弄她的幽灵将它撕成碎片。

她的脑中只有一个念头，结束，她要结束一切。

当汪荻大喘一口气，找回丢失的呼吸时，团团迷雾也在瞬间消失，她才发现自己骑在向前身上，两只手抓着水红色的枕头的两角，死死地压住了向前的脑袋。

向前没有动静，躺在床尾的地上，地上骨碌碌地滚着一些饺子，空气里没有血腥的味道，只有饺子的香气。

汪荻吓坏了，她蹬着腿，像带壳的四足动物那样滑稽地挣扎，然后倒下，挺着肚皮手脚并用地离开向前的身体，挪到墙边，将后背紧紧抵在墙上。

她杀人了？

怎么可能！

她怎么可能杀得了一个男人?!

狭小的房间，她伸长腿就能踢到向前的屁股，她感觉左脸颊火辣辣地痛，想起来，向前刚刚好像抽了她一巴掌。

她鼓起勇气伸出脚，轻轻碰了一下向前，就赶紧撤回来。

他还是没动，腿张开，胳膊也张开，躺在地上，头上盖了个枕头。

汪荻爬过去看，又鼓起勇气碰了他一下，哽咽着说了句，别闹了，一眨眼，两滴眼泪一滴砸在他起球的毛衣上，一滴砸在地上，然后眼泪便一发不可收，河水一样流淌。

她跪着查看，找鲜血，最终只在床尾竖起来的木板上找到了一块血迹，她又爬过去，微微掀起枕头的一角，去看向前的后脑勺，有个隆起藏在他后脑勺的发根里。

他死了？

她趁他摔倒晕了的时候，拿枕头把他捂死了？

或许他还没死？

她应该把枕头揭开再检查一下，甚至再给他续上一口气？

汪荻捂住嘴，不让自己哭出声，她手足无措，不敢揭开枕头去看向前的脸，整整五分钟，她等着他突然倒抽一口气，坐起来，把枕头丢在她身上。

她真的杀人了？原来杀一个信任自己的、对自己完全不设防的人，是这么容易的事。

门外开始出现脚步声，汪荻结束了无谓的幻想，哆嗦着，把枕头从向前的脸上拿开。

不是怪样子。

像睡着了一样。

汪荻伸手探他的鼻息，没有感觉，她瘫坐在地上，咬着嘴唇哭泣，并把枕头盖了回去。

她不敢面对他脸上的伤疤，因为她很清楚，他脸上的伤疤凝固的不是罪恶，而是绝望。

“你是不是以为我脸上这个疤是跟别人打架弄的？”

“不是吗？”

“不是……是我妈弄的，但她不是故意的，我不怪她。”

向前十多岁的时候母亲得了癌症，发现的时候已是晚期，在医院住了很短的时间就回家了，然后就开始卧床不起。疼痛折磨得她只剩下一把骨头，脂肪掉光了，皮肤也松成了布袋子，就是还吊着一口气，死不掉。

“我妈不想拖累人，成天不是哭就是寻死，不知道是谁给她弄了一瓶强酸，她要喝，那天叫我过去跟她说话，她以为我什么都不懂呢，骗我瓶子里是粥，是甜的。我多精啊，就知道那不是好东西，让她给我尝尝，她不肯，我跟她抢，一不小心，我妈手抖把强酸泼到我的脸上，你体会不到那种痛，烫啊……”

听这个故事的时候，汪荻的心揪成了一团，这个故事为向前的伤疤赋予了生命力，令她感觉那些斑痕不是伤疤，而是他母亲的眼泪凝固在他脸上的痕迹。

向前说，他从没后悔去抢那瓶强酸，只是，他没能帮得了母亲，反而因为受伤让母亲的生命在悔恨中迅速终结。家里人因为他的遭遇，把他宠坏了。小姨为了照顾他，嫁给父亲做他的后妈，小的时候，他吃不了读书的苦，也没人说他，他们都说，不爱读书就算了，他们养着他，小姨和父亲日夜做工，计划承包鱼塘，打算将来把鱼塘交给他，好让他过上不用看人眼色的安稳日子。

可惜，天不遂人愿，鱼塘没承包得了，老两口还被电死了。向前总说后悔没好好读书，最好的年纪整天无所事事，遇到赵树，傻乎乎地跟着赵树干那些见不得人的勾当，是他自己活该，怪不得任何人。

汪荻靠着墙一直坐到日头从云层里钻出来，才接受了现实，她用力架起向前，把他搬到床上，盖上被子。

她跟他说话，说，怎么不怪别人呢？你该怪我，要不是遇到我，你不会是这个结局。

她对他承诺，说，你先走一步，我很快就来陪你，我保证，这回，我说话一定算话。

她拿了向前的车钥匙、钱包，把房间锁上，下楼。

旅店老板娘盯着她看，瞧见她半张脸上红红的手印子，撇撇嘴，问，还住吗今天？

她说住，又付了一天的房费，老板娘说好，然后安慰她说，百分之九十的男人都打老婆，忍忍就过去了，打老婆的男人那方面厉害，一样的，人都是要吃苦的，不吃这方面的苦，就吃那方面的苦，是不是？你们那个的时候轻一点，我的家具坏了，要赔的。

她没笑，也没恼，仿佛没听到荤笑话，自顾自地离开。来到向前的车旁，她打开后备厢，从烂掉的纸盒子里抓了一把“三步倒”揣进口袋。

她出了小镇里唯一的十字街，站在大马路上等车，小孩子嬉嬉闹闹，纸飞机到处飞，一只撞上汪荻的小腿，落在她的脚边。纸飞机是用日历叠的，还是万年历，汪荻小心翼翼地把纸飞机展开，日期就是今天。

2012 年 1 月 19 日，腊月二十六，辛卯年，辛丑月，己卯日，宜：开市、交易、立券、纳财、开池、补垣、嫁娶。忌：修造、上梁、入宅、祈福、探病、掘井、动土、安葬……

“奶奶，这只纸飞机是我的……”胖嘟嘟的小女孩仰着头，可怜巴巴地望着她。

“好，奶奶给宝宝叠起来，叠个比他们的飞机都厉害的飞机，好不好？”

都有人叫她奶奶了，她还挺诧异的，不过，这也够了，人生各个阶段，都算活过了。汪荻蹲下来，重重地亲了小孩一口，小孩受惊，哇哇哭了，飞机也不接，撒开小短腿，跑了。

汪荻把纸飞机放在半块碎砖上，她觉得，是时候上路了。

第十二章

尾声：循环

01

夏绻住的房间是四个小姐妹一起拼的，年长一些的姐姐指挥着她们把两张单人床拼在一起，四个人一起挤着睡。房间太贵，但是能和偶像住在同一家酒店，再贵也值得。

此刻，她与身边躺着的这些人只有不到四十八小时的友谊，但就是亲得好像从小就认识了一样。大家在浴室里鱼贯出入，洗澡的洗澡，上厕所的上厕所，贴面膜的贴面膜，谁也不避着谁，她起初有点不适应，但很快就习惯了。

她睡在两个女孩的中间，一翻身就看到了她的新朋友小芮。

两张单人床拼在一起并不比一张双人床大多少，睡四个人，是很挤的，小芮睡得很熟，呼吸均匀，夏绻饶有兴趣地盯着她看：好一张平庸的脸，稀疏的眉毛，微微鼓出的眼球，圆鼻头，鼻梁不高，薄而粉红的嘴唇算是亮点，但牙齿又太乱了。

夏绻的眉目很放松，唇边带一点俏皮的笑意，她伸出食指，轻轻推了下小芮的鼻头，让她的鼻孔冲着天花板。

她爱一切平庸的面孔，平庸的人总是格外包容，把优点当作全部，对缺点视而不见，或者，正因为如此，他们才会那么平庸。

没有姜采采在身边，所有人都会夸她漂亮，而不是“有气质”或者“有特点”。她最讨厌“有特点”三个字，怎么就没有人夸姜采采的眼睛“有特点”呢？美就是美，丑就是丑，有特点——多么鸡贼的词。

在夏绻的恶作剧之下，小芮打了个呼噜，哼哼地。

“可爱，小猪猪。”

夏绻松开手偷笑，意犹未尽的她偷偷地又玩了好几次，彻底过瘾后才又松开手。

是从什么时候开始的？她对从小一起长大的、亲密无间的朋友有了忌恨的感觉。

改变是悄无声息的，让人意识不到，等意识到时，便已发生翻天覆地的变化了。就好像，六岁那一年，她们在车站相遇，妈妈说，采采是姐姐，可她那样矮小、怯懦，头上顶了个丸子，还不到她的眼睛那么高，她总是俯视她，许多许多年。

突然间，采采就高过她了，她跳了整整一个暑假的绳，每天跳三千个，小腿的肌肉因为充血而变得粗壮，好多天都还原不了，她那么努力，却依然无法再像过去一样俯视姜采采。

夏绻觉得姜采采总在有意无意地给自己制造麻烦，从小就像一本活动的标准答案，让她时刻处于被比较的状态。从前，她并不讨厌被比较，因为总能赢，可是，当采采拿着瀚文中学的录取通知书来家里炫耀时，她一下明白过来，姜采采不再落后，她站上赛道，和自己在同一条起跑线上了。

那一刻，夏绻觉得只属于她的荣耀被姜采采夺走了。外婆安慰她，近朱者赤很正常，采采每天都和她在一起，进步是应该的，近墨者不黑才难得，让她跟母亲学习上进、律己，还要超越母亲，不仅自己进步，还要带动他人一起进步。

夏绻讨厌自己做不到像母亲一样全方位碾压幼年同伴，她害怕被比下去。

可这一天终归还是来了，她的失败是有形的，客观而一目了然，被蚀刻在宣传栏的期末考试排行榜上。

“你怎么还不睡？”

小芮还是被她弄醒了，夏绻偏头看她一眼，说：“哦，一会儿就睡。”

“明年的巡演你还追吗？你追哪些城市的？我们约一下呗。”

“我想出国。”

“哇，你好厉害啊！”

小芮满眼都是崇拜，夏绻高兴地笑了，问：“你羡慕啊？”

“当然啰，谁会不羡慕呢？”

听了这话，夏绻满足地闭上眼睛，嘴角还挂着一丝笑意，她想她找到了终止和姜采采的竞争关系的办法。

期末考试糟糕的成绩，夏绻自己也难以接受，她知道班主任一定会给母亲打电话，也等着母亲来教训她，如果牵扯到期中考试的数学成绩，她就咬牙死不承认。

但母亲只问了她一句话，能赶上来吗？她忙不迭地点头。母亲又追问，能赶得上采采吗？下一回至少要进前两百五十名才保险，她犹豫了一会儿，母亲就生气了，于是她只能说，分科以后，一定没问题。母亲满意了，摸摸她，叫她继续努力，不要管别人，努力超越自己。

母亲放过了她，她却没有变轻松，母亲的意思，她听得懂，她要超越自己，并且要在超越姜采采的基础上超越自己。

她一下就厌倦了。

为什么她要和姜采采纠缠在一起？姜采采有什么了不起的，有什么资格成为她的目标？她突然意识到，这一切并不是她主动选择的，是母亲营造的环境在逼迫她。

母亲一直都是她的骄傲，母亲肯放下工作，腾出更多的时间陪伴她，她不知道有多高兴。她们也有过非常和谐的时光，初二上学期，她会和母亲分享小秘密，互赠小诗，穿母女装一起出门，但那段时光很短暂，只有一个学期，自从她解不出的几何题被姜采采轻松解决，她的母亲就慢慢变了样子。

现在，她已经不再喜欢母亲了，甚至，有点讨厌。

母亲一方面看不上姜采采，一方面又总用姜采采来压迫她，她一直没辜负母亲的期望，赢惯了，便适应不了输。她不适应，母亲更不适应，输了两三次后，母亲就彻底变了，开始对她直接进行攻击。

“你真的不大像我的小孩。”

她哭了，去向父亲、外婆“投诉”，他们都安慰她，同时，也都说，那句话不算是重话。

她复述的时候，也觉得不是重话，后来才反应过来，那是因为她无法生动地再现母亲说那话时的神态和语气。

她把委屈和愤怒都转移到了姜采采身上，甚至会忍不住当着母亲的面给姜采采摆臭脸，然后，她就见识到了，母亲是如何视而不见。母亲总是笑盈盈的，绝不在她们面前流露一丝一毫的不悦。

她立刻就想起了《镜花缘》里的两面国，那里住满了两面人，她没想到，家里就有一个。

她很吃惊，同时觉得有趣，难道这就是所谓的成年人的复杂？她打量姜采采委屈隐忍时的眼神和唇角挂着的假笑，恍然大悟，原来姜采采也长大了，只有她自己还是孩子模样。

02

夏绻觉得，最极致的胜利是向对手宣布：你不配成为我的对手。姜采采想要跟她站在一个赛道，她要姜采采知道什么是差距。

期中考试之后，姜采采变了不少，嚣张和富有攻击性并不算什么，最令她觉得不适的是，姜采采似乎不再像从前那样因为害怕她的阴晴不定而有意疏远她了，姜采采变了，变得对她很感兴趣，有意要招惹她的样子。

比如，采采说，分科时要学文。

她翻姜采采的笔记本，看她画得密密麻麻的“政治生活：崇尚民主与法制”的思维导图，忍不住问：“你不是在开玩笑吗？真的要学文？你理科那么好，是疯了吗？”

“没有啊，我想和你一起。”

“我不想和你一起啦！”

“为什么？”

“你很烦，像块狗皮膏药！”

她气得扯掉姜采采耳朵上的耳机，耳机里正在放着她最喜欢的K-POP音乐（韩国流行音乐），耳机是她塞到姜采采耳朵里的，以前姜采采总是听不了几分钟就会摘下来，要不说听不懂，要不说太吵，她总笑她土。

“你怎么不听你的交响乐了？装不下去了？你明明就想去看明星，装得好像是我逼你去的一样。”

“听久了觉得挺好听。”

“哼，好吧，那我正好告诉你一声，我打算一个人去南都了，听说福利票的位置不好，我不要了，你想去？下次吧。”

揉碎姜采采的期待令夏绻觉得兴奋，她接着说：“还有，你不要觉得成绩好就怎么样，成绩好跟未来有没有出息，没有多大关系，懂吗？”

“我知道。”

“而且，姜采采，我是要出国的，你不可能一直黏着我。”

“没关系啊，我知道你有留学计划，不过，那要到读研的时候了吧？谭奶奶说过的，要把你留在身边，本科你肯定是要在国内读的，我们考一个学校，报一样的专业。”

“闭嘴！我不在国内参加高考！我会跟他们说的。”

“说了也没用，没人舍得你走。除非你考得很差，走不了，不过，那是不可能的。”

“不要你管。”

夏绻虽然嘴上不承认，心里却认同姜采采的说法，父母会同意她留学，但一直以来，他们说的都是读研的留学规划。可是，如果她继续奔向高考，就至少还要经历十四场和姜采采的比较，一想到这个，她就受不了。

她会输。

不想输，就得走。

一定要出国去！越早越好！

但是，她和姜采采不一样，她拥有很多爱，也有很多人管，最难得到的就是自由，自由的行动和自由的意志，对她来说都是稀缺的。

她已经站到了叛逆的尾巴上，十七岁了，要真正叛逆一回。

离家出走，证明自己有独立生存的能力，同时试探一下家人包容她的底线，是她切断与父母家人的联系，独自来南都的追星以外的目的。

五星级酒店的早餐很丰富，同行的姐妹吃得很多，夏绻还是很克制，她的盘子里只有蔬菜，没有甜点。在衣食住行方面，夏绻依旧以母亲为榜样，陈蕾说过，高级的人应该学会克制自己的欲望，那些在自助餐厅大快朵颐，对甜点、碳水、饮料疯狂卷食的人是很丑陋的。

她拿着一杯开水，找服务生要盐的时候，有个姐姐一直盯着她看，夏绻瞧着她的表情颇有惊为天人的意思，往白开水里撒盐的动作都添了几分舞蹈的意味。

这时，那个姐姐开口对她说："不好意思，请问，你……你是卷卷吗？"

夏绻动作僵住，从余光关注转为直视她，这个人认识自己？夏绻困惑地眨眨眼，好像是有点面熟，是在哪里见过吗？同学？培训机构里面的，还是瀚文的？

"是你吧，夏绻？"宋怡林如释重负地吐出一口气，说，"我是乐颂。"

震惊让夏绻睁开细长的眼睛，对啊，是乐颂啊！是有那么一点像！她几乎就要大笑，哎呀，她还是太青涩，太没社会经验了，把照片P成另外一个人，跟她用采采的照片骗人有什么区别呢？夏绻瞬间觉得黄牛票的钱花得冤枉，早知道，就该硬着头皮坚称采采的照片上的人就是她自己。

可是，乐颂是怎么认出她的？夏绻意识到了不对劲。

"你认错人了……"

“你爸把你本人的照片都发给我了，别再装了，你赶紧跟你父母联系，不然的话，再拖下去，你的寻人启事就要传得全网都是了，”宋怡林不客气地教训她，说，“你怎么能这么自私？你想过吗，就这么跑出家门，让家里人翻天覆地地找你，会给哥哥们带来多大的麻烦？一年到头，好不容易就要收尾了，就因为你，哥哥们一年的努力就要白费？求求你了，别胡闹了！”

偶像下榻的酒店，是追星旅途的必经站点，在这里遇见夏绻，对宋怡林来说，并不意外，同时，她也能理解夏绻为什么来了又不露面，没有人比她们这群追星族更懂“人设崩塌”这个词了，人设塌了，救不回来，宁肯弃了不用，也比亲手戳穿自己要强。

宋怡林的身份很多样，一家明星个站的站长、一个有十年追星史的粉头、一个大学毕业一年从事市场管理工作的新人菜鸟，她从青春期时就开始追星，为偶像花的钱不计其数。

粉丝福利票的抽奖结果是在她的运作下公示出去的。原本，“卷耳兔”没资格得到赠票，她加入站子的时间短，说自己学业繁忙，平日很少冒泡，而且并无技能傍身，既不会剪视频，也没资源跑前线，甚至连一天十二个小时的在线时间都保证不了，对站子的贡献本是微不足道。可是，年终站子的服务器要续费，卷耳兔看到置顶的集资帖后，出手阔绰，一个人把全年的费用支付了，这样的金主，放到哪家站子都会被供起来。

宋怡林并不愿意得罪夏绻，见她脸色难看，手上的力气松了一点，没想到，夏绻丢下餐盘，像小兔一样地跑了。宋怡林追了两步，又停下来，她挺犹豫的，到底要不要管？她并不打算接受夏清如见面的请求，昨天夜里已经推掉了，今天再拖一拖，一切就结束了，反正，明天，她们都要离开南都。

等夏清如再次把电话打来时，时间已经接近中午了，宋怡林接了，却不敢说是自己遇见了夏绻，只说是朋友看见的，觉着像，然后，她赶在夏清如来之前，匆匆退房，和站子里的同伴拖着两个大蛇皮袋子，慌忙打车离去。

蛇皮袋子里是还没销售完的网站自制周边，东西都挺可爱，有抱枕、钥匙扣、扇子、T 恤什么的，但放在蛇皮袋子里，被一群打扮新潮的女孩在五星级酒店亮得反光的地板上拖，画风太过奇妙，那画面深深刻在了大堂经理的脑海里。

等夏清如赶来找人时，听到大堂经理说“女孩子”“浓妆”“蛇皮袋”这样的词，他完全找不着北，颓然地坐在沙发上，茫然而可怜。

夏清如并不知道，他的女儿就在不远处望着他。

夏绻买了新衣服，连帽衫很大，裙子很短，她在 ATM 机上取款，准备去商场为偶像“血拼”奢牌，推开玻璃门，她看到了他。

父亲憔悴得不像话，夏绻有点心疼，但还是决绝地戴上帽子，盖住自己的头和脸。

不能出去。

不能被父亲押回去。

她要带着礼物，高高兴兴地回家，让他们都说不出话。

在争强好胜这方面，夏绻绝不认输，她加快步伐，绕了个大圈子，从父亲的背后溜走了。

她已经想好了要给外婆带什么样的礼物。

仿蜜蜡的胸针，柿柿如意样式的最好。

爸爸怕妈妈，只有外婆是保护神啊，外婆是不论怎样都会爱她的。

03

廖芬芳搬进了内科病房，干瘦的手背上戳了根针，管子里的液体微微发黄，她的眼睛半眯着，看不出是睡着了，还是在发痴。

姜采采在床边坐着，床头柜上放了粥，粥用塑料袋装着，放在白色的泡沫碗里。只是白粥，没油花，没葱花，也没有萝卜丁和咸豇豆，塑料袋口开着，两个小巧的淡黄色的一次性饭勺歪在里面。

这是午餐，五香蛋已经被廖芬芳吃掉了。

姜采采扭头朝六人病房门外看去，门外站了两个人，男的，戴眼镜，不抽烟，头发和鞋子都很干净，他们在聊天，表情平和。姜采采记得他们，前天晚上她在天河新村夏绻的家里证明自己不是贼的时候，他们也在。

早一些的时候，陈蕾来了，她走到病床前，居高临下地看她，冷冷地问，你妈呢？她说不知道。陈蕾把病床之间隔离用的布帘子拉起来，姜采采注视着她温柔的、优雅的，甚至透着高级的性感的动作，很想耻笑她。

人正常说话的声音是 40 ~ 60 分贝，一层布最多将声音降低 2 分贝，陈蕾阿姨，你在遮什么？这层帘子不是隔音的，只能隔绝视线，可是你最擅长的不就是打造形象吗？隔了，不仅没效果，还欲盖弥彰。

但她没有说话，她做出无辜的模样来，无措地、柔弱地看着陈蕾。

“采采，你可不要犯糊涂，把流言蜚语当真哪。”

姜采采不知道陈蕾的话有几分真，只知道有两种可能：第一，她还在欺骗别人；第二，她也在被欺骗。

“你昨天为什么要那样跟我说话呢？难道你不知道吗？陈妈妈是最疼你的。”

“我有点难过。”

“什么？”

“别人怀疑我是贼的时候，你没有信任我。”

姜采采的话让陈蕾恍惚，她几乎忘了那件事，一时词穷，气焰明显收敛了几分。狭小的空间里，她的视线无处可放，只能移到廖芬芳身上，廖芬芳直挺挺地躺着，明明是睁着眼睛的，却置身事外，视若无睹，像一座无法动弹的雕塑。

好一会儿，陈蕾才把视线从廖芬芳身上收回来。有一个瞬间，她发自肺腑地同情这一家子，这种瞬间出现过很多次，但每每只有一个瞬间，那种感觉一下就过去了。

“你跟陈妈妈说实话，昨天中午到你家里去的男人是不是赵树？”

“不是。”

“那是谁？”

“我妈的朋友。”

“叫什么名字？”

“我不想议论妈妈的私事。”

陈蕾望着姜采采脸上浮起的红晕，突然想起了她的父亲。她的生父姜国胜，那个长相标致，风度翩翩，饭桌上可以完全不磕巴地从头到尾、从古到今、从国内到海外连侃四小时的油混子。

她并不是怀疑汪荻又跟姜国胜搭上了，因为，那是不可能的。

两年前，一起告破的传销案上了中央电视台一套的法制节目。吹着反翘刘海，面庞圆润，嘴唇描绘得如佛像一般的女主持人说，迄今为止最大的一起跨国网络传销案告破，犯罪分子在深圳成立公司，并在美国架设服务器，传销网络遍布中国十余省市及日本、泰国等地，涉案金额高达3.9亿元人民币。

镜头扫过庭审现场，一排戴着手铐、低头垂目的人里出现了她和丈夫都很熟悉的身影，镜头一闪而过，没有多做停留，但他们都觉得看到了姜国胜。

为了验证，陈蕾多方搜罗消息，最终在一份法制报上看到了一篇版面只有豆腐块那么大的文章，文章里没有提到姜国胜，但提到了姜某某，她把报纸拿回家给丈夫看，斩钉截铁地说，就是他，跑不了。

所以，女儿失踪那天，去檀韵花园的男人不可能是姜国胜，报纸上说，主犯被判了十五年，从犯最少也被判了七年。

姜采采的生父在坐牢，她，是个罪犯的女儿。

想到这些，陈蕾突然一下释怀了，她嘲笑自己的焦虑，怕什么呢？姜采采凭什么和她的女儿比？姜采采的路是看得到尽头的荒芜，而她的女儿拥有无尽的蓝天，她不应该计较姜采采在分数、排名上对女儿有限的超越，人生的赛道是立体的，她们没有可比性。

她释怀了，她女儿也该释怀了。

陈蕾松了一口气，只要那个人不是赵树就好，她还真有点怕赵树，那是在她的生活圈子里不曾遇到过的恶人，会打人的，到肉见血的那种。他蛮横，不好惹，一点亏也吃不得，粗，俗，直，对付这种人，她没经验，避开是最好的办法。

离开赵树，汪荻也就没有危险性了，陈蕾不觉得汪荻那样懦弱的女人能做出什么狠事来，否则的话，她就不会连婚都离不了。

可以放心了吗？

围起来的淡蓝色的隔帘被姜采采拉开了，女孩指指床上的老人，说，闷，陈蕾悻悻地抱着胳膊，踱了两步。

其实，你是在没事找事，对吧？你真的在替女儿担心吗？那个人不是赵树，你很失望吧？

陈蕾的身体里，有一个声音冒出来，她停下脚步，突然站得笔直，心里响起另一个爆炸般的声音。

滚！退下！

她总是这样对付她的恶念，天崩地裂一般的呵斥。

除了瞬间绷直的身体，陈蕾的表情毫无变化，没有人知道她的内心深处正在经历极强的情感波动。

不必乱想。

陈蕾轻轻、慢慢地吞了吞口水。

会没事的。

丈夫会把女儿从南都安然无恙地带回来。

采采坐在病房里，离她这么近，她叫两个家里人下两层楼，就能把采采牢牢看住，这种感觉就好像她手里握了个人质，不怕汪荻跟她耍花招。

她踱步出门，打电话，姜采采注意到，没过一会儿，门外的两个男人就来了，他们一来，陈蕾就离开了。

外婆的点滴打完后，又陷入了昏睡，姜采采洗了条毛巾，给外婆擦脸和脖子。

“外婆，我告诉你啊，谭奶奶也住院了，就住在楼上，你猜，你跟她谁会先走？”

姜采采的嘴唇微不可察地动，言语几乎是无声的，眼睛里有内容，千言万语，汇成一本极厚的耐读的书。

“还有两个小时，探视时间就到了，夏绻赶不回来了，见不到卷儿，你猜，她扛不扛得过去？心梗很疼的，像刀割一样，很受罪的。”

她又拧了一把毛巾，长了冻疮的手碰了热水痒到骨头里，她想挠，想抓，想指甲变成锋利的刃，划破皮肉，狠狠过一把瘾。

可是，她摸都不摸，碰都不碰，把毛巾搭在床头的毛巾架上后，就把双手摊开，十根指头的指尖向上，她忍受着钻心的痒，姿态仿佛是教堂穹顶壁画上的圣母，是慈悲的圣母在宽恕世人。

她讨厌手上沾染污秽。

所以，她的双手要干干净净的。

她哼小曲，孩子一般轻盈可爱，隔壁床的阿婆剥了橘子给她吃。

她接过来，一边哼，一边吃。

哼出来的曲调，别人听着是生日快乐歌。

只有她知道歌词是这样的：

“祝你心脏发霉，祝你手术烂尾，祝你马上见鬼，祝你原地报废……”

04

“如果，你发现家人是一窝坏蛋，会怎么样？”

“接受，然后离开。”

“明白，你选择做一颗清醒的蛋。那如果，你这颗清醒的蛋，某天突然看明白了，是谁把你们放在悬崖峭壁边，每天把你们的窝往深渊推一点，还假装在拉拽，又会怎么样？”

“离开。采采，你只需要长硬翅膀，然后离开。”

“办不到。”

“尽力做到吧。”

“如果你能够做到，为什么还要管我呢，哥哥？”

姜采采还记得那次与何志伟聊天，聊到这里时，有了一段漫长的沉默，她在电脑屏幕前流下眼泪，一边哭一边接着打字。

“我早就知道了，我妈是小三，她生下了我，破坏了别人的家庭，你就是那个因为我们而痛苦的孩子，对不起……”

她伸长手臂抓过网吧里统一配的头戴式耳机，戴好，一只手抹去眼泪，一只手摆弄了一下摄像头。

她想和何志伟视频，但何志伟拒绝了。

“以前我见到的那个人不是你，对不对？你让我见的那个人，说一口京片子，你是广东人啊！我想见见你，哥哥，你叫什么名字？”

“唉，你太聪明了，采采。”

他这样说，让她有了不祥的预感。

“哥哥，每一次，我就快受不了的时候，就会想，还好，还好……我在这个世界上还有你这样的牵绊，你这么善良，这么真诚，无私地帮助我，爱护我，谢谢你，我可以忍耐的，可以忍到高考，然后去你的城市读大学，以后，就我们两个人，好不好？”

“采采，你还是没有长大，等你长大了，就不会需要我了。”

这是拒绝的信号。

也是，她多傻呀，他是有母亲的，他母亲的婚姻被自己的母亲插足，只能证明自己的母亲品格卑劣，不能说明他的母亲愚蠢不堪。

他是有骨肉至亲的人，只有你，是垃圾一样多余的小孩。

“你把我想得太好了。”何志伟说。

“为什么你不喜欢我的提议？”

“你初二那年和你视频的确实不是我，所以，你应该明白，我从来没有想过，要在现实中和你见面。”

“连你也要放弃我……”

“或许，那年的回信是个错误。”

何志伟的头像变灰了，一个多月过去了，始终是灰色的。

2011 年 12 月 4 日，是姜采采人生中最黑暗的一天。

夏绻决定去南都了，她找姜采采解决钱的问题，算是找错人了，姜采采硬着头皮去跟对自己献殷勤的社会人士借，结果被秒拒。

“好烦啊，你那么多男朋友，怎么借点钱还借不来？我不能和家里的亲戚借，都是耳报神。”

夏绻很不满意，趴在沙发上噘嘴，家里难得没人，谭庆梅去医院检查身体了。

“哎，你说，我爸会不会藏私房钱？”

“不会吧。”

“那可不好说，我翻翻去。”

夏绻拉着她，在天河新村的家里到处翻找，重点是查看书柜，翻每一本书，夏绻说《肖申克的救赎》里面，男主角把书挖了个槽装凿墙用的锤子，她说那是她爸爸最喜欢的电影，说不定爸爸就把钱藏在书里。

“你去别的地方帮我找，快点，外婆快回来了。”

她离开了书房，书房是最安全的地方啊，即便整个书柜的书都被扔在地上，大人们回来看到也不会想到她们要干什么。

其他地方就不好解释了，总归是鬼鬼祟祟的。

但姜采采还是硬着头皮去了，她选择去谭奶奶的卧室，打开衣橱，谭奶奶的衣服摸起来真舒服，不像她外婆的衣服，一碰就噼里啪啦起静电。

她在衣橱抽屉里发现了一个丝绒盒子，暗红色的，推开来，里面赫然躺了个厚厚的红包。这个丝绒盒子里面有一面小镜子，大概原本是个首饰盒，她拉扯深红色的绸带，打开盒子的第二层，一张信纸露了出来。

折好的信纸背面隐隐约约透着蓝黑色的钢笔字，她好奇写了什么，于是打开来看。

“亲爱的女儿：

“近来，我觉得身体很不舒服，想起来，你父亲大限快到了的时候，也常常跟我念叨很不舒服，我老了，说不定哪一天就猝然离世……”

这样的开头大概是未雨绸缪的遗言吧。

姜采采觉得不应该偷看别人的信，但她实在难以抵御内心深处的好奇，都说人之将死其言也善，她忍不住看了下去。

她并没有意识到，开启的是潘多拉的盒子。

谭庆梅留下这封信的目的，是提醒陈蕾疏远她们一家，她说：

“……汪荻她们一家人的本质不好，你不要再跟她们接触了，我和你爸爸都走了，留下你孤独地活在这个世界上，你要保护好自己，要结交良友……”

姜采采觉得受伤，但能理解，她知道自己有个心狠手辣的外婆，也知道自己有个浪荡糊涂的母亲，即便她做得再优秀，只要别人深入探究她的家庭，都难免给她减分，她难过，但接着往下读。

“……你和你爸爸一样，对朋友掏心掏肺，但是，有件事，我必须要让你知道，害死你汪伯伯的人是你廖阿姨，那封匿名信跟你爸爸一点关系也没有，那是廖芬芳自己写的……”

看到这里姜采采心里一惊，她竟然知道！外婆保守了一生的秘密，她怎么知道?

“……你想想这是一个多么恶毒的女人?头脑不清，心肠歹毒，以我的性格，是一定要疏远她们的。可是你爸爸……当然，很多事情你爸爸不知道，否则的话，我相信他也会做出和我一样的选择。

“总而言之，我们这一代人的恩恩怨怨，就在我们这一代人身上结束吧，你和清如还有卷儿，好好生活，记住，远离她们一家，不要再跟她们有牵扯！

“我告诉你……”

一排字被涂黑了，和上一排字对比，大概有十一二个字那么长。

“我死了以后，一切就结束了，我没什么过不去的，我欠她们的，但这么多年的关照，也早就还清了……”

信，到这里就突然结束了。

姜采采推测这封信大概只写了一半，所以，才没有落款，没有放在信封里。

屋外，传来夏绻呼唤她的声音，姜采采在一秒钟之内做了决定，把信叠好，放回原位，把盒子盖上后抚平倒绒。

她关上柜子的时候，夏绻正好推门进来，她说这里什么都没有，夏绻让她去扶梯子，好去拿书柜顶上的箱子。

夏绻指挥她向东向西，她机械地配合着，脑子里想的是那封充斥着不合理之处的信。

谭奶奶知道匿名信是外婆写的，却没有告诉任何人，连陈爷爷也没有告诉，为什么？

姜采采很快想到了答案。

她也有参与，她并不是替外婆保守秘密，而是替她自己保守秘密。

这个答案冒出来的瞬间，姜采采觉得她的精神花园里，鲜花都枯萎了，爬墙的藤蔓也跟着枯萎了。

生活在这个荒诞的、充满算计的、充满虚伪的世界里，她感到绝望。

何志伟一定不知道他的突然远离是怎样地伤害了她，他把她内心深处的最后一抹绿色也给扼杀了。

后来，夏绻告诉她在外婆房间里翻到钱了的时候，她紧张得无法呼吸，她问，从哪儿翻到的？

“首饰盒里，一个大红包，六千块，我猜，应该是外婆给我准备的过年红包，等她住院以后，我再拿，现在先不打草惊蛇。”

“只有钱？”她脱口问道。

“嗯，不然呢？哦，你问首饰？首饰在保险柜里吧，应该是。”

那封信消失了？

不，她相信还在的。

人们都更倾向于相信眼睛看到的，她想要找到那封信，前天晚上，他们报警后，她主动留下来看家，说是等待卷儿，实际上是想要找那封遗书，可惜，运气不好，她没能找到。

昨天晚上，更多的人“帮”她一起找，也没找到，只剩下保险柜了，她提醒夏爸爸去看保险柜，也不知道结果怎么样。

没办法，她只能赌了，赌夏爸爸是个表里如一的人。

她多想找到那封信，拿到母亲面前，让她也看一看。

可是母亲却抛下她走了。

正想着，姜采采的电话响了，她一看，竟然是妈妈打来的。

汪荻叫她回家，立刻，马上。她扭头往外看，病房外，看着她的男人都不见了。

05

家里安静得出奇，一进到屋子里，姜采采就察觉出一种非同寻常的诡异气氛。

外婆的屋子是没有窗户的那一间，此刻，门是关上的，然而，外婆并不在家，她不在家的时候，这间屋子是不锁门的。

进门时，她下意识地反锁了门，也没有喊妈妈，她屏住呼吸，轻手轻脚地靠近外婆的房间。

门闩是坏的，她轻轻一推，门就开了。

门内的情景吓了姜采采一跳。

汪荻用刀抵着陈蕾的脖子，那把刀是外公的登山刀，原本被她收在书桌抽屉里，她很细心地保养这把刀，木质刀柄她隔一个月就会上一次油，她知道这把刀的刃很锋利，它虽然不再入山、砍枝，但如果拿来割肉，仍然可以毫不费力地让待宰物皮开肉绽。

陈蕾很恐惧，不敢说话，见到她，似乎更绝望了。

姜采采的眼睛亮起来，难以想象，她柔弱温顺的妈妈竟然也会发起攻击，她一直以为，如果没有帮手，她妈妈什么都做不了。

“采采，我问你，你爸的儿子叫什么？”汪荻瞪着眼睛，怒气冲冲地问她。

“我不知道。”姜采采不明所以，脑海里闪过何志伟的名字，可是，那应该不是他的名字。

“姜俊俊？啊？陈蕾，你知道的可真多啊，你怎么知道的？什么时候知道的？谁告诉你的?!”

汪荻冲陈蕾喊，她情绪激动，刀尖几乎就要戳进陈蕾的颈部大动脉里。

哦……原来，他叫这个名字，姜俊俊……

一个小时前，陈蕾在ICU门前接到了汪荻的电话，汪荻约她到檀韵花园见面，她本来是不打算来的，等着听完医嘱好去看望母亲。但汪荻的状态不太对劲，说有非常重要的话要跟她说，陈蕾心神不定，于是，还是来了。

桌上放了茶，但汪荻不让她喝，陈蕾觉得她古里古怪的。

“我叫了采采，趁她还没来，我先跟你说点事。”

“你说。”

“赵树……他……他死了……”

“什么？”

陈蕾以为自己听错了，紧接着，她看到，汪荻痛苦地皱起眉头，用力地点点头。

赵树已经是个死人了，可这件事并未公开。在公开层面，赵树是个伙同他人暴力催收，致使借款人重伤，为了躲避法律制裁，抛弃妻女，隐姓埋名，远走他乡的未经审判的犯罪分子。

赵树的尸体是向前处理的，先放小船里用淤泥盖上，再运到人迹罕至的野塘边，挖坑，埋了。

可是，一个大活人平白无故失踪总是惹人怀疑的，头一个被怀疑的人就是向前，因为向前请赵树去家里喝酒，好多人都看到了。

于是，向前想了个办法，他去追债，逮着人往死里打，一边打一边喊，让别人报仇去找赵树，不要找错了人。为了她，向前把自己和赵树捆绑在一起，从此，再也见不得人间光明，只能像虫子一样，活动在暗处。

向前跑了，一两个月都没有消息，留下汪荻一个人在江城煎熬，她既要应付终日堵在家门口的伤者家属，还要应付时不时上门找她了解情况的警察，可谓惶惶不可终日。

伤者的家人不是好惹的，整天上门恐吓，叫汪荻拿钱出来赔偿，张牙舞爪的一群人，往她和赵树租住的老屋里丢砖头，窗户被砸得粉碎。

汪荻翻遍了家里的柜子也找不到钱，她只能回赵树的老家，找赵树的兄弟们借。

她不开口还好，赵树的兄嫂还能给她口饭吃，一旦开口借钱，就算是把亲戚缘分彻底断了。

赵树的亲戚们纷纷表示早就不认他了，他们说赵树将来发财也好，做官也好，大家绝不眼红，从此，桥归桥路归路，不必再往来。他们还好心好意地劝汪荻，就当赵树死了，好好地再找个人嫁了，别再管赵树的事了。

又过了一阵子，向前给她打来电话，说她也到时候躲出来了，汪荻不敢走，她怕伤者的家属去找女儿和母亲的麻烦。或许是那个未能顺利出生的孩子在保佑她，让她从床头和墙壁的夹缝里翻出了被赵树藏起来的存折，当初赵树就是为了多拿一点拆迁补偿款才猎取了她，没想到，最后要靠这笔邪恶的钱来求活路。

回忆这些让汪荻觉得异常痛苦，她刚刚亲手杀了一个人，还是一个帮了她的好人，她知道自己是没有活路了的，唯一牵挂的是女儿。

她找陈蕾来，是托孤，她不对陈蕾隐瞒了，她相信，以她们的友谊，陈蕾不会轻视她，也不会害怕她，陈蕾会同情她，怜悯她，并因此怜悯她的孩子，未来多多少少能照看采采一点。

汪荻瞪着一双硕大的眼睛，眼睛里蓄着眼泪，她说：“是……我把他杀了……”

汪荻明显感觉到陈蕾慌了，不太信，犹疑，然后就是恐惧，她赶紧说：“你别怕我，我……我不是顶坏的人，我是没办法了，我死了不要紧，留着他，害孩子……”

“害谁？他害谁了？”

陈蕾紧张地插话打断汪荻，她的手抓住了门框，胳膊上的汗毛立起来了，视线顺着墙脚溜进看不见情况的房间。

“别怕，他不在这里，他早死了，死了好几年了。”汪荻及时补充了一句。

她以为陈蕾会关心地问一句事情的原委，但陈蕾只是嘀咕了一句，你这个疯子……

汪荻拧了下眉头，这话太奇怪，像是评价一个全然陌生的人，她觉得不适，但也没什么不能接受的，她苦笑着说：“我只是想让你知道，卷儿的事，真的跟赵树没关系。你想多了。”

“你叫我来干什么？陪你自首？”陈蕾问。

“我想把采采托付给你，她还是小了点，我走运，有她这个女儿，没让我操过一点心，她那么优秀，瀚文都考上了，是我对不起她，没办法给她一个好的未来。陈蕾，我想拜托你帮我管着她，这两年不用你费神，卷儿是第一位的，我知道。学习上的事，她自己能应付，但是学习不是生活的全部，她也不能一辈子学习，是吧？她还是要结婚，要生孩子的，哦，对，还有找工作，我想了，过两年，你就劝她考师范大学，不考别的地方，就考江师大就行……”

陈蕾举起手，示意汪荻先停一停，她还没从震惊中缓过来，站在这间充斥着旧物的房子里，她觉得特别不真实。

“不，不，不……”陈蕾连声否定，她看汪荻的表情怜悯中带着兴奋，她说，“你……？杀人？我真没想到，你竟然能走到这一步。”

她是汪荻啊，出生时，如珍宝一样的女子，江棉厂里所有的老人都疼她，所有的长辈都爱她，所有的小孩都羡慕她。

陈蕾人生最初的记忆，不是关于她自己的，而是关于汪荻的。她永远记得，汪荻坐在江棉厂宿舍区前的雕塑上，穿着好看的红裙子和红皮鞋，脚上的白袜子是镂空的，阳光洒在她身上，为她镀上一层光晕，漂亮得像电影海报。

她是亲眼见到一颗珍珠如何蒙尘，如何滚落，如何被碾碎的看客。

过瘾。

她知道用这个词不合适，但确实如此。

此刻，她仿佛看到了谢幕前的高潮部分，碾碎的粉末扬起散了，扑到脸上，眯住眼睛。

她哪还有一点珍宝的样子？简直和沙暴毫无区别。

陈蕾忽然笑了，说："对不起，采采交给我不合适。"

汪荻显然没料到陈蕾会拒绝，她嗫嚅着："可是……我……我还能去求谁呢？我知道，我妈身体也不行了。"

"她不是从石头里蹦出来的呀，粥粥，你忘了吗？她有爸爸的。"

"姜国胜？你怎么会说起他？我跟他十几年没联系了，我去哪里找他……"

"找找嘛，你肯找的话，总能找到的，"陈蕾揣着明白装糊涂，说，"就算他不在了，他还有儿子啊，那个俊俊，应该比采采大不少吧？"

汪荻愣了一下，表情如被雷劈，她问："你怎么知道他有个儿子？你还知道他的名字？"

06

汪荻只知道姜国胜有个儿子，却不知道姜国胜儿子和妻子的名字，她是只鸵鸟，从前是故意不问的，不问，就好像压根没那些人，她不想自寻烦恼。

所以，多么奇怪，她都不知道的事情，陈蕾却说得如此自然，好像亲耳听到过……

陈蕾愣住，她知道自己说漏了嘴，却仍嘴硬说，是汪荻自己说的，要不就是赵树说的，之前他们在医院吵架的时候，她好像听到过，大概就是那一次，她听到就记住了。

“赵树？”汪荻的心凉了一半，她故意说，“他说的？”

“不然就是采采，反正，是听到过的。”

“撒谎！”

汪荻拍了桌子，脸红了，眼睛圆睁着，她听出来了，陈蕾是顺坡下驴，把她当白痴一样糊弄。

陈蕾是真知道，真听过。

可是，她和姜国胜结婚以后，姜国胜就再也没回过江城，如果陈蕾知道，那就是姜国胜还在江城的时候知道的。

她想起她们二十岁时，挤在一个被窝里，畅想爱情，陈蕾说要找个爱她的男人结婚，她说要找个她爱的男人嫁了，陈蕾问那要是遇人不淑该怎么办。她说：“不怕，我保护你。”陈蕾笑嘻嘻地回：“那我也保护你。”

她们应该是这样的关系啊……

“你早就知道了，陈蕾，我当你是亲人，你躲在一边看我的笑话?!”

汪荻突然从衣服里拔出刀子，刀刃的寒光反射到眼睛里。

陈蕾吓得脸色煞白，充满了恐惧的眼睛盯着刚刚踏入房门的姜采采，她尝试求救。

“汪荻，你别冲动，你不信就问问采采，她是不是有个哥哥？”陈蕾对采采使眼色，额头上冒出汗珠，半讲理半胁迫地说，“采采，你快叫你妈把刀放下！她要是真动手，就是犯罪了，你要做罪犯的小孩吗？你妈什么都不懂，她糊涂，你也不懂吗？罪犯的孩子，社会上哪里能容？那些黑黢黢的地方，烂泥一样的路，有多苦，你帮帮你妈妈……”

“妈，你叫我回来干什么？”采采打断陈蕾的话。

“我蠢啊！蠢到以为她和我是真的好！想跪下来求她再照顾你几年，想要拉着你，一起给她磕几个头啊！”

汪荻嘶吼的样子很癫狂，似乎就要控制不住自己了，陈蕾觉得脖子处的皮肤传来一丝锐痛，刀尖不再虚指，而是扎了上来，她怕得喊起了救命，汪荻头一次觉得陈蕾弱得像头羊，她是真的恨不得把刀扎进她的脖子里。

向前说得真对，命都不要的人，杀人有什么难的？她觉得她的眼睛都要沁出血来。

“妈……”

女儿的呼唤轻轻慢慢的，汪荻突然抖了一下，疯了吗？怎么能在女儿面前杀人?!她的手猛地往上一挑，陈蕾的下颌上拉了一道小口子。

陈蕾趁机蹦起来，猛地推开汪荻，往屋子外面冲。

陈蕾是真慌了，真怕了，那么短的路，她逃得崴了几次脚。门被姜采采反锁了，她打不开，也不知道轻轻拨弄一下锁头，她逃命逃得那么蠢，一边拍打铁门，凄厉地嘶吼救命，杀人啦，一边打电话报警求救。

汪荻攥着刀的手垂下来，她笑出了眼泪，泪光中女儿的身影是模糊的，她对女儿说：“宝贝，你记得擦冻疮膏啊，我给你买新的了。”

“妈……”

汪荻轻轻摇头，冲姜采采摆摆手，好像是在说，别叫，别叫，我配不上这个伟大的称呼。

“她们那么坏，以后，你不要跟她们玩了，嗯？”

“妈……”

“妈回来得早了点，翻了翻你的日记本，对不起啊。你心里别有恨，别犯傻，往阳光里走，黑的路别上去，看都不要看，好不好？把外婆带回来，她有退休工资，不多，但够吃够喝了，你再忍两年，走得远远的，我知道，未来的路挺苦的，但你行的！你一个人会过得好好的，是不是？妈不拖累你，你放心，妈不拖累你了……”

汪荻冲她挤出一个比哭还难看的笑，提着刀掉头离去，房间的门被她重重摔上。

门，一开一关。

念头，一闪一灭。

姜采采站在原地，泣不成声。

隔着一道门，她听到凄厉的惨叫，玻璃碎裂的声音，还有一种绝境中无能为力的低号。

当江棉厂的老人们开始惊呼后，姜采采走出房间，她看到的是半个身子匍匐在地上的母亲，母亲的身体下流出了鲜血，地上碎了一个玻璃杯。

大门洞开。

阳光正好。

小碎卷阿婆拽着陈蕾张大嘴号叫。

人越聚越多了。

姜采采缓缓朝母亲走过去，血液集中在母亲下半身，她跨过去，往前，注视着母亲的脸。

这么快啊，这是她见过的最快的死亡，比那条狗还要更快。

在几秒钟之内气绝，不是刀伤所能做到的。

姜采采望着地上碎成几瓣的玻璃杯，她知道，母亲是以何等的决绝赴死。

她亲爱的母亲就这样结束了卑微的一生。

所以，母亲看了她哪篇日记呢？

“畏罪自杀死亡者不被起诉”？还是，“道德有道德的审判，法律有法律的准绳”？

“不是我！我没动她！是她要杀我，她拿刀抵着我的脖子，她疯了！我们……我们就是聊天，我没碰她！是她自己弄的，我是要走的！她突然就栽倒在地上……不是我！我没碰她！”

陈蕾凄厉的辩白听起来是那么滑稽，姜采采的手垂着，没有碰母亲。

“我妈死了。”

她站起来朝众人宣布，一下子，所有的声音都没了，人人都张着嘴，她想他们的舌头一定是微微往后缩的。

她抬起右手，指向陈蕾，说：“你杀了我妈。”

“我没有！不是我！是她自己！”陈蕾争得满脸通红，大汗淋漓，气喘吁吁。

“为什么？你为什么要杀她？”姜采采的胳膊固执地举着。

“你神经病啊！我说了，不是我！”

窃窃私语声，像归巢的蜜蜂在嗡嗡嗡地叫。

“真狠啊，这是人干的事啊？”

“谁说不是呢？什么深仇大恨啊？老的杀老的，小的杀小的……”

“可怜，唉，我就跟你们讲了，当领导的，哪有好东西啊，哪个不是心黑得跟炭一样啊？”

……

陈蕾听得清清楚楚，也看得明明白白，围着她的除了老人，竟然还有半大不小的孩童，他们都用一种了然、畏惧的目光盯着她，她知道自己是解释不清了，这些人，没有一个是相信真相的。

流言蜚语一句接着一句，针一样来回穿过她的身体，留下一道又一道细线，把罪恶、耻辱缝上她的皮肉，她知道自己完蛋了。

巨大的委屈和不甘让陈蕾的清高瓦解，她竟然歪倒在地上，愤愤地用双掌拍了下地面，那动作，是小碎卷阿婆最擅长的。

陈蕾恸哭着，她感觉，命运开启了一道循环，她掉了进去，注定要像父亲一样，沾上永远也无法洗脱的罪名。

好狠……

陈蕾望着脸上没有一滴泪的姜采采，冲她扑过去，不过两三步，就被几个年过半百的爷们拖住了。

“哎哎哎，大庭广众之下，你还要赶尽杀绝啊？来来来，谁报警了？快报警啊。”

拉扯间，陈蕾的手机唱起了歌。

张国荣的吟唱真松弛，陈蕾却紧张得发疯。

电话是从医院打过来的，急告谭庆梅病危。

陈蕾张牙舞爪地冲姜采采嘶吼：“你满意了吧？这就是你们想要的，是吧？我告诉你，我家人有任何生命危险，我杀了你！”

“哦哟，打打杀杀的，大学教授讲话也这个样子啊？”小碎卷阿婆带头讥讽了一句。

“就是，过分了，陈厂长当初踩着我们高升，后来丢下我们就跑了，算什么东西嘛，一家子过河拆桥的玩意。”

“就是的啊，当初要是汪瀚洋提干高升，我看不一定比他干得差。汪瀚洋还是有才的，我是佩服他的，男的嘛，有点本事，女人就多。也就是那个年代，他那个事放到现在算个屁啊……还举报，真他妈不是东西，顶梁柱倒了，毁了一个家，伤德，要下地狱，十八层！”

……

像这样的话，姜采采早就听够了。很难适应吧？慢慢来吧，日子还长，她在心里说。

她慢慢将视线转向母亲的尸体，心底涌起无法忍耐的悲伤。

她的母亲，出生时如珍宝一般的姑娘，就这样，结束了她卑微的一生。

终章

十七岁少女失踪事件

01

春意融融的季节，樱花尽数开放，天空悬浮着一道粉色的丝带。

夏绻站在医院的落地玻璃前欣赏大好春光，景色很美，她很喜欢，只是笑不出来。

马上就要四月了，别的同学早就开学了，她还在休学，陈蕾站在她身边，陪伴着她，同样也是一脸凝重。

她们都没能走出悲伤，外婆去世了，在重症监护室住了整整六周，没有挺过来。

夏绻觉得需要做心理咨询的不应该只有她一个人，不过，母亲是大人，她有选择权，说不做就不做，无论父亲怎么劝，都劝不动她。

夏绻是在离家七十二小时之后回来的，她给外婆买的“柿柿如意”的胸针，在遗体告别仪式上被母亲别在了外婆的胸口。

前来吊唁外婆的亲戚很多，有一些她认识，有一些她不认识，认识的亲戚都很疼爱她，什么也不对她说，她从不认识的亲戚那里听到，外婆在 ICU 里着急见她，因为见不着才告了病危。

她因此病了，无法入睡，落发，父亲带她来医院诊断，说是焦虑症，医生建议她休学一阵子。因为吃药，她的身体发胖了，衣橱里的衣服全部换了新的，旧的倒是没丢，全部放进了真空压缩包里，母亲一边给收纳袋抽空气，一边说，没事，等停了药，减肥，这些衣服你都能穿。

可是，她不想减肥，吃能带给她快乐，她已经没有多少快乐了。

夏清如从医生办公室里走出来，满面春风。

“不错，可以了，医生刚刚给开了复学证明，”夏清如和蔼地看着女儿，温柔地说，“卷儿，能去上学了，高兴吗？”

“嗯……”

陈蕾见女儿眉目间有忧愁，搂住她，赶紧说：“没事，不要有负担，去学校和朋友们相处对你有好处，但是考试你不用有压力，等拿到高中会考成绩，我们就找机构申请出国留学。”

“嗯。”

夏绻轻轻地笑了笑，她想出国，最好马上就能出去。

第二天是四月一日，愚人节，夏绻复学了，夏清如一个人送女儿，陈蕾没去，借口学院有事，实际上还是不想看见不想看见的人。

把女儿送入学校后，夏清如和张丹老师又聊了一会儿，重点是提醒老师不要给夏绻太大压力，他对张丹说家里的留学规划提前了，意思是女儿真的不想学，也不要管她，她不会对学校的升学率有影响。

对一个正常家庭来说，孩子的生命远大于一切，其他的任何事情都能为此让步。

出了学校，夏清如仍然不放心，反正也请了一天假，他就坐在车里，在学校外的停车场里枯坐了很久。

回到家，他发现妻子正在洒扫，心里一阵感动，生活总归是要恢复平静的。

家里照片墙上的照片，夏清如全都细心地换过，都换成了女儿的个人照，女儿现在是他们这个松散的家庭最重要的纽带，他要时常看一看照片墙，才能把日子平和地过下去。

洗衣机唱起婉转的小调，提醒衣服已经洗好，陈蕾在晾晒，夏清如也凑过去帮忙，他问妻子中午吃什么，妻子说随便。

“那出去吃吧。”

“不去。”

“哦，那行，就在家里吃，我看看做点什么。”

这段时间，他们总是吵架，因为女儿在家，冷战居多，原本和睦的感情早已千疮百孔了。

夏清如做什么事都要给自己打气，连做饭也要打气。偶尔，他实在疲累的时候，也会想，要是他在南都时再机警些，运气再好一些，就不会几次三番跟女儿错过，他尤其后悔，去南都的时间晚了，但凡早一天，事情都不会闹成这样。

但他们三个都没有为此反省，整个家族的人都没有，大家都还算理智，知道活着的人要往前看，把日子过好，才能让去世的人安心。

他磨磨蹭蹭地用一个小时做了一荤一素两道菜，端上桌，喊陈蕾一起吃。

饭吃到一半，陈蕾突然说：“你不要再接济姜采采了，如果你坚持这样做，那我们就离婚。”

离婚这个词，是这几个月里出现得最高频的词，夏清如心里突突了两下，有些烦躁，但他没作声。

可是陈蕾并不放过他，继续说：“请你回答，你是要继续接济姜采采，还是离婚？”

“小蕾，你不要这样。”

“我说了多少遍了，这一切不是巧合，不是一茬赶着一茬，不是什么鬼蝴蝶效应！就是有预谋的！你为什么不信我？为什么把我当疯子？”

这也是车轱辘话，夏清如记不得陈蕾说了多少遍了，至少有一百遍。

岳母醒来时要见女儿和外孙女，可惜，夏绻没回家，陈蕾被摁在了警察局接受调查。

是命案啊，调查了好几天，才洗干净陈蕾的嫌疑。

刀上没有陈蕾的指纹，汪荻留下了遗书，遗书上说明了她是畏罪自杀，她交代了自己曾伙同情夫杀害了家暴的丈夫，而后又担心情夫骚扰家人，杀了情夫。同时，尸检还检测出了剧毒物质，陈蕾也说，汪荻提着刀冲她去的时候，已经服毒。

汪荻是自杀的，证据确凿。

本地电视台一档火热的民生节目追踪报道了这起命案，模棱两可的节目做了两期，等到真正出结果的时候，电视台那头反倒不报道了。

对此，夏清如也觉得很愤慨，找人托关系问过好几次，得到的答案都是，涉及案件调查细节，媒体不方便再跟进。

偶尔，陈蕾会被人认出来，被指指点点，他理解她，活着却臭名昭著，实在痛苦。

“她现在太难了，能帮就帮一点，毕竟，我们是看着她长大的。”

“你听不懂吗？”

“这事真的跟采采没多大关系，是人人心里都有鬼，所有事扎堆碰在一起，小火苗引发大爆炸而已。”

“什么人人心里有鬼？”陈蕾把筷子砸了，情绪激动地问，“我妈是无辜的！她现在该跟我坐在一起吃饭！”

筷子像打水漂一样从菜上掠过，他做了一道妻子最喜欢的翡翠豆腐，绿色的丝状的莴苣飞出来一根。

什么时候是个头啊？夏清如也受不了了。

他拧着眉头思考了半天，终于做了决定，抬起头，对陈蕾说：“我给你看个东西，你有点思想准备。”

02

一个白色的信封被夏清如放在了餐桌上。

陈蕾把信封抓起来，封口是开过的，开得很仔细，是夏清如的风格。

“什么，家庭财产清单？你要跟我离婚了？”

“不是，是妈的遗书，我再提醒你一下，有点心理准备，你懂我的意思。”

信，是夏清如在岳母走后第二天从保险柜里找到的，叠了几叠塞在几年前他们一家人去云南旅游时买的翡翠盒子里。

信封上写的是“陈蕾亲启”，他越界了，但他撕开信封并不是受到内心某种窥探欲望的驱使，他只是单纯地想要为妻子解决问题。那时候，陈蕾的状态是很糟糕的，干瞪眼，哭不出来，一急就气喘，仿佛是条快渴死的鱼。

夏清如没想到信的内容那么让人震撼。

因此，他格外关注陈蕾的状态，拖了这么久，才决定把信拿出来。中间他一度想要把信毁掉，但是细想一下，不行，冤家宜解不宜结，疙瘩硌在身体里，看不见，会生出越来越多的枝节，最终又是一场腥风血雨。

“这是什么啊?! 什么啊?! 你怎么拆我的信啊！”陈蕾嚷起来。

她还是这样，华服上爬出一只跳蚤，就能要了她的命。

夏清如夹起一块豆腐，小心翼翼，他突然觉得今天这菜做得不对，豆腐，太娇弱，难对付，一如他现在濒临崩碎的生活。

这信是封警告信，叮嘱妻子远离汪家人，为了解释清楚这个要求的合理性，岳母坦白了心底最大的隐秘。

她并不是无辜的。

信上把一切写得翔实，但陈蕾把信撕碎了，撕得粉碎，碎得比他不小心炒碎了的豆腐还要小。

果然啊，她还是不肯面对。

“我犹豫了很久，要不要把这封信拿出来，等了这么久，觉得你好像好些了，才拿给你……”夏清如克制住自己的失望，不在言语里表现出来，但这个停顿的节奏还是刺激了陈蕾，他艰难地接住妻子的怒视后，说，“我想啊，妈把这个留给你，代表着她已经放下了，她有让你知道的勇气，有承认错误的态度，小蕾，只有面对，才能放下。我知道你……”

“你知道我现在在想什么吗？”陈蕾打断夏清如的话。

夏清如半张着嘴看她。

“离婚。”陈蕾斩钉截铁地说，“车和房子归我，储蓄你拿走，理财产品不方便处理的先放着，等合适的时候拿出来，也归你。”

夏清如觉得太阳穴直跳，却感觉不到心跳，心好像凉透了，他问：“女儿呢？”

“女儿当然归我。”

“她现在这样，你不怕她接受不了吗？”

“不用告诉她，我们离我们的，你可以跟学校申请个宿舍住着，周末回来住，三个房间，能住下。”

“挺好，你考虑得挺全面。”

“你怎么说？”

“同意。什么时候办？”

陈蕾愣了一下，手指头在碎纸屑里弹动了一下，她的眼睛微微睁开又沉沉合拢，然后，她唰的一下站起来，说，下午就去。

两道菜，一口没吃，夏清如抓起筷子，伸出去又顿住，后知后觉地感觉到了心痛。

陈蕾噔噔噔地走远又跑回来，见她急匆匆的，夏清如忍不住坐直了，湿润的眼睛里也有了期待。

他以为陈蕾也后悔了，但陈蕾看都没看他，她之所以回来，是为了那些一半在地上，一半在桌上的碎纸屑。

陈蕾把碎纸屑收拾干净，一团团地捏在掌心，连桌角缝隙里卡住了一半的空白的一片也没放过。

望着陈蕾挺直的离去的背影，夏清如自嘲地笑，笑里裹了点泪，眼泪没出眶就被他揉走了。

算了，他吞下一口豆腐，说，散，就散了吧……

2012 年 4 月 1 日，愚人节，清明假期在即。这天是个周末，但依然有课，明天就是清明假期第一天，姜采采要去江边，母亲是江葬，她想去江边看一看。

做课间操的时候，她看到夏绻了，胖了许多，但她还是一眼认出了她。除了身材，她的性格也变了不少，做操的时候缩手缩脚的，不想表现，以前的她，舒展身体的时候都是焦点。

ID233333 也消失了，再也没有出现过。经过一个假期，贴吧里的帖子被洗了个遍，前七页都是问理科实验班和文科实验班扩招的情况的，偶尔有一两个问校花校草的帖子不出半天就被删了。

盛煊抱着批改好的作业走在姜采采身边，跟她说贫困生补助申请的事该怎么弄，然后又说："今天下了晚自习，我跟你坐一趟公交车，我……去亲戚家。"

"嗯，好啊，还是坐到檀韵花园后面那站再下？"

他们说话时，夏绻正和同学一起从不远处走过来，姜采采以为她会掠过自己，没想到夏绻停了下来，直勾勾地看着她。

"你先回教室吧。"姜采采对盛煊说。

等盛煊走远，夏绻走过来对姜采采说："你妈的事真的跟我妈没关系，警察的调查结果都出来了，你看见了吧？"

姜采采问："你妈是这么跟你说的？"

"你不信？"夏绻急切地说，"真的跟我妈没关系，你别恨我们。"

姜采采同情地注视夏绻，微笑着说："知道了，我走了，下堂课考历史。"

"采采，我要出国了。"

"好啊，我也决定学理了。"

她们没有说再见，往各自的教室走去，姜采采没有回头，她知道夏绻会一直站在教室门口目送她。

回到教室，盛煊特意追过来问她："没事吧？"

"没事，随便聊了两句。"

"她变化好大呀。"

"是吗？变化大吗？"

"我觉得是。"

"嗯，她有一个好爸爸。"

铃响了，他们没再多说。

姜采采家里出的事上了本地最火的电视节目，又恰逢节假日，成了很多人茶余饭后的谈资，班上一大半同学都知道她妈妈去世的消息。

不过，瞎打听的人不多，同学们基本上都对她敬而远之，只有盛煊一如既往地跟着她。

晚自习上到了九点，盛煊和姜采采一块走，出了校门，他给了她一块巧克力。校门外停了很多私家车和电动车，家长们翘首以待，落单的孩子并没有那么多，前往公交车站的步行道上不算拥堵。

顺流中的逆行者尤其突兀，个头中等偏上，长相俊朗的男孩子行动的路线很明显，是冲姜采采来的。

“你认识他？”盛煊问。

“不认识。”姜采采回答。

她周末的时候开始兼职补贴家用了，社会人士也接触得越来越多，有对她动手动脚的，有对她言语调戏的，但那些人里，没有长得这么斯文的，瞧着和夏爸爸上大学时的模样很像。

“我见过他。”盛煊嘀咕着，“之前……”

03

“就是小年夜那阵子，我见过他，在肯德基店里，还有云顶书店外的巷子里。”盛煊看着越来越近的帅哥，说，“在肯德基里，我看他一直盯着你看，担心他心存不轨，就留心多看了他几眼。第二天，又在云顶书店外的巷子里看到他了，他不远不近地跟在你身后，但他没进书店，在巷子里吃了一碗面就走了。”

那人朝她走来，越走越近了，姜采采的心怦怦跳起来，她想起来了，

2012 年 1 月 17 日，下午，在肯德基店里他坐在她斜后方，穿灰色高领毛衣，戴了一副眼镜在看书。

是他。

何志伟。

或者，姜俊俊？

姜采采停住脚步，看着他，她彻底想起来了，他们第一次见面不是在肯德基，而是那天的前一天在檀韵花园的公交站，他跟着她，上了公交车，还跟着她，下了公交车……

“采采，需要我帮忙吗？”盛煊问。

“不用，你先回家吧，我有点事。”

盛煊盯了来人一眼，他判断这个人是大学生，比他们大七八岁，尽管不舍，他还是离开了。

“采采，”男孩在她面前站定，说，“我是何志伟，你好。”

“何志伟？你不是叫俊俊吗？”

“我妈姓何，她离婚以后，我跟了她，早改了名字。我没骗你，我确实叫何志伟。”他从口袋里掏出车票和身份证，车票是今天下午三点到江城的高铁票，看样子，他在这里等了她好几个小时。

“你之前来过，为什么不来认我呢？”

“我没想好。我想看看你过得怎么样，如果过得不错，我想，就那样结束也不错。”

“那你为什么又来了？”

“我看到一个做自媒体的人发的文章，做命案分析的，文章用的照片，是你们家门口的，我想，你可能需要我的帮助。”

姜采采注视着比自己高了大半个头的哥哥，心中涌起一阵阵酸楚，她想，太晚了，她已经失去了最珍贵的骨肉牵绊，其他的又有什么意义呢？

“我要回家了，晚班车就要停了。”

“我送你吧。”

“不用了，我一个人就行。”

“采采，我来晚了，是吗？”

“对啊，为什么你就不能早点来？”

何志伟拦住了姜采采，路灯把他们的影子拉得很长。他端详她的眉眼，真的和他有几分相似，她说的骨肉牵绊，就是镌刻在细胞内的无法抹去的东西吧。

他确实挺后悔的，后悔在QQ上生硬地拒绝她，更后悔的是，过年前来都来了，还犹犹豫豫没能勇敢地踏出问候的那一步。

“你把我说得太好了。”何志伟叹了口气，说，“我一直不敢面对你，是因为我回你信的初心，并没有你想的那么光明美好。其实，我是因为看到你受苦才回信的……我想窥探你们并不幸福的生活。”

姜采采的心又裂开一条缝，她知道何志伟说的是真话。

“理解。”

“不，你不明白，至少有两三年，我都抱着那种心态。然后，终于有一天，我长大了，采采，我想补偿你，但是每次和你交流，我都不得不面对心底的恶，那让我觉得自己很不堪，对不起，是我太怯懦了。”

姜采采笑着摇摇头，继续往公交车站走，仿佛身边跟着的只是个搭讪的路人，她并没有兴趣和他推心置腹，围炉夜谈。

“我知道你现在一定需要帮助，我可以帮你的。”

“你知道姜国胜在哪里吗？”

“他还在服刑，前年，一个跨国……”

“知道了……”

姜采采望着夜空中闪动的星，眼神很失望，公交车站人不多，大概是已经开走了一班车，盛煊没有走，他执着地在站牌下等她。

姜采采冲盛煊招了招手，对何志伟说：“我走了。”

“采采……”

“你的出现，还是让我感觉到了温暖的，只是……你不会知道，我失去了什么……赌上了什么……要是，你能早一点来找我，或者，不对我那么冷漠，那该多好啊……我说这些不是在怪你，我感谢你，真的，但是，你看，你叫何志伟，我叫姜采采，我们没有相互依赖的必要了，我很好，会好的。”

月光在姜采采的眼睛里流动着，她想起了被他寄回来的信上沾满了母亲的血。

母亲把她夹在日记本里的信揣在口袋里了，是要带走她对过去的执念吧？

所以，她要往前走了。

何志伟停留在距离公交站台五米远的地方，看着她踩着轻快的步子奔向同学，没有再跟上去。

盛煊很识趣，什么都没问。

“明天，要我陪你去江边吗？”姜采采要下车时，盛煊说。

“嗯。好。”

姜采采回到家，家里的电视正开着，茶几上堆放着折纸花的工具，黄色的、粉色的、蓝色的，艳艳地堆成了小山丘。外婆不在沙发上，姜采采拉开抽屉，检查了药盒子，今天的药都按时按量吃了。

她卸下书包，半跪着整理茶几上折好的纸花，突然发现，本地电视台正在重复播放之前的节目。

“……1月20日早8时许，在江城与马市交界处的累口镇一私营旅馆内发现不明身份的男尸一具，接警后，江城市公安局已联合马市公安局对此案展开调查，下面请看相关报道……”

姜采采把电视机关掉了，她想，今天晚上要把给向叔叔的平安绳编完，明天一起带去江边。

外婆没有睡，颤颤巍巍地从房间内走出来，手里捏着一张彩色的纸。

“粥粥啊，她是不是丁岚岚？”

外婆唤她母亲的小名，姜采采站起来，走过去，看清楚了外婆手里拿着的是夏绻的寻人启事。

哪儿来的？哦，对了，是夏爸爸放在车里带过来的。

卷儿回来一个半月之后，夏爸爸突然出现，请她吃饭，给她买了好多好多好吃的，也和她说了好多好多对不起……

姜采采望着外婆日渐混浊的眼睛，轻轻拿掉她手里的传单，想了想，说："不是啦，外婆，你认错人啦。"

"你叫我什么？"廖芬芳眯着眼睛，后撤几步，仔仔细细地打量她，一脸茫然。

"外婆，是我啊，是采采啊……"

廖芬芳瞪着眼珠，惶惶不安，她扭身离去，步子踩得很重。

咚——咚——咚——

天就要暖了，外婆又能穿裙子了，她一如既往地喜欢花裙子，她走得那么慢，步子那么重，没有一点年轻时的样子了。

外婆啊……

你手里捏着一封信，站在江棉厂机关大楼二楼拐角处的职工信箱前，很纠结吧？信已经插进去一小半了，另一大半却怎么也插不进去，对不对？

咚——咚——咚——

那个时候，这样的脚步声，把你吓坏了吧？

她来了，你逃了。

可是，你怎么会知道，那封信并没有被塞入信箱，它飘摇着坠落，是想跟着你一起回家的。

你翩跹的花裙摆被踩着高跟鞋的人看到了一个角。

只有你有这样的裙子，这样的裙子，她也想要，可是每一次都被你买走了，对不对？

外婆，是她捡起你掉落的信，塞进了信箱里……

就是这样。

这就是只有局外人为之道歉的真相。

——全文完

图书在版编目（CIP）数据

十七岁少女失踪事件 / 花潘著 . -- 长沙：湖南文艺出版社，2024.4
ISBN 978-7-5726-1665-5

Ⅰ. ①十… Ⅱ. ①花… Ⅲ. ①推理小说－中国－当代 Ⅳ. ① I247.5

中国国家版本馆 CIP 数据核字（2024）第 042999 号

上架建议：畅销·悬疑

SHIQI SUI SHAONÜ SHIZONG SHIJIAN
十七岁少女失踪事件

著　　者：花　潘
出 版 人：陈新文
责任编辑：匡杨乐
监　　制：邢越超
特约策划：郭妙霞　林潍克
特约编辑：彭诗雨
营销支持：周　茜　文刀刀
装帧设计：梁秋晨
插图绘制：王笑语
内文排版：百朗文化
出　　版：湖南文艺出版社
（长沙市雨花区东二环一段 508 号　邮编：410014）
网　　址：www.hnwy.net
印　　刷：北京中科印刷有限公司
经　　销：新华书店
开　　本：680 mm × 955 mm　1/16
字　　数：327 千字
印　　张：22
版　　次：2024 年 4 月第 1 版
印　　次：2024 年 4 月第 1 次印刷
书　　号：ISBN 978-7-5726-1665-5
定　　价：49.80 元

若有质量问题，请致电质量监督电话：010-59096394
团购电话：010-59320018